U0411104

北京市社会科学理论著作出版基金资助

危机与探索

——后现代美国小说研究

刘建华　著

图书在版编目(CIP)数据

危机与探索:后现代美国小说研究/刘建华著.—北京:北京大学出版社,2010.5

(北大欧美文学研究丛书)

ISBN 978-7-301-17131-8

Ⅰ.危… Ⅱ.刘… Ⅲ.后现代主义—小说—文学研究—美国—现代 Ⅳ.I712.074

中国版本图书馆 CIP 数据核字(2010)第 069470 号

书　　名:危机与探索——后现代美国小说研究
著作责任者:刘建华　著
责 任 编 辑:张　冰
标 准 书 号:ISBN 978-7-301-17131-8/I·2220
出 版 发 行:北京大学出版社
地　　址:北京市海淀区成府路 205 号　100871
网　　址:http://www.pup.cn
电　　话:邮购部 62752015　发行部 62750672　编辑部 62767347
出版部 62754962
电 子 邮 箱:zbing@pup.pku.edu.cn
印　刷　者:三河市北燕印装有限公司
经　销　者:新华书店
650 毫米×980 毫米　16 开本　18 印张　267 千字
2010 年 5 月第 1 版　2010 年 5 月第 1 次印刷
定　　价:36.00 元

教育部人文社会科学研究项目。

本项目的研究得到“北京大学创建世界一流大学计划”的经费资助，特此致谢！

《北大欧美文学研究丛书》编委会名单

总　序

北京大学的欧美文学研究经历了不同的历史发展时期，具有十分优秀的传统和鲜明的特色，尤其是经过1952年的全国院系调整，教学和科研力量得到了空前的充实与加强，汇集了冯至、朱光潜、曹靖华、杨业治、罗大冈、田德望、吴达元、杨周翰、李赋宁、赵萝蕤等一大批著名学者，素以基础深厚、学风严谨、敬业求实著称。改革开放以来，北大的欧美文学研究得到了长足的发展，各语种均有成绩卓著的学术带头人，并已形成梯队，具有可持续发展的基础。已陆续出版了一批水平高、影响广泛的专著，其中不少获得了省部级以上的科研奖或教材奖。目前北京大学的欧美文学研究人员承担着国际合作和国内省部级以上的多项科研课题，积极参与学术交流，经常与国际国内同行直接对话，是我国欧美文学研究的一支重要力量。2000年春，北京大学组建了欧美文学研究中心，欧美文学研究的实力得到进一步加强。

世纪之交，为了弘扬北大欧美文学研究的优秀传统，促进欧美文学研究的深入发展，我们组织撰写了这套《北大欧美文学研究丛书》。该丛书主要涉及三个领域：(1)欧美经典作家作品研究；(2)欧美文学与宗教；(3)欧美文论研究。这是一套开放性的丛书，重积累、求创新、促发展。我们希望通过这套丛书来系统展示在多元文化的背景下北京大学欧美文学研究的优秀成果和独特视角，加强与国际国内同行的交流，为拓展和深化当代欧美文学研究作出自己的贡献。通过这套丛书，我们希望广大文学研究者和爱好者对北大欧美文学研究的方向、方法和热点有所了解。同时，北大的学者们也能通过这项工作，对自己的研究进行总结、回顾、审视、反思，在历史和现实的坐标中研究自己的位置。此外，研究与教学是相互促进、互为补充的，我们也希望通过这套丛书来促进教学和人才的培养。

这套丛书的出版得到了北京大学外国语学院的鼎力相助和北京大学出版社的大力支持。若没有他们的支持和帮助，这套丛书是难以面世的。

北大欧美文学研究者的工作，只是国际国内欧美文学研究工作的一部分，相信它能激起感奋人心的浪花，在世界文学研究的大海中，促成一道亮丽的风景线。

北京大学欧美文学研究中心

目　录

序言 …………………………………………………………………… (i)

第一章　如何看待后现代主义？ …………………………………… (1)
　一、引言 ………………………………………………………… (1)
　二、后现代主义的起源与中国 ………………………………… (2)
　三、后现代主义与现代主义 …………………………………… (4)
　四、后现代主义与解构主义 …………………………………… (9)
　五、女权主义的启示 …………………………………………… (11)

第二章　经典的改写 ……………………………………………… (15)
　一、引言 ………………………………………………………… (15)
　二、溯源寻找灵感 ……………………………………………… (16)
　三、质疑单一叙述 ……………………………………………… (20)
　四、改变传统形象 ……………………………………………… (24)

第三章　福克纳与纳博科夫的艺术观比较 ……………………… (29)
　一、引言 ………………………………………………………… (29)
　二、叙述的整与碎 ……………………………………………… (36)
　三、自指的多与少 ……………………………………………… (38)
　四、主体的信与疑 ……………………………………………… (39)
　五、思想的深与浅 ……………………………………………… (41)
　六、态度的悲与乐 ……………………………………………… (43)

第四章 “真实”新解:读纳博科夫的《塞巴斯蒂安·奈特的真实生活》 …………………(47)
一、引言 ……………………………………………………………(47)
二、事实的收集 ……………………………………………………(50)
三、动机的推测 ……………………………………………………(54)
四、思路的调整 ……………………………………………………(57)

第五章 当代世界透视:读品钦的《V.》 ……………………………(63)
一、引言 ……………………………………………………………(63)
二、小故事与大故事 ………………………………………………(69)
三、偶然与必然 ……………………………………………………(74)
四、表层与深层 ……………………………………………………(78)
五、边缘与中心 ……………………………………………………(81)
六、进步与退步 ……………………………………………………(85)

第六章 种族与文化:读莫里森的《最蓝的眼睛》 ……………(95)
一、引言 ……………………………………………………………(95)
二、文本游戏…………………………………………………………(102)
三、消解结构…………………………………………………………(106)
四、质疑大故事………………………………………………………(110)
五、激发活力…………………………………………………………(115)

第七章 历史的书写:读多克托罗的《欢迎来艰难时世》 ……………………………(126)
一、引言………………………………………………………………(126)
二、作为生活的历史…………………………………………………(129)
三、作为记录的历史…………………………………………………(139)
四、事实与虚构………………………………………………………(151)
五、目的与结果………………………………………………………(157)

第八章 宗教的本质:读库弗的《布鲁诺教教徒的由来》 …………………… (164)

一、引言 …………………………………………………… (164)

二、灾难与宗教 …………………………………………… (168)

三、宗教与媒体 …………………………………………… (182)

四、大脑与肉体 …………………………………………… (197)

五、原则与自由 …………………………………………… (210)

结语:后现代主义与后现代小说 …………………………… (235)

引用文献 ………………………………………………… (255)

人名索引 ………………………………………………… (264)

序　言

一

被视为最先在美国文坛宣布现代派文学的危机和开展后现代文学的探索的奥尔森①，在他的《翠鸟》("The Kingfishers," 1950)一诗的开头这样写道："不变的东西/是求变的意志"。这就是说，除了人的"求变的意志"，世上没有固定不变的东西。当然，小说也不能例外。每一个时代的小说都多少有着不同于前一时代的特点。这主要取决于每一个时代的三方面变化：一是社会生活中的新信息和新观点；二是读者所受教育的新水平和小说欣赏的新口味；三是小说作者意欲超越前人的新追求。后现代小说虽然仍是小说，并带有明显的现实主义小说和现代派小说的痕迹，但也有着自己的特点，而且因为上述三方面变化在后现代有所加速②，它的特点也更加突出。不了解这些特点，习惯于阅读现实主义或现代派小说的读者，在阅读后现代小说时就会遇到很多困难。③ 这在我们的本科生甚至研究生的美国小说教学中相当常见。因此，有必要研究后现代小说。

---

① See Hans Bertens, *The Idea of the Postmodern*: *A History* (London and New York: Routledge, 1995), p. 20; Perry Anderson, *The Origins of Postmodernity* (London and New York: Verso, 1999), p. 7.

② 斯尼普-沃姆斯利曾把后现代时期的主要特征概括为"速度政治"，以区别于以"空间政治"为主要特征的现代时期。见 Chris Snipp-Walmsley, "Postmodernism," in Patricia Waugh, ed., *Literary Theory and Criticism*: *An Oxford Guide* (Oxford: Oxford University Press, 2006), p. 410.

③ 海特在描述阅读后现代小说的一般经验时说，"读后现代小说就是去体验震惊和挫败"。见 Molly Hite, "Postmodern Fiction," in Emory Elliott, general ed., *The Columbia History of the American Novel* (New York: Columbia University Press, 1991), p. 701.

后现代小说的定义众说纷纭，很难也没有太大必要去进行统一。一般来说，在时期的划分上，后现代小说指第二次世界大战之后的小说。[①] 尽管二战后的小说在风格上不都具有鲜明的后现代特点[②]，就像现实主义和现代主义时期小说风格的时代特点也不尽相同一样，但二战后的小说多少还是具有人们常说的那种后现代性或后现代精神。这种后现代精神主要表现为突出的怀疑精神。[③] 可以说，在精神上，后现代小说的一个主要特点就是崇尚怀疑，怀疑宏大叙述、客观现实、权威主体、高雅艺术等许多被之前的小说所接受或推崇的东西。因此，在形式上，后现代小说时常表现为情节边建边解、人物若有若无、主题模糊不清、风格既雅又俗等。然而，除了少数搞极端相对主义的作品，大多数代表性后现代小说仍然重视在质疑传统的艺术形式、思想观念、社会制度的同时努力寻找有利于艺术发展、思想解放和社会平等的途径，表现了应有的艺术和社会责任感。[④] 因此，后现代小说值得借鉴。

---

① 海特就认为“后现代小说”指的是“1945 年后的或当代的这个时期”里的小说。见 Hite, “Postmodern Fiction,” in Elliott, *The Columbia History of the American Novel*, p. 697.《后现代美国小说》的编者们也是在“战后”美国的社会环境里介绍后现代美国小说的起源，并强调了“一直都是至关重要的试金石”的二战在后现代美国小说中的突出地位，尽管他们认为“文化和文学领域里的后现代主义开始于 20 世纪 60 年代”。见 Paula Geyh, Fred G. Leebron, Andrew Levy, eds., *Postmodern American Fiction: A Norton Anthology* (New York and London: Norton, 1998), p. xi.

② 斯泰纳把“后现代小说”分别看作风格概念和时间概念。前者特指 60 年代至 90 年代以品钦和巴思为代表的注重风格创新的小说；后者泛指整个后现代时期的小说。见 Wendy Steiner, “Postmodern Fictions, 1970—1990,” in Sacvan Bercovitch, general ed., *The Cambridge History of American Literature*, Vol. 7 (Cambridge: Cambridge University Press, 1999), p. 428.《哥伦比亚美洲小说史》用了“后现代现实主义”和“后现代小说”两章来分别描述侧重内容实验和侧重风格实验的后现代小说，以期把斯泰纳等人所区分的两个概念结合起来，更为全面地介绍后现代小说。见 Elliott, *The Columbia History of the American Novel*, pp. 521-541, 697-725.

③ 巴特勒在归纳后现代主义的特点时指出：“后现代主义的态度是多疑，甚至能够达到偏执的程度……”见 Christopher Butler, *Postmodernism: A Very Short Introduction* (Oxford University Press, 2002), p. 3.

④ 斯泰纳指出，后现代小说最常见的特点之一就是“容纳矛盾”，并认为后现代小说“破坏二元论的目的并不是要制造混乱，而是要更加忠实地反映现实的当前状态”。见 Wendy Steiner, “Postmodern Fictions, 1970—1990,” in Bercovitch, *The Cambridge History of American Literature*, Vol. 7, p. 449.

二

在研究方法上，本书的具体做法与本书的主题——危机与探索——密切相关。所谓危机与探索，指的是现代派小说的危机和后现代小说的探索。选择这一主题主要出于这样三个假定：(一)有利于在与现代派小说的联系中认识后现代小说产生的原因；(二)有利于在与现代派小说的对照和比较中讨论后现代小说的特点；(三)对后现代小说的早期发展即根基的了解有利于历史地把握后现代小说的全貌。这一选题在很大程度上决定了本书在关注的时期、研究对象和研究方法等方面的一些基本做法。在关注的时期方面，本书把重点放在了后现代小说的发展初期，以便于考查后现代小说如何在清理现代派小说以及其他传统文学遗产的过程中发展自己的特点。在研究对象方面，本书主要选择对后现代小说的发展做过重要贡献的作家，无论是在创作上还是在理论上。本书选来重点分析的作品大多发表于五六十年代，其中不少是相关后现代作家的处女作和成名作。从这些作品切入，有利于鉴别其作者后来的成就，也可通过在这些作品中初现端倪的一些特点更好地观察后现代小说的后期发展。在研究方法方面，本书主要使用了比较法，包括现代派和后现代作家作品的纵向比较、不同的后现代作家作品的横向比较，以期在这些纵横比较中更加具体、清楚地表现后现代小说与现代派小说之间的承袭关系和不同特点，以及后现代小说内部的主要共性和丰富个性。

本书的具体做法也与本书所预设的读者和国内相关研究的现状有关。本书所预设的是在美国文学方面具有一定基础的读者。另外，本书也希望在国内相关研究的基础之上对理论与作品的结合再做一些努力，所以本书强调细读，试图在细读有关理论和小说原著的基础上对二者做出比较具体、可靠的结合，避免后现代小说研究缺乏后现代理论的视角或用后现代理论硬套丰富的后现代小说等问题。这里所说的理论与小说的结合，主要是为了使小说的艺术和思想特点得到更好的描述和揭示。为此，本书重视从作品的实际情况而不是理论的抽象观点出发，何况后现代小说强烈的自我意识或元小说特点使它自身就含有比传统小说多得多、其作用也比外在理论更加直接和有效的理论。有时，本书还会违背有关的理论规定，比如选择纳博科夫发表于二战期间而不是二战之后的《塞巴斯蒂安·奈特的真实生活》作为本书的细读对象之一，原因就是尽管该作品没有受到理论家们的关注，但它对什么是真实等问题的探讨方式却对认识后现代小说很有意义，而且它也确实对品钦等作家的创作产生了不可忽视的直接影响。

当然，本书的具体做法还与本人的阅读兴趣有关，尤其是在作家作品的选择上。任何的小说研究都会选择最有代表性的作家作品作为分析的对象。但如何判断作家作品的代表性却没有一个统一的标准。本书对作家作品的选择，除了要考虑满足上面提到的本书主题的需要，主要就是根据个人的判断。尽管个人的判断离不开那些必读书刊上的评介的影响，但起决定作用的仍然是建立在个人阅读经验和喜好基础上的两条原则。其一，不考虑那些重技巧轻内容的所谓的纯后现代作家；重点研究的纳博科夫、巴思、品钦、莫里森、多克托罗、库弗、汤亭亭等作家都是深为个人喜爱而且个人以为是艺术性和思想性均强的作家。其二，注意选择那些互相之间有着比较明显的联系的作家。比如，作为后现代小说的早期代表的纳博科夫曾读过现代派小说大师福克纳的作品并做过十分坦率的评价；同为康奈尔大学校友的纳博科夫、品钦和莫里森不仅在康奈尔工作或学习的时间基本重合，他们的创作也有着某些内在的关联。正是由于这些个人因素的存在，本书所选作家的代表性难免有值得斟酌的地方。另外，本书也主要是根据个人的理解试图从后现代主义理论争论、艺术观、真理观、世界观、文化观、种族观、历史观、宗教观等方面组织自己对上述作家的阅读体会。至于这么组织是否合理、是否能反映这些作家的特点和成就，也需要由读者来做最后的判断。

三

本书共分八章。前三章侧重理论、综述和比较。后五章侧重文本分析,但每章的引言里也有相关作品的比较。

第一章"如何看待后现代主义?"主要针对一些认为后现代主义是发达资本主义国家的产物、只解构不建构、对我国的现代化建设无益从而主张彻底否定后现代主义的观点,探讨如何避免简单化、客观看待后现代主义的基本思路。探讨的话题包括后现代主义的起源与中国、后现代主义与现代主义、后现代主义与解构主义,以及女权主义的启示等。本章试图强调,后现代主义的起源与第三世界国家的独立解放运动密切相关,后现代主义内部有多个派别,解构主义理论有助于马克思主义的发展,所以对待后现代主义不应简单否定,而应认真研究。

第二章"经典的改写",主要以巴思、库弗和汤亭亭等作家的创作思想与实践为例,讨论后现代作家如何面对当代小说创作的危机,从发掘小说资源、质疑单一叙述、改变传统形象等动机出发,改写东西方古今文学经典,探索后现代小说的发展途径。本章试图表明,虽然改写文学经典是后现代小说创作中的普遍现象,但有些早期的实践者并不只是为了标新立异或制造乐趣,而是有着寻求表现当代经验的新语言、适合当代现实的新思维、有助于社会平等的新伦理等严肃意图,值得后来的经典改写者和文学实验者们借鉴。

第三章"福克纳与纳博科夫的艺术观比较",试图通过比较现代派小说大师福克纳和后现代小说先驱纳博科夫的创作成就和艺术思想,从叙述、自指、主体、意义、态度等方面,对现代派小说和后现代小说的艺术特征进行具体的描述和区分。在区分福克纳与纳博科夫及其所代表现代派小说和后现代小说的同时,本章也涉及了他们之间的联系,并根据他们关于作品内容决定作品风格的观点,强调了后现代小说与现代派小说的风格差异本身并不能作为我们判断谁优谁劣的依据。

第四章"'真实'新解:读纳博科夫的《塞巴斯蒂安·奈特的真实生活》",以纳博科夫的《塞巴斯蒂安·奈特的真实生活》这部关于什么是"真实"、如何认识和表现"真实"等重要话题的作品为例,通过具体分析纳博科夫在这部作品中如何反思事实与虚构、主要与次要、必然与偶然等对立二元之间的传统界线以及如何表现它们之间密切而又复杂的互动和互补关系，讨论了后现代小说如何重新理解被历代小说家所重视的“真实”这一核心概念、突破现实主义小说和现代派小说在表现“真实”上的局限。

第五章“当代世界透视：读品钦的《V.》”，试图通过分析品钦的《V.》这部横跨数大洲、纵贯近百年的百科全书式小说，折射后现代作家对当代世界的深刻把握。分析主要从小故事与大故事、偶然与必然、表层与深层、边缘与中心、进步与退步等五个方面展开，着重讨论品钦在这部作品里如何巧妙地在罕见的广度和深度上表现工具理性怎样渗透人类生活、扭曲人际关系、导致人类悲剧。本章对品钦小说中的认识价值和教育价值的探讨，也许能增加我们对常被认为缺少历史感、知识性和教诲性的后现代小说的认识。

第六章“种族与文化：读莫里森的《最蓝的眼睛》”，以莫里森表现黑人如何遭受白人文化毒害的力作《最蓝的眼睛》为例，从文本游戏、消解结构、质疑大故事、激发活力等角度，讨论后现代主义的立场、观点和方法如何被少数族裔女性作家所敏锐而又娴熟地用于揭露隐藏在电影、广告等白人大众文化产品中的话语霸权和种族迫害，消解已沉淀入黑人自身下意识中的白尊黑卑的等级结构，呼唤黑人在获得人身自由百余年后的今天努力争取自己精神上的自由和文化上的自主。

第七章“历史的书写：读多克托罗的《欢迎来艰难时世》”，从作为生活的历史、作为记录的历史、事实与虚构、目的与结果等方面，分析了多克托罗的以戏仿通俗文类、颠覆西部神话、改写美国历史而著称的小说《欢迎来艰难时世》，着重讨论了多克托罗如何在此书里检视与表现后现代小说所普遍关注的商业化的影响、历史的写法、模式的价值、理性的作用等方面的问题。

第八章“宗教的本质：读库弗的《布鲁诺教教徒的由来》”，研究以库弗的《布鲁诺教教徒的由来》为代表的后现代小说对于宗教这一历史悠久、影响深远的宏大叙述的反思。本章从灾难与宗教、宗教与媒体、大脑与肉体、原则与自由等角度，描述了小说对布鲁诺教的产生和发展原由的表现，讨论了作者在将布鲁诺教历史化的过程中对于宗教乃至一切虚构结构的必要性、人为性、局限性和可改造性所做的种种思考与想象。

结语"后现代主义与后现代小说"主要针对那种否定后现代主义以及宣称后现代主义已经过时的理论，结合一些不同的理论和本书所研究的后现代小说，讨论了后现代主义与后现代小说的关系，强调了两个基本观点：(一)后现代主义与后现代小说是两个不同的领域，尽管它们之间存在着这样或那样的联系。因此，无论后现代主义是否应该被否定或是否已经过时，我们对后现代小说的态度和研究都不应受到影响；(二)后现代小说，尤其是早于后现代主义的早期后现代小说，能够丰富我们对后现代主义和后现代现实的认识，比如在真理观等重要问题上。

四

本书在完成的过程中得到了来自多方的帮助，特借此机会表示感谢。首先要感谢教育部人文社会科学研究基金为本研究所提供的宝贵资助和鼓励。还要感谢美国伊利诺伊大学东亚及太平洋研究中心所提供的福瑞曼研究资助，使我能够在伊利诺伊大学的优良环境里进行研究和交流。罗纳德・简森(Ronald Janssen)教授、凯丝琳・修姆(Kathryn Hume)教授、理查德・帕沃斯(Richard Powers)教授、肯・克林克纳(Ken Klinkner)教授、洛丽塔・庄(Lolita Chuang)主编、迪・斯特里兹(Dee Streets)教授等美国学者和友人曾热心地解答过问题或提供过资料，让我获益匪浅，在此谨致谢意。我的同事韩加明教授、张世耘教授和国际关系学院英语系的张世红教授曾抽空通读了此书的初稿，并给予了积极的评价和宝贵的建议，这里表示由衷的感激。北京大学欧美研究中心主任申丹教授一直关心本书的进展并提过很好的修改意见，北京大学出版社外语编辑室张冰主任为本书的编辑出版付出了艰辛的劳动，在此向你们说一声谢谢！最后，我要感谢我的妻子和女儿，感谢你们给了我无比重要的理解和支持！

刘建华　2009年8月

于京北清河文苑

第一章　如何看待后现代主义？

一、引　言

如何看待后现代主义的问题并不容易回答。首先什么是后现代主义的问题不容易回答。著名后现代主义理论家伯滕斯在他的《后现代的概念》一书的开头曾坦率承认“后现代主义是一个令人恼怒的术语”①，否认了存在明确答案的可能性。这里之所以谈这个问题，主要是因为近来有些学者提出了明确的答案，使这个问题有了再次提出来做进一步思考的必要。

这些学者的答案，总括起来说，就是要否定后现代主义。这个答案根据了他们对后现代主义所下的如下定义：后现代主义是发达的资本主义国家的产物，不符合我们的国情；后现代主义反对现代主义及其所崇尚的科学、人道、理性、民主、自由、平等、权利、法制等，而这些东西正是我们的现代化建设所必需的；后现代主义一味解构、否定，而我们需要的是建构。总之，这些学者认为后现代主义消极颓废、破坏性大、没有什么积极意义，因此就必须否定它，不能提倡，无论是在当前还是在今后相当长的一段时间内。

这一基于“现实生活和文化策略”等方面的考虑而得出的结论无疑是值得认真听取的，但理论探讨还可以继续进行下去，尤其是有的学者在相关背景和概念的理解以及思维方式等方面都还有着明显的可斟酌之处。有的学者承认后现代主义有可取的成分，但不知何故没做具体说明，也给继续讨论留出了余地。

---

① Bertens, *The Idea of the Postmodern: A History*, p. 3.

二、后现代主义的起源与中国

了解一种主义的起源,对于我们理解和判断这种主义具有重要意义。后现代主义的否定者们的一个主要依据,就是后现代主义起源于发达的资本主义国家。而对于这个问题,国外的一些理论家,包括马克思主义理论家,却有着不同的看法。

谈到后现代主义的起源,詹姆逊就没有将眼光局限于发达的资本主义国家,局限于这些国家先进的物质生产和新兴的信息技术,而是把这个问题放在全球范围内多层面地加以思考。他的重要论述《作为一个时期的60年代》,就是放眼世界,从哲学史、革命的政治理论与实践、文化生产、经济周期等四个层面上讨论了后现代主义的产生与发展。该文首先考查的是风起云涌的第三世界国家的民族解放运动对60年代的第一世界的巨大影响。这些运动不仅使许多第三世界国家摆脱了殖民统治,使它们的人民获得了尊严,同时也极大地鼓舞了第一世界国家的少数族裔、妇女等群体争取民权和平等的斗争,最终成为后现代主义产生的一个重要的政治原因。所有的这些发展都与中国有着密切的关系,因为不但第三世界国家的民族解放运动所遵循的主要是毛泽东思想,第一世界弱势群体的政治斗争也深受毛泽东思想的影响。詹姆逊指出,"确实,在政治上,第一世界的60年代在政治文化模式方面大量借鉴了具有象征意义的毛泽东思想中第三世界理论"①。

在《后现代性的起源》一书中,安德森更加明确地否定了后现代主义起源于发达的资本主义国家的观点。在他看来,不但后现代主义不是起源于发达的资本主义国家,现代主义也不是。他指出:"与一般的期待相反,两者都诞生于遥远的边缘,而不是当时文化系统的中心:它们不是来自欧洲或者美国,而是来自拉丁美洲。"②他认为,最先于1890年用"现代主义"指美学运动的是尼加拉瓜诗人达

① Fredric Jameson, "Periodising the 60s," in Patricia Waugh, ed., *Postmodernism: A Reader* (London and New York: Arnold, 1996), p. 127.

② Anderson, *The Origin of Postmodernity*, p. 3.

里奥(Rubén Darío)。作为美学概念,“后现代主义”也是最先出现于拉美国家,时间是20世纪30年代,比在英国和美国出现要早出大约一代人的时间。创始人是曾在波多黎各大学建立西班牙研究系的文艺批评家和教育家——西班牙人奥尼斯(Federico de Onís)。他用这个术语来描述现代主义内部的一股保守的逆流。

至于中国在美国的后现代主义初始阶段的作用,安德森在《后现代的起源》一书开头的“陕西—吴哥—尤卡坦”一节中做了较为具体的讨论。其中谈到,美国诗人奥尔森1951年夏从墨西哥的尤卡坦回国后,最先在北美开始谈论“后现代世界”。奥尔森对中国人民推翻国民党腐败统治的解放战争持同情和支持的态度。1944年,他在白宫作战新闻处(OWI)外语部工作期间,对美国政府偏袒国民党、敌视解放区的政策深为不满。他的英国朋友潘恩(Robert Payne)抗日战争期间曾在昆明担任教师和记者,记录下国民党政府的一些堕落表现。奥尔森读了这些日记,更加关注和同情以毛泽东为首的中国共产党,并坚信他们的事业必将取得最后的胜利。1949年1月,人民解放军进驻北京,解放了华北。奥尔森闻讯后深受鼓舞,由此看到了现代社会的希望。他随即创作了《翠鸟》一诗,其中引用了毛泽东1947年12月25日在中共中央陕北杨家沟会议上所做的报告《目前形势和我们的任务》中的最后一句——“曙光就在前面,我们应当努力”①,以表达他对艾略特的现代主义代表作《荒原》的厌倦和对未来的信心。由此可见,最起码在其发展的初期,后现代主义与第三世界国家的解放运动在精神上是相通的。所以,安德森才会说,“正是在此最初集合了那些肯定后现代主义的因素”②。

既然后现代主义不完全是发达资本主义国家的产物,而且它的起源还与中国的革命及其指导思想有着密切的关系,那么我们在批判或否定它时,就应更加谨慎一些,以免在忽视它对发达资本主义国家以外的其他国家所具有的可取之处的同时,又在某种程度上否定了我们自己,尤其是詹姆逊和安德森都强调的对它的产生具有重要意义的中国革命和毛泽东思想。

---

① 毛泽东:《毛泽东选集》(第四卷),人民出版社,1991年,第1263页。

② Anderson, *The Origin of Postmodernity*, p. 12.

三、后现代主义与现代主义

按照詹姆逊和安德森的思路，可以说中国以及其他第三世界国家的解放运动与后现代主义一样，针对的也是现代主义。具体说，就是现代主义所包含的会产生帝国主义和殖民主义的潜在可能。在后现代主义看来，现代主义在思想上延续了启蒙运动，依然把逻辑和科学理性置于至高无上的地位，认为现实是可以充分理解和再现的、概念是确定的、真理是不容置疑和普遍适用的。这种意识膨胀到一定程度，就会导致对于各种实际差异和依存关系的漠视，造成主体与客体、自我与他者、理性与无理性、合法与非法、文明与野蛮、东方与西方、男人与女人、白人与有色人等不同却又相关的元素之间的对立和等级，为强权和奴役提供理论依据。

认为现代主义是建构性的、后现代主义是解构性的这一观点本身，就可以说是上述二元对立思维方式的一种表现。让我们对它稍做消解，看看现代主义和后现代主义之间的界线是否真的那么确定。先来看现代主义是否只是建构、从不解构。回顾一下历史就可以发现，文学中的现代主义是在19世纪末的反对维多利亚时期僵化的道德主义和陈旧的艺术形式的斗争中发展起来的。王尔德的“生活模仿艺术”和庞德的“破旧立新”等著名口号响亮地表达了文学家们强烈的改革愿望。康拉德、乔伊斯、伍尔芙、劳伦斯、贝克特、普鲁斯特、斯泰因、艾略特、福克纳等众多现代主义作家，都用充满实验性的创作对各种文学定式进行了突破。文学领域之外，爱因斯坦的相对论对绝对物理空间与时间的否定，弗洛伊德的潜意识理论对传统心理学的颠覆，毕加索的立体画法与人体表现传统的决裂，卢斯对建筑装饰物的摈弃，勋伯格对音乐调性的废除等众多开创性发展，也都反映出现代主义尤其是早期现代主义的强大解构性。也许正是在这一意义上，利奥塔并没有把后现代主义与现代主义完全对立起来，而是认为后现代主义“无疑是现代主义的一部分”，是“初生态的而不是消亡时的现代主义”。①

如同现代主义并不绝对，并不是一味建构、从不解构，后现代主义也不绝对，也不是一味解构、从不建构。后现代主义可分作前后两期。詹姆逊把60年代中到70年代初这段时间看作前期，认为这一时期是后现代主义与现代主义实行“全面决裂”的时期，特点包括他者政治理论开始形成、哲学丧失了其作为科学的科学的崇高地位、能指继现代主义使之脱离所指物之后又完成了与所指或意义的分离等。在这个“全面解放”的时期，人们仿佛觉着“一切都是可能的”。但是，詹姆逊指出，正如中国的文化大革命发展到最后几乎失控、中国领导人不得不设法终止它，西方的60年代的各种大型运动也造成了剧烈的社会动荡，引发了1973至1974年间的全球性经济危机，最终导致了社会秩序的强劲反弹和国家机器镇压能力的迅速恢复。轰轰烈烈的60年代，即后现代前期，就这样结束了。由此便开始了后现代后期。前期后现代主义的口号是“个人即政治”，包括马列主义和毛泽东思想在内所有宏大叙述都在抛弃之列，而后期后现代主义则对集体和革命理论有了新的认识。正如詹姆逊所言：“如果说‘传统的’马克思主义在这个新历史主体激增的时期（即60年代或后现代前期——笔者注）‘不是真理’的话，那么在剥削榨取剩余价值、无产阶级化以及用阶级斗争的方式进行抵抗等阴郁的现实都在以一个新的、更大的世界规模逐渐重现之时，它必然会再次成为‘真理’。”②这就是说，后现代主义并不是一个始终如一的同质体，而是前后有别的。如果认为前期后现代主义一味解构、从不建构还有一定道理的话，那么这种观点显然不太合适后期后现代主义。

前后期后现代主义的这种差异也可见于两个时期的小说里。早期的后现代作家，比如纳博科夫、巴思、海勒、品钦、巴塞尔姆、库弗等，比较倾向于解构，包括在思想内容上质疑传统的认知方式和

① Jean-François Lyotard, “Answering the Question: What is Postmodernism?” trans. Régis Durand, in Lyotard, *The Postmodern Condition*, trans. Geoff Bennington and Brian Massumi (Minneapolis: University of Minnesota Press, 1984), p. 79.

② Jameson, “Periodising the 60s,” in Waugh, ed., *Postmodernism: A Reader*, p. 127.

社会理论、模糊现实与虚幻的界线、表现自我与世界的被建构性等，在艺术形式上破坏各种叙事常规，尤其是那些制造连贯性和完整性的套路。巴思的小说《路的尽头》中的男主角兼叙述者杰克后来变得什么也不能确定："我甚至都不能确定我应该感觉什么：我发现我内心里只有痛苦、抽象物和无焦点。"[①]类似的不可靠叙述者也时常出现在其他早期后现代作品里，比如纳博科夫的《洛丽塔》里的亨伯特、品钦的《V.》里的斯坦瑟尔等，使得这些描写复杂的后现代现实的作品更加扑朔迷离。而后期的后现代作家，比如里德、沃克、莫里森、汤亭亭、西尔科等，则比较倾向于建构。与早期的后现代作家不同，他们并不刻意去追求形式上的难度或掩饰自己的道德立场和政治倾向，并不怀疑所有的宏大叙述。虽然他们也认为身份和历史是被构建的，但他们并不因此而放任自流，而是要在批判传统话语丑化他者、歪曲历史的同时重建身份和历史。非裔评论家胡克斯说过："黑人对批判本质主义，尤其是对否定身份政治的合法性的态度，从不令我惊讶。他们说：'是呀，你们可以轻易地放弃身份，因为你们已经有了。'"[②]莫里森的一个主要创作目的就是重构黑人历史。她指出，美国人，无论是黑人还是白人，都不愿回忆黑人的过去，所以她写《宠儿》纪念在蓄奴制下死亡的六千多万黑人，就是要重构黑人的历史，医治这种"全国性的健忘症"。[③]

后现代主义不但前后期有别，同一时期也有多个派系。詹姆逊根据它们对现代主义的态度，把后现代主义分成反对现代主义的和拥护现代主义的两大派。[④] 伯滕斯分得较细，尽管他仍然认为自己的做法有"简化"之嫌。他从后现代主义对社会政治的介入、对现代主义美学的态度、对形式的兴趣、对认识论的关注四个方面入手，把

---

① John Barth, *The End of the Road* (New York: Bantam, 1981), p. 196.

② bell hooks, "Postmodern Blackness," in Bran Nicol, ed., *Postmodernism and the Contemporary Novel: A Reader* (Edinburgh: Edinburgh University Press, 2002), p. 425.

③ Danille Taylor-Guthrie, ed., *Conversations with Toni Morrison* (Jackson: University Press of Mississippi, 1994), p. 257.

④ Fredric Jameson, "Theories of the Postmodern," in his *The Cultural Turn: Selected Writings on the Postmodern* 1983—1998 (London and New York: Verso, 1998), p. 29.

后现代主义分作三派:先锋派后现代主义、后结构主义后现代主义、唯美主义(新保守主义)后现代主义。这三派对社会政治的介入情况分别是:直接但无力(批判社会政治的现状)、间接却有力(批评资产阶级主体)、不介入;对现代主义美学的态度分别是:反叛、理智的拒绝、漠然置之;对形式的兴趣分别是:小、大、大;对认识论的关注程度分别是:弱、很强、不关注。[①] 可见,谈论后现代主义,无论是关于它的解构还是建构,都不那么简单。谈论者首先要弄清自己谈的是三派中的哪一派、四个方面的哪个方面。比如在政治方面,先锋派后现代主义与后结构主义后现代主义对社会政治和资产阶级主体有不同力度的批判,这对于新社会政治和新主体的建构还是有一定的积极意义的,因而就不能简单地把它们与不介入社会政治的唯美主义(新保守主义)后现代主义等量齐观并一同否定。

其实,一种主义的积极意义并不在于它的建构,而在于它所建的结构的性质。如果它所建的结构维护阶级、性别、种族等方面的不平等,那么这种建构就不是积极的,而是消极的。同样,一种主义的消极意义也不在于它的解构,而在于它所解的结构的性质。如果它所解的是不合理的结构,那么这种解构就不是消极的,而是积极的。这就是说,建构不都是积极的,它也可以是消极的,解构也不都是消极的,它也可以是积极的,关键要看所建和所解的结构的性质。另外,解构本身也可能就是一种建构,比如后现代主义解构现代主义宏大叙述的行为本身,就是在建构一种宣告现代主义宏大叙述的人为性和可重构性的叙述。因此,梅法姆才会认为,后现代主义是拥有自己的宏大叙述的,那就是要将人类"从过去的幻觉中解放出来"。[②]

总之,后现代主义与现代主义并不绝对是一解一建;它们都是又解又建。但这并不等于它们就没有差异了。理论家、批评家和作家都对文学领域里的后现代主义与现代主义做过区分。麦克海尔

---

① Hans Bertens, "Postmodern Culture(s)," in Edmund J. Smyth, ed., *Postmodernism and Contemporary Fiction* (London: Batsford, 1991), p. 135.

② John Mepham, "Narratives of Postmodernism," in Edmund J. Smyth, ed., *Postmodernism and Contemporary Fiction*, p. 152.

曾根据它们“主导特征”上的差异，对现代派小说和后现代小说做了区分，提出现代派小说的主导特征是认识论意义上的，关注的主要是如何解释世界和身份，而后现代小说的主导特征是本体论意义上的，关注的主要是世界和身份是什么，如何构成，如何存在之类的问题。① 费德勒认为，现代派文学与后现代文学的差别在于前者曲高和寡、后者雅俗共赏。他在回顾60年代美国文学时指出，与“过于附庸风雅和煞有其事”的晚期现代派小说不同，新生的后现代小说大量借鉴了通俗文学，如西部小说、科幻小说和色情小说等，消除了通俗文学与高雅文学的距离，弥合了“趣味领潮人”与“追随者”之间的隔阂，使文学又具有了“预言功用和普遍影响”。② 后现代作家巴思也认为，后现代小说“比那些晚期现代主义的奇迹更加民主”。③

后现代文学的这些特点当然离不开后现代作家们的特殊建构策略。对此，研究者们也做过不少探讨。在詹姆逊看来，pastiche(温和地戏仿一切现有的风格)和 schizophrenia(把时间切割成一系列重复不止的现在时)是后现代作家常用的两大策略。④ 赫切恩认为，后现代主义作家使用的是一种矛盾的手法——“在颠覆文化(高雅的和大众的)的同时使它合法化”，从而使作品既入世又内省、既有历史又有戏仿，让读者体味到“文本性的历史性”。⑤哈桑无疑是在后现代主义与现代主义的区分上用力最多的学者之一。他在广泛研究欧美作家的基础上，从修辞学、语言学、文学理论、哲学、人类学、精神分析、神学等角度开列出二者的三十三种差异。⑥ 尽管哈桑自

---

① Brian Mchale, *Postmodernist Fiction* (London and New York: Routledge, 1994), p. 9.

② Leslie Fiedler, “Cross the Border—Cross the Gap,” in Patricia Waugh, ed., *Postmodernism: A Reader* (London and New York: Arnold, 1996), pp. 43, 47.

③ John Barth, “The Literature of Replenishment,” in his *The Friday Book: Essays and Other Nonfiction* (New York: Putnam, 1984), p. 203.

④ Fredric Jameson, “Postmodernism and Consumer Society,” in *The Cultural Turn*, pp. 1—20.

⑤ Linda Hutcheon, *The Politics of Postmodernism* (London and New York: Routledge, 1991), pp. 15—18.

⑥ Ihab Hassan, “Toward a Concept of Postmodernism,” in Joseph Natoli and Linda Hutcheon, eds., *A Postmodern Reader* (Albany: State University of New York, 1993), pp. 280—281.

己也觉得这样区别沿用了现代主义二元对立的思维方式，得出的结论未免有些绝对，但他还是让我们进一步看到了对后现代主义与现代主义的区分涉及多少应该考虑的基本问题、层面和角度，看到了一解一建的单一标准是远远不够的。

四、后现代主义与解构主义

以后现代主义只解不建为由而对它加以否定，不仅对后现代主义不太公平，因为它既解又建，对解构主义也不够公平，因为这么做一是混淆了后现代主义与解构主义，抹杀了解构主义的特征，二是忽视了解构主义的积极意义。

不管人们怎么界定它，后现代主义主要还是一个历史概念，指一个特定时期的文化发展。当然，它所指的这个时期的长短和这个时期里的文化的性质取决于人们对现代的界定。如果把现代界定为出现过人们常说的现代主义文艺繁荣的19世纪末到20世纪中那个时期，那么后现代主义就指20世纪中期以后这段时间内的延续或反对现代主义文艺的文艺发展。如果像汤因比等历史学家那样把现代界定为15世纪末到19世纪末那个包含了文艺复兴和启蒙运动的时期，那么后现代主义就指19世纪末以后出现的旨在改造在文艺复兴和启蒙运动的影响下形成的价值体系和生活方式的那种意义更为广泛的文化现象。相比之下，解构主义主要还是一种方法。与后现代主义不同，它是专门从事解构的，为了揭示文本中的裂隙、矛盾、隐抑等。解构主义被混同于后现代主义的一个主要原因，是它常为后现代主义所用。然而，作为方法，解构主义的指涉范围要比后现代主义小得多。作为后现代主义的方法之一，它也难以决定后现代主义的性质与任务。

可以说，解构主义奉行的是一种比较极端的怀疑论。面对着任何的代码或符号系统，它通常只寻找不显现的，不理会显现的，只关注一个体系或推理中的危机和崩溃之处，不关注这一体系或推理所具有的积极意义。这种偏激经常会限制其做法的建设性，招致了不少非议，包括批评它消极、冷酷、没有道德立场、不讲社会责任等。

同时,它也难免在自己造成的怪圈中迷失方向,陷入无法脱身的唯我论和个人话语的泥沼,引出一些难以回答的问题。比如,既然认为不确定性是语言的根本属性,那么又如何用语言来确定这种不确定性呢?解构主义的偏执倾向与它对语言在后现代时期所丧失的指涉能力的眷恋不无关系。能指的游戏也许就是后现代状态留给解构主义排遣惆怅的唯一途径了。相比之下,后现代主义则能以较为平和的心态接受这种丧失。正如瓦尔德所言,在后现代主义里,“接受是一个关键词”,后现代主义用“更为全面的‘既此又彼’”取代了狭隘偏激的“非此即彼”。[①]总之,尽管解构主义与后现代主义关系密切,它们是两个不可互换的范畴。如果把由解构主义的特性和宗旨所导致的问题安在后现代主义的头上,并以此来否定后现代主义,那显然是不够妥当的。

解构主义确实存在问题,但也不能忽视它的积极意义,把它全盘否定。瑞安就认为,解构主义对于发展马克思主义、开展新形势下的政治斗争,具有多方面的积极意义,主要表现在:(一)有助于继承和发展马克思对形而上学的批判;(二)有助于改造古典辩证法,使那种通过直线进化和最终解决的途径进入社会主义的发展模式失去基础,从而使政治学有可能在更为准确地评估资本主义社会中的敌对力量和复杂差异的基础上做进一步的发展;(三)能为批判资本主义统治制度提供必要的原则,使这种批判不仅针对性强,而且能从制度内部颠覆其合法性的基础;(四)能为建设平等的社会主义提供经济和政治体制上的理论模式。[②]总之,瑞安没有把解构主义看成太大的问题,而是通过细致的分析和对比阐明,解构主义在提倡多元反对极权整体,提倡批评反对盲从,提倡差异反对同一等重要方面与马克思主义是一致的。

还有一点是值得注意的,那就是解构主义与其他的主义一样,也是发展变化的。如果以前说它只是解构不思建构还有一定道理

---

① Alan Wild, “Modernism and the Aesthetics of Crisis,” in Patricia Waugh, ed., *Postmodernism: A Reader* (London and New York: Arnold, 1996), pp. 16, 19—20.

② Michael Ryan, *Marxism and Deconstruction: A Critical Articulation* (Baltimore and London: The Johns Hopkins University Press, 1982), pp. 43—44.

的话，那么现在这么说就可能会遇到些许麻烦，因为它近年来也开始强调建构和理想的必要性。比如，对于继承和发展马克思主义的必要性，德里达指出："马克思主义仍然是不可或缺的，但同时也有着结构性缺陷：它还是必要的，如果它经过改造，适应了新的社会环境和新的思维方式……这种改造，这种对马克思主义的开发，与马克思主义的精神是一致的。"①另外，德里达还表示接受"马克思主义关于拯救和解放全人类的美好前景的积极想法"，认为解放全人类的前景是"不可解构的"。②

五、女权主义的启示

在后现代主义的否定者中，哈贝马斯无疑是现代主义立场最为坚定、产生的影响最为广泛的人物之一。哈贝马斯于 1980 年做的演讲《现代性——一项未竟的事业》首次表达了他对后现代主义的看法。在他看来，现代主义与启蒙运动一脉相传。现代主义要完成的就是启蒙运动所开创的事业，即"用专门化的文化积累来丰富日常生活，也就是说，对日常生活加以理性的组织"。这项事业没有完成并不是理性的过错。问题出在科学、道德和艺术这三个领域在不断发展和增强自主性的过程中，专家们忽视了不同领域之间的联系与协调，结果就发生了彼此干扰和侵害的"恐怖主义活动"，比如将政治美学化或者用政治代替道德等，从而使启蒙运动分领域发展文化的初衷无法变实现。然而，后现代主义者并不这么看，哈贝马斯指出。他们给理性安上"恐怖主义"的罪名，主张全盘否定启蒙运动和现代主义。哈贝马斯称后现代主义者为"新保守主义者"，就是因为他们这么做对于避免和解决眼前的问题毫无意义。哈贝马斯认为，真正积极的态度应该是在科学、道德和艺术这三个领域之间推动"没有限制的相互作用"，进一步说，就是要大力发展"交往理

---

① Jacques Derrida, *Spectres of Marx: The State of the Debt, the Work of Mourning, and the New International* (London and New York: Routledge, 1994), pp. 58—39.

② Ibid., p. 71.

性”。[1]除了把后现代主义称作“新保守主义”,哈贝马斯还把德里达对形而上学和语言哲学的批判说成是在与“犹太神秘主义”和“非理性主义”调情,指责他硬将哲学纳入文学,使哲学丧失了自主性、最后在修辞学和文学中解体。[2]

然而,哈贝马斯所捍卫的现代主义也并非百分之百的纯洁、与后现代主义毫无关联。贝斯特和凯尔纳就在哈贝马斯和利奥塔之间发现了十多处相似,较有意味的包括:他们都批判使当代资本主义社会合法化的主要原则;他们都批判“功能理性”;他们在理论上都转向语言,发展了侧重语用学和语言游戏的语言哲学,强调语言游戏和价值判断的多样性等。贝斯特和凯尔纳不仅发现了哈贝马斯身上的后现代性,也发现了利奥塔身上的现代性,认为利奥塔在反对系统哲学、从事微观批评、爱好现代美学、重视现代艺术的解放力等方面,与阿多诺非常相似。总之,贝斯特和凯尔纳认为利奥塔与法兰克福学派之间的争论如同“兄弟间的竞赛”,双方之间并没有多少根本的差别。由此,贝斯特和凯尔纳看到了对现代主义与后现代主义进行优化组合的可能性。[3]

其实,在对现代主义和后现代主义都做有批判的吸收、建立适合自身性质与任务的理论基础方面,女权主义的实践是比较引人注目的。女权主义理论家沃曾就哈贝马斯对女权主义思想的忽视表示过强烈的不满,说他似乎是所有参与讨论后现代主义的理论家中的一个对过去二十年间女权主义发展成就“特别不了解”的人。[4] 在沃看来,哈贝马斯并不知道,他根据言语行为理论提出的兼顾自主性与主体间性的“交往理论”其实并没有多少新意,许多女权主义者早就使用类似的模式了。他也不知道女权主义为什么会那么早就

---

① Jügen Habermas, “Modernity — An Incomplete Project,” in Patricia Waugh, ed., *Postmodernism: A Reader* (London and New York: Arnold, 1996), pp. 160—170.

② Jügen Habermas, *Lectures on the Philosophical Discourse of Modernity* (Cambridge, Mass.: MIT Press, 1987), 181ff.

③ Steven Best and Douglas Kellner, *Postmodern Theory: Critical Interrogations* (New York: Guilford, 1991), pp. 246—255.

④ Patricia Waugh, *Practicing Postmodernism/Reading Modernism* (London: Edward Arnold, 1992), p. 133.

有了这种模式。沃认为，西方文化传统看重分离与超越。成熟、身份、思想、真理、科学、文化等正面价值的实现，就取决于与母亲、他者、欲望、肉体、感情、自然等负面价值的分离以及对它们的超越。女性就是在这样的文化环境中逐渐蜕变成代表保姆、感情和自然的他者，成为男性在其成长道路上不断与之分离、对之超越的对象。而要当好这样的对象，女性就不得不使自己始终处于不分离、不超越的状态。由于这些文化和心理方面的原因，女性身份的边界就“较为松散”；她们也更倾向于在“相互联系和主体间性的意义上”理解身份。①

在批判现代主义的同时，沃也从女权主义的角度对后现代主义做了批判。她认为，后现代主义与现代主义的一个重要的共同点就是都继承了这样的理想，即主体能超越一切或有纯粹理性存在。因此，后现代主义其实就是在这一理想破灭后的反应。这就是说，后现代主体之所以呈现非中心化和碎片化的状态，在很大程度上是由于后现代主义不能在启蒙思想、德国唯心主义哲学和康德美学中自主的、纯理性的主体之外再想象一种主体。沃还指出，虽然后现代主义推崇差异，与现代主义不同，但它对待女性的差异却同样是冷漠得惊人。即使在谈到这种差异时，它也是多把女性看作比喻，而不是现实生活中的真人。所以，后现代主义对宏大叙述的怀疑并没有真正触及父权的宏大叙述。另外，后现代主义常将对艺术文本的瓦解天真地混同于政治颠覆，这也削弱了其应有的批判力。它宣布作者已死、质疑总体性、否认历史发展，而现实中的妇女需要的正是发言权、齐心协力和奋斗目标。

沃没有忽视后现代主义与女权主义之间的许多共同点，比如都反对浪漫主义和现代主义所建立的超然的美学体系，都抨击传播西方中产阶级男性白人经验的启蒙运动话语，都重视为适应技术的变化和知识与权力的转移而建立新的伦理学，都批判基础主义的思维方式。尽管如此，沃认为女权主义应该继续有批判地借鉴现代主义与后现代主义两家的优点，建立满足自身要求的理论，做到既批判

---

① Patricia Waugh, *Practicing Postmodernism/Reading Modernism* (London: Edward Arnold, 1992), p. 135.

现代主义的本质主义和基础主义的前提，又保留其解放理论的精髓，既继承后现代主义的怀疑精神与批判武器，又克服其虚无主义或实用主义的倾向。既然女权主义要争取妇女解放，它就必须具有基本的人类需求和远大的政治目标，就必须相信真理、集体和进步，就必须具备实施解构所需要的主体、知识、动力等基本条件。总之，沃认为，女权主义必须拥有自己的宏大叙述，使女性在思考主体性时"既不简单地重复现代的启蒙思想，又不以无政府主义的卤莽做法将它否定"。①

詹姆逊说过："无论在思想上还是在政治上，简单地赞扬或者'否定'后现代主义都是不可能的。"②不搞简单主义，以认真的态度深入了解后现代主义，用辩证的方法科学分析它，吸收其中有价值的成分，与时俱进地发展自己的理论，这也许是对待后现代主义的恰当态度。在这方面，女权主义的实践是不无启示的。

① Patricia Waugh, *Practicing Postmodernism/Reading Modernism* (London: Edward Arnold, 1992), p. 128.

② Fredric Jameson, "Marxism and Postmodernism," in *The Cultural Turn*, p. 33.

第二章　经典的改写

一、引　言

在一定程度上，求变求新的文学的历史就是一部改写的历史。但到了后现代时期，改写似乎变得更为普遍和自觉了。赫切恩认为，后现代主义表现为这样一种“双重性”，即“在颠覆文化(高雅的和大众的)的同时使它合法化”。① 莫拉鲁明确地用改写来界定后现代主义，把改写看作克隆时代叙述和批评的主要方式。② 当代美国小说对于改写文学经典有着浓厚兴趣。较为著名的例子，按照发表的先后顺序排列，有巴思的《羊孩贾尔斯》(1966)对《圣经》和古希腊神话的改写，巴塞尔姆的《白雪公主》(1967)对同名童话的改写，库弗的《点谱歌与分支旋律》(1969)对《圣经》的改写，巴思的《客迈拉》(1972)对《一千零一夜》和古希腊神话的改写，汤亭亭的《女战士》(1976)对《木兰诗》等中国古典故事的改写，海勒的《上帝知道》(1984)对《圣经》的改写，艾克的《唐吉诃德》(1986)对塞万提斯同名作的改写，汤亭亭的《孙行者：他的伪书》(1988)对《西游记》的改写，库弗的《威尼斯的皮诺乔》(1991)对《木偶奇遇记》的改写，他的《布莱厄·罗兹》(1996)对睡美人故事的改写，等等。这里主要以巴思、库弗和汤亭亭为例，围绕他们的创作思想和实践，探讨一下此类改写的动机和手法。

---

① Hutcheon, *The Politics of Postmodernism*, p. 15.

② Christian Moraru, *Rewriting: Postmodern Narratives and Cultural Critiques in the Age of Cloning* (Albany: State University of New York Press, 2001).

二、溯源寻找灵感

说到当代美国作家的改写动机，我们可能首先会想到巴思1967年8月发表在《大西洋月刊》上的那篇题为《枯竭的文学》的文章，因为它曾引发过一场广受关注的关于小说到了后现代时期是否寿终正寝的热烈讨论，被称作60年代“最著名、最有影响的文章”。[①] 人们经常根据这篇文章的题目断定巴思认为小说已经灭亡，这其实是很大的误解。首先是巴思自己从未停止过小说创作。就在那篇文章发表的当年，他还修订出版了三部小说。[②] 更主要的是，那篇文章的内容要比它题目的字面意思复杂得多。巴思在十二年后发表的《复原的文学》一文里指出，人们以为他在那篇文章里宣布了小说的死亡，而其实他不过是想说明小说的某些资源已经枯竭的现状，再就小说如何生存提几条建议。他解释说，所谓的枯竭，指的“不是语言或文学，而是业已成熟的现代主义美学，即那个令人钦佩、不可拒绝、基本现实的‘方案’”。[③] 那个方案已经产生了乔伊斯的《尤里西斯》等在艺术上近乎登峰造极的现代主义作品，使小说难以沿着老路继续发展，因而就有了小说形式已经死亡的说法。

至于如何应对这种现代主义美学的枯竭，巴思在阿根廷作家博尔赫斯等人的作品中找到了答案。巴思在《枯竭的文学》里指出，博尔赫斯等人的做法是正视这种枯竭，通过表现和利用这种枯竭来超越和创新。[④] 巴思很欣赏博尔赫斯在文学独创性问题上所提出的不同于现代派作家的看法，即认为“无人能自称有文学上的独创性；所有作家或多或少都是这一精神的誊写员，是各种先在原型的翻译者

---

① Frank D. McConnell, *Four Postwar American Novelists: Bellow, Mailer, Barth and Pynchon* (Chicago: The University of Chicago Press, 1977), p. xxvi.

② 这三部小说是《漂浮的歌剧》(*The Floating Opera*)、《路的尽头》(*The End of the Road*)和《烟草代理商》(*The Sot-Weed Factor*)。

③ John Barth, "The Literature of Replenishment," in his *The Friday Book: Essays and Other Nonfiction* (New York: G. p. Putnam's Sons, 1984), p. 206.

④ Ibid., p. 68.

和注解者”[1]。当然，这里所说的翻译和注解并不是对原型的机械、被动的模仿。在《复原的文学》里，巴思对于当代作家如何翻译和注解原型等问题做了进一步的讨论。通过分析意大利作家卡尔维诺和哥伦比亚作家马尔克斯的既传统又现代的特点，他认为理想的后现代主义作家对于20世纪的现代主义父母或19世纪的前现代主义祖父母应该是既模仿又批判，提出“理想的后现代主义小说，应该多少超越现实主义和非现实主义、形式主义和‘实质主义’、纯文学和政治文学、社团文学和垃圾文学之间的争执”[2]。也就是说，理想的后现代主义小说应该超越一切对立，尤其是现代与传统的对立，放心大胆地返回小说传统的源头，发掘未被利用的资源，改写那些可以改写的故事，以服务于自己的目的，复兴枯竭的小说。

根据这种认识，巴思在创作中坚持不懈地发掘和更新传统的叙述文类与风格，做了许多开创性的形式实验，取得了突出的成就。他的小说《羊孩贾尔斯》就是一个很好的例子。这部作品广泛借鉴了《圣经》、神话和中世纪圣人传记，在对它们进行戏仿的同时也表现了冷战时期的世界。谈到此书的创作思想，巴思说他“真正想写的是一部新的《旧约》，一部滑稽的《旧约》。……一本更为有力的《圣经》”[3]。在写作此书的六年里，巴思先用了两年研究英雄神话，尤其是拉格伦的《英雄》[4]、坎贝尔的《千面英雄》[5]和兰克的《英雄诞生的神话》[6]等作品，还在1962年正式动笔之前重读了荷马、维吉尔和《福音书》。

按照巴思的归纳，这部长近八百页、内容错综复杂的《羊孩贾尔

---

① John Barth, “The Literature of Replenishment,” in his *The Friday Book: Essays and Other Nonfiction* (New York: G. p. Putnam’s Sons, 1984), p. 73.

② Ibid., p. 203.

③ John J. Enck, “John Barth: An Interview,” *Wisconsin Studies in Contemporary Literature*, 6 (Winter-Spring 1965), p. 6.

④ 拉格伦(Lord Raglan, 1885—1964)：英国学者。他的《英雄》(*The Hero: A Study in Tradition, Myth, and Drama*, 1936)研究了英雄的基本模式及其虚构史。

⑤ 坎贝尔(Joseph Campbell, 1904—1987)：美国作家、编辑和教育家。他的《千面英雄》(*The Hero with a Thousand Faces*, 1949)主要研究英雄的原型。

⑥ 兰克(Otto Rank, 1884—1939)：奥地利心理学家和精神分析学家，弗洛伊德的学生和秘书。他的《英雄诞生的神话》(*The Myth of the Birth of the Hero*, 1909)将弗洛伊德理论用于神话分析。此书的英文版出版于1914年。

斯》写的主要是“一个年轻人的冒险经历”。这个年轻的主人公就是其名字出现在书名里的贾尔斯。与传统小说里身份单纯的人物不同，贾尔斯有着羊、人和机器三重身份。他由一台巨型计算机所生，在宇宙大学的实验山羊羊圈里长大，后来又成为宇宙大学的学生。宇宙大学按照意识形态的差异分为东、西两个校园。学校在录取贾尔斯时，给他安排了一系列艰巨的任务：“他必须同时接受他的山羊身份和人的身份（更不用说他的机器身份），并从大学的内部超越东、西之分以及所有其他的分类；超越语言本身，然后再返回白天的校园，赶走假冒的大导师（他认为此人是他自己的一个方面），而且尽最大努力说出不可言说的东西。”[①]也就是说，他必须努力学习，为自己和未来接受他指导的所有人找到一个切实可行的道德立场，成长为一位大导师，然后再返回控制大学命运的电脑体内，拯救和指导大学。

《羊孩贾尔斯》戏仿《圣经》和神话，在借鉴它们的同时用“滑稽”的方式改写它们，消除其神话色彩的例子，在小说里比比皆是。在这部“新的《旧约》”里，上帝被计算机所取代，是这个新的上帝生下类似于圣子的贾尔斯。然而，这个新上帝却无力掌管这个变幻的世界。在本应弘扬理性的宇宙大学所代表的这个世界里，随处可见违背理性的分裂和冲突。校园暴乱暗指世界大战。西校园自动计算机的“吞食波”相当于原子弹的冲击波。相互对立的东、西两个校园使人联想到冷战时期的苏联和美国。在这个充满分裂的世界里，作为上帝的计算机自身也不可避免地出现了分裂；东、西两个校园有着各自的计算机控制系统，分别叫做 EASCAC 和 WESCAC。身披黑色斗篷的冒牌大导师布雷在 WESCAC 的内部进行操纵，就像藏身于地狱深处的撒旦。但这个魔首也是贾尔斯的一部分。如同自身分裂的当代圣父，贾尔斯这个当代圣子也要与自己的这个他我做斗争：“我现在必须把他从肚子里……而且早晚从校园里赶走。我工作的一个部分。”[②]贾尔斯最后做成了这部分工作，当上了大导师。但他也知道，如今愿意接受他指导的人已经为数不多，而“其余的人

---

① John Barth, "*Giles Goat-Boy*," in *Further Fridays*: *Essays*, *Lectures*, *and Other Nonfiction* , 1984—1994 (Boston: Little, Brown and Company, 1995), pp. 271—272.

② John Barth, *Giles Goat-Boy* (New York: Doubleday, 1966), p. 668.

会像往常一样在过道里鼾睡，用我的笔记本纸折飞机，用放屁来回应我的提问”(707)。

这部小说的框架故事也能反映巴思在发掘小说资源方面的努力。巴思对叙述框架和故事嵌入一直有着浓厚的兴趣，其原由似乎可追溯到他读本科时所沉迷的那些具有复杂框架结构的东方叙述作品，如《故事海》[①]、《五卷书》[②]和《一千零一夜》等。《羊孩贾尔斯》的序言部分就是一个相当有趣的框架故事，虚构了这部小说的创作过程以及有关专家的不同评价。故事由两个文件构成。第一个文件是此书总编的《出版者放弃声明书》，包括四位编辑对这部小说的意见，以及两人反对出版、一人赞同、一人弃权的投票结果。另一个文件是一位名叫J. B.[③]的作家写给编辑和出版者的封面信，介绍了这部作品的产生过程，包括贾尔斯如何口授给西校园计算机、他的儿子如何改完计算机的初稿后把它交给J. B.、J. B.如何在审校后把它转给自己的出版者、这些出版者又如何做出不出版的决定等。这个框架故事既巧妙地介绍了小说内容的复杂性，吸引读者自己去阅读和判断，也质疑了小说自身叙述的权威性，表达了作者对待叙述乃至经典叙述的态度。

《羊孩贾尔斯》常被看作巴思告别写实，开始强调文学技巧和形式在构建现实中的作用、从现代主义过渡到后现代主义的一个标志。无论这一说法是否正确，巴思的下一部作品《客迈拉》在改写文学经典方面确实要比《羊孩贾尔斯》坦率得多。这部集录了三个中篇小说的作品改写的主要是《一千零一夜》和古希腊神话。除了少数新加的人物，三篇小说里的人物姓名都是直接来自《一千零一夜》和古希腊神话。情节也大多能在原故事里找到根据。第一个中篇《邓亚佐德》把《一千零一夜》里的女主人公山鲁佐德换成了她的妹妹邓亚佐德，写邓亚佐德躲在姐姐的床下听了一千夜的故事，然后向姐夫山鲁亚尔王的弟弟即她自己的丈夫山扎曼王讲故事，使自己

---

① 《故事海》(*The Ocean of Story*)：印度诗人苏摩提婆(Somadeva，1035—1085)创作于1070年前后的童话故事集。此书的英文版出版于20世纪20年代。

② 《五卷书》(*The Panchatantra*)：印度动物寓言集，大约创作于公元前100至公元500年，12世纪被译成拉丁文和希伯来文，开始流行于欧洲。

③ “J. B.”也是巴思姓名“John Barth”的缩写形式。

免遭杀害。另外两个中篇《珀尔修斯》和《柏勒罗丰》改写的分别是古希腊神话里珀尔修斯①和柏勒罗丰②这两位英雄的故事。在巴思的新故事里，两位英雄都已到中年、体力始衰，内心却依存英雄梦。珀尔修斯在神殿里拾阶而上，边走边观看墙上所画的他的经历，回顾着历史，通过这样的再现和回想来重温已逝的青春。而柏勒罗丰则认为，仅靠再现和回想成就不了真正的英雄。为了提高自己的英雄地位，满足传统英雄模式的要求，他再次离开了自己的家庭和王国。

此书书名里的吐火女怪客迈拉由狮头、羊身、蛇尾三部分组成。这一异质同体的特点在此书里既可见于东方故事和西方神话的衔接，也可见于古代生活和当代信息的结合。在《邓亚佐德》里，生活在古代的邓亚佐德却具有当代的女权主义思想，并能机智地实施这些思想，所以她家后来的情况变得与她姐姐家正好相反：她的丈夫不得不讲故事给她听，乞求她的仁慈。她的叙述还包含一些深奥的文论探讨、直率的色情玩笑以及二者的混合物，比如把叙述者和倾听者的理想关系比作"做爱，不是强暴"等。③《珀尔修斯》和《柏勒罗丰》在写两位神话英雄难忘昔日辉煌的同时，也经常让他们像当代作家那样思考时下文学创作所面临的一些问题，包括主体性的危机、改写经典的必要性以及改写所无法避免的歪曲等。总之，此书很好地体现了巴思关于返回文学源头寻找灵感、在表现枯竭中克服枯竭等创作思想，出版后获得了小说类全国图书奖，被批评家们广泛看作最佳当代美国小说之一。

三、质疑单一叙述

比较而言，巴思改写经典主要为发掘未被充分利用的资源，而库弗改写经典主要为表现经典的虚构性、向单一叙述提出质疑，尽管他们的目的都是要复兴其潜能几近耗尽的现代小说。创作初期，

---

① 珀尔修斯(Perseus)：希腊神话中达那厄和宙斯的儿子，安德洛墨达的丈夫，杀死过蛇发女怪梅杜莎。

② 柏勒罗丰(Bellerophon)：古希腊科林斯的英雄，杀死过吐火女怪客迈拉。

③ John Barth, *Chimera* (New York: Fawcett Crest, 1991), p. 34.

库弗也曾像巴思那样研究《变形记》和《一千零一夜》等文学经典，想了解前人做过些什么以及为什么要那么做，最后对古往今来作家都试图通过建立各种理想的结构来整理混沌、阻挡变化的创作动机有了清醒的认识。所以，对于那些成了经典却忘了自己的本质和责任的结构，库弗认为就必须对它们进行改写："如果有些故事开始耀武扬威，我就喜欢对它们的权威搞点破坏，制造出一些变异，要人们注意它们的虚构实质。"①库弗对于作家写作或改写的目的也做过清楚的表述。他说过："世界本身就是一种虚构物，所以我认为虚构者的作用就是提供更好的虚构，让我们得以重构对事物的看法。"②

库弗也经常在作品中陈述他的文学理想，并努力按照这些理想去进行创作。在他第一个小说集《点谱歌与分支旋律》里，③他表达了对塞万提斯的敬意，说塞万提斯的故事"体现了所有优秀叙述艺术所具有的那种双重性：它们一方面与人类生活中未被意识到的神话残余做斗争，设法综合那些不可综合的东西，另一方面又冲击了那些幼稚的思维模式和枯竭的艺术形式，最后再带着新的复杂性返回。"④这段归纳塞万提斯的创作思想的话也可用于描述库弗自己的创作。如同塞万提斯，库弗也坚持"与人类生活中未被意识到的神话残余做斗争"。他喜欢从《圣经》、童话等妇孺皆知的经典里寻找那些人们对其反应早已定型的情节和人物等材料，再用不同视角重新安排这些材料，让读者在感受新模式所带来的自由与惊喜的同时，意识到一直未被意识到的陈旧神话规则对他们的控制。《点谱歌与分支旋律》里改写《圣经》的《弟弟》和《J 的婚姻》等故事就能较

---

① Tom LeClair and Larry McCaffery, eds., *Anything Can Happen: Interviews with Contemporary American Novelists* (Urbana: University of Illinois Press, 1983), p. 68.

② Frank Gado, ed., *First Person: Conversations on Writers and Writing* (Schenectady, New York: Union College Press, 1973), pp. 149－150.

③ 此书书名的译法根据了库弗对它的解释。库弗说书名里的"pricksong"和"descant"都是音乐术语，前者指其乐谱的"音符其实是被刺出来的"歌曲，后者指一种含有"一个基本旋律和与之对位的其他声部的变奏"的音乐。见 Brian K. Evenson, *Understanding Robert Coover* (Columbia, South Carolina: University of South Carolina, 2003), p. 52. 当然，书名里的"pricksong"一词也有性方面的意味，更何况此书和库弗的其他作品一样经常用世俗却生动的肉体活动嘲弄神圣却抑郁的大脑活动。

④ Robert Coover, *Pricksongs & Descants* (New York: Plume, 1970), p. 77.

好地反映库弗实践上述思想的具体做法。

《弟弟》用挪亚的无名弟弟作主人公，取代挪亚成了故事的中心。故事的叙述者也换成第一人称的弟弟，不再用原来的全知型第三人称叙述者。这个弟弟撇下待耕的土地和怀孕的妻子，历经了千辛万苦帮助哥哥挪亚建成了方舟，最后却在请求救助时被哥哥无情拒绝，气得他把这个人类的神圣祖先骂作“狗娘养的混蛋”(97)。故事所提供的这一富有戏剧性的新视角，再加上充满嬉笑怒骂的当代工人的叙述语言，未加标点符号的乔伊斯式时尚独白，神的单调存在与人的多彩生活所形成的鲜明对照，都能使读者较为容易地与这个弟弟产生认同，对挪亚的传统形象和《圣经》逻辑的合法性产生新的认识。故事结尾，弟弟对挪亚究竟怎么能预知洪水的发生表达了疑惑，在承认人类认识能力的限度的同时进一步质疑了那些赋予英雄过多魔力的经典故事的真实性。

《J的婚姻》改写的是那个更为神圣的关于耶稣诞生的故事。尽管故事里没有出现耶稣和圣母马利亚的名字，马利亚的丈夫约瑟的名字也只是出现了一个首字母，但故事里的年轻妻子说她怀孕是“上帝所为”(117)这句话就能完全说明故事的所指。然而，故事的写法却完全变了。故事的主人公不再是耶稣或马利亚，而是长期受到忽视的约瑟。可以说，故事写的就是约瑟的婚姻的起止过程。另外，所有人物都被高度地世俗化了。除了马利亚怀孕的原因，故事里几乎没有什么神圣的色彩。在这个由传统的第三人称叙述者所叙述的故事的开头，约瑟正在为马利亚屡次拒绝他的求婚而困惑。了解到马利亚拒绝他的根源是她有性恐惧，而且这种性恐惧与那些关于作恶者将下地狱受惩罚等古老故事有关，约瑟就用相应的承诺打消了她的顾虑，将她迎娶进门。从此也就开始了他日益严重的性饥渴和各种引诱手段的失败。终于有一天，妻子说出了自己已因上帝而怀孕的消息。约瑟对此的反应是既困惑又愤怒，根本“想不通究竟是什么使上帝干出这种没有价值和……近乎庸俗的事情来”(117)。但他的善良还是使他待在“状态日益糟糕”的妻子身边照顾她，终于等到了她分娩的那一刻。那是“崇高、美好”的一刻，也是不堪目睹的一刻：马利亚“在地上的土里翻滚着，就像一头垂死的野兽”(117—118)。对于她生下的那个男孩,约瑟一直无法按照自己的意愿真心地去爱。而那个男孩从小就对他“毫不理会”(118)。约瑟最后在酒馆里不慎被一口红酒呛死,终于告别了这个使他“不解其人生中任何一天的意义”(119)的世界,也彻底结束了他的婚姻。

在长篇小说《威尼斯的皮诺乔》里,库弗运用他的戏仿和语言天赋改写了意大利作家科洛迪写于1883年、被译成二百多种语言的经典童话,把原先木偶变男孩的故事改写成老翁变木偶的故事。在库弗的故事里,由木偶变成的男孩皮诺乔已是一位百岁老人,获得过诺贝尔奖。在美国大学里教了一辈子哲学之后,他决定重访故乡威尼斯。在威尼斯,他遇到了蓝发仙女等从前的伙伴,重温了当年的冒险经历,逐渐地又从人变回木偶,原想在旅行期间完成他最伟大作品的计划也成了泡影。弥留之际,皮诺乔认识到,他和蓝发仙女的关系只是两个“怪物”之间的关系,都没有体验过真正的人的生活。他自己在本质上只是一块由人加工和摆布的木头:“我一直不过是一个木偶!”[①]教他做人之道的蓝发仙女也没有多少自我可言,而是如同历史上的其他女性典型,无意识地实施和延续了一系列将人木偶化的“教化原则”(322)。

小说在对人生和死亡的意义进行思考的同时,强调了接受无常、肯定变化的必要性。这部小说里的世界充满了狂欢节般的气氛。表现这种气氛的叙述语言和形式也富于变化,频频透露出作者追求变化和冒险的心理。皮诺乔对威尼斯艺术大师们的作品的领悟较好地表达了作者的这种心理或小说的一个重要主题:“虚幻的东西……在当时的威尼斯绘画大师们看来,就是真实的东西。变化就是永恒。生成过程就是存在。对于他们,‘凝滞’的视线是能动的,不是被动的:他们能够洞彻事理。他们的艺术是热切而又沉着地接受狂暴而又奇妙的事物的艺术。”(115)可以说,这种既“虚幻”又“真实”,既“凝滞”又“能动”的生动活泼的艺术,也是库弗理想中的艺术。在他看来,现实生活变幻莫测,充满“狂暴而又奇妙的事物”,而人类为它创造适当模式的能力是极其有限的,所以就需要不

① Robert Coover, *Pinocchio in Venice* (New York: Linden, 1991), p. 320.

断地变换视角、探索新隐喻、编造新故事,以便能不断“接受”变幻莫测的现实生活。

不甘停滞的库弗在他的《布莱厄·罗兹》里又对家喻户晓的睡美人故事做了改写。库弗的故事保留了原故事里丑恶的老妪、中魔的公主和勇敢的王子等主要人物。但库弗把大部分的故事置于睡美人的梦里,使故事得以摆脱现实主义传统的束缚。他还改变了原来单一的叙述方式,让老妪、美人和王子交替叙述,使故事有了更多的变化可能。小说的每一章都可以说是原故事的一个变体。每一个变体都有着自己的开头与结尾,各不相同,甚至互相矛盾。比如,第一章的开头写王子很容易地就在荆棘丛中辟出一条通道,来到了王宫跟前。而在第五章的头里,王子却被困在了灌木丛里,纵横交错的枝桠像“进行报复的情人”一样紧紧地缠绕着他的身体,使他寸步难行。在最后一章的开头,睡美人是自行醒来的,身边根本就没有王子。她后来在一条秘密走廊里发现了王子,见他正在拥抱一个帮厨女佣。小说里还有一些别的变体将原故事的一些众所周知的重要细节改得面目全非,比如来救睡美人的王子已有妻室,唤醒睡美人的不是王子,而是一只蛤蟆,等等。因此,睡美人发现她“无实体的自我经常迷失目的与方向”①。小说结尾,她面对着“残酷的命运”重新闭上双眼,却又心犹未甘地再次睁开,终于看见期盼已久的王子来到她床边、俯下身子。但叙述这时又在出乎意料的省略号中结束,使她和读者对于直线发展和完美结局的期待再次遭受挫折。

库弗对睡美人故事的这些改写,与他对别的经典故事的改写一样,通过发现和释放被单一的经典叙述长期压抑的其他叙述可能,深刻地反映了经典叙述是如何在压抑其他叙述可能的过程中树立起自身的权威。这无疑有助于加深人们对于经典的认识,有助于人们以更开阔的视野、更解放的思想和更多的自信去认识和改造现实。

四、改变传统形象

作为华裔和女性,汤亭亭对中国文学经典的改写,与她想改变

---

① Robert Coover, *Briar Rose* (New York: Grove, 1996), p. 84.

华人尤其是女性华人的传统形象，提高他们社会地位的愿望密切相关。对于那些说她歪曲了中国文学经典的指责，汤亭亭在《个人声明》里反驳道："神话必须变化，要有用，否则就会被遗忘。就像那些带着它们漂洋过海的人一样，这些神话也变成了美国的。我所写的是新的、美国的神话。"①这就是说，汤亭亭改写中国文学经典在很大程度上是为了古为今用、中为洋用，使它能为改善华裔的现时生活发挥积极作用，同时也增强自己的活力。

《女战士》第二部分《白虎》对木兰从军和岳母刺字两个故事的处理，是此书对中国经典故事的一例重要改写。汤亭亭把这两个故事放在女主人公的梦里，使她的改写获得了较大自由。《白虎》里，幼时的女主人公听母亲讲了花木兰的故事，做梦进山从一对老夫妇练功习武，学成后成功领导了一场声势浩大的农民起义。木兰从军和岳母刺字这两个故事的影子就出现在女主人公学成下山和开始起义之间。女主人公刚进家门，就决意代替年迈的父亲去参军。第二天，父亲拿着笔和刀，母亲拿着毛巾和白酒，在她背上一行行地刻下他们的冤情。这样，木兰和岳飞这两个不同时代和不同性别的人物的故事在经过加工之后就合并到女主人公一人身上。其他较为有趣的改写，还有女主人公的母亲用广东老家的方言讲故事，把"花木兰"叫成"Fa Mu Lan"。另外，花木兰在征战途中结婚怀孕，怀孕后期改穿大号盔甲掩人耳目，有时还对着镜子欣赏自己前凸后花的特殊体态。这些改写无疑有助于丰富和强化这位女战士的形象。

除了能武的女战士，《女战士》还改写了蔡琰的故事，突出了她成功地以诗歌为武器与自我和"野蛮人"做斗争并在综合不同文化精华的基础上创作出为不同民族所共赏的《胡笳十八拍》等成就，塑造了一个能文的女战士。而且与这些古代中国女战士相呼应，书里还有一些当代中国的女战士，包括学业突出、勇斗坐鬼的母亲英兰，追求自由、以死抗争的无名姑妈等。不难看出，汤亭亭在这部作品里呈现古往今来的这些才能出众的中国女战士，是有意要重写中国女性史，改变中国女性的传统形象。

---

① Shirley Geok-lin Lim, ed., *Approaches to Teaching Kingston's The Woman Warrior* (New York: The Modern Language Association of America, 1991), p. 24.

这些女战士的故事对于华裔女性的激励和教育作用是很显然的。女主人公在六年级时就意识到勇于说话的重要性。她向一个钳口结舌的华裔女生大声喊道:“如果你不说话,你就没有人格。……没有人会注意你。所以你在面试时必须开口说话,在老板面前照直了大声说。”①女主人公还承认:“这些童话故事让我看清了谁是敌人。”(48)这些敌人包括艺术用品商店和土地开发公司的老板。他们就是见她不敢理直气壮地大声反对他们的种族歧视而毫无顾忌地将她辞退。不敢说,就会遭受欺辱,就会无法生存。女主人公的姨妈就是在其绝情丈夫的“野蛮人眼光”的盯视下无言畏缩后而丧失了理智,最后死在了疯人院里。成熟后的女主人公继承了蔡琰和母亲等文字女战士的事业,像她们那样讲起了故事,决意与性别歧视和种族歧视斗争到底:“开头是她的,结尾是我的。”(206)

比起采用自传体的《女战士》,汤亭亭第一本严格意义上的小说《孙行者》似乎给了改写以更多的自由。小说男主角的姓名“威特曼·阿辛”(Wittman Ah Sing)就是一个混合和改写的产物。其中的“Ah Sing”是他的中国名字,“Wittman”是他的美国名字,由他父亲借自美国现代诗歌之父惠特曼(Walt Whitman),并有意无意地做了改写,去掉了其中的“h”,添加了一个“t”。在阿辛性格的刻画上,作者参考了《西游记》里的孙悟空;小说的副标题“他的伪书”就暗示了作者要改写孙悟空的故事的意图。② 阿辛的故事由神通广大的观音菩萨担任叙述者。故事中又融会了中国的神话传说和美国的大众文化。这些都为作者在改写中从历史、文化和心理等方面思考华人的地位和出路提供了广阔的空间。

阿辛生活在60年代反文化运动的中心旧金山。尽管他是第五代华裔,伯克利的文学教育又使他熟悉从斯宾塞到金斯堡的众多欧美作家,但他并没有被美国的主流文化所接受。经历了种种挫折与痛苦之后,他开始把自己看作孙悟空,决定要筹办一场大型演出,像

① Maxine Hong Kingston, *The Woman Warrior: Memories of A Girl among Ghosts* (New York: Vintage, 1989), pp. 180—181.

② “fake book”也指只标出一行主调与和弦的乐谱,以便爵士乐演奏者即兴发挥。这一意思也适用于阿辛,因为他的生存境况要求他必须像爵士音乐家那样随机应变。

孙悟空协助唐僧把佛经引入中国的那样把中国文化引入美国，改变华人的形象和地位。阿辛清楚演戏对于华人的重要意义。小说开头，他在自己的身份危机中向演员朋友南希承诺要为她写一部戏，让观众爱上她华人的肤色、五官和口音。他从自己的生活经历中领悟到，不演戏，没有机会讲述自己的故事，没有机会表现自己的文化、尊严、痛苦和期望，华人就无法生存。他就自己的困苦生活所做出的"就是因为我们的戏剧已亡"的解释[①]，重申了汤亭亭关于讲故事的重要性的观点："语言对我们心智健全具有重要意义。你必须能够讲述你的故事，你必须能够编造你的故事，否则你就会发疯。"[②]为了不发疯和活得好，阿辛决定用大型演出来大声讲述华人的故事、改变华人的传统形象，同时也教育那些妄自尊大的美国人。

传统观念认为华人贪财。阿辛要用狂欢节般的表演证明华人更爱游戏。他声称："我们与其他拓荒者的差异是我们来这里不是为了黄金路。我们来是为了演戏。我们还要再演。是的，中国佬一直想过得快活。"(249—250)传统观念中的华人软弱涣散。阿辛喊出了"我们创造戏剧。我们创造群体"(261)，要用大型演出来培养华人的集体精神。在通过演戏教育美国人方面，阿辛想让美国人知道：西方有苏格拉底，中国有孔子；美国有波士顿倾茶，中国有虎门销烟；美国有西点军校，中国有《三国演义》；美国有硬汉韦恩[③]，中国有武圣关公；美国有60年代反文化运动时的嬉皮青年，中国有13世纪《水浒传》里描写的梁山好汉。总之，中国文化不比美国文化逊色。另外，华人身上不乏美国人的任何品质，而且还更加可塑和全面。阿辛的父亲曾对华人的不可界定性做过这样的评论："真正的华人像印第安人、巴斯克人、墨西哥人、意大利人、吉普赛人、菲律宾人。"(200)阿辛本人就是衣着像牛仔，走路像日本人，生活像嬉皮士，思考像诗人，讲的是夹杂着汉语、日语、西班牙语等语言的英语。

当然，作为"猴王在当今美国的化身"(33)，阿辛最像的还是好

---

① Maxine Hong Kingston, *Tripmaster Monkey: His Fake Book* (New York: Alfred A. Knopf, 1989), p. 249.

② Deborah Woo. "Maxine Hong Kingston: The Ethnic Writer and the Burden of Dual Authenticity." *Amerasia Journal* 16.1 (1990), p. 187.

③ 韦恩(John Wayne, 1907—1979)：美国影星，以演硬汉角色闻名。

动、善变的孙悟空。如同孙悟空，阿辛游动不止。《孙行者》就是他的西游记，记录了他在旧金山、奥克兰、萨克拉曼多和里诺等地的游踪，以及他创立戏院、准备演出的过程。如同孙悟空，阿辛也善于变化。小说里，他经历了从身份危机到确定身份的变化。他起初曾想到过自杀，但经过观察和思考认识到，白人文化的意图之一就是诱使黄种人自杀，这样就“不必让鲜血弄脏他们的手”(319)。在最后的“单人表演”中，他对观众进行“反洗脑”，称赞华人的肤色是贵重、华美的“黄金”的颜色，华人的“相貌——牙齿、眼睛、鼻子、脸形——完美无缺”(314)。他还强调汉语中的“我”有持戈作战的意味，宣布“我。我。我。我。我。我。我。我。我。我这个战士要赢得西部、地球和宇宙”(319)。这时的阿辛已不再是白人价值和意志的随从，而是一个能坦然接受自己的华人身份并能不断从中国文化中吸取灵感与力量的斗士。

如同充满活力与好奇的孙悟空，阿辛的座右铭是“不断创造”(207)，要不断破除旧观念、塑造新自我、开拓华裔生活的新天地。这也可看作汤亭亭改写中国文学经典的动机与效果的写照。正是在汤亭亭的不断改写和创造中，经典不能变的观念受到了质疑，花木兰和孙悟空等古代形象又有了新的活力和用途，中国文学经典的发展又多了新的动力和可能。

当代美国小说对文学经典的改写是一个非常复杂的问题。这里只是在有限的范围内，从发掘小说资源、质疑单一叙述、改变传统形象这三个方面，对这个问题做了简略的考察，难免挂一漏万。另外，这三个方面也是难以分开的，比如汤亭亭对中国文学经典的改写就可能兼有前两方面的考虑。然而，这些作家改写经典的实践多少能够表明，尽管在后现代时期，商品化的影响渗入了包括文艺在内的一切领域，有些对文学经典的改写在本质上难免与常见的商品更新换代相类似，也是出于哗众取宠、寻觅市场等庸俗目的，但还是有些作家在为促进文学繁荣、思想解放和社会进步等远大目标而改写经典，做了许多卓有成效的实验，值得我们认真研究和借鉴。

第三章　福克纳与纳博科夫的艺术观比较

一、引　言

在少数族裔文学广受重视的今天，选择比较福克纳（1897—1962）和纳博科夫（1899—1977）这两位白人男性、贵族气重的主流作家，[①]似乎应有非常特别的理由。而这里却只有两个常识性的理由：一是少数族裔文学的研究无法脱离主流文学的研究，因为优秀的少数族裔作家都熟悉主流作家，是在汲取了主流和本族两种文学精华的基础上做出了超越它们的特殊成就，所以我们研究少数族裔文学若忽视主流文学的影响，就难以做出恰当的判断，甚至会损害它的发展；[②]二是福克纳的《喧哗与骚动》（1929）的汉译本自 80 年代初面世以来再三印刷、畅销不衰，纳博科夫的《洛丽塔》（1955）在过去二十年间新译迭出，销势也一直旺盛，两位作家如此的受欢迎程度似乎也能增加我们比较他们的必要性。这里要做的主要是以《喧

---

① 本人的《叙述与生存——福克纳的女性观》（载刘意青等编《欧美文学论丛》第一辑，人民文学出版社 2002 年版，105—116 页）曾指出过一些批评福克纳的观点的欠妥之处。但那篇文章想说的主要是批评福克纳应注意理论与实际的有机结合，并不是福克纳身上没有贵族气。有人就认为福克纳心里没有黑人读者。见 Philip M. Weinstein, *What Else But Love?: The Ordeal of Race in Faulkner and Morrison* (New York: Columbia University Press, 1996), p. 188. 也有人指出过纳博科夫的"自恋"和"傲慢"。见 Ellen Pifer, "The Lolita phenomenon from Paris to Tehran," in Julian W. Connolly, ed., *The Cambridge Companion to Nabokov* (Cambridge: Cambridge University Press, 2005), pp. 185－199.

② 波尔豪尔曾深入讨论过把少数族裔文学与主流文学分开将扼杀少数族裔文学的问题。见 William Boelhower, "A Modest Ethnic Proposal," in Gordon Hutner, ed., *American Culture, American Literature* (New York: Oxford University Press, 1999), pp. 443－454.

哗与骚动》和《洛丽塔》为例，[①]联系现代主义和后现代主义的有关理论，比较一下福克纳和纳博科夫的艺术观念和创作实践上的特点。

常有人分别用“难”和“黄”这两个字来评论《喧哗与骚动》和《洛丽塔》。这当然是有不无道理的。《喧哗与骚动》的难是出了名的。书里的多视角、意识流以及时序和句式上的剧烈变化，使一个原本比较简单的故事变得非常复杂。尤其是在由智障者本吉叙述的第一部分和由极敏感的哈佛学生昆丁叙述的第二部分里，时序变化格外频繁，没有多少一般意义上的逻辑可言，还经常出现一些所指隐晦的意象和大段没有标点符号和大小写的文字，给阅读理解造成很大困难。当然，从这部作品接受史上的实际情况来看，这种困难，这种语言和形式上的奇观，也使这部作品具有了某种特别的神秘感和吸引力，尤其是在其作者获得诺贝尔文学奖之后。

说《洛丽塔》“黄”也不是没有根据的。小说于 1954 年写完后，纳博科夫在美国找的几家出版社都拒绝出版，只好于次年由巴黎以出版色情作品著称的奥林匹亚出版社出版。直到 1958 年，它才被美国正统的普特南出版社出版，但这家出版社当时也做了吃官司的准备。这部小说较为坦率地写了有恋童癖的三十七岁的成年男人亨伯特与十二岁少女洛丽塔之间的热恋与性爱，还安排亨伯特当上洛丽塔的继父，使他们的关系又带上洛丽塔所说的“乱伦”色彩。纳博科夫认为美国文学出版商最忌讳的主题有三个：一是色情；二是美满的黑白通婚；三是幸福的无神论者。[②] 这么说来，《洛丽塔》至少是在第一个主题上犯了忌，所以它的出版之路才如此不顺。

然而，如果对这两位作家有了更多了解，我们就会发现，认为《喧哗与骚动》“难”和《洛丽塔》“黄”的看法是很肤浅的，也违背了作者的意图。福克纳不止一次地谈到，难度并不是他刻意制造的效

---

① 这两部作品不仅被国内外广大读者所推崇，也最受两位作家本人的喜爱。福克纳说《喧哗与骚动》是他“花的时间最长”、“用的心血最多”、他“最喜爱”的作品。见 Frederick L. Gwynn and Joseph Blotner, eds., *Faulkner in the University* (New York: Vintage, 1965), p. 77. 纳博科夫说《洛丽塔》是他“特别喜爱的”、“最难的”作品。见 Vladimir Nabokov, *Strong Opinions* (New York: Vintage International, 1973), p. 15.

② Vladimir Nabokov, “On a Book Entitled *Lolita*,” in his *Lolita* (New York: Berkley, 1981), p. 285.

果,而是他作品内容的要求。也就是说,他所写的复杂人物、复杂关系、复杂事件和复杂反应等复杂内容要求与之相适应的复杂风格。他只要如实地表现了这些复杂内容,复杂风格就会自然而然地出现,否则他就会认为自己表现得不够真实。正是在这个意义上,他说"风格应故事的要求而生,对我就像到了一年的特定时刻树叶就会自然长出来一样"[①]。福克纳还谈到他经常无法控制自己的创作,包括对风格的选择。他说他在创作过程中常有被魔鬼尾追的感觉,而且当他的人物一旦站立起来、有了生命,他就只能像记者一样努力追随着他们记录他们的言行,无暇顾及自己的风格。[②] 由此可见,难度并不是福克纳的追求,而是他复杂内容的自然表现,所以把"难"看作他作品的一个本质特点是不妥当的。

同样,色情也不是纳博科夫的追求。纳博科夫批评那些拒绝他的出版商缺少见识,说他们只看到书里的色情题材,看不到他的处理方法。[③] 这就是说,在纳博科夫看来,作家写什么并不重要,重要的是他怎么写。比如他虽然在《洛丽塔》里写了亨伯特龌龊的恋童癖,但这并不比他的写法更重要,因为他可以用一种写法表示他赞赏这种恋童癖,也可以用另一种写法表示他的反对,而如果他用的是后一种写法,那么我们对其作品的判断也就应该完全不同于他用前一种写法的时候。其实,按纳博科夫自己的说法,他不但反对亨伯特,有意要把他写成一个恶棍,他还有别的追求,那就是美。他是这样解释《洛丽塔》和他的艺术观的:"《洛丽塔》的背后没有寓意。对我而言,一部小说作品的存在价值,就是能够向我提供我所简单地称作审美极乐的那种东西。那是一种以某种方式、在某一场合与另类的生存境界发生联系的感觉。在那里,艺术(好奇、温情、仁慈、狂喜)就是标准。"[④]所以,如果只盯着书里的色情,甚至只寻找书里的寓意,那么我们就会误解纳博科夫的创作意图,忽视书里最重要的东西,即他所说的审美极乐或艺术性。纳博科夫对审美极乐或艺

① Gwynn and Blotner, eds., *Faulkner in the University*, p. 56.

② Ibid., p. 120.

③ Nabokov, "On a Book Entitled *Lolita*," *Lolita*, p. 285.

④ Ibid., p. 286.

术性的这种强调，也可以进一步帮助解释他为什么如此重视处理题材的方法而不是题材本身。可以说，纳博科夫要求自己处理色情题材的方法不仅能表现他对色情的反对态度，还要能制造出审美极乐的或艺术的效果。

了解了"难"和"黄"不能反映《喧哗与骚动》和《洛丽塔》的本质，现在就来具体讨论和比较这两部小说作为艺术作品的一些有关的本质特点。先来看一下它们的相似点或可比性。这两部作品尽管写于不同时期，在作品题材和创作背景等方面有很大差异，但还是存在一些相似之处，较为明显的包括：

（一）两书都是男主角兼叙述者讲述女主角的故事。在《喧哗与骚动》里，女主角凯蒂的故事主要是在小说的前三个部分里分别由三位男性第一人称叙述者叙述的。他们是凯蒂的哥哥昆丁、大弟杰生、二弟本吉。这三位叙述者分别从自己的角度，以不同的侧重，讲述了凯蒂从童年到中年的生活经历。在《洛丽塔》里，讲述女主角洛丽塔的故事的是亨伯特，也是男性，用的也是第一人称形式。有人说，讲述了洛丽塔从 12 岁到 18 岁的生活经历的《洛丽塔》是一部女性成长小说。《喧哗与骚动》又何尝不是呢？而且凯蒂被叙述的生活时间要比洛丽塔的长得多。

（二）叙述者都与女主角关系紧密。在《喧哗与骚动》里，康普生家三兄弟与凯蒂的关系不是一般的兄妹或姐弟关系。自私的杰生与凯蒂的关系主要是经济上的；他曾迫切希望凯蒂的银行家未婚夫为他找一份银行的工作，后来又长期侵吞凯蒂女儿的抚养费。昆丁和本吉则在感情上非常依赖凯蒂，几乎把她当成冷漠的母亲康普生太太的替代者，尤其是敏感、孤独的昆丁。关于昆丁和凯蒂之间有兄妹恋的说法并没有多少依据。昆丁确实曾向父亲康普生先生说过是他使得凯蒂失贞。但他之所以要说这个被康普生先生轻易识破的谎，主要是他不愿意让那个使凯蒂失贞的外来野小子损害凯蒂的尊严。为了凯蒂的尊严可以牺牲自己的尊严，可见昆丁对凯蒂的依赖性之大和保护心之重。凯蒂带着身孕嫁给了那个道德败坏的银行家之后，为了不使自己对凯蒂的纯洁记忆受到更多玷污，昆丁选择了自杀。可以说,昆丁是为凯蒂而死的。[1] 在《洛丽塔》里,亨伯特与洛丽塔的关系似乎也是密切至极。特里林把他们的感情称作当代文学中最伟大的爱情范例之一,把亨伯特称作"后无来者的情人"。[2] 为了这份感情,亨伯特也可以去做任何事情,包括杀人,杀死那个从他身边夺走洛丽塔的奎尔逊,最后自己死在监狱里。可以说,亨伯特的死与昆丁的相似,也是一种自愿选择的自杀。

(三)女主角都随着时间的推移而发生"堕落"。福克纳说《喧哗与骚动》写的是"两个堕落的女人"。[3] 这两个女人就是凯蒂和她的私生女小昆丁。她们都是由于种种原因,在进入青春期后乱交男友,最后不得不离家出走。《洛丽塔》里的洛丽塔起初是一个完全符合亨伯特的理想的"仙女般的少女"。相处不久,亨伯特就开始发现她身上的任性、低俗等问题。她后来也是受人引诱而出走的。亨伯特最后一次见到她时,她就像换了一个人:挺着大肚子,头变小了,脸色苍白,面颊凹陷,胳膊和小腿完全褪去了那种迷人的黝黑。

(四)女主角的"堕落"都引起叙述者的强烈反应。在《喧哗与骚动》里,凯蒂和小昆丁的"堕落"引起的强烈反应包括本吉的号哭、昆丁的搏斗与自杀、杰生的辱骂、康普生先生的酗酒和早逝、康普生太太的抱怨等。可以说,书名里的"喧哗与骚动"就是对这些强烈反应的一种概括。在《洛丽塔》里,洛丽塔的"堕落"也引起了亨伯特的强烈反应,包括近乎草木皆兵的多疑以及殴打、杀人等暴力行为等。这些强烈反应都加速了女主角的"堕落",最后都导致了叙述者们自己的悲惨结局。叙述者们也都是在悲惨结局发生之后开始自己的叙述,解释他们与女主角的关系怎样导致了这一切。

(五)叙述者的背景和个性也有相似的地方。昆丁和亨伯特尤为相似:都受过良好的教育;都敏感、真挚;都单纯、保守,不适应商业化、庸俗化、道德堕落的现时环境。在《喧哗与骚动》里,凯蒂的银行家未婚夫对于自己当年在哈佛的作弊行为不但没有丝毫的内疚,

---

① 当然,象征性文学成分都有着多重意味。凯蒂的堕落可以被理解为美国南方传统道德的堕落。这样,昆丁的死就可以被看成是为了破灭的社会理想。

② Lionel Trilling, "The Last Lover," *Encounter* 11 (1958), pp. 9—19.

③ James B. Meriwether and Michael Millgate, eds., *Lion in the Garden* (Lincoln: University of Nebraska Press, 1968), p. 222.

还软硬兼施地要求昆丁为他保密，更加坚定了昆丁用自杀来捍卫理想的决心。《洛丽塔》里，在欧洲生长和接受教育的亨伯特细致表现了美国的商业广告、流行杂志、通俗电影等大众文化产品在洛丽塔日常生活中的重要地位，还详尽记录了洛丽塔的中学校长的谈话，尤其是这位校长关于学校的“4D”(Dramatics、Dance、Debating、Dating)教育方针的介绍[①]，字里行间充满了尖锐的讽刺。亨伯特也有与《喧哗与骚动》里的叙述者们近似的逃避“堕落”的途径，包括旅行、发疯、进精神病院等。

上面列举的是《喧哗与骚动》和《洛丽塔》的五点较为明显的相似。其实，这些相似点的产生与这两部作品本身并没有任何内在的必然性。这些相似点也可以在许多其他美国小说里找到。詹姆士的《黛西·密勒》(1879)和《一个女士的画像》(1881)、菲茨杰拉德的《了不起的盖茨比》(1925)和《夜色温柔》(1934)，甚至女性作家华顿的《快乐之家》(1905)和凯瑟的《一个沉沦的女人》(1923)等作品，都是不同程度地通过男性人物的观察或叙述写女主角的“堕落”，也都多少具备上述的其他相似点。但结合《喧哗与骚动》和《洛丽塔》里的具体描写谈这些相似点，对于了解这两部作品的内容及其叙述方法上的某些特点，以及这两部作品在一定层面上的可比性，也许还是有必要的。至于这两部作品为什么会有上述相似点，我们似乎只能从小说和文化的传统和习惯等方面去思考，因为还没有证据表明福克纳和纳博科夫有过任何直接的接触，也没有证据表明纳博科夫在写《洛丽塔》时读过《喧哗与骚动》。

福克纳在介绍《喧哗与骚动》的构思时说，此书始于一个形象，其中有个小女孩上了树，她的兄弟们在树下看到了她的脏内裤，等他解释完她的内裤是怎么弄脏的，他就有了此书。[②]《洛丽塔》也始于一个形象。据纳博科夫自己回忆，此书起源于一幅猩猩画的图画，画的是它所在的那个牢笼的栏杆。那是纳博科夫 1939 至 1940 年间在巴黎时从一张报纸上读到的。读完之后深有感触，他就用俄文写了一个约有三十页的故事。写完之后不满意，他就搁下了，直

① Nabokov, *Lolita*, p. 161.

② Meriwether and Millgate, eds., *Lion in the Garden*, p. 245.

到1949年才又重新拾起，于1954年完成全书。[①] 在最后写成的书里，已经没有了任何的猩猩，它被男主人公亨伯特所取代，也没有猩猩画笼的行为，它演变成亨伯特对于自己如何变成囚犯的详细经过的陈述。这就是说，《喧哗与骚动》和《洛丽塔》起源于两个截然不同的形象，一个关于穿脏内裤的小女孩上树，另一个关于铁笼里的大猩猩画笼，两书在创作源头上没有任何关系。

上面提到没有证据表明纳博科夫在写《洛丽塔》时读过《喧哗与骚动》，并不是说他从未读过福克纳、对福克纳从未发表过看法。但我们迄今所能肯定的是，他读过福克纳的《八月之光》(1932)，没有读过他的《喧哗与骚动》。1948年，也就是在他开始正式创作《洛丽塔》的前一年，著名评论家威尔逊向他推荐了福克纳，并寄给他一本《八月之光》。他读后感觉很差，在给威尔逊的回信里从文类和社会内容两个方面对它做了严厉批评。在文类方面，他认为《八月之光》属于"迟到的浪漫主义"，非常"陈旧"，情节和对话就像出自一部"劣质电影"，充斥着一种"虚假的阴郁"。在社会内容方面，他认为《八月之光》关注穷白人和黑人生活，"也许有社会学意义上的必要性，但在文学上没有必要"。也就是说，在纳博科夫看来，《八月之光》更像社会学著作，不像文学作品。一年后，威尔逊又建议纳博科夫读一读《喧哗与骚动》，但这一次他不仅不读，还干脆地回答说："打倒福克纳！"[②]纳博科夫对福克纳的这些看法，我们可以参考，但不必太当真，因为他还激烈地否定过许多其他著名作家，包括陀思妥耶夫斯基、托马斯·曼、德莱塞、加缪、帕斯捷尔纳克等，还曾把艾略特的英文姓名倒过来，骂他是"toilets"。但他对福克纳的看法可以进一步表明《洛丽塔》与《喧哗与骚动》的上述相似点是偶然的，也表明他与福克纳在艺术观上存在巨大分歧，为我们讨论《喧哗与骚动》和《洛丽塔》所反映的他们在艺术观上的差异做了铺垫。这方面的差异可以说是难以穷尽，这里也只谈几个较为明显和重要的。

---

① Nabokov, "On a Book Entitled *Lolita*," *Lolita*, pp. 282－284.

② Edward A. Malone, "Nabokov on Faulkner," *The Faulkner Journal* (Spring 1990), pp. 63－66.

二、叙述的整与碎

《喧哗与骚动》有四个叙述者，而《洛丽塔》只有一个。表面上看，《喧哗与骚动》更强调差异和微小叙述，更反对同一和宏大叙述，离后现代主义更近，[①]但实际情况并非如此。首先是福克纳一开始写《喧哗与骚动》时并没有考虑用多个叙述者，只想用本吉一个叙述者，也只想写一个由本吉这个智障者叙述的有趣的短篇小说。但本吉这个智障者的叙述能力十分有限，福克纳写完这个短篇后觉着还有许多话没有说，就试图用在哈佛念书昆丁作叙述者来继续说，结果还是没有说完，只好继续找叙述者来说，因此就有了杰生和第三人称叙述者叙述的第三和第四部分。四个部分合成的小说出版十五年后，福克纳又加上了一个附录，提供了康普生家族从 1699 到 1945 年间的家谱。[②] 所以，从创作过程看，此书的多个叙述者并非作者的原意，也并非被作者有意用来支解任何的宏大叙述，而是为了补充单个叙述者未能讲完的故事，或者说是为了构成一个完整、连贯的大故事。再从叙述者们的具体叙述看，尽管叙述者们的品性和侧重不尽相同，甚至有着很大差异，但在反对“两个女人的堕落”及其所反映的南方和当代世界的“堕落”这个核心问题上，他们的立场是基本一致的，因此他们的叙述才能互相补充，帮助作者最后说完他想说的话。当然，福克纳还用了其他手法，包括从莎士比亚的《麦克白》里选取书名、在第四部分里让黑人牧师讲述耶稣遇难和复活的故事等，使故事的指涉面不断扩展，最后几乎涵盖了整个的人类历史。

相比之下，《洛丽塔》只有一个叙述者，叙述里也没有《喧哗与骚动》里那么多的时序变化。除了亨伯特 1952 年 11 月 16 日因心肌梗

① 后现代主义的一个经典定义就是利奥塔在《后现代状态》里所说的“怀疑元叙述”。见 Jean-François Lyotard, *The Postmodern Condition* (Minneapolis: University of Minnesota Press, 1984), p. xxiv. 利奥塔在此书里提出，宏大叙述和现代希望已经终结，总体性社会理论和解放政治已经失效。

② 有关《喧哗与骚动》的创作过程，见 Meriwether and Millgate, eds., *Lion in the Garden*, p. 245; Gwynn and Blotner, eds., *Faulkner in the University*, p. 1.

塞死于狱中和洛丽塔于同年圣诞节死于难产这两个结局是在前言里交代的，小说基本是按照物理时间的顺序讲述亨伯特的一生和他与洛丽塔由合到分的五年交往。这样一部叙述者单一、脉络清楚、故事完整的作品，似乎能表明其作者对宏大叙述的相信与追求，似乎并不比早出版二十六年的《喧哗与骚动》现代，更不用说后现代了。但只要注意到一个事实，我们就可能放弃这种印象。这个事实就是亨伯特患有精神疾病，也就是说，他是个不可靠的叙述者。也许不能轻易断言，纳博科夫选用这样一个叙述者是想说，只有神经病才相信和制造宏大叙述或相信和制造宏大叙述的都是神经病，何况宏大叙述也不都是坏的。[①] 但纳博科夫既然把亨伯特写成不可靠叙述者，就使得亨伯特所叙述的一切都具有了不同程度的不可靠性，我们在就他的叙述做任何结论时就必须更加谨慎。因此，在叙述方面看起来比《喧哗与骚动》更加简单和传统的《洛丽塔》其实并非如此。可以说，《洛丽塔》在叙述上做到了既简单又复杂、既传统又新颖、既完整又零碎。这种混合在海勒、巴思、品钦等人的作品里也很常见，是后现代叙述的一个显著特点。[②] 当然，《喧哗与骚动》里的本吉也有脑病。但他的情况与亨伯特非常不同，他主要是智力弱，不能理解自己的所见所闻和所嗅，[③]却不会像亨伯特那样歪曲事实。[④] 值得注意的是，尽管福克纳在《喧哗与骚动》里用了各种手法

① 拒绝一切宏大叙述的极端做法本身就违背了后现代主义的基本精神。詹姆逊在为《后现代状态》写的序里指出，我们不能没有叙述，因为个人和文化须靠讲故事来组织、解释和理解自己的经验。见 Fredric Jameson, "Forward" to Jean-François Lyotard, *The Postmodern Condition*, p. xii. 洛维邦德指出，极端的后现代主义理论对于理性、解放、平等等现代理论的否定不利于妇女和其他弱势群体的斗争，并认为后现代理论的这种做法反映了"一种非理性主义，历史根源在于反对现代主义的社会运动，尤其是争取性别平等的运动。"见 Sabina Lovibond, "Feminism and Postmodernism," *New Left Review* (1989), No. 178, pp. 5－28.

② 里德(Ishmael Reed)用了"啮合"(meshing)、"结合"(combining)和"混合"(hybrid)等词描写新的后现代小说的特点。见 Joe David Bellamy, ed. *The New Fiction: Interviews with Innovative American Writers* (Urbana: University of Illinois Press, 1974), pp. 135, 141.

③ 本吉极为灵敏的嗅觉值得注意。这种嗅觉使他常比别人更早、更准地发现凯蒂的"堕落"。

④ 当然，亨伯特的所言也不全是歪曲，比如他说自己是骗子和恶棍的那些话。

努力说完自己想说的话，他还是把此书称作一个失败，一个“最辉煌的失败”[①]，说明他对于现代主义理想的可行性和他自己所构建的大故事的可靠性还是有所怀疑的。

三、自指的多与少

至于两部作品的自指性，即小说的元小说特征或对其虚构性的自我意识[②]，《洛丽塔》显然多于《喧哗与骚动》。前面提到纳博科夫批评《八月之光》的文类陈旧。他当时若是读了《喧哗与骚动》，可能也会有这样的感觉。大致说来，《喧哗与骚动》的文类基本属于詹姆士所发展的心理现实主义。这种现实主义虽然比传统的现实主义更强调人物和叙述者的心理现实，包括感知角度、内心活动等，但在相信现实的独立存在和语言的再现能力等方面，与传统的现实主义是相同的。具体比较《喧哗与骚动》的四个部分，我们还可以发现，它的心理现实主义主要表现在前两个部分里，后两个部分则逐渐从内心描写转向外界描写。也就是说，四个部分在文类上呈越来越传统的趋势，对外在现实的指涉越来越多，出现自指性的可能性当然也就越来越小。就这样，福克纳和他的四个叙述者努力地沿着由内到外和由今到昔这两根主线，满怀信心地用语言编织着他们的再现之网，网罗着他们视野和理解中的一切现实。虽然福克纳后来把《喧哗与骚动》称作“最辉煌的失败”，在一定程度上承认了这一努力的天真性，但“最辉煌”三个字还是流露出他的自信和满足。

《洛丽塔》的自指性首先见于它的前言里。这个由虚构的约翰·雷博士所写的前言不但其本身就包含了纳博科夫对心理分析和庸俗评论的嘲弄，还提供了许多有关此书的信息，包括它的产生过程和基本特点，比如说它既下流又感人等，所以这个前言是作品对其自身虚构性和修辞性的一种介绍。这个前言还就读者应把这

① Gwynn and Blotner, eds., *Faulkner in the University*, p. 61.

② 麦克海尔认为，现代小说侧重认识论方面的问题，后现代小说侧重本体论方面的问题，因此在后现代小说里出现了“主导因素从认知问题向存在方式问题的转变”。见 McHale, *Postmodernist Fiction*, p. 10. 这就是说，小说自指性的多少可以作为区分现代小说和后现代小说的一个主要指标。

部作品当作什么类型的作品来读，即这部作品的文类问题，谈了一些看法，比如认为它是一部忏悔录、一部病历、一部艺术小说和一部道德小说等，部分地介绍了它在文类上的复杂性。其实，《洛丽塔》所涉及的文类不止这些，还有爱情小说、游记小说、社会风俗小说、侦探小说、教育小说等。也就是说，此书在文类方面也做了复杂而又巧妙的混合，很好地体现的后现代小说在文类实验方面的特点。与混合相关，此书还频繁使用戏仿这一后现代小说常用的手法。比如作为爱情小说，书里所写的大男爱少女、少女引诱和抛弃大男等离奇的人物和事件，都可看作对传统爱情小说里的常见人物和事件的戏仿。叙述过程中，亨伯特不时提醒读者注意他叙述的重点、转折甚至失误等，还建议了此书的最佳出版时间和阅读时间，比如最好在 21 世纪初阅读等，让读者始终注意此书的写作过程、所用手法和内容的虚构性。小说对于自身形式和属性的这些指涉不仅有助于突出作者的艺术追求，表现他对虚构与真实的区别和虚构的能力与局限的意识，也有助于表达后现代文学的一个重要主题，那就是一切都是构建物，都可以被解构和重构。这并不是说自指性少的福克纳的作品就不好，给他好评和奖励的所有人和机构都错了，但应该看到纳博科夫对小说形式有更多的了解和实验，也应该看到不同的时代对艺术形式有不同的要求。正如巴特勒所言："现代主义作品追求一种不言而喻的自主……，而后现代主义作品若无足够的理论讨论就不完整。"①

四、主体的信与疑

上面谈到的差异都与作家的思想观念有着较大关系，无论是关于文学艺术、社会现实还是作家主体。和其他现代派作家一样，福克纳不怀疑主体和客体的分离，信任主体、大脑和艺术，相信艺术能帮助主体认识客体和自己。虽然他对语言的局限性有一定的认识，在《喧哗与骚动》里写了三个垂钓的男孩可笑地以言为实，也写了康

---

① Butler, *Postmodernism: A Very Short Introduction*, pp. 77—78.

普生家三兄弟在关键时刻张口结舌的窘态,[①]但他并不怀疑作家能够正确地观察、认识、描述和改造社会。他在接受诺贝尔文学奖仪式上的演说较为集中地表达了他对文学和文学家的社会作用的理解和信心。[②] 在《喧哗与骚动》里,他也写了仍有可能找到正常交流所需要的语言,比如凯蒂通过耐心的试验终于彻底理解本吉为什么在她开始用香水时大哭不止,还通过让昆丁感觉她的心跳充分说明了她爱男友的程度。

相比之下,纳博科夫对于主体的能力则没有太多信心。[③] 他的叙述者亨伯特能提供完整、连贯的感人叙述,但叙述的却多是梦幻、误解、困惑和失败。他的叙述仿佛在告诉人们,面对这样一个充满令人发疯的偶然和变化的世界,主体已难以认识它的规律和控制它的发展,只能表现它的混乱,再玩一些自己所能认识和控制的新奇、机智的文字游戏聊以自慰。如他自己所言,"我只能玩语言游戏"(32)。但语言游戏也不完全自由;要叙述就必须遵守有关原则有所取舍。亨伯特在叙述结尾里就坦白说:"我尽力做了掩饰,以免给人带来伤害。"(280)另外,约翰·雷博士修改过他的稿子,"细心地压下了几个顽固的细节"(5)。这就说明,亨伯特的叙述并不透明,并不等同于他的主体意图。纳博科夫把亨伯特写成精神病患者,也暗示了某些主体在这个复杂世界里的一种最为可能的存在状态。值得注意的是,这个复杂的世界已不像现实主义或现代派作家所理解的那样真实了;它变得既真实又虚幻,而且似乎越来越虚幻。"类像"(simulacrum)一词在《洛丽塔》里出现过几次,强调了广播、电影、

---

① 关于福克纳的语言观,请见本人的《叙述与生存——福克纳的女性观》。

② 福克纳在领奖演说中把作家比作"支柱"和"栋梁",认为作家的责任就是"振奋人心,提醒人类记住勇气、荣誉、希望、自豪、同情、怜悯之心和牺牲精神",以帮助帮助人类克服困难、"顽强生存"。

③ 人文主义所推崇的那种独立、统一、理性、超然的主体在受到马克思、弗洛伊德、结构主义的质疑之后,又受到后结构主义和后现代主义的进一步质疑。福柯的《纪律与惩罚》描述了权力的纪律体系如何通过监狱、学校、医院和车间等机构塑造心灵、肉体和主体,指出了"纪律'造就'个人;是权力的特定技巧把个人看作它运作的对象和工具"。见 Michel Foucault, *Discipline and Punish* (New York: Vintage, 1979), p. 170. 德鲁兹和瓜塔利提出了类似的观点:"没有固定的主体,除非在有压迫存在的情况下。"见 Gilles Deleuze and Felix Guattari, *Anti-Oedipus: Capitalism and Schizophrenia* (Minneapolis: University of Minnesota Press, 1983), p. 26.

杂志、广告、展览等大众媒体所制造和散播的大量形象正在取代以往的客观现实、消除个人的真实感受。在亨伯特和洛丽塔第一次别后重逢时的热吻中,洛丽塔就“模仿了虚假的浪漫故事里的类像”(105)。这种主体非主体化、客体非客体化、主体和客体的界限不再确定的状态,就属于人们常说的后现代状态,[①]也是使得纳博科夫不像福克纳那样相信主体的原因之一。当然,纳博科夫所怀疑的主体中似乎还没有完全包括他自己。他的亨伯特认识和控制不了现实,但他对亨伯特还是基本能够认识和控制的,所以我们才得以从他的书里看到亨伯特如何认识和控制不了现实的这一情况。

五、思想的深与浅

福克纳关注社会意义,重视思想深度,对意义和深度的存在没有疑虑。他在《喧哗与骚动》里写人物的意识流,就是要从人物的内心深处,包括下意识层面,探讨社会的影响和个人的潜能,寻找人类的出路和希望。通过叙述者们的叙述,我们了解的不仅是“两个女人的堕落”,还有导致这一“堕落”的社会“堕落”,比如康普生夫妇的失职、穷白人的引诱、黑人(除了理想化的老黑人迪尔茜)的懈怠等,以及这些问题得以产生的社会小环境和大环境上的变化,比如正在经历现代化的美国南方的传统文化所遭受的冲击、一战之后流行于西方世界的精神危机等。福克纳在表现这些社会问题的同时如此详尽、生动地描述了叙述者们对这些问题所发出的“喧哗与骚动”,就是要表现道德标准和社会理想的存在和反应,深入揭示这些社会问题及其制造者的错误本质。

纳博科夫说《洛丽塔》没有任何社会寓意,说自己只追求“审美极乐”,认为“艺术(好奇、温情、仁慈、狂喜)就是标准”,但这并不等于他的作品中就真的一点社会意义也没有。阿多诺指出,即使像传

① 波德里拉把类像发展史分为四个阶段,分别对应于“自然所指物”、“普遍等价物”、“代码”、“所指物不再存在”,并认为在后现代所属的第四阶段,所指物不再存在,现实被类像构成的超现实所取代,因此以主客体的分离和稳定为前提的再现也就不再可能。见 Jean Baudrillard, *Simulations* (New York: Semiotext(e), 1983). 此观点虽有夸张成分,但也值得重视。

统音乐这样的纯艺术形式也与社会有着不可分割的联系。[①] 这也适用于所谓的纯艺术小说。对于纳博科夫的上述说法，我们或许可作如下三种理解：

（一）他对社会意义的理解有所不同。他用“好奇、温情、仁慈、狂喜”来解释美感和艺术性，而这四个概念不同程度地涉及个人素质和品格、对待世界的态度、理想的社会关系等，因而可以说，他的美感和艺术性就是他的社会意义。具体说，《洛丽塔》的社会意义主要在于让读者看到拥有和缺乏“好奇、温情、仁慈、狂喜”所导致的不同后果，对读者进行美育，而不像《喧哗与骚动》那样，主要通过表现一些与新旧、男女、黑白、贫富冲突有关的社会问题，对读者进行社会学方面的教育。比较而言，《洛丽塔》的社会意义似乎比《喧哗与骚动》的更抽象、更间接，在一定意义上，也更基本、更深远。所以，我们不能像理解福克纳的社会意义那样去理解纳博科夫的社会意义。

（二）他要读者不要只盯着社会意义，忘记了意义的人为性和局限性。意义不是天生的，而是人为的；它依赖于权力通过二元对立为它制造的无意义。比如思考的意义就依赖于通常认为“戏无益”的传统观念中的无意义游戏。在《喧哗与骚动》里，康普生家三兄弟的思考之所以有意义，在一定程度上就取决于被福克纳表现得好吃懒做贪玩的拉斯特、执事和乔布这三个黑人的游戏，而不完全是三兄弟对现实的真实反映。[②] 与强调大脑和思考的《喧哗与骚动》不同，《洛丽塔》更强调肉体和游戏。这不仅凸现了传统意义的产生条件，也能使我们暂时停止思考，停止找二元、划界线、搞对立、分高低等制造意义的活动，回到前意义阶段，较为真切地感受生命的跳动和世界的丰富。当然，纳博科夫的那些精巧、复杂的游戏有利于增

---

① Theodor Adorno, *Aesthetic theory* (London: Routledge, 1986), p. 7.

② 贝尔塞指出，“现实主义看似真实并不是因为它反映了世界，而是因为它是由(话语上)熟悉的东西构成的”。见 Catherine Belsey, *Critical Practice* (London: Routledge, 2002), p. 44.

强人的敏感、巧思和创造性,[①]这也不能说就没有社会意义。可以说,《洛丽塔》的一个突出意义就在于玩复杂游戏、拒逻辑意义、反迎合庸俗,在于通过既疯又醒、既假又真、既俗又雅的亨伯特穿越了许多重要意义所依赖的二元对立,比如理性与非理性、真实与虚构、高雅与通俗、道德与美学等,使此书具有了产生意义的丰富可能,反映出小说创作和人的想象所能达到的特殊境界。

(三)为了自我保护,免受各种很有可能发生的骚扰。纳博科夫说过,“使一部小说避免虫咬、起斑的东西不是社会意义,而是它的艺术性,只是它的艺术性”。[②]《洛丽塔》不仅有人们忌讳的题材,还有对美国社会文化尤其是将青少年庸俗化的商业化和大众文化的尖锐讽刺。像拒绝他的出版商那样关注道德和社会意义的人是不难从中找到攻击它的理由的。所以,为了使他的作品“避免虫咬、起斑”,纳博科夫有必要否认它的社会意义、强调它的艺术性。他说《洛丽塔》没有社会意义,还把那些想在他作品里寻找社会意义的人称作不懂艺术的孩子,[③]或许就能在一定程度上帮他摆脱那些爱找麻烦却又怕被说成幼稚的人。当然,也不能排除纳博科夫是在玩一种此地无银三百两的游戏,想通过否定《洛丽塔》的社会意义来吸引人们关注其社会意义,因为他曾经说过,人们将来会发现他是个“严格的道德家”[④]。

六、态度的悲与乐

《喧哗与骚动》和《洛丽塔》里的叙述者虽然都面对着“堕落”的女主角和社会,但他们的态度有所不同。在《喧哗与骚动》里,叙述者们的态度确实可以用“喧哗与骚动”来概括;本吉的号哭、昆丁的搏斗、杰生的辱骂在书里比比皆是。康普生先生曾叫昆丁想开些,

① 纳博科夫在《文学讲义》里说他教学生“分享的不是书里人物的感情,而是作者的感情——创造的喜悦与艰辛”。见 Fredson Bowers, ed., *Vladimir Nabokov: Lectures on Literature* (San Diego: Harvest, 1980), p. 382.

② Nabokov, *Strong Opinions*, p. 33.

③ Nabokov, “On a Book Entitled *Lolita*,” *Lolita*, p. 287.

④ Nabokov, *Strong Opinions*, p. 193.

别太认真,别见不得人们作恶[1],而他自己却染上了酗酒的毛病,过早地离开人世。由此可见康普生家从家长到孩子在态度上和命运上的相似性。除了那"两个堕落的女人",康普生家的人都坚持传统的价值,容不得社会的变化,以各种方式顽强地进行抵抗,甚至不惜献出生命。所以,他们的态度里显然有着较多悲壮和悲观的成分。

在《洛丽塔》里,亨伯特对待堕落的态度经历了两个阶段的变化。起初,他与《喧哗与骚动》里的叙述者,尤其是昆丁,有几分相像,也痛苦过、动过手、发过疯,但他最后却没有像昆丁那样选择自杀,而是选择了写书,在叙述中回忆、解释和嘲笑自己的痛苦、暴力和紊乱。可以说,叙述前的亨伯特是个昆丁,是个有理想、敢拼命的现代主义者。开始叙述后,他就更像一个重语言、会游戏的后现代主义者。他对旧我的放弃和嘲弄,就是对过于认真、难以生存的昆丁和现代主义的放弃和嘲弄。这一重大转变始于他看到与洛丽塔重修旧好已彻底无望并得知那个从他手里夺走她的神秘者是奎尔逊之后。他先是举枪狂射,杀死了奎尔逊,接着酒后逆行飙车、闯红灯,最后冲进路旁山坡上的牛群里,造成大乱。

《喧哗与骚动》里并非没有这样的失控时刻,比如在昆丁费尽周折帮助那个意大利裔小女孩找到了家,却被她哥哥误解并被警察罚款之后。但总的说来,小说基调没有超脱一个悲字。小说头里有本吉站在篱笆之外观看人们在原属于他的草地上打高尔夫;中间有令昆丁最感悲哀的英语词"was"(222);结尾有本吉所看到的或许能让人暂时忘记社会混乱的自然顺序。也就是说,《喧哗与骚动》里始终弥漫着失落与哀伤。而在以"洛丽塔"开头和结尾的《洛丽塔》里,更多的还是无视常规和意义的游戏。小说开头,亨伯特的罪感短暂一现,就消失在他用洛丽塔的名字所玩的游戏之中。他把洛丽塔的名字拆成三个音节慢慢地念,感觉舌尖在上腭和下齿之间的三步运动。小说中间,亨伯特玩了许多更显想象力和幽默感的游戏,包括把"therapist"拆成"the rapist"(105)。小说结尾,亨伯特先把自己比作欧洲野牛,随即又希望他的作品能像生命力持久的真正艺术那样

---

① William Faulkner, *The Sound and the Fury* (New York: Vintage, 1954), p. 219.

让他和洛丽塔永存。这一从野牛到艺术的跨越进一步反映了亨伯特玩语言游戏时的自由,同时也包含了纳博科夫对艺术拜物教传统的戏仿。

福克纳当然有理由悲观。他的家族在南方曾显赫一时,但内战后开始与旧南方一起衰落,到他父亲这一辈衰落到一个最低点。其实,纳博科夫也许更有理由悲观。他的贵族家庭不仅在俄国革命中失去了全部财产,还被迫离开故土、流落他乡。他之所以具有更强的游戏性,与他长期旅居欧美的丰富经历、熟悉多种文化的教育背景、超越痛苦现实的卓异能力不无关系。海特曾经指出,"国籍和文化上的无家之感"贯穿于纳博科夫的全部创作之中,但他有能力把这种无家之感"不断变成那些使他的故事脱离根基、变动不止的游戏的基础"①。可以说,除了超越痛苦的个人能力,游戏还需要地理和文化上的"无家之感"。而在这一点上,在密西西比州的家乡小镇上度过一生、从未脱离过南方文化根基的福克纳是难与纳博科夫相比的。

作为结论,这里想强调两点:(一)说《喧哗与骚动》属于现代主义,《洛丽塔》属于后现代主义,并不意味着后现代主义就一定比现代主义进步②,《洛丽塔》就绝对比《喧哗与骚动》好③。我们应记住福克纳说风格就像适时自然长出的树叶那句话,判断好坏不能只看树叶的类型,而要看它长得是否适时、自然。(二)说《喧哗与骚动》

---

① Hite, "Postmodern Fiction," in Elliott, *The Columbia History of the American Novel*, p. 707.

② 利奥塔曾说后现代主义"不是消亡时的而是初生时的现代主义",强调的就是早期现代主义与后现代主义在怀疑和批判精神等方面的相通之处。见 Lyotard, *The Postmodern Condition*, p. 79.

③ 麦克海尔曾经指出:"一个后现代主义的文本并不仅仅因为它属于后现代主义而在美学上就必然优于(或劣于)一个现代主义的文本……"见 McHale, "Change of the Dominant from Modernist to Postmodernist Writing," in Nicol, *Postmodernism and the Contemporary Novel: A Reader*, p. 296. 当代重要作家对纳博科夫的看法就很不一致。厄普代克曾说纳博科夫是"当今拥有美国公民身份者中最好的英语小说家"。见 John Updike, "Grandmaster Nabokov," *Assorted Prose* (New York: Knopf, 1965), pp. 318—319. 而欧茨则认为纳博科夫"枯燥、偏执、活力少,在人们的想象中待不了多久"。见 Joyce Carol Oats, "A Personal View of Nabokov," *Saturday Review of Arts* 1 (January 1973), p. 37.

属于现代主义,《洛丽塔》属于后现代主义,并不意味着两部作品毫无共同点,两种主义毫无关联。① 优秀的艺术作品里总可以找到多种主义的成分,都不是哪一种主义所能穷尽的,尽管在不同作品里占主导地位的主义有所不同。因此,我们也应记住纳博科夫的一句话:"艺术从不简单。"②

① 威廉斯关于"残留的"、"主导的"、"浮现的"三种文化形态并存的观点有助于我们理解这一点。见 Raymond Williams, *Marxism and Literature* (Oxford: Oxford University Press, 1977), pp. 121—7. 主张后现代主义是"晚期资本主义的文化逻辑"的詹姆逊也赞同威廉斯的观点,认为后现代主义并不是一个"截然不同"的历史时期,而是一个有着各种不同的文化力量并存互动的"力场"。见 Fredric Jameson, *Postmodernism, or, The Cultural Logic of Late Capitalism* (Durham: Dike Univesity Press, 1992), p. 6.

② Nabokov, *Strong Opinions*, p. 32.

第四章　“真实”新解：读纳博科夫的《塞巴斯蒂安·奈特的真实生活》

一、引　言

纳博科夫的《塞巴斯蒂安·奈特的真实生活》里有一段较为动人的描写，写的是塞巴斯蒂安在剑桥念书时，课余最喜欢做的一件事，就是黄昏时分坐在校园草地边的围栏上，一边看着橙红色的薄云在灰白的天空中变成古铜色，一边想着自己的心事。至于都是些什么心事，无人能够确知，可能包括昔日的恋人、故国的落日、草叶的心理、沉默的意味，甚至还有“露珠的惊人分量”(47—48)。[1]“露珠”虽然在书里只出现了一次，但“惊人”一词使它的“分量”得到了引人注目的强调。那么它到底有什么分量？在什么意义上惊人？与这部作品的主旨，尤其是书名里的“真实”，又有什么样的联系呢？

《塞巴斯蒂安·奈特的真实生活》是纳博科夫的第一部用英语写的小说，1939 年初在法国完成，1941 年底在美国出版，是他继《黑暗中的笑声》(*Laughter in the Dark*，1938)之后在美国发表的第二部作品。与他的《洛丽塔》(*Lolita*，1955)和《微暗的火》(*Pale Fire*，1962)等作品相比，纳博科夫的这部作品名声不大，似乎也没有多少分量，是颗常被忽视的露珠，[2]但实际读起来，我们却能发现它与纳博科夫的主要作品一样关注形式和思想实验、充满机智与活力、有

---

① Vladimir Nabokov，*The Real Life of Sebastian Knight*，(New York：Vintage International，1992). 出自这部作品的引文均译自此版。

② 这部作品刚出版时，曾被称作“一个相当无聊的故事”。见 Norman Page，ed.，*Vladimir Nabokov*：*The Critical Heritage* (London：Routledge，1997)，p. 67.

着许多值得关注和思考的问题。[①]

若用一句话来概括，可以说此书写的是弟弟V为已故的哥哥塞巴斯蒂安·奈特撰写传记的过程。因此，此书内容与写作有关。另外，因为塞巴斯蒂安是著名英国作家，写作是他生活的主要内容，V写他的传记就必须写他的写作，还因为使V决意为塞巴斯蒂安作传的一个重要因素是他认为塞巴斯蒂安生前的秘书戈德曼为他写的传记《塞巴斯蒂安·奈特的悲剧》严重失实，歪曲了他的生活，所以此书写的是第二位作者如何修正第一位作者、为一位作者撰写真实传记的故事。[②] 这就是说，此书写的是写作的写作的写作，借用书里的一个说法，就是"梦中的梦中的梦"(157)。因此，此书属于那种既写生活又写写作、具有高度自我意识的元小说。[③]

在V看来，戈德曼的传记严重失实主要表现在两个方面。首先，戈德曼连一些最基本的事实也不了解。比如，他不知塞巴斯蒂安的父亲有过两次婚姻，当然也就不知塞巴斯蒂安有V这个同父异母的弟弟。[④] 关于塞巴斯蒂安的童年生活，他只用了"几个糟糕的句子"描绘了一幅"错得可笑的图画"(13)。他也不知他开始担任塞巴斯蒂安的秘书之前所发生的那些事情，包括塞巴斯蒂安与恋人克莱

---

① 有评论称这部作品取得了"非凡的成就"，是"一部顶级的习作"。见 Neil Cornwell, "From Sirin to Nabokov: The Transition to English," in Julian W. Connolly, ed., *The Cambridge Companion to Nabokov* (Cambridge: Cambridge University Press, 2005), pp. 151—169.

② 当然，他们两位只是一定意义上的主要作者。其实书里还有许多其他作者；V在传记写作过程中做了许多采访，就是在让这些被采访者参加他的写作。另外，还有书外的作者。这能够说明真实重构对于集体的依赖。正如伍德所言："塞巴斯蒂安是多个层面上的虚构：纳博科夫的、我们的、小说里数个其他人物的，或许也是他自己的。但这一意义上的虚构与真实并不矛盾，它是一种建构和对它的解释。"见 Michael Wood, *The Magician's Doubts: Nabokov and the Risks of Fiction* (Princeton: Princeton University Press, 1994), p. 54.

③ 元小说并非只关心小说自身，也关心外在社会。沃指出："元小说这一术语指的是那种自觉地、系统地吸引人们注意其人为性，以质疑小说与现实的关系的小说创作。在批判它们自己的建构方法的同时，此类创作不仅检视叙述性小说的基本结构，也探究文学性虚构文本之外的世界所可能具有的虚构性。"见 Patricia Waugh, *Metafiction: The Theory and Practice of Self-Conscious Fiction* (London: Methuen, 1984), p. 2.

④ 在此意义上，V作传既是为了给被戈德曼写成一个失败艺术家的塞巴斯蒂安正名，也是为了表明他自己的存在。

尔分手,患上心脏病,与新恋人的关系发展不顺利等,所以对于他当时所见到的情绪低落的塞巴斯蒂安,他在传记里只写了他“像阴郁的豹子一样躺在床上”以及不时“神秘”出国等一些毫无关联、令人费解的表面现象(114)。

另外,戈德曼对塞巴斯蒂安生活中的事件和现象的解释非常主观和牵强。仅仅根据塞巴斯蒂安接受了英语教育,他就说塞巴斯蒂安从小就不愿接受强制性的俄语教育,并认为塞巴斯蒂安后来所受的英语教育更增强了他对俄国的憎恶。对于塞巴斯蒂安在最后一部小说里写他出生时俄国没有思想自由、权利概念和善良习惯的一段话,戈德曼认为它充分表达了塞巴斯蒂安对俄国的痛恨。戈德曼的这些有关塞巴斯蒂安对俄国的态度的解释,V 认为完全是“荒唐的误解”,因为塞巴斯蒂安仇视的是“专制和不公的奇异合并,不是任何一个国家或历史事实”(24)。戈德曼甚至捕风捉影,把塞巴斯蒂安讲的故事或开的玩笑当成事实,做出了一些更为荒唐的解释。比如,戈德曼在传记里记了塞巴斯蒂安有一次带女友参观剑桥校园,在路过学监的住处时,曾一边朝房子的窗户玻璃上扔石头一边介绍说:“这就是学监的窗户。”(62)戈德曼不知这只是塞巴斯蒂开的一个玩笑,把它当作事实记录下来,并以此为例解释了第一次世界大战给塞巴斯蒂安这样的青年学生造成了多么严重的精神创伤。

在他的新传记里,V 指出了戈德曼的《塞巴斯蒂安·奈特的悲剧》之所以写得如此糟糕的一些原因。其中的一个较为根本的原因就是戈德曼的动机不端正。在 V 看来,戈德曼在塞巴斯蒂安刚去世就为他仓促作传,是想乘塞巴斯蒂安的影响尚在捞上一把。V 说他自己“为了塞巴斯蒂安·奈特而写作”(59),也是在强调他在写作动机上有别于戈德曼。

除了动机上的原因,戈德曼还有思维方式陈旧、写作方法简单等方面的问题。V 认为,戈德曼的方法就像他的哲学一样简单,只是为了说明“可怜的奈特”是时代的产物和牺牲品。在他的书里,戈德曼“毫不脸红地”宣称,第一次世界大战改变了世界,令初出茅庐的塞巴斯蒂安坐立不安、苦思冥想、不满于现状却又百般无奈(60—61)。根据“超然是大罪”的观念,戈德曼还批评塞巴斯蒂安脱离社会、忽视职责，没有将“象牙塔”变成“灯塔或电台”，尤其在困惑的人类向作家和思想家乞求指引之时。戈德曼承认塞巴斯蒂安在其最后的也是最晦涩的一本书里写了世界，但他认为书里的角度和侧重点完全没有达到严肃读者对严肃作家的期待。他曾劝塞巴斯蒂安重视“具有普遍意义的重要事项”，并把塞巴斯蒂安认为那是“哗众取宠的空话”的看法说成“幼稚”。总之，根据他简单、机械的决定论思路，戈德曼把塞巴斯蒂安写成一个“盲目”、“孤独”的艺术家，并称他死亡的“真正原因”是他最终意识到了“人类的失败以及艺术的失败”。戈德曼的这些解释和论断，V 认为，都是应该“废止”的胡话(115—117)。然而，就是这样一本“草率的和极具误导性的”(13)传记，在出版之后竟获得广泛的好评。一些大报也刊登长篇评论，称赞此书“感人而可信”、对描写对象具有“透彻的见解”，令 V 大惑不解，因为他始终认为此书不过是一颗渺小、机械的“卫星”，其成功应归因于它所环绕和依赖的塞巴斯蒂安的“持久名望”(59)。[①]

正是由于对戈德曼的《塞巴斯蒂安·奈特的悲剧》中事实缺乏、解释主观、动机不纯、方法简单等问题的有了上述认识，[②] V 才能够为自己要表现塞巴斯蒂安的真实生活的新传记确定一些不同的原则，包括要掌握充分的事实依据、要揭示可靠的深层原因、要运用灵活的思维方式等。下面就来看 V 在具体调查和写作过程中是如何实践这些原则的。

二、事实的收集

虽然作为弟弟的 V 对哥哥塞巴斯蒂安有一些接触和了解，但这些接触和了解离全面再现他的真实生活的要求还相差甚远，他还要

① 这里的“卫星”一词能使人联想到《微暗的火》一书书名的出处，即泰门在莎剧《雅典的泰门》第四幕第三场临近结束时的一段独白。在这段独白里，泰门指责月亮是贼，靠盗窃太阳的光芒发出“微暗的火”。不少评论将 V 与《微暗的火》里的金波特相提并论，而其实在“损人利己”方面，戈德曼比 V 更像金波特或泰门所谓的窃贼月亮。

② 迈道克斯认为，戈德曼的传记有两个主要问题，分别是“与社会和政治扯在一起”和“愚蠢”。见 Lucy Maddox, *Nabokov's Novels in English* (London: Croom Helm, 1983), p. 40.

尽可能多地寻访与他有直接接触的人。V是这样考虑他的写作计划的:"但是,我对塞巴斯蒂安实际上又有多少了解呢?也许我能就我对他青少年时期生活的少量记忆写上两三章,但接下来又写什么呢?在我构思此书的过程中,我越来越清楚地看到,我不得不做大量的调查,把他的生活事实一点一点地发掘出来,再凭着我对他性格的内在了解,把这些碎片拼接起来。"(31)所以,V的首要任务是做大量调查。书的开头介绍的,就是V从巴黎的一位俄国老妇人的日记里了解到的有关塞巴斯蒂安出生时的情况。接着,V又先后走访了塞巴斯蒂安的家庭教师、大学同窗、创作秘书、前期恋人的朋友、诗人朋友、肖像画家、中学朋友、后期恋人等。可以说,《塞巴斯蒂安·奈特的真实生活》里的一个主要内容,也是推进此书情节发展的一个主要动力,就是V为收集塞巴斯蒂安不同时期的生活事实而做的广泛、深入的调查。因此,此书在形式上有点像侦探小说。[①]

V在调查中了解到不少有用的材料,尤其是关于塞巴斯蒂安先后与克莱尔和尼娜这两位女士的感情生活,使他的传记比戈德曼的传记具有多得多的事实和真实性。[②] 同样重要的是,调查也让V逐渐了解到证人难查找、记忆不可靠、事实有局限、主观因素难避免等情况。[③] V所供职的公司位于法国的马赛。为了调查,他先后去了瑞士、英国、德国、法国等国家的洛桑、剑桥、伦敦、柏林、巴黎、布劳伯格、圣达米尔等城市,像大海捞针一样寻找有关的当事人。即使是幸运地找到了当事人,调查也不是总能顺利地进行。当事人有的不愿见他,有的不愿回忆,还有的对特定的事件记忆不清或有意无

---

① 司威尼把这部作品称作"形而上学侦探小说",可能想强调这部作品对认识论的浓厚兴趣。见 Susan Elizabeth Sweeney, "By Some Sleight of *Land*: How Nabokov Rewrote America," in *The Cambridge Companion to Nabokov*, pp. 65—84.

② 伍德认为,超越理性的恋爱是真实的重要内容:"《塞巴斯蒂安·奈特的真实生活》里的那个最微妙、最紧要的意思就是:真实的东西就是当我们失去自我、当我们放弃或被迫脱离我们理性虚构的身份时所过的生活;就是我们坠入爱河,尤其是我们在爱河深处绝望、疯狂、愚蠢地挣扎时所过的生活。"见 Wood, *The Magician's Doubts: Nabokov and the Risks of Fiction*, p. 31.

③ 纳博科夫这么写显然有质疑过于自信的理性主义的意味,但也并不一定就是在宣扬不可知论。那种认为纳博科夫在这部作品里表现的是"完全不能认识任何人"、"绝对不可能记录真实生活"的观点(见 Page, *Vladimir Nabokov: The Critical Heritage*, p. 68.)似有进一步思考的余地。

意地进行歪曲。塞巴斯蒂安的前期恋人克莱尔就不愿见V,托她丈夫出面解释她不想叙旧。V后来在她家附近等到了她,问她是否丢过他递给她的一把钥匙。克莱尔没有认出他来,也没有认出那把钥匙,尽管那曾是她非常熟悉的塞巴斯蒂安的房门钥匙,令V对记忆如此缺乏持久性的问题感到“异常悲伤”(78)。

其实,记忆不牢是V在调查过程中屡次碰到的问题。为了解塞巴斯蒂安少年时代的情况,V去洛桑找到了塞巴斯蒂安二十多年前的第一位家庭教师,结果发现,在这位老人的记忆里,往事都已经“扭曲”、“模糊”和“颠倒”。她对塞巴斯蒂安的去世一无所知,所以还兴奋地叫V把传记写成美丽的童话,让塞巴斯蒂安当童话里的王子,令V大失所望(20—21)。这是他在调查中遭遇的第一个挫折,也是他第一次感到调查可能会“无用”。此后,塞巴斯蒂安的大学同窗还没有介绍多少情况就说V已经把他“吸干”,使他的“记忆变得越来越浅、越来越蠢”(49)。在去柏林寻找塞巴斯蒂安的后期恋人的过程中,V偶遇塞巴斯蒂安中学时代的朋友罗沙诺夫。罗沙诺夫也因为“记忆力极差”(138)而没有向V提供多少信息。当然,也有人记忆牢靠,又愿意回忆,却另有图谋,比如塞巴斯蒂安的后期恋人尼娜。尼娜隐姓埋名,只说法语,以勒瑟夫夫人的身份用一些关于德格劳恩夫人和塞巴斯蒂安的具体生动的故事引诱V,使他险些像塞巴斯蒂安那样成为她的猎物。

V在调查过程中经常碰到另外一个问题,是他辛苦获得的信息与他的主观想象相去甚远,也就是说,与他所崇拜的塞巴斯蒂安的理想形象很不相符,甚至非常矛盾。在V的“固执坚持”之下,罗沙诺夫最后令V深感意外地说出,塞巴斯蒂安“在学校里不是很受欢迎”(138)。也是应V的再三恳求,勒瑟夫夫人最后讲述了德格劳恩夫人与塞巴斯蒂安的故事,其中谈到塞巴斯蒂安“优雅、冷漠、有头脑”,但谈的更多的是他的缺点,即德格劳恩夫人与他断绝关系的原因,包括他“难处”,“太专注于自己的感觉和想法,不能理解别人的感觉和想法”,认为“现代作品都是垃圾、现代的年轻人都是傻瓜”,常就他的那些“梦中的梦中的梦”或时间的颜色等话题发表乏味的长篇大论,要不就一个人孤零零地坐在一边傻笑,激动起来还容易失去自控,等等,使V觉得“塞巴斯蒂安的形象糟糕透了”(156—159)。V也曾问过与塞巴斯蒂安没有任何直接接触的读者对这位天才作家的看法,结果也令他失望。一位“读书很多”的英国人回答说,他读过一两本塞巴斯蒂安写的作品,但已记不全书名了,还说塞巴斯蒂安是个“智力上的自命不凡者……经常玩自己发明的游戏,也不把规则告诉其他参与者”,所以“令人困惑和气恼”(179)。

其实,塞巴斯蒂安年轻时就令人费解。十七岁时,他曾自作主张跟随一位诗人及其妻子做过一次读诗旅行,家里一直无人知道他这么做的真实原因。所以,V的母亲说,除了知道他学习好、读书多、爱干净,她“从来不能真正理解塞巴斯蒂安……他将一直都是个谜”(28—29)。对于这样一个“谜”一样的人物,V想使传记“像科学一样精确”(63)的理想似乎注定是无法实现的。因此,V在调查和写作过程中不得不加入越来越多想象的成分。在柏林调查时,V找到的海琳·格林斯坦不能提供任何第一手信息,却让他意外地见到了罗沙诺夫兄妹,了解到塞巴斯蒂安与罗沙诺夫的妹妹娜塔莎在俄国的初恋。为了充实这段恋情的结束部分,V就做了一番充满梦幻色彩的想象:灯亮灯灭,幕升幕落,场景反复变换,生活如同演戏,姑娘因为另有所爱而最终离去。V是这样描述他的探索所经历的这种不可避免的变化的:“我的探索发展出它自己的魔法和逻辑,虽然我有时不禁认为它已逐渐变成了梦,使它的探索用现实的模式来编织它自己的幻想……”(135)。早在塞巴斯蒂安的剑桥同窗承认自己已被“吸干”之时,V就开始反思回忆的可靠性和想象的必要性。一个来自薄雾(或他内心)里的声音告诉了他这样一个道理:“不要太相信能从今人嘴里了解过去。当心那些最诚实的掮客。要记住,你所听到的其实都经过三道加工:说者使它成形,听者将它变形,故事里的死者则对二者都隐瞒了真情。谁在谈塞巴斯蒂安·奈特?我的良心在问。到底是谁?他的朋友和他同父异母的弟弟。一位远离生活的文雅学者和一位远道而来的困窘的旅行者。第三方在哪里呢?正在圣达米尔公墓里平静地腐烂。正笑着活在他的五本书里。”(50)三道加工不可避免、精确回忆无法获得等情况,使V对真实有了新的理解,所以他在告别剑桥后才会产生幻想,才会开始渴望“机动灵活的小说的那种变通”(50),开始考虑如何更好的利用想象和塞巴斯蒂安的作品来接近真实。

在某些人的眼里,利用想象和想象性作品接近真实是不可能的。有人认为《塞巴斯蒂安·奈特的真实生活》不是V写的传记,而是塞巴斯蒂安写的小说,就是在强调真实与想象之间差异。[①] V的传记和塞巴斯蒂安的小说在《塞巴斯蒂安·奈特的真实生活》里到底谁更重要的问题还可以进一步讨论。但塑造了V和塞巴斯蒂安这两个人物、写下了《塞巴斯蒂安·奈特的真实生活》里的每一个词的纳博科夫却并没有把传记和小说对立起来,并没有认为想象和艺术与真实无关。他说过:“艺术并不是‘关于’别的什么实体,它自身就是实体。”而对于通常被认为最为真实的生活,他则提出了这样的观点:“生活是最不现实主义的虚构。”[②]这些观点起码可以说明,在纳博科夫看来,想象和艺术是可以表现真实的。具体说,V的新传记之所以能在真实性上胜过戈德曼的旧传记,不只是由于它包含的材料多,尤其是关于被广泛认为是不可能找到的尼娜的那些材料,还由于它揭示了这些材料背后的塞巴斯蒂安的内心生活。下面就来看看V在落实这第二条原则上的一些具体做法。

三、动机的推测

事实虽然重要,但制造事实的动机和对待事实的感觉,以及这些动机和感觉所反映的当事人的品格,对于一部真实的传记而言,可能会更为重要。而有关动机和感觉等方面的材料,在不善言辞和交际的塞巴斯蒂安的日常生活中,是非常罕见的。所以,V在书的第一章里就开始引用塞巴斯蒂安的作品,无论是他的虚构性作品,还是自传性作品。作为与塞巴斯蒂安有着相同遗传因素和生活背景的弟弟,V认为自己对塞巴斯蒂安有着某种近似直觉的了解。用

---

① Andrew Field, *Nabokov: His Life in Art* (Boston: Little, Brown, 1967), p. 27.

② Ross Wetzsteon, “Nabokov as Teacher,” in Alfred Appel, Jr. & Charles Newman, eds., *Nabokov: Criticism, Reminiscences, Translations and Tributes* (New York: Simon and Schuster, 1977), p. 242.

他自己的话来说,他对塞巴斯蒂安有着一种“内在了解”,或者说,与塞巴斯蒂安有着“某种共同的节奏”,使他能够在相同的情况下做出与塞巴斯蒂安相同的反应(32)。这种内在的了解也使V能够对塞巴斯蒂安的生活和作品中的有限事实做出了更为准确的理解。

尽管戈德曼了解市场,善于投机,但他却不识塞巴斯蒂安的玩笑,不懂他的内心。他把塞巴斯蒂安说自己一边扔石头砸窗户玻璃一边向女友介绍剑桥学监的住处的玩笑话当成事实写入传记,并以此来说明塞巴斯蒂安的心灵深受一战创伤,就是一个很好的例子。V则能很好地欣赏塞巴斯蒂安的“机智和乐趣”(96)。他用了将近一章的篇幅介绍塞巴斯蒂安的第一部小说《棱镜的斜面》。这部作品戏仿侦探小说,写一个艺术商在自己屋里被杀之后,警察前来调查,不久就查清了公寓楼里十多位房客之间的关系,凶手似乎也很快就会被查出。可就在这时,所有房间的门牌号码突然神秘消失,警察顿时就失去了方向。接着,尸体也不知去向,使调查完全陷入了混乱。最后,扮成老人的艺术商站了出来,揭下粘在脸上的胡子,带着“谦恭的微笑”对警察解释说:“您知道,人们是不喜欢被谋杀的。”(91—93)V不仅能欣赏塞巴斯蒂安的玩笑,也清楚塞巴斯蒂安不是为玩笑而玩笑,而是要把玩笑用作批判庸俗的手段和“跃登严肃情感的最高境界的跳板”(89)。V指出:“令塞巴斯蒂安恼怒的永远是二流,不是三流或末流,因为……二流就意味着开始作假,这就是艺术意义上的不道德。”(89—90)

如此了解塞巴斯蒂安的V,对戈德曼把塞巴斯蒂安定性为时代的产物和牺牲品的“简单”、“庸俗”的写法有深刻的认识,也做了有力的驳斥。戈德曼除了认为塞巴斯蒂安童年时代受到俄语教育的压抑、青年时代受到一战的伤害,还批评他的创作脱离社会、忽视职责,甚至认为他死亡的“真正原因”是他最终意识到“人类的失败”和“艺术的失败”(115—117)。而V则不止一次地指出,塞巴斯蒂安是在“一种优雅的文化氛围中长大的”,这种氛围“综合了一个俄国家庭的精神魅力和欧洲文化的丰富精华”,所以塞巴斯蒂安对俄国的记忆是“复杂和特别的”,从未堕落到了戈德曼所说的那种“庸俗水平”(14)。V还根据塞巴斯蒂安的自传《丧失的财产》前三十页的内容指出，戈德曼误解了塞巴斯蒂安对待外在世界的内在态度："时间对于塞巴斯蒂安从来也不是1914年或1920年或1936年，而永远是1年。对他而言，报纸标题、政治理论、时髦观点的意义超不过多余地印在肥皂或牙膏包装纸上的说明。"(64)由此，V认为，塞巴斯蒂安之所以坐卧不宁，"并不是因为道德的他生活在不道德的时代，或不道德的他生活在道德的时代"，而是因为他"内心生活的节奏要比其他人丰富得多"(64)。V还大段引用了塞巴斯蒂安在《丧失的财产》中的自白。其中有这么一句："自然，每一个我不得不做的平常动作，都显得如此复杂，在我脑子里引起如此多的联想，而且这些联想又是如此的棘手和隐晦，如此的毫无实用价值，所以我时常躲避手头的事情，否则就会因为过于紧张而将事情弄糟。"(65)V认为，戈德曼根本没有读过这些能反映塞巴斯蒂安的复杂内心的描写，读过也不一定就能懂。

读不懂塞巴斯蒂安的书的戈德曼，同样也读不懂他的生活。1929年9月至1930年1月之间的那段时间是塞巴斯蒂安生平中的一大中断。在这几个月里，塞巴斯蒂安就跟蒸发了一样，无人知道他的去向。他的诗人朋友谢尔登猜他和新恋人去了那个季节恋人们爱去的意大利。而戈德曼除了说他"神秘"出国，就没有任何别的话可说了。对于塞巴斯蒂安为什么出国，出国前是否对克莱尔说过什么，出国后是否给她写过信，克莱尔为什么在塞巴斯蒂安出国后就换了个远离他的房子的住处并在五年后嫁人等一系列难题，V又是在塞巴斯蒂安的书里读出了可能的答案。他发现，塞巴斯蒂安在这个时期写的《丧失的财产》读起来就像"他文学探索旅程中的一个中断：一种总结，对沿途丢失的物与人的一次清点，对方向的一番调整"(109)。此书里写到一次空难，提到残留物里包括几封信。V对其中的一封情书特别关注，用了两页半的篇幅全文引用了它。情书是一个署名L的男子写给他的前恋人的，既表达了他对前恋人尚存的爱慕，又写了他与新恋人的不快，最后要前恋人忘了他，别写信，早日嫁给查理或别的好男人。V解释说："如果我们抽掉这封虚构的信里与假定的写信者个人有关的所有内容，我会认为信里的许多内容也许就是塞巴斯蒂安的感觉，甚至就是他写给克莱尔的。"但他也承认,“在虚构性的闪光中难以辨认真实个人的光亮”。(112)这是此书里的一个较好的关于书中书中书或梦中梦中梦的例子,也是对V如何利用塞巴斯蒂安的作品来破解他神秘的内心生活的一个较好的说明。

不论这封情书能在多大程度上真实反映塞巴斯蒂安的内心生活,V能注意到这个似乎微不足道的细节,而作为塞巴斯蒂安的私人秘书的戈德曼则没有注意到,这也能在一定程度上反映两位传记作者在思想和写作方法上的差异。这就是V作传的第三个原则所涉及的问题。

四、思路的调整

如V所言,戈德曼的哲学过于简单。戈德曼信奉的是环境决定论,只关注那些重大的、普遍的、核心的、能起决定作用的方面,认为那些细小的、个别的、边缘的、被决定的东西都是应该忽视的。在他的传记里,戈德曼批评塞巴斯蒂安“痴迷于事物的滑稽面,看不到它们重要的核心”(18),还批评他脱离社会、忽视职责,告诫他说“超然是大罪”,尤其在困惑的人类向作家和思想家寻求帮助之时。他不时提醒塞巴斯蒂安应重视“具有普遍意义的重要事项”,并把塞巴斯蒂安认为那都是“哗众取宠的空话”的观点说成“幼稚”和“盲目”(115—116)。另外,在他的传记里,戈德曼“从不提及任何会与他的主旨发生冲突的事情”(63),努力维持他那没有矛盾和断裂的完整连贯的体系。因此,对于V所高度重视的那封情书(而且被错装在商函信封里)之类的琐屑物件,戈德曼不但不可能注意到,就是注意到了,也只会把它用作批评塞巴斯蒂安的新证据。

然而,用戈德曼井然有序的决定论模子来套真实的塞巴斯蒂安,就会出现许多意想不到的问题。塞巴斯蒂安去世之后,V在他抽屉里发现了一本剪报,里面剪贴的内容涉及“发生在极其普通的场合和条件下的毫无关联的或梦幻般凌乱的事件”(37)。V还发现,塞巴斯蒂安屋里挂的照片和书架上的书也都是“乏味”和“混杂”。V写道:“突然间,我感到了疲乏和痛苦”,因为这一切“太缺乏秩序,许多暗示都是我无法理解的。”(39)塞巴斯蒂安的日常生活缺乏一般意义上秩序;他作品里也有许多常人难以理解的东西。V就感到自己根本无法模仿塞巴斯蒂安的写作方式,“因为他的写作方式就是他的思维方式,而那种思维方式包含了一系列空白。你无法模仿空白,因为你肯定会以某种方式填补空白——在此过程中把它消除。”(33)V清楚,这些空白、凌乱和无序都是戈德曼等人眼中的毛病,而它们其实却是塞巴斯蒂安的天才的表现,消除了它们,也就消除了塞巴斯蒂安的才华,也就消除了真实的塞巴斯蒂安。

与塞巴斯蒂安恋爱了六年并帮助他完成了《棱镜的斜面》和《成功》这两部小说的克莱尔,对这个真实的塞巴斯蒂安是比较了解的。她知道,她在打字机上为他打出来的那些字“并不是其自然意思的载体,而是些曲线、空白和摇摆,表现了塞巴斯蒂安探索理想的表达方式的历程”(82)。这就进一步说明,空白、不连贯、不确定等因素是真实的塞巴斯蒂安不可缺少的组成部分。至于塞巴斯蒂安为什么要与这么理解他的克莱尔分手,由于克莱尔不愿意回忆和见V,V就只能自己去调查和推测。他的推测根据的就是塞巴斯蒂安喜欢探索这一克莱尔所熟悉的特点。他猜想,“因为对一切都不满意,所以他(塞巴斯蒂安)可能也不满意他的爱情的颜色”。但V又觉得“不满意”一词不够准确,认为塞巴斯蒂安那个时期的情绪要比“蓝调音乐”复杂得多(104)。

这个比“蓝调音乐”还要复杂的塞巴斯蒂安,尽管在他后期恋人尼娜的描叙中受到一定程度的简化和丑化,却仍然表现出相当的复杂性。他直率地批评当代文学和青年庸俗,当面指责尼娜“浅薄和虚荣”。有时,他长谈他“梦中的梦中的梦”,涉及烟灰缸的形状或时间的颜色等晦涩话题。有时,他又孤零零地坐在一边一言不发或独自傻笑。总之,尼娜觉得塞巴斯蒂安优雅和聪明,同时又冷漠和难处,是个怪异的矛盾体。V知道塞巴斯蒂安从未对尼娜介绍过自己的作品,V也不想那么做,因为他觉得那就像“与蝙蝠谈日晷”(172),她是不会明白和欣赏的。

V明白,塞巴斯蒂安之所以复杂,并不是因为他是戈德曼所说的那种脱离社会的“孤独艺术家”,也不是因为他是那位博学的英国人所说的那种“智力上的自命不凡者”。V以塞巴斯蒂安的最后一本书《可疑的常春花》为例,谈了此书虽然以一个临终者为主人公,写的是作为人生基本主题之一的死亡,但也不乏“完全现实主义”的描写,包括老人、孤儿、穷妇等社会弱者和抗议、哭泣、自杀等不满行为,表现出极大的丰富性(172—174)。V想说,塞巴斯蒂安的剪报、言行、作品中的凌乱、怪诞、复杂,在很大程度上,是他敏锐的感觉和自由、丰富的思想的表现;用塞巴斯蒂安自己的话说,是因为他“内心生活的节奏要比其他人丰富得多”。V认为,我们之所以理解不了塞巴斯蒂安,是因为“我们幼稚的时空概念”像一个“铁圈”一样禁锢了我们的思想。所以,我们需要一次“大脑急摇”,以解放思想,增强敏感性和理解力。他还引用《可疑的常春花》解释说,一旦我们解放了思想、一切都有了意义,“有意义”和“无意义”的传统界线也就不复存在:“经过改造和重组,世界就会像二者的呼吸一样自然地对人们产生意义。”(176—177)

可以说,V撰写《塞巴斯蒂安·奈特的真实生活》的过程,就是他解放思想的过程,包括从只调查不想象到既调查又想象、从重生活轻作品到既重生活又重作品。这也是V的“真实”观不断变化和丰富的过程:真实不仅包括外表,还包括内心;不仅包括主要因素,还包括次要因素;不仅包括事实,还包括虚构;不仅包括必然,还包括偶然。总之,在此过程中,V对真实的理解越来越开放,对凌乱、空白、矛盾、无联系、不确定等怪异现象的态度,包括对像露珠那样无足轻重的细节的态度,变得越来越敏感和宽容。

对于塞巴斯蒂安最后几年的生活,V散记了这样几个细节。1929年夏,塞巴斯蒂安去法国的布劳伯格接受了一个月的心脏治疗,回伦敦后就开始收到他在布劳伯格认识的一位女士写的“俄语信”(109)。1936年1月中旬,就在塞巴斯蒂安去世前不久,V收到他的信,是用俄文写的,令V感到“非常奇怪”(183)。在这封信里,塞巴斯蒂安提到正请他在巴黎街上“偶然”碰到的、曾给继母治过心脏病的那位俄国医生医治他的心脏病。调查过程中,V从侨居柏林的俄国人瑞奇诺伊那里得知他轻浮的前妻尼纳已消失得无影无踪,并发现他的堂弟能倒写姓名。在勒瑟夫夫人的家里,勒瑟夫夫人对

V说她吻过一个能倒写姓名的人。V就用俄语对她的男佣说勒瑟夫夫人的颈上有一只蜘蛛,发现在一旁听到此话的勒瑟夫夫人迅速抬手去摸,证实了这位说法语的勒瑟夫夫人就是隐姓埋名的尼娜,就是那位给塞巴斯蒂安写俄语信的神秘女士。这一系列的与俄语和俄国有关的细节都被V注意到了、记录下来,尽管当时他不清楚它们之间的联系以及它们会对理解塞巴斯蒂安当时比“蓝调”还要复杂的情绪有什么价值。塞巴斯蒂安为什么会迷上“浅薄、虚荣”但说俄语的尼娜?为什么要请俄国医生看病?它们是否反映了塞巴斯蒂安在临终之时变得更加强烈的乡情和归欲?是否反映了V所知道的他对故国的复杂态度?它们是否也涉及他与英国姑娘克莱尔分手的原因呢?这些虽不确定但又不无可能的联系和意义,正是来自V敏感、宽容地记下的那些细节。

说到细节,就不能不提此书中关于死亡(包括塞巴斯蒂安的最后一部作品《可疑的常春花》里的那个临终者的死亡和塞巴斯蒂安本人的死亡)的最后三章里的一个细节。在V的理解和想象中,塞巴斯蒂安在《可疑的常春花》里写了死亡的魅力,死前的痛苦和临终者“累得对死亡失去了兴趣”等内容之后,光波突然涌进书里,使我们感觉接近了“绝对真理”,接近了那个能解释与生死有关的所有问题、能让我们拍着脑门哀叹“我们太傻”的“绝对的答案”。可就在这时,塞巴斯蒂安停住了笔,仿佛在考虑说出答案是否明智。而我们已经跟随他太久,V写道,太渴望得到那个答案,以“打破我们思想上安逸的沉默”,所以便转向那张“模糊的床”,那个“灰色、流动的形体”,但就在那一刻,那个人死了。V接下来写道:“那个人死了,我们没能得知。彼岸的常春花还像以往那样可疑。我们手里拿着一本死书。会不会是我们错了?翻阅塞巴斯蒂安的杰作,我有时感到那个‘终极答案’就在里面,隐藏在我快速读过的某一段里,或与其他没有引起我注意的熟悉词混在了一起。我不知什么书能给人如此特别的感觉,或许这就是作者的特别意图。”(176—178)

这个没能从临终者口中得知“终极答案”的细节不仅发生在塞巴斯蒂安的书里,也发生在V的现实生活中。现实生活中,V一接到塞巴斯蒂安病危的电报,就立即动身往巴黎赶,渴望能听到塞巴斯蒂安亲口说出那个答案。但旅途很不顺利:他买火车票没带够现金;买二等车票上了车后又发现忘记带医院地址;下了火车又遇到天黑、下雨、出租车司机不认路等问题。在经历了许多意想不到的耽误之后,他才找到塞巴斯蒂安所住的医院。从医生那里得知塞巴斯蒂安刚刚入睡,V便欣慰地站在病床附近看着,感到睡者呼吸的节奏与他的几乎一样。后来,是护士告诉他,医生弄错人了,病床上的那位同样来自英国的病人是新到的,而塞巴斯蒂安已于前一天去世了。但这个消息似乎并没有使V过于失望,因为他感到,倾听病床上的替代者呼吸的那几分钟已经完全改变了他的生活,效果就像听到了塞巴斯蒂安的临终之言一样:“无论他的秘密是什么,我也了解到一个秘密,那就是:人是存在的一种形式,它不是一个常态,你可以成为任何人,如果你能发现并能模仿这个人的变化。”(202)V接着说,“因此——我就是塞巴斯蒂安·奈特”(203),就像在“化装舞会”上一样。

这里,使V获得那个最终答案、了解那个重要秘密的,并不是戈德曼所看重的决定性社会事件和必然性发展过程,而又是一个偶然性细节,一个甚至是错误的、可笑的偶然性细节,那就是V偶然地把塞巴斯蒂安用过的那张病床上的新病人错当成塞巴斯蒂安。这个错误的偶然让V认识到:人如同角色,角色如同病床,既然新病人可以睡在塞巴斯蒂安睡过的床上,他自己就可以扮演他如此熟悉和喜爱的塞巴斯蒂安的角色,甚至成为塞巴斯蒂安本人。

我们不能断言,V关于他就是塞巴斯蒂安的说法中没有一点谵妄的成分,或他为塞巴斯蒂安所写的新传记里没有任何理想化或失真的问题,但我们也不能断言,V长期的真诚模仿就不能使他胜任塞巴斯蒂安的角色,或他对塞巴斯蒂安的生活和作品的过人了解就不能使他笔下的塞巴斯蒂安比别人笔下的塞巴斯蒂安更加真实。真实确实是相对的,不是绝对的,但还是有多少之分的。[①] V的塞巴斯蒂安即使比戈德曼的塞巴斯蒂安多一颗露珠,也有可能多一分真

① 迈道克斯认为《塞巴斯蒂安·奈特的真实生活》没有表现什么真实、是“一本死书”和“一个失败”。见 Maddox, *Nabokov's Novels in English*, pp. 47, 164. 这一观点略显绝对。

实。伍德曾对真实和像露珠那样的平凡之物的关系做过这样的表述："真实的东西是一种平凡、一种渴望。它是我们握在手里却又经常对它没有意识的东西，即总是被我们所忽视的东西；它是我们丧失之后念念不忘的东西。"[①]那么就让我们再回到本章开头的那些问题：露珠究竟能有什么分量呢？在什么意义上惊人？与此书的主旨，尤其是书名里的"真实"，又有什么样的联系呢？以上的多方面分析也许能使我们给出这样的解答：它也许能检验观察者的敏感性和平等观，也许能帮助界定它所附着的草木及其他，也许能给这个世界增添些许丰富和真实，[②]也许能像倒写姓名和认错病人等被V偶然碰到的小事那样导致惊人的发现，尽管这些在书里并不确定。

---

① Wood, *The Magician's Doubts: Nabokov and the Risks of Fiction*, p. 30.

② 纳博科夫曾用"水珠"比喻给世界增添丰富和真实的"创造性想象"。他说："无论我们的大脑理解什么，它都借助于创造性想象，即载玻片上的那颗能使被观察的有机体更加清晰和突出的水珠。"见 Allene Talmey, "Vladimir Nabokov Talks about Nabokov," in *Yogue* (December 1969), p. 190.

第五章　当代世界透视:读品钦的《V.》

一、引　言

至于品钦与纳博科夫有过什么样的直接接触,学界还没有找到确切的答案。现有的事实是:纳博科夫于1948年至1958年秋执教于康奈尔大学;品钦于1953年进入康奈尔大学学习工程物理,两年后辍学加入海军,服役两年后又回到母校改修英语。所以人们只是猜测,品钦可能在1957年秋至1958年秋之间选了纳博科夫所开的"欧洲小说大师"一课。但也许是因为选课的学生太多,大约有四百人,纳博科夫不记得其中有品钦,尽管帮纳博科夫批改作业的妻子维拉还依稀记得品钦的比较特别的笔迹。[①] 至于纳博科夫对品钦的创作产生了什么影响,答案就更不确切。这里主要想通过具体比较品钦的《V.》和纳博科夫的《塞巴斯蒂安·奈特的真实生活》,对这个问题简单做些探讨。[②]

作家之间的相互影响的一个重要标志,就是他们作品的相似性。说到《V.》与《塞巴斯蒂安·奈特的真实生活》的相似性,确实有一些值得关注的地方。其中最明显的一点也许就是《V.》的书名和书里主要人物的名字与《塞巴斯蒂安·奈特的真实生活》里的叙述者的名字是一样的,都是V。当然,品钦选这个名字的理由很多,下面将会谈到,这里只是想说,名字都不是随便起的,尤其是大作家的

---

① "An Interview with Vladimir Nabokov," in L. S. Dembo, ed., *Nobokov: The Man and His Work*, (Madison: University of Wisconsin Press, 1967), p. 31.

② 斯特瑞尔主要从后现代现实观和艺术观的角度谈了纳博克夫对品钦的影响,也从人物命名、女性形象、男性寻求者的特点、艺术表现方式等方面较具体地讨论了《V.》与《塞巴斯蒂安·奈特的真实生活》的相似性,对本章的观点和思路有较大启发。见 Susan Strehle, "Actualism: Pynchon's Debt to Nabokov," *Contemporary Literature*, 24:1 (Spring 1983), pp. 30—50.

作品及其主要人物的名字。在无数的选择之中，品钦偏偏选择这个与纳博科夫的叙述者相同的名字，就难免让人猜测这背后的原因，思考这部作品与纳博科夫的《塞巴斯蒂安·奈特的真实生活》之间的联系。

进入作品的内容，我们就会发现《V.》与《塞巴斯蒂安·奈特的真实生活》的更多相似之处。比如，两部作品中的主要行动相似，写的都是寻找。《塞巴斯蒂安·奈特的真实生活》里的叙述者V寻找的是自己同父异母的哥哥塞巴斯蒂安·奈特的生活事实；《V.》里的斯丹瑟尔寻找的是父亲的情人、很可能也是他自己的母亲V的生活事实。塞巴斯蒂安和V(《V.》里的)都已不在人世，所以V(《塞巴斯蒂安·奈特的真实生活》里的)与斯丹瑟尔都是通过大量的走访、回忆和查阅走进过去、重构历史，当然也都碰到许多的困难，包括查无线索、记忆不清、真伪难辨，等等。然而，两部作品的寻找者都坚持不懈，克服了种种困难，查出了大量信息，在不同程度上消除了主要的困惑。可以说，两部作品里的主要内容都是这些寻找者们找出来的。[①]

另外，两部作品里的寻找对象都涉及变化多端、行动诡秘的女人。《塞巴斯蒂安·奈特的真实生活》里有两个这样的女人，一个是在塞巴斯蒂安小时候离家出走的母亲弗吉尼亚·奈特，另一个是在他去世前不久与他分手的恋人尼娜·吐罗维茨。她们对塞巴斯蒂安的生活产生过重要影响，所以寻找塞巴斯蒂安的生活事实，在较大程度上就是寻找她们尤其是尼娜的真实身份以及她们之所以要离开塞巴斯蒂安的真实原因。《V.》中的那个女人V对斯丹瑟尔及其父亲的生活也有重要影响，而且与《塞巴斯蒂安·奈特的真实生活》里的那两个女人一样，也是身材苗条、爱穿黑色衣服、常戴面纱、姓名与身份多变、行踪不定。这些多变、神秘的女人对寻找者们的行动形成了较大的挑战和刺激，也为小说情节的发展提供了较大的动力。

---

① 坦纳认为，品钦作品在“组织方式上”与纳博科夫的作品相像。但他没有具体比较《V.》和《塞巴斯蒂安·奈特的真实生活》。见 Tony Tanner, *City of Words: American Fiction* 1950—1970 (New York: Harper & Row, 1971), p. 172.

两部作品里的寻找者的个人情况也很相似。他们都是男性，而且都是孤儿。在一定程度上，他们的寻找都是对于丧失父母或其他亲人的一种迟到的反应。而且相对于作为他们的寻找对象的多变的女人，他们都是固执的男人。受寻找过程中不断出现的线索或困难所引导，他们的寻找在书里都变得越来越偏执和疯狂。所以，两部作品都在关注寻找者们的寻找对象的同时，也给了寻找者自身较多的关注，包括他们的寻找和叙述过程，在这些过程中所表现出的性格、动机、方法、观点等方面的特点，以及这些主观特点对他们所寻找的客观真相的影响。

在对自然景物的选择和描写上，两部作品也有相似的地方。纳博科夫曾在《塞巴斯蒂安・奈特的真实生活》里强调过一颗“分量惊人的露珠”；[①]品钦在《V.》里也写了露珠，写了驴采集露珠。[②] 纳博科夫曾在《塞巴斯蒂安・奈特的真实生活》提到过“月亮的背面”；[③]品钦在《V.》里也用了这一说法。[④] 这些相似点并不完全是一种偶合。当然，品钦有时会把类似的借用做得更加公开一些。比如，在《拍卖第四十九批》里，他就较为公开地借用了纳博科夫的《洛丽塔》里的男主人公的名字“亨伯特・亨伯特”、亨伯特在称呼洛丽塔时所喜欢用的“仙女”一词以及《洛丽塔》里的有关情节。[⑤] 但这些较为公开的借用也都是经过了品钦的间接化和自然化加工，没有任何的突兀感。《拍卖第四十九批》对《洛丽塔》的上述借用就是通过书里的一位歌手之口实现的。这位歌手借亨伯特和洛丽塔的故事颇为自然地唱出了自己的仙女被一个中年男人骗走的故事。同样，《V.》对《塞巴斯蒂安・奈特的真实生活》的上述借用也不是直接的，而是间接的：“驴采露珠”是骑在驴上的蒙道根所见到的；“月亮的背面”出现在一位歌手的歌词里。其实，以上谈到的《V.》与《塞巴斯蒂安・

---

① Nabokov, *The Real Life of Sebastian Knight*, p. 48.

② Thomas Pynchon, *V.* (New York: Bantam Books, 1981), p. 212. 出自这部作品的引文均译自此版。

③ Nabokov, *The Real Life of Sebastian Knight*, p. 130.

④ Pynchon, *V.*, p. 127.

⑤ Pynchon, *The Crying of Lot* 49 (New York: Bantam Books, 1967), pp. 109—110.

奈特的真实生活》的所有相似之处也都不是直接借用的结果，而是经过了各种各样的变化，就像驴改变了它所采集的露珠一样。下面我们就来看几例这样的变化。

在《塞巴斯蒂安·奈特的真实生活》里，V只是叙述者的名字；而在《V.》里，V是人名、神名、动物名、物名、地名、情节名、主题名，几乎成了书里书外的所有主要的受关注对象的名字。在《塞巴斯蒂安·奈特的真实生活》里，V像那颗"分量惊人的露珠"那样只出现了一次；而在《V.》里，V则像驴所采集的露珠那样随处可见。《V.》的头里有一个由四十二个V排列而成的大V。书的每一章标题里的词都是上宽下窄地排列，底部都加有一个V，所以这些标题也都呈V状。《V.》使《塞巴斯蒂安·奈特的真实生活》里的独一无二、较为神圣的V变得如此普遍，除了可以开《塞巴斯蒂安·奈特的真实生活》一个玩笑，也能使V像《塞巴斯蒂安·奈特的真实生活》里的塞巴斯蒂安和《拍卖第四十九批》里的邮号等频繁出现的形象那样反映寻找者的偏执程度。

《塞巴斯蒂安·奈特的真实生活》集中写找，从头到尾都是V的寻找。而《V.》既写找，又写不找。《V.》的开头两章写的就不是斯丹瑟尔的寻找，而是普罗费恩的不找。而且在全书的十八章里，斯丹瑟尔的寻找主要见于第三、五、七、九、十一、十四、十六、十八章，不到全书总章数的一半。书里的多半章节写的主要是以普罗费恩为代表的一代颓废者对寻找的拒绝。[①]《塞巴斯蒂安·奈特的真实生活》里的寻找者V目标明确，一心想着为塞巴斯蒂安写出真实的传记；《V.》里的寻找者斯丹瑟尔则动机不够确定，动机也是他寻找的对象之一。《塞巴斯蒂安·奈特的真实生活》的寻找者的寻找范围只限于欧洲，而《V.》里的寻找者则从欧洲找到非洲和美洲，还从地上找到地下。《V.》里的寻找者兼叙述者在人数和叙述内容上也比《塞巴斯蒂安·奈特的真实生活》多。《塞巴斯蒂安·奈特的真实

① 坦纳把斯丹瑟尔和普罗费恩分别称作"有目的"的"探求者"和"无目的"的"漂泊者"，认为斯丹瑟尔关注过去，而普罗费恩则体验现代。见 Tanner, *City of Words*, p. 157, p. 167. 当然还可以补充说，斯丹瑟尔关注的主要是过去的欧洲，而普罗费恩体验的则是现代的美国。二人在发生苏伊士危机时的马耳他走到一起，把过去和现代、欧洲和美国联系起来。

生活》里的单一寻找者的叙述紧密围绕寻找对象,而《V.》里的寻找者们的叙述除了关注自己感兴趣的人和事,还涉及了众多西方现当代史上的核心话题和重大事件。[①]《塞巴斯蒂安·奈特的真实生活》里的寻找有终点,而《V.》里的寻找则没有。在《塞巴斯蒂安·奈特的真实生活》里,神秘的女人被找到,塞巴斯蒂安去世,V找到了作为塞巴斯蒂安的替身的自己,并介绍完自己寻找真实的塞巴斯蒂安的全部过程;在《V.》里,斯丹瑟尔找到的只是V的踪迹,不是她本人,而且他最后为寻找V的玻璃眼睛又去了斯德哥尔摩,根本不知道会有什么结果。

作为被找对象的女人在两部作品里都善于变化,但《V.》里的女人更加多变。《塞巴斯蒂安·奈特的真实生活》里的尼娜仅变名隐踪;《V.》里的V不仅仅变名隐踪,还变形变性。虽然她所换的名字(Victoria Wren、Veronica Manganese、Vera Meroving)始终都以V开头,似乎比尼娜保守一点,但她戴假发、在肚脐上镶嵌星状蓝宝石、安装玻璃假眼和其他人造器官,还从引诱男性的高手变成同性恋者,这些都是尼娜望尘莫及的。作为V的旧情人,老斯丹瑟尔在二十年后与她重逢时根本就没有认出她来。难怪蒙道根说V代表的是"动态的不确定性"(238)。另外,同样写女人多变,《塞巴斯蒂安·奈特的真实生活》里的写法主要服务于人物塑造和情节设计等文学目的,而《V.》则将女人的多变与宗教的衰变、科技的渗透、道德体系的破碎、人体和人性的堕落等社会历史变化联系到了一起。[②]

虽然都是寻找者,纳博科夫的V和品钦的斯丹瑟尔有很多差异。前面谈到纳博科夫的V目的明确,而品钦的斯丹瑟尔则比较迷

① 西德指出,品钦的第一部作品就表现出他全部创作的一大特点,即"事实密度大"。见 David Seed, *The Fictional Labyrinths of Thomas Pynchon* (Iowa City: University of Iowa Press, 1988), p. 11. 除了间接涉及的第一次和第二次世界大战,书里直接描写的从19世纪后半叶到20世纪中叶的主要历史事件包括法绍达危机(Fashoda Crisis 或 Fashoda Incident,1898年9月18日发生于苏丹的法绍达,即今天的科多克,是英法争夺非洲的一系列冲突中的最大事件。)、马耳他1919年的"六月暴乱"、意大利佛罗伦萨的委内瑞拉流亡者在19世纪末20世纪初的暴乱、德国殖民者20世纪20年代对西南非反抗者的血腥镇压等。

② 坦纳认为V的变形反映了现代人的"全面堕落"。见 Tanner, *City of Words*, p. 159.

惘，连目的也成了他寻找的对象。这当然与两位作者在寻找者刻画上侧重点的不同有关。纳博科夫更关注寻找者的感知能力或寻找者对外在现实的反应和反映，所以他的寻找者比较积极主动，而品钦更关注外在日益复杂的当代现实对人的影响，所以他的寻找者就显得比较消极被动。比如，面对着他们所寻找的多变、神秘的女人，《塞巴斯蒂安·奈特的真实生活》里的V在落入尼娜的圈套之前及时抓住了她吻过一个能够倒写姓名的男人这一细节，终于辨认出她的真实身份，而《V.》里的斯丹瑟尔假如能够遇到他所寻找的V的话，他是否能够认出她来就很难说了，因为就连既是V的前情人又是专业间谍的老斯丹瑟尔后来也没有识破她的伪装。这里也许有必要提一下，斯丹瑟尔的年纪(1901年生)、外国国籍(英国人)、喜爱旅游等特点，容易使人联想到纳博科夫(1899年生。在英国受的高等教育。曾侨居英国、德国、法国、美国、瑞士等国)，而普罗费恩的年纪(1932年生)、美国国籍、海军退役等情况，容易使人联想到品钦(1937年生。曾服役于美国海军)。这些联想会使我们猜测，品钦把斯丹瑟尔写得比V(《塞巴斯蒂安·奈特的真实生活》里的)更加迟钝和无奈，尤其是把普罗费恩几乎写成了斯丹瑟尔的镜子，也许是在质疑纳博科夫的那种在更为复杂的世界里略显天真的乐观主义，同时也是在与纳博科夫拉开距离，努力写出自己的特点。[1]

纳博科夫的寻找者V的目的不仅明确，而且相当高尚，那就是要找到塞巴斯蒂安的真实生活或者绝对的真理，尽管他在实际寻找的过程中对真实的含义以及对达到真实的途径的看法发生了很大变化。品钦的寻找者斯丹瑟尔的目的不够确定，也谈不上高尚。[2]比如，他开始时说自己之所以寻找是因为自己的休眠期已经结束，想活动一下，并不是为了上帝和自己的神性，也不是为了爱(44)。小说中间，斯丹瑟尔认为他寻找V并非为了寻找自我，因为他已经

---

① 有评论说，品钦作品里的后现代性多于纳博科夫的作品，代表了60年代出现的美国后现代小说运动。见 Aleid Fokkema, *Postmodern Characters: A Study of Characterization in British and American Postmodern Fiction* (Amsterdam and Atlanta, GA: Rodopi, 1991), p. 83.

② 托马斯指出，当“无生命世界”发展得比人类更加复杂、强大之时，英雄就消失了。见 Samusel Thomas, *Pynchon and the Political* (New York: Routledge, 2007), p. 84.

有了自我，而纯粹是为了“找V之人”(209—210)。再后来，斯丹瑟尔说他不能确定自己是在寻找男人还是女人，并说自己没有任何明确的理由，因为有了就说明已经找到想找的对象，就像知道了战争的原因就会拥有永久的和平一样，所以找动机也成了他的寻找活动的一项重要内容(361—362)。

上面谈的是《V.》与《塞巴斯蒂安·奈特的真实生活》的一些明显的相似与不同之处。下面我们就来把它们当作后现代小说做进一步的比较。①

二、小故事与大故事

《塞巴斯蒂安·奈特的真实生活》写了许多微小故事与宏大故事的对照，以揭示宏大故事的虚假和错误。较为精彩的是V的故事与戈德曼的故事、塞巴斯蒂安的故事与V的故事之间的那些对照。在戈德曼为塞巴斯蒂安写的传记里，戈德曼竭力把塞巴斯蒂安定性为一个“孤独”、“盲目”的艺术家，认为塞巴斯蒂安的死亡取决于他的这一本质，宣称塞巴斯蒂安死亡的“真正原因”是他最终意识到“人类的失败以及艺术的失败”。对于这一宏大故事，V认为是应该“废止的”一派胡言(115—117)。原因很简单，并不是这一宏大故事不连贯、不合乎逻辑、不符合重视艺术的社会作用和社会对个人的决定作用的一般读者的口味，而是它忽视了塞巴斯蒂安生活中的一些基本事实，比如他患有较为严重的心脏病、曾遵照医嘱去法国的布劳伯格接受了一个月的治疗、请曾给继母治过心脏病的俄国医生司塔洛夫担任他的主治医生。对于这些事实，戈德曼一无所知，所

① 如同对于大多数作品的分类，对于《V》是否是后现代小说，评论者们意见并不统一，比如麦克海尔认为它是现代派小说，不是后现代小说，而哈切恩则认为它是典型的后现代戏仿作品之一。分别见 McHale, *Postmodernist Fiction*, pp. 21－2 和 Linda Hutcheon, *Poetics of Postmodernism: Theory, History, Fiction* (New York: Routledge, 1988), p. 40, pp. 130－131. 麦克海尔认为《V》是现代派小说的依据是认识论方面的问题仍在这部小说里占主导地位。而本章把《V》读作后现代小说的基本前提有两个：(一)后现代小说也关注认识论问题；(二)认识论问题在后现代有新的认识对象和处理角度。斯特瑞尔曾较好地归纳过后现代现实和认识主体的特点。见 Strehle, "Actualism: Pynchon's Debt to Nabokov," pp. 30－50.

以他所谓的"真正原因"怎么可能真实,他的那个既合乎逻辑又政治正确的宏大故事怎么不会是一派胡言呢?

塞巴斯蒂安的故事与V的故事之间的对照,也能很好地说明纳博科夫喜欢用微小故事质疑宏大故事的倾向。为了更好地纠正戈德曼对塞巴斯蒂安的歪曲,V决定自己写一部名为"塞巴斯蒂安·奈特的真实生活"的传记。按他最初的构想,这部传记应是由科学般准确的全部事实所构成的一幅"连贯"的图画,但他不久就意识到这么做的难度,承认"这项任务超过了我的能力",因为尽管塞巴斯蒂安是他的哥哥,但对于他的生活,V只能记起"几块光亮的碎片"(15—16)。V在整理塞巴斯蒂安遗物时的所见进一步减少了他的自信。他在塞巴斯蒂安的一本剪报里发现,里面的条目涉及的都是"发生在极其普通的场合和条件下的毫无关联的或梦般凌乱的事件"(37)。塞巴斯蒂安挂在墙上的照片和放在书架上的书也都"乏味"而又"混杂"。所以V写道:"突然间,我感到了疲乏和痛苦,"因为这里的一切"太缺乏秩序,许多的暗示都是我无法理解的。"(39)

V也注意到了塞巴斯蒂安在他的书里所表现的对于微小故事的态度。他特地介绍了塞巴斯蒂安的《丧失的财产》一书里的这段话:

> 总让我感到悲哀的是,人们在饭馆里从不注意那些给他们上菜、拿衣和开门的具有活力的神秘之人。我曾和一个商人一起吃过饭。几周后,当我向他提起那个递给我们帽子的女子的耳朵里塞有棉花球时,他一脸困惑,说他丝毫没注意那里有任何女子……一个因为赶路而没有注意到出租车司机的兔唇的人,在我看来,就是一个偏执狂。我总感到我似乎是坐在盲人和疯子中间,觉着人群中只有我一个人想知道那个卖巧克力的女孩为什么稍微有点瘸。(106—107)

也许正是由于塞巴斯蒂安重视微小故事,常能在日常生活中注意到并能在作品中表现出独特的细节,V在他的调查中也逐渐变得敏感起来。在德国的瑞奇诺伊家调查时,他注意到了瑞奇诺伊的堂弟会倒写姓名。后来在法国的勒瑟夫夫人家调查时,他就是从勒瑟夫夫人说她曾吻过一个能倒写姓名者这一句话入手,很快就查清勒瑟夫夫人就是大家都认为不可能找到的那个行踪诡秘的尼娜、那个给塞巴斯蒂安写俄语信的神秘女士。为了弄清塞巴斯蒂安生前之所以看了三遍电影《魔园》的原因,V也认真看了这部片子,结果发现影片里有一个表现海边浴场的镜头,众多的游泳者中有一个向观众这边扭了一下头的姑娘长得有点像尼娜。V发现和讲述的所有这些关于塞巴斯蒂安的微小故事,都是戈德曼所不知和鄙视的。它们都在不同程度反衬出戈德曼的故事的假大空。

品钦的《V.》里也有许多用微小故事质疑宏大故事的内容。如同《塞巴斯蒂安·奈特的真实生活》里的戈德曼,《V.》里的斯丹瑟尔也对宏大故事怀有浓厚兴趣。多数情况下,他也像戈德曼那样只重视那些与自己的主观意图相符的材料,甚至把自己的意图强加给对象,以制造简单、统一、连贯、理想的宏大故事。正是受了这一倾向的驱使,斯丹瑟尔发现V与第一次世界大战有关,发现她参与了一战前几年的一个为广大外交官们所关注的重大阴谋。对此,他的朋友艾根瓦留很不以为然,主要有两个原因:一是他知道斯丹瑟尔已为V"着魔",已经不能冷静、清醒地进行观察与判断;二是他清楚历史是一块有着无数皱折的布,"如果我们像斯丹瑟尔那样位于皱折的底部,那就不可能确定任何其他地方的经纱、纬纱和图案。……也许当我们生活在顶部时,情况就会不同。我们至少能够看见。"(141)艾根瓦留这是在说,合理的宏大故事几乎是不可能的,尤其在编造者丧失理智、立足点低下的情况下。[①]

品钦的《V.》还想说明,即使是再合理的宏大故事,也不可能传达对象的原貌和人们的真实感受。戈多尔芬是这样描述他在委苏的所见所感的:

> 一切都变化不止。山脉、低地一个小时之前的颜色与一个

① 奥尔斯特对此做了一般意义上的解释:人是"受时间制约的动物",不可能像"不朽的"上帝那样了解全史。见 Stacey Olster, *Reminiscence and Re-Creation in Contemporary American Fiction* (Cambridge: Cambridge University Press, 1989), p. 90. 帕泰尔根据品钦的具体描写指出,在当代世界里,"不确定性篡夺了真理的位子,个性沦落为自恋、唯我主义和偏执"。见 Cyrus R. K. Patell, *Negative Liberties: Morrison, Pynchon, and the Problem of Liberal Ideology* (Durham and London: Duke University Press, 2001), p. 111.

> 小时之后毫不相同。每一天的颜色顺序也完全不同。你好像生活在一个疯子的万花筒里。就连你的梦也是充满色彩，充满西方人从未见过的幻象。不是实际存在的形象，不是有意义的形象。完全是任意的，就像约克郡上空云彩的变化那样……一群工程师来了。经过精确的测量和计算，他们在地图上的空白处填上了等高线和深度标记，交叉影线和颜色。(155—156)

不能说工程师们在地图上讲述的这些宏大故事完全不准确，但它们却完全遗漏了对象原有的那种“野性、浪漫”及其向人们所提供的宽阔的想象空间。[①] 在其实用价值方面，本应准确的地图也时有失误的地方。《V.》里还有一张地图，它就遗漏了佛罗伦萨的一条长街，令那个完全按照这张地图行动的盗画者在被警察带到这条路上时困惑不已(163)。

若想为远比地形、地貌复杂的社会局势绘制地图，那就要冒更大的风险。担任英国外交官和特务的老斯丹瑟尔，就经常遇到一些“无论从哪个角度看它都没有任何意义”、令那些使馆工作人员“完全丧失理智地在大街上叽里呱啦瞎议论”的局势(173)。他一直认为：

> 局势没有任何客观真实性：它只存在于那些在某一特定时刻置身其中的那些人的头脑里。因为这些不同的头脑所形成的意见汇总起来后很可能是有差异而不是同一的，所以在单个的观察者眼里，那个局势就像一个四维图像在一个只能看见三维世界的人的眼里一样。因此，任何外交决议的成败就直接取决于面对它的那个团队的和睦程度。(174)

老斯丹瑟尔这里是在说，人的认识是主观的，它的合理性是相对的，真实局势的复杂性大于人的认识能力，那些宏大故事的存在所依靠的主要是微小故事之间的和谐关系，而不是对客观世界的真实反映。为了强调微小故事的重要性，老斯丹瑟尔写过一篇题为《作为

---

① 坦纳说委苏占据了小说的“中心”，并认为小说的意图之一就是要表现当代人如何在“实现大规模灭绝的梦想，用虚无主义的幻想征服现实”。见 Tanner, *City of Words*, p. 170.

N维杂集的局势》的文章。他在文中写道:“缺乏对每一个参与者个人的完整历史的研究,缺乏对每一个精神个体的解剖,人们又怎么可能理解一种局势呢?”(442)但由于多数人还是喜欢宏大故事,他的这篇文章最后被杂志拒绝了。

然而,随着时代的变化,尤其是在二战之后,媒体刊载的大故事的影响越来越有限。《V.》的叙述者是这样描述这一变化的:“春天就这样慢慢过去了,浩大的潮流和微小的旋涡都出现在新闻报道的标题里。人们阅读他们想读的新闻,用破布和稻草构建自己鼠窝般的历史。仅在纽约一市,就有大约五百万个不同的鼠窝。”(209)这就是说,一般的历史、宏大的故事已开始在一个新的水平上被个人化、微小化、世俗化。这一变化或“堕落”,在经历了灾难深重的二战的马耳他神甫福斯道的忏悔录里有很好的记录。作为一个过来者,福斯道清楚人们对历史不能两头看,只能回头看(310)。回头看他自己的生活经历,福斯道得出了这样一个结论:“生活是对个性的一系列拒绝。”(286)具体地说,他的生活就是对社会突变尤其是马耳他的灾难的一系列适应,对原定标准的一系列偏离,总之,是一系列的衰变和堕落。在德国飞机日复一日的轰炸之下,昔日被各种建筑物覆盖的马耳他裸露出它地下的岩石。一切宏大的故事也被炸碎,变成同时出现、任意散飞的弹片一样的碎片:天空和太阳已不再像以前那样“忠诚和可靠”;上帝的脸上出现“病兆”,视线开始“游移不定”(318)。除了参与那些与生存有关的最基本的活动,身为神甫的福斯道从福斯道一世变成福斯道四世,星期天也不主持弥撒,“再也不需要上帝了”(324)。当然,也有像坏牧师那样的人要女孩子禁欲,要男孩子学当岩石,但这些说教已经骗不了孩子们了:“他们保持消极,让他去说,像影子一样跟在他身后,密切注意着他。”(319)总之,福斯道认为,战争使他告别“抽象”、变成“非人”,并认为这就是“事物最真实的状态”(297)。这里,他似乎在说,人们爱好抽象,爱好提取本质、总结规律、编造宏大故事,但同时也把事物的特点、个性抹杀了,使事物失真。因此,不搞抽象和干预就成了回归真实的前提条件。①

三、偶然与必然

用微小故事质疑宏大故事的一项重要任务就是用偶然质疑必然。宏大故事的魅力往往不是在于通过描写宽阔的场面、众多的人物和重大的事件来揭示了宏大的真理，而是在于表现想象中的宏大必然性或世界的可控制性和可预测性，给现实生活中困惑的读者以更大的安全感和自信心。所以，揭示这种宏大必然性的虚构性，或强调偶然性的普遍性和重要性，以降低必然性的过高地位，就受到后现代作家的广泛重视。

在《塞巴斯蒂安·奈特的真实生活》里，V在遭遇最初的挫折后，也怀疑过自己通过按部就班的调查而发现的塞巴斯蒂安成长为著名作家的必然性是否真的符合他的生活实际。V做过这样的猜测："或许，我们这么假设会更接近真相，那就是塞巴斯蒂安坐在围墙上，脑子里是一片骚乱的词语和幻想、没有完成的幻想和不够成熟的词语，但他已经知道这也只有这才是他生活的现实，知道他将穿越那个可怕的战场，实现自己的人生目标。"(48)这里，V在并不否认理想和努力对于塞巴斯蒂安实现自己的作家梦所具有的积极作用的同时，也给了他当时脑子里的"骚乱"、"没有完成"、"不够成熟"等状态以一定的位置。这就是说，在这个不是人人只要有理想、肯努力就必然能够当上作家的世界里，帮助塞巴斯蒂安"穿越那个可怕的战场"当上作家的不只是必然性，也有偶然性。有某种不为人知却又肯定存在的真实的偶然性，让塞巴斯蒂安幸运地实现了他在当作家的理想和结果之间的跨越。V在这里几乎已表达出了这样的观点，即许多必然性并不真实，是人们强加给现实的，而真实的东西在多数情况下表现为偶然，是常人所无法认识的。

---

① 帕泰尔认为，以保护人权为基础的官方故事已被"理想化"和"抽象"成了一种"文化神话"，从而成了忽视和破坏人权的幌子，而品钦和莫里森关注的就是被这种官方大故事所"遗漏"的那些具体的"被剥夺了权利、被边缘化和受到残酷对待的人"。见 Patell, *Negative Liberties*, p. xviii.

其实,《塞巴斯蒂安·奈特的真实生活》写的更多的是V学当作家的过程,即这个公司职员如何调查、阅读、思考、想象,最后写出《塞巴斯蒂安·奈特的真实生活》一书的过程。这个过程与塞巴斯蒂安的成长过程一样,也有着许多值得关注的偶然。比如,因为布劳伯格的旅馆经理记不清六年前的客人,也不愿意公开登记簿上的记录,V变得十分悲观,觉着自己是在"消散的事物"中做"无望的探索",认为自己已经"迷失了方向"、"无路可走"(123)。可就在回家的火车上,他偶然结识了一位曾经当过警察的生意人西尔伯曼先生,通过他得到了曾和塞巴斯蒂安在同一时期入住布劳伯格那家旅馆的四十二位客人的名单,使他的调查得以继续。再比如,在柏林调查时,V先是按计划找到了海琳。不想与塞巴斯蒂安素昧平生的海琳却让V见到了罗沙诺夫兄妹,让他意外地获得了他从未奢望过的重要信息,即塞巴斯蒂安与罗沙诺夫的妹妹娜塔莎在俄国的初恋。

如同别人让他深感意外,V也做过出乎别人意料的事情。比如,人人都认为他找不到神秘、多变的尼娜,尤其是十分了解尼娜的尼娜的前夫;西尔伯曼甚至说找那个女人会像看到"月亮的背面"一样难(130)。但V最后做到了,而且他的突破口竟然是改名为勒瑟夫夫人并改说法语的尼娜漫不经心地对他所说的一句平常话,即她曾经吻过一个能倒写姓名的人。也正是这一似乎偶然的发展彻底扭转小说情节原本发展的必然趋势——V正准备要亲吻勒瑟夫夫人,然后将像之前的塞巴斯蒂安那样迷恋上她。当然,书里最让人感到意外的可能还是V的调查过程的结局。本来,V成功找到了尼娜,消除了塞巴斯蒂安生平中的一大疑团,小说也就可以结束了。但小说却又回到塞巴斯蒂安的临终之时,而且还让V介绍起塞巴斯蒂安的最后一部作品《可疑的常春花》。这部作品写的是"一个临终之人"的痛苦与思考,包括"现在他抓住了某种真实的东西,它与任何的思想和感情或他在生活初期获得的经验都没有关系"(176),让V以为他拥有了能解释有关生死的一切问题的"绝对答案",并对他能说出这一答案产生了极为强烈的期待。可书的结尾是那个临终之人突然咽气,并没有说出那个受人期待的答案,让"那彼岸的常春花还像以往那样可疑”，也让V既失望又期待，感觉非常特别：“我不知什么书能给人如此特别的感觉，或许这就是作者的特别意图。”(176—178)与《可疑的常春花》里的那个临终者相似，塞巴斯蒂安也是在V赶到医院、听到他所期待的“绝对答案”之前咽了气。按照《可疑的常春花》里的写法，V的调查和叙述似乎也应该到此就结束了。而实际发生的却又是一个出人意料的转折。V对塞巴斯蒂安的过早逝世不但没有失望，还感到自己的生活发生了彻底的变化，就如同他听到了塞巴斯蒂安的“绝对答案”：“无论他的秘密是什么，我也了解到一个秘密，那就是：人是存在的一种形式，它不是一个常态，你可以当任何人，如果你能发现并能模仿这个人的波动。”(202)因此，V宣称道，“我就是塞巴斯蒂安·奈特”(203)。但这个结论里的必然却是基于一个纯粹的偶然。那就是V刚到医院时，把原属于塞巴斯蒂安的那张病床上的新病人错当成塞巴斯蒂安。正是这个偶然让V认识到，人如同角色，角色如同病床，既然新病人可以睡在塞巴斯蒂安睡过的床上，他自己也就可以扮演他所熟谙的塞巴斯蒂安的角色。

品钦的《V.》也非常重视表现必然的人为性和偶然的普遍性。牙医艾根瓦留曾就必然性和偶然性的问题向执着于发现必然性的斯丹瑟尔谈过这样的观点：“蛀洞的出现有其必然性，……但即使一颗牙上有几个蛀洞，它们也不会蓄意组织起来反对牙髓的生命，没有阴谋。然而，我们却有些人像斯丹瑟尔那样，把世上偶然的蛀牙组织成有意的阴谋。”(139)也许正是因为斯丹瑟尔太专注于寻找阴谋，过于操劳于把偶然组织成必然，他无法享受正常的生活，健康受到很大的损害：“他坐在那里，看上去极为虚弱。他也十分见老，五十五岁的人看上去都有七十了。”(140)相比之下，与他年龄相当的艾根瓦留看上去却只有三十五。艾根瓦留也懂得游戏。他明明知道斯丹瑟尔来他的诊所又是为了告诉他什么新阴谋，却故意问他是否开始对牙科学产生兴趣，并“游戏般地”问他感兴趣的具体是牙周病学、口腔外科、矫正术还是弥补术。他还特地大声重复了一遍“弥补术”，使在“深不可测的”烟幕后面沉思的斯丹瑟尔吃了一惊。

《V.》不只是嘲笑斯丹瑟尔虚构必然性的寻找与沉思，也表现了斯丹瑟尔之所以可笑的一些社会原因。曾几何时，福斯道也有着远大的抱负，并坚信自己的理想必然会实现。二战似乎彻底改变了一切。如同福斯道的好友马拉特在诗里所写的那样，人成了木偶，丝开始褪色，孩子都老化。战争给予福斯道的一大教训是："生活中的偶然永远超过一个人一生里所能允许并且还能保持理智的水平。"(300)观念发生如此变化的不只是福斯道及其朋友，而是整整一代人："'一代人'(无论是在文学的还是字面的意义上)的青春随着1940年6月的第一颗炸弹而突然消失。"(303)而且这一代人并不局限于饱受战争痛苦的马耳他，还包括本土没被战火燃及的美国。作为男主人公之一，普罗费恩就是美国颓废青年的一个代表。小说头里写他于1956年1月从弗吉尼亚的诺福克来到纽约，发现两地的青年"没有太大差异"，都把一半的时间用于在诸如诺福克的"兵之墓"和纽约的"锈勺子"之类的酒吧里酗酒狂欢(25—26)。①

如同任意飞动、没有逻辑的炸弹弹片，当代世界也变得破碎、偶然；寻找和思考已失去其往日的效用。这是导致颓废的一个重要原因，也是使斯丹瑟尔的行为显得可笑的一个重要原因。在《塞巴斯蒂安·奈特的真实生活》里，当V证实了勒瑟夫夫人就是尼娜并向她告别之后，他发现自己忘了问她是否知道那位在她印象中"十分乏味"的塞巴斯蒂安是当时最著名的作家之一。但他后来又意识到那么问没有意义，因为"书对于她那样的女人毫无意义；她自己的生活包含的刺激似乎要比一百部小说还要多"(172)。在《V.》里，V的实际生活所体现的现代世界的偶然与多变，更是令人叹为观止。观察能力超常的科学家蒙道根发现"她不能在两个可能的末端之间的任何一点上静止下来"，认为她是"真正意义上的动态不确定性"(238)。一直寻找她的踪迹、希望能发现逻辑、模式或历史的斯丹瑟尔最后也承认："V.是一个巧合的国度，被一个神话机构统治着。它的密使出没于本世纪的大街小巷……如果那些巧合是真实的，那么斯丹瑟尔就从未遇到过任何历史，而是某种可怕得多的东西。"(423—424)《V.》对斯丹瑟尔的嘲笑所主要针对的并不是寻找、思

① 如托马斯所言，"各种经验(世俗的和其他种类的)都因机械化战争而重新成型"。见 Thomas, *Pynchon and the Political*, p. 68.

考、规律或真理本身,而是他的观念和方法。[①] 他是那种过于专注于必然而看不到也容不得偶然,过于相信人的能力而看不到人的局限的人。老斯丹瑟尔当年把老麦杰斯特拉尔赶回家去照顾他怀孕的妻子时,曾祈求上帝让麦杰斯特拉尔"随着年纪的增长变得越来越不确定"(462)。同样,斯丹瑟尔的一个主要问题也是太确定,或太不成熟,尤其是在已经发生了巨大变化的当代世界里。

四、表层与深层

表层与深层的关系也是《塞巴斯蒂安·奈特的真实生活》与《V.》所关注的一个重要问题。在《塞巴斯蒂安·奈特的真实生活》里,V对塞巴斯蒂安的内心深处的认识所依据的并不是他调查来的表面事实。其实,这些表面事实,比如戈德曼、勒瑟夫夫人和那位"读书很多"的英国人在塞巴斯蒂安身上所发现的盲目、孤独、脱离社会、怪异、自命不凡等缺点,在很大程度上与V所理解的塞巴斯蒂安的真实内心是矛盾的。所以,V认识塞巴斯蒂安的真实内心所依靠并不是类似的表面事实,而是他与塞巴斯蒂安之间所共有的"一种共同的节奏"以及塞巴斯蒂安的作品。也就是说,V让"真实"的定义包含了直觉与想象,甚至认为它们往往比表面事实更接近真相。

《V.》也写了表面与深层的矛盾。比如,书里有不少人对普罗费恩所代表的颓废青年提出批评,说他们只说不做、麻木不仁、幼稚糊涂。但普罗费恩也有着单纯、善良的内心,使他无论流浪到哪里都受到人们的欢迎和同情,还不时赢得姑娘们的芳心。也正是因为这一事实,斯丹瑟尔最后邀请了普罗费恩陪他去他一直不敢去的马耳他开展调查。书里还反复写了其他青年的颓废外表之下的热忱之心。在喧闹的聚会上,当有人宣布艾丝特做人工流产缺钱、需要帮助时,没有什么收入来源的颓废青年们纷纷慷慨解囊,很快就凑够了数。因此,也有人说,"任何能喝醉的东西……一定还有一些灵

① 坦纳认为,斯丹瑟尔所痴迷的不是历史真相,而是"推论结构",他所做的其实是把历史变成"幻想"。见.Tanner, *City of Words*, p.164.

魂”(66)。

《V.》里有些表面与深层的矛盾是人们，尤其是那些醒悟者所蓄意造成的，而且很可能是出于不使他人过于悲观的善意。书里对在二战中经历了四阶段变化的福斯道及其密友有这样的描写：“只有福斯道这样的人生活在事物呈其原状的世界里，用轻松、虔诚的比喻将内在的盲目性伪装起来，让‘务实’的那一半人能继续生活在那个大谎言之中，确信他们的机器、住宅、街道和天气就像他们自己一样有着共同的人类动机、个人特点和某些矛盾。”(305)这里，表面与深层的矛盾表现为“轻松、虔诚的比喻”和“内在的盲目性”之间的矛盾。也就是说，在福斯道等人看来，人类内心深处存在的并不都是颓废青年们的热心那样的值得肯定的东西，也有盲目性这种不值得肯定的东西，但深知醒悟之痛苦的人也有必要让心存盲目性的人继续安逸地生活在表面真实而实质虚幻的状态里。

无论是认为深层的东西值得肯定还是不值得肯定，参加这一讨论的人起码都认为存在着深层，存在着深层与表面之间的差异。但《V.》里还写了另外一种情况，即深层已经消失或从来就不曾存在。早在1899年，老戈多尔芬就对开始流行的旅游的成因和作用困惑不解。在这位探险家看来，旅游者不过是些“表皮的热爱者”，他们到处走马看花，不曾想到过“每一块异国土地的闪光外皮之下都有一点坚硬、不变的真理”(168—169)。当然，外皮之下的东西也不是全都容易被人理解。老戈多尔芬曾去南极探险。在南极极点两三英尺的冰下，他挖到过一只尸体保存完好的蜘蛛猴，双眼直勾勾地向上盯着他。他怀疑是有人故意把它埋在那里，“为什么？也许是为了某个我永远也不能理解的奇特的、不太通人性的原因”(189)。但不管你是否能够理解，按照老戈多尔芬的看法，表皮下面总是存在心的，尽管这个心有可能像那只蜘蛛猴一样并不是一种客观存在，而是一种人为的结果。“探险者要的就是心”，他说，而旅游者则相反，“他们只要一个地方的皮”(188)。小说这么写不一定就表明它完全同意老戈多尔芬的看法，也认为旅游就是探险的一种堕落形态，不利于人类对世界深层的认识，但它确实把旅游用成了表现今人认识肤浅化或世界深层不复存在的一个重要比喻。

令老戈多尔芬终身难忘和难解的并不是南极，而是委苏；他去南极探险的一个重要目的就是想在那里发现理解委苏的线索。在委苏这个与西方文明完全对立的“疯子的万花筒”般的地方，西方人所习惯的各种二元对立，包括表层与深层的对立，似乎全都难以确定。当被问到委苏的“皮”下有些什么时，老戈多尔芬回答说：“你指是魂是吧。你当然是指那个。我对那个地方的魂迷惑过。假如它有魂的话。因为他们的音乐、诗歌、法律和仪式之间的关系都密切得不能再密切了。它们也是皮。就像被纹身过的野蛮人的皮。我常对自己这样说——就像一个女人。”(155)这里，虽然老戈多尔芬仍然坚持二元对立的西方传统思维方式，把委苏文化令他“迷惑”的原因归结为那里的人不分皮魂或将魂皮化。但读者在他的批评中不难发觉，小说描写这么一种不分皮魂的古老文化，也是在表现习惯于二元对立的西方文化的非唯一性和非自然性，在为思考表层与深层的关系提供新的角度。

在上面的回答中，老戈多尔芬把委苏文化中皮魂不分或魂被皮化的状况比作女人，而且当时还得到听他说此话的 V 的许可，因此就有必要考虑一下女人，尤其是 V，在小说对表层与深层的关系的表现中的作用。前面提到过 V 的多变，包括变名、变形、变性倾向等。所以，寻找她十余年的小斯丹瑟尔深知“伪装是她的特征之一”，包括她在西班牙的马略卡岛装扮了一年的老渔夫，晚上抽着装了干海藻的烟斗，向孩子们讲述在红海走私军火的故事，以及她在罗马平原地区身穿饰有两条中国龙的紧身衣，为一个二流魔术师打了一个夏天的下手，学会了变魔术(363—364)。伪装离不开服装。V 在巴黎的九四大街上曾拥有一家服装店，她自己也常常满身穿戴、遮盖严实，令舞台表演专家意大格也怀疑是否能有人知道她的魂，并觉得“正是她的衣服、她的装饰品决定着她，使她成为满街都是的女性旅游者中的一员”(375)。对服饰的兴趣和对旅游的兴趣之所以能在 V 的身上聚到一起，与它们都具有符合 V 重皮轻魂的倾向的特点不无关系。其实，V 自己也知道讲究外表就要冒失去内里的风险。第一次见到她后来的同性恋对象梅勒妮穿上她所扮演的中国姑娘苏凤的戏装时，她说梅勒妮“不真实”，变成了“偶像”，即

“能提供快乐的女人,但不是女人”。但她又补充说:“脱去衣服,你是什么呢?一堆无序的肉。但是,作为苏凤……穿上你的戏装,你就能使巴黎疯狂。”(370)由此可见,V很清楚外表的作用以及这种作用的社会基础。真实、内里意味着无序,外表不真实却有序、有用,社会需要秩序,因此就有必要为了外表而放弃内里。V的这种观点还能使人联想到她关于技巧与道德的观点。她认为:“技巧或任何的本领是因为它们自身的原因而合意和可爱;而且如果它进一步脱离道德意图,也会变得更加有效。”(182—183)这里的要技巧为了效率而脱离道德的主张,与上面要外表为了秩序而脱离内里的主张,都能折射V及其所代表的当代世界轻视基本人性的倾向。

技巧对道德、外表对内里的这种不断脱离,最终将导致道德、内里和基本人性的消失,使人蜕变成物,使社会蜕变成自然。在自然界,如果有外表和内里存在的话,它们的关系也是极为简单和无情的。《V.》的最后一章写了老斯丹瑟尔的死亡。它被表现为一个纯粹的偶然事件。老斯丹瑟尔乘坐的三桅船在地中海上突遇水龙卷,被卷到五十英尺的高空摔了下来。书的结尾一句这样写道:“随后的表面现象——白帽子、巨藻岛、随后接受到残忍的太阳的任何一种光线照射的无数海平面中的任何一块——在那个平静的6月天里,丝毫也没有显示水面之下有些什么。”

五、边缘与中心

前面提到,在《塞巴斯蒂安·奈特的真实生活》里,塞巴斯蒂安在他的《丧失的财产》一书里记录了他观察到的这样一种情况,即人们不去注意诸如饭馆女招待、出租车司机、卖巧克力的小女孩之类的下层人,尤其他们身上的那些细节,比如女招待耳孔里的棉花球、出租车司机的兔唇、卖巧克力女孩的微瘸等,令他感到就像坐在盲人和疯子中间。但纳博科夫那么写所强调的主要还是塞巴斯蒂安的敏感,而不是下层人遭受的歧视。在他的作品里,主人公基本上都属于中产阶级,饭馆女招待、出租车司机、卖巧克力的小女孩之类的下层人的生活并没有得到多少具体的描写。

《V.》里却有许多下层人物。最有代表性的可能要数普罗费恩。普罗费恩是犹太人和意大利人的混血儿，故事开始时，他二十八岁，刚从海军退役，孤身一人，没有工作，东游西荡，一点积蓄大都花在了酒吧里，晚上或露宿街头，或借住在好心的朋友家里，所以他基本上属于流氓无产阶级。从弗吉尼亚流浪到纽约后，他暂住于地铁里认识的流浪儿的家里。那家人是波多黎各移民，生活十分困苦。不懂技术的普罗费恩不得不四处寻找工作，最后找到了一份在下水道里捕杀鳄鱼的工作。在下水道里捕杀鳄鱼，听起来有点像史蒂文斯的诗歌《十点钟的幻灭》（"Disillusionment of Ten O'Clock," 1931）所写的那位醉酒的老水手梦中在"红天气"里"缚虎"，[1]显然是品钦虚构出来的工作，有展示想象力的可能，但主要还是为了用夸张的手法强调下层人生存的艰难。下水道里的工作环境本来就恶劣，又有凶暴的鳄鱼作为工作对象，这么写当然能较为形象、有力地表现充满黑暗和痛苦却又不为人知的另一个世界，与上层和中心形成一个鲜明的对照。[2]

除了流浪汉普罗费恩的那个不为人知的地下世界，《V.》还通过再现其"临终呜咽未被听到的"（355）西南非黑人少女莎拉，表现了以德国殖民者为代表的西方殖民统治下的另一个世界。德国农场主弗普尔看上了莎拉，对黑人少女眼里浮现的阴云的意味全然不知。第一次召唤莎拉没有答应，弗普尔就对她鞭打水呛。第二次召唤又没有得到期待中的回应，弗普尔就亲自到黑人居住区去找，并叫两个黑人妇女帮助他强行占有了莎拉。威逼之下，莎拉开始屈就，但弗普尔又让邻居占有她，莎拉便寻机逃跑了。直到人们在海边发现了她残缺不全的尸体，弗普尔才知道她逃向了哪里。虽然对莎拉的内心一无所知，也没有听到她跳海前的抽泣，但弗普尔不由自主地想到："如果他再遇上像大叛乱那样的一个时期，他恐怕那决不会是同样的散兵游勇式的行动……，而会是具有令洋洋自得者胆

---

① 普罗费恩也当过水手，也爱喝酒，而且也经常喝醉。

② 托马斯指出，品钦的"一个鲜明特点"就是爱写被官方故事所忽视的"半显群体"。见 Thomas, *Pynchon and the Political*, p. 77. 帕泰尔认为，"品钦对被剥夺权利者主体性的兴趣其实要比批评家所公认的程度大得多"。见 Patell, *Negative Libertie*, p. xviii.

战心惊的逻辑，并且会用能力取代人格，用周密计划取代政治洞察。”(254)

随后就发生了西南非土著人邦德尔人的一次叛乱，但规模不大，只有“一小群邦德尔人蜷缩在几块岩石中间，有男人、妇女、孩子和几只饥饿的山羊”，也只有五六支步枪。他们已被白人武装人员包围住，不少人已被白人打死。冲突发生不久，两架白人的轰炸机飞来。一个邦德尔人疯了一般的站立起来，挥动着长矛，冲向正在缩小的包围圈中离他最近的白人，被迎面而来的“骤雨”般的枪弹射倒。飞机开始投弹：“两颗落在岩石两侧，两颗落在邦德尔人中间，两颗落在尸体堆里，然后发生了六声爆炸，把泥土、石块、血肉像瀑布一样送上铺着猩红色云朵的黑暗天空。”白人们乘势发起冲击，“杀死那些顽抗者和伤者，朝尸体开枪，朝妇女和孩子开枪，甚至朝一头活着的山羊开枪”(257)。

诸如此类的许多事件，都是德国工程师蒙道根 1922 年在西南非研制信号干扰仪期间的所见所闻。到处寻找 V 的斯丹瑟尔在二战后的美国找到了认识 V 的蒙道根，听到了这些故事。在此之前，蒙道根没有对任何人说过，因为他“没有办法说；没有人去说”(257)。斯丹瑟尔给了他以听众和帮助，使他终于有机会坦白自己的同胞和祖国的罪恶，有可能用较为准确的语言呈现出其残酷程度难以言表和难以置信的暴行。虽然这些都是德国殖民者在 20 世纪初对西南非黑人犯下的暴行，但品钦让蒙道根在美国将它们公之于世，而且是在美国黑人的民权运动高涨的 20 世纪 60 年代，无疑能反映出他对作为当代世界主要矛盾之一的种族矛盾和试图解决这一矛盾的美国黑人民权运动的关注，以及想通过蒙道根的故事揭示种族矛盾的普遍性、加深美国黑人对白人中心论的认识的意图。①

当然，在品钦的描写中，德国无疑是当代世界里的一个罪恶的中心。《V.》所涉及的所有重大历史事件，包括 1904—1907 年对西

① 帕泰尔就把西南非与美国做了联系，认为书里的北方人蒙道根对待西南非所持的那种“根本不信任南方”的态度反映了作为北方人的作者对待美国南方的态度。他还找了其他能说明此书里的西南非暗指美国南方的证据，比如书里以美国南方的“种植园”和“黑鬼”等词称呼西南非的农场和黑人。见 Patell, *Negative Libertie*, p. 90.

南非赫雷罗人和霍屯督人的大屠杀、第一次世界大战、第二次世界大战等,都是德国应负全部或主要责任的事件。这个国家凭借其强大的技术力量努力实现着称霸世界的野心,把世界强行分裂成中心和边缘两个势不两立的部分,并把边缘变成了一个福斯道所说的"死亡的王国",使处于边缘的人们只能像老鼠等动物那样躲到下水道那样的另一个世界里去寻找生存的可能。在马耳他的下水道里躲避德国轰炸的福斯道曾在他的日记里这样写道:"……存在着两个世界:街面上的和街面下的。一个是死亡的王国,一个是生命的王国。诗人如果不知道另一个王国……,还怎么能够生存呢?"(304)这里,福斯道不但记录了作为罪恶中心的德国给当代世界所造成的可怕分裂,也强调的诗人对于这个世界应负的责任,那就是要了解和表现边缘人所生活的那"另一个王国"。也许这就是为什么品钦在《V.》里写了那么多的下水道,包括纽约的下水道、马耳他的下水道、巴黎的下水道,还有像下水道那样阴森恐怖的被德国殖民者用来囚禁和折磨黑人的地下室。这些描写使读者不断意识到"另一个王国"的普遍存在,反映了品钦履行福斯道所理解的作家职责的持续努力,也成为《V.》超过《塞巴斯蒂安·奈特的真实生活》的一个重要方面。

这"另一个王国"还包括与西方文明所不同的东方文明。这两种不同文明的对立在《V.》里也有提及。V的同性恋对象梅勒妮来巴黎参演的芭蕾舞剧的剧名是《华女受暴记》,主要表现一位名叫苏凤的中国姑娘如何为保护自己的贞洁而被入侵的胡人摧残至死。虽然这只是舞台上演的,但受害的苏凤与受害的西南非黑人少女莎拉一样,也代表了"另一个王国",尤其是在此剧上演的那个较为特别的政治氛围中。寻找V的斯丹瑟尔是在巴黎警察局里发现的有关记录,因为此剧首演的当天晚上剧场里发生过具有"政治色彩"的骚乱。相关的背景是,速变的政治氛围当时已将观众分成两大派。之前不久,一家报纸发起北京至巴黎的汽车拉力赛,曾得到广泛支持。但到舞剧上演之时,风向又变得不利于北京,因为"人们把东方文明……与俄国相提并论,认为它们都与企图颠覆西方文明的国际运动有关。"(387)无论怎样,舞剧还是在争吵声和嘘叫声中上演了。

嘈杂声一直持续到剧情高潮临近。这时,先是德国人制造的舞台机器女佣突然失控,满台乱蹿。接着,因为没有戴金属保护带,梅勒妮在表演中就像剧情里的苏凤那样真的被立在舞台上的尖棍刺死,留下一台鲜血。与此同时,音乐的音调控制松弛下来,众音齐鸣,“其同时性和随意性就像炸弹的碎片”(380)。而这时的观众席里却是一片寂静。他们眼前充满混乱和死亡的舞台几乎变成了西方文明的真实现状。无论东方文明和西方文明谁优谁劣,《V.》让作为“另一个王国”的东方文明多一分显现,有助于让西方文明对自己中心地位的相对性多一分意识。

六、进步与退步

《塞巴斯蒂安·奈特的真实生活》没有特别关注进步与退步的问题,尽管涉及这一问题的内容书里也难免存在一些。塞巴斯蒂安说许多人注意不到饭馆女招待耳孔里的棉花球、出租车司机的兔唇、卖巧克力女孩的微瘸等,令他感到就像生活在盲人和疯子中间,就是在说那些人的同情心和感知力不是进步了,而是退步了。再比如,对于已故的塞巴斯蒂安,没有人能真正地理解他。自信的戈德曼为塞巴斯蒂安写的传记里充满“荒唐的误解”。精明的尼娜对于塞巴斯蒂安的作品的无知程度就像“蝙蝠”之于“日晷”。即使是最终写出了《塞巴斯蒂安·奈特的真实生活》并宣称自己就是塞巴斯蒂安的V,对他自己的知识也没有绝对的把握,因为他刚在自己和塞巴斯蒂安之间划了等号,说了“我是塞巴斯蒂安,或塞巴斯蒂安是我”,就又补充说“或许我们俩是我们俩都不认识的某个人”,承认塞巴斯蒂安的真实生活以及他自己的真实身份都还是没有完全解决的问题。这就是说,起码在可预见的时间之内,不会有人能在天赋上接近塞巴斯蒂安,更不用说超过他了。这似乎也能反映纳博科夫对进步与退步的看法。

《V.》则对进步与退步的问题有很多讨论。比如,蒙道根在讲述他在西南非的经历时说,德国殖民者对黑人的所作所为“看起来就像在中世纪”(243)。这就是说,在诸如种族关系等一些具体问题上，社会不是进步了，而是退步了。书里也有人虽不认为社会退步了，但认为社会没有进步，而且也无法进步。普罗费恩和他的诗人朋友布伦达就都认为世界已经“乱套了”，已经“走投无路”(427)。当然，书里也写了一些进步。比如，比起邦德尔人的土枪、长矛来，德国殖民者的飞机、炸弹显然是一个巨大的进步。[①] 书里还介绍了一位名叫伯格马斯克的机器人研发公司经理的“进步观”，主要是关于人类如何随着科技的进步而进步。伯格马斯克说：“18世纪，人们通常把人看作钟表般的机器人。19世纪，由于牛顿物理学深入人心以及热力学研究的广泛开展，人们更多地把人看作热动力机，生效率约为百分之四十。到了20世纪的今天，随着核物理和亚原子物理的发展，人已经变成能够吸收X射线、伽马射线和中子的物体。”(265)尽管人类从钟表到射线吸收物的这种变化究竟是不是进步还是个问题，但伯格马斯克却坚定不移地认为它是进步，而且他的这种观点在书里还具有一定的代表性。总之，关于进步与退步的问题，《V.》里涉及了三种主要观点：(一)退步；(二)不进步；(三)进步。下面就逐一地讨论这三种观点在书里的表现。

先来看退步。前面提到蒙道根感到德国殖民者对待黑人的态度仿佛倒退到了中世纪。在此之前，蒙道根曾对这个倒退的过程做过一个简短的回顾，分别用了“理想主义”和“命中注定”来概括这个过程的开头与结尾。所谓“理想主义”，指的是最先来到西南非的德国人是传教士，他们的目的主要是传播宗教和社会理想。接着，又先后来了商人、采矿者、定居者、资产阶级等等。这些人都是受经济利益驱动而来的。在他们装满了腰包或遭遇了挫折之后，军队又来了。除了掠夺所剩无几的财物，军队还要为了荣耀“绞杀、棒打、刀刺”那些没有抵抗力的土著人：“通常，他们甚至根本就没有见过他们所杀的土著人；他们只是从附近的山丘上向村子里开炮，然后再进村收拾任何没被炸死的”(240—241)。在蒙道根看来，殖民过程是一个必然的从文明到野蛮的退步过程。这就是他所谓的“命中注

---

① 阿多诺不无讽刺意味地指出：“世界历史不是从野蛮走向人道主义，而是从弹弓走向重磅炸弹。”见 Theodor Adorno, *Negative Dialectics*, trans. E. B. Ashton (London and New York: Routledge, 1990), p. 320.

定”的意思。

蒙道根还谈了这样一件事,也能说明这样一个必然退步的趋势。1904 至 1907 年间,德军遵照特罗萨将军的“灭绝令”,对反抗德国殖民统治的赫雷罗人和霍屯督人施行大屠杀,共杀了约六万人。后来,因为殖民地的建设需要劳动力,接替特罗萨将军的林德奎斯特就取消了“灭绝令”,号召所有外逃的黑人回来,“承诺任何人都不受伤害”。黑人就陆陆续续地回来了,果然发现了食物、住房、保护和工作。三年之后,情况开始变化。用蒙道根的话说,“就连鲸鱼也不能游到岸边而不受伤害”。由于过度劳累、遭受残害等各种原因,每天都有“十二至十五个”黑人死去。“黑人的尸体一直堆到水坑的沿上,耳朵、鼻孔、嘴巴里爬满了苍蝇和蛆虫,就像嵌上了绿色、白色和黑色的宝石”。一个黑人妇女抬钢轨时不慎被钢轨砸断了腿,监工没有叫人把钢轨抬起来,而是把她从钢轨下面硬拉出来,然后就推她滚下路基,让她死在那里。前面提到的黑人少女莎拉的惨死,就是发生在此后不久。这是一个持续的倒退过程,每天都有那么多黑人死去。“到了最后”,叙述者说,“你都难以去问是哪十二至十五个了”(248—251)[①]。

说到社会不进步,像普罗费恩和布伦达那样明确表达这一观点的,书里还有其他人,尽管各自的角度有所不同。整容师肖恩麦克提醒他的一位顾客说,他的技术可以改变她的鼻子,但改变不了她子孙后代的鼻子,因为他改变不了那条永远重复的遗传规律,“那条宏大的不断之链”(37)。阅历丰富的盗画者曼提撒从自己所经历的各种逆境中悟得的“唯一教训”是:“它们会再次发生。……历史将继续重复同样的模式。”(145)对于二战后刮起的“酷”风,即“不爱、不恨、不忧、不激动”的精神风尚,不少人难以接受,而黑人音乐家麦克克林提克对它却并不感到奇怪,因为他知道历史的运动就是在两端之间摆动,战争使人摆向了玩“酷”的一端,“然而,每过上一阵,就

---

① 帕泰尔认为,《V.》对奴隶制描写在细致程度上与莫里森的《宠儿》不相上下,在恐怖程度上甚至超过后者,因为《宠儿》里的奴隶主施暴主要出于“经济动机”,并不随意杀人,而《V.》里的殖民者则可被看作随意施暴的“虐待狂”,因为他们认为黑人既“低劣”又“无用”。见 Patell, *Negative Liberties*, pp. 88—90.

会有人摆回来。回到他能爱的一端……”(273)。第一次世界大战的巨大伤亡数(“一千万人死,二千万人伤”)令老斯丹瑟尔惊恐不已,但他也认为,一战“从根本上说与普法战争、苏丹人的战争、甚至克里米亚战争没有任何不同”,因为“过去的习惯力量变得过强”,使得今天的世界与过去的一样,都是人类的“屠宰场”(431)。①

以上谈的社会不进步论主要涉及自然规律和传统影响等客观因素。这些客观因素的力量远远超过人的能力,所以人就是想进步也难以实现。《V.》里还涉及社会不进步的主观因素,即那些不想进步、不愿成功的人。这样的人平时为数不多,但在某些特殊情况下,比如在社会大动荡之后,人数就会大增。《V.》就较为敏感、准确地捕捉到了二战之后的美国社会中的此类人。小说是这样介绍纽约的一群叫做“全病帮”的青年的:“在 1956 年 8 月的那段时间,‘全病帮’最喜欢的消遣是嬉闹,无论在户内还是户外。它所采用的常见形式之一就是玩溜溜球。……规则:你必须真正喝醉。”(279—280)当然,“嬉闹”、“玩溜溜球”、“喝醉”等都还是“全病帮”外部特征。与“全病帮”一拍即合的普罗费恩(此名在英语里的意思是亵渎神明)用过的一些词能够很好地表现了“全病帮”的内部特征:“无热情”、“不说谎”、“不作秀”、“不隐瞒”、“无秘密”、“不谈过去或秘密梦想”、“无内里”、“只有海螺般的外壳”(346—347)。不能说这些特点没有积极作用,尤其在抵制和破坏落后的社会文化等方面。但没有热情、没有理想、沉迷游戏、醉生梦死的人也无法进行建设。所以,肖恩麦克认为他们“颓废”(277),雷切尔指责他们“不生活”、“不创造”(356),都是有一定道理的。另外,“全病帮”在精神上并不完全是二战之后才出现的新生事物。小说里写了一个 1899 年时的世纪末青年埃文·戈多尔芬。他就是一个“什么也不做好的人”,反对一切传统习俗,并参加了一个名为“红日升社”的虚无主义团体,想通过组织狂饮聚会来加速革命,结果被大学开除了(142)。“全病帮”的所作所为显然与埃文的红日升社相似。这似乎又能说明,历史重复自

---

① 如福瑟尔所言,大战“对于支配公众意识上百年的流行的世界改良论神话是一个可怕的障碍。它颠覆了进步的理念”。见 Paul Fussell, *The Great War and Modern Memory* (Oxford: Oxford University Press, 1975), p. 8.

己、并不进步。

现在来看书里的进步论。前面提到过一些有关进步的例子,包括武器从西南非邦德尔人的长矛到德国殖民者的轰炸机的进步,科学从18世纪机械学到20世纪的牛顿物理学和热力学再到20世纪的核物理学和亚原子物理学的进步,以及人类从钟表类似物到射线吸收物的进步等,尽管有的进步并不十分人道。《V.》对科技的态度像后现代作家对待许多问题的态度一样,是不太确定的。不确定并不等于含糊不清或模棱两可,而是要根据具体的情况既做批评又做肯定,与许多根据所谓的人文主义一味确定地批评科技的欠人文做法不大一样。[①]

先看《V.》对科技的批评。尽管《V.》写德国轰炸机对邦德尔人的轰炸以及后来对马耳他人的轰炸主要是在批评德国的人,揭露他们用尖端武器对付武器极差或手无寸铁的对象的做法中所包含的卑鄙、怯懦和疯狂,而不是在批评德国的武器粗制滥造、不够精良有效,但在对德国武器的巨大杀伤力以及受害者的惊恐与痛苦的细致描写中,我们不难感觉到作者对于科技的这一发展成就的批评。当然,机器自身也会出现意想不到的问题,给人类造成这样或那样的麻烦。比如,德国造的机器女佣在舞台上突然失控,满台乱蹿,严重破坏了演出的秩序。再比如,因为闹钟出了故障,普罗费恩没能按时上班,结果导致了机器人研发公司的多台仪器发生故障,也使得普罗费恩自己最终被公司解雇。《V.》的此类描写对那种迷信机器、认为机器比人"简单"、"干净"、"有序"、"完美"的机器崇拜(69)提出了质疑。

对科技的最具讽刺意味的批评,可能要数书里对女主人公V的描写。也许是为了改变形象、逃避过去,也许是为了抵制衰老、保持魅力,V不断地做整容手术,换人造器官。按照了解她的旧情人老斯丹瑟尔的说法,她有"用身体吸收无生命物体的癖好"(450)。然而,正如同样了解她的小斯丹瑟尔所言,"无论她怎么努力避免它,V最后还是死在……无生命物体的王国中"(386)。她死的时候,孩子

① 托马斯认为,品钦"对待新技术的潜力既有勒德派的怀疑,又有暂时的信心"。见Thomas, *Pynchon and the Political*, p. 154.

们看到了并且像拆机器一样拆下了她的假发、假脚、假皮、肚脐上镶嵌的宝石、假牙、假眼、假胳膊、假乳房等。孩子们还想象了她的内脏,包括“杂色的丝绸肠子,鲜艳的气球肺,装饰过度的心脏”。也就是在这一过程中,孩子们才了解到,这个平常被大家叫做“坏牧师”的人不是男的而是女的,不是年轻人而是老年人。这个非男非女、非老非少、非人非机的坏牧师在咽气之前,还用“非人非兽”的嗓音求上帝饶恕她犯下的“所有的罪”(320—322)。科技对人生的渗透,文化对自然的异化等当代话题在此得到了几乎是无以复加的表现。①

当然,科技的影响也不都是消极的。除了写武器等危害人的科技产品,《V.》还写了其他科技产品,并不断用它们来对照人类的堕落者,使它们表现出相当的进步性甚至人性。普罗费恩工作过的公司研发的仿真人里有一种叫做 SHROUD(synthetic human, radiation output determined):

> 它皮肤的材质是乙酸丁酸纤维,一种能吸收所有光线、X射线、伽马射线和中子束的塑料。它的骨架来自一个真人,但经过了净化,长骨和脊柱都被掏空,装进了辐射剂量计。SHROUD 有五英尺九英寸高——空军标准的中间值。它的肺、性器官、肾、甲状腺、肝、脾和其他内部器官都是空的,用的材料也是躯壳用的那种透明塑料。这些器官里灌进的水溶液能够吸收与它们所取代的组织的吸收量相等的辐射。(265)

这完全是个假人,但小说却写了它对真人堕落为假人甚至坏人的情况相当了解。当普罗费恩说它没有灵魂、不能说话时,它反问道:“你从什么时候开始有了灵魂?你在做什么,找宗教吗?”在它看来,人类已经丧失了灵魂和宗教,与假人已经没有什么区别。它还告诉

---

① 麦克康奈尔指出,“什么都不是又什么都是”的 V 代表了“我们时代的主要阴谋”,即“将全人类变成仿人机器”。见 McConnell, *Four Postwar American Novelists*, p. 167. 奥尔斯特重视 V 的身体的日益物化与她在政治上日益反动之间的平行关系,讨论了她如何在 1899、1913、1919 和 1922 年间,随着她植入体内的“无生命物”的增加,她在政治上先后投靠反无政府主义的势力、墨索里尼和希特勒。见 Olster, *Reminiscence and Re-Creation in Contemporary American Fiction*, p. 80.

普罗费恩,自从出现希特勒、艾希曼和门格勒等人以来[①],世上已经“不再有区分疯狂与理智的标准”(275)。无论这些见解是作者还是普罗费恩给它的,它们都是从它嘴里说出来的,也深深地迷住了普罗费恩,使他与它的交谈“变成一种习惯”(274)。而在全书描写的众多“真人”当中,普罗费恩能与之交心并使这种交流“变成一种习惯”的并不多见。普罗费恩因为闹钟失灵而让公司蒙受损失之后,曾鼓吹人类进步的公司老板伯格马斯克根本不问具体原因,立即就以“干蠢事”和“习惯坏”等罪名将他解雇。普罗费恩离开公司时,只有SHROUD与他道别,并希望他“既冷漠又热心”(345)。[②] 在SHROUD的这种超过常人的智商和情商里,寄寓着作者对于科技发展的那种理想境界的憧憬。

以上关于历史进步论的讨论主要围绕科技,尤其是那些似乎比真人更真的假人。现在我们再来看《V.》对某些进步的或者能够进步的真人的描写。前面谈了书里的女主人公V如何在“吸收无生命物体的癖好”的驱使下不断整容,最后倒退到非男非女、非老非少、非人非机、非人非兽的地步。书里也有整容爱好者在认识上不断提高,最后做出比较明智的决定。比如,爱好整容并与整容师肖恩麦克发展出恋爱关系的艾丝特,最后与肖恩麦克“永久性地”断绝了关系。她的理由是:“你爱的并不是我。你是想把我变成非我。”针对肖恩麦克根据柏拉图哲学所做的关于他爱她的精神、要把“真实、完美的艾丝特发掘出来”等辩解,艾丝特反驳说:“你怎么知道我的精神是什么样子的呢?你清楚你爱的是什么吗?你自己。你自己的整容技术,仅此而已。”(276)艾丝特的看法是相当深刻的。她的进步也是十分明显的。若与肖恩麦克的退步稍做比较,她的进步就会更加耐人寻味。其实,肖恩麦克起初并不是这么冷酷。相反,他决

---

① 艾希曼(Adolf Eichmann,1906—1962),纳粹军官,在第二次世界大战期间指挥屠杀了数百万犹太人。门格勒(Josef Mengele,1911—?),德国医生,有“死亡天使”之称。

② 坦纳认为小说的“总主题”是写“熵在所有层面上的作用”,并根据熵变加速、人际交流和爱心减少的逻辑,认为“既冷漠又热心”是一句“空话”。见 Tanner, *City of Words*, pp. 157, 161. 这似乎有点绝对。冷漠的全病帮就曾热心捐款帮助缺钱做流产的艾丝特。黑人音乐家麦克克林提克对全病帮与二战的关系的理解也能帮助我们认识他们的冷漠的暂时性和表面性。

定当整容医生是出于一个充满人性的目的，那就是要帮助他所崇拜的、脸部受到重创的一战英雄戈多尔芬那样的人。用叙述者的话说，他有一个“富有同情心的开端”(88)。但随着这种同情心被淡忘，以及对毁容原因的无奈感的增强，他身上就发生了“一种目的的退化”(89)。这种退化与德国先派传教士帮助西南非、后派军队镇压西南非的退化过程相似，[①]都具有某种必然性。艾丝特能在这一退化的大潮中取得这种进步，能够为了丰富的人性和理想的爱情而毅然决然地告别肤浅的整容和冷酷的科技崇拜，自然是非常值得关注的。而且作为痴迷整容、自甘堕落的V的一个对照者，艾丝特这一形象也能丰富我们对《V.》及其作者的妇女观的认识。[②]

前面讨论历史不进步论时，谈过没有热情、没有理想、沉迷游戏、醉生梦死的“全病帮”，以及人们认为他们颓废、不能创造等批评。但我们如果把“全病帮”放进他们所处的特定环境里，还是能够发现他们生活方式中的某种进步性的。首先，从起源上看，他们的生活方式并没有脱离社会。麦克克林提克认为是二战使世界摆到了冷漠的一端，并认为世界还会返回爱的一端。这一观点能够较好地解释“全病帮”的产生与走向。也就是说，“全病帮”的本性并不冷漠，只是因为战争等社会灾难使他们的社会理想受挫而且他们暂时又没有任何积极的新表达方式，他们就采取了比较消极的方式。一旦出现了积极的新表达方式，他们就会再次积极起来。他们积极捐款帮助缺钱做流产的艾丝特的举动，就是他们没有改变的本性的一个较好的表达。《V.》是这样描写“全病帮”聚会上的募捐场面的：先是艾丝特的男友斯拉伯说明艾丝特缺三百美元做流产，接着，“欢呼的、热心的、咧嘴笑的、醉醺醺的‘全病帮’们把手深深地插入口袋，然后就涌出了共同的仁爱和散乱的零钱、磨损的纸币和一些地铁代

---

① 肖恩麦克的名字的德国味道也有可能使我们做这种联想。

② 品钦的妇女观不时受到评论者的批评，比如石割隆喜曾批评品钦在《拍卖第四十九批》(*The Crying of Lot* 49)里把性别关系写成了“主人和奴隶的自虐性关系的变体”，说他把此书的女主人公奥狄芭写成一个没有个性和血肉的“女奴”，一个“应自虐性美学话语的召唤而生、被困于男性统治的权力结构之中、主要起美学主体的作用的女性‘木偶’”。见 Takayoshi Ishiwari, *Postmodern Metamorphosis: Capitalism and the Subject in Contemporary American Fiction* (Tokyo: Eihousha, 2001), pp. 33, 39, 42.

币"(333)。总之,大家倾其所有,很快就把钱凑齐了,使艾丝特深受感动。"有爱但闭住嘴,助人但不放屁宣扬:保持冷漠,但又关心人。"(342—343)——黑人乐手麦克克林提克的这句话可以说是对"全病帮"外凉内热、既颓废又积极、既退步又进步等特点的一个生动归纳。

说到"全病帮",就不能不提《V.》里的两个外国人,一个是曾亲眼目睹过德国殖民者在西南非的罪恶行径的德国人蒙道根,另一个是亲身经历了德国对马耳他的轰炸的牧师福斯道。这两个外国人虽然不认识"全病帮",但与他们有着类似的经历,思想发生过类似的变化,所以也可以与"全病帮"联系起来看。目睹了德国殖民者对西南非黑人的种种令他"不知怎么说和对谁说"的暴行,尤其是他们对黑人反抗者以及妇女和儿童的轰炸,蒙道根感到"被堕落包围着,无论他走进哪个异域,北方还是南方。不可能只是在慕尼黑,①他终于认识到:甚至也不是那个经济萧条的事实。这是一种精神萧条,它侵扰了这座房子,也必然会侵扰欧洲。"(258)这一认识是相当先进的,因为第二次世界大战当时还没有发生。但作为能力极其有限的个人,蒙道根所能做的也只能是离开"这座房子"。在离开德国的西南非殖民地的路上,他遇到一个失去了右臂和所有家人的邦德尔人。这个邦德尔人让蒙道根上了他的驴。坐在他的身后,蒙道根"不时地打着盹,脸颊贴上了那个邦德尔人的伤痕累累的背"(260)。就是因为不但了解德国殖民者,还与被殖民者有着如此密切的接触,蒙道根的故事才具有如此的客观性、倾向性和进步性。②

在二战期间的马耳他,德国人的狂轰滥炸使得牧师福斯道的生活变成了"对个性的一系列拒绝"。这一拒绝或衰变的过程被福斯道本人分为福斯道一世、福斯道二世、福斯道三世和福斯道四世这样四个阶段。福斯道一世是一个积极乐观、抱负远大的大学生,自信得就像"一个君主,来往于凯撒和上帝之间"。而到了德军的第十三次空袭,

---

① 慕尼黑是纳粹的发源地。

② 对于白人与黑人之间这种少有的沟通,小说也没有给予过于乐观的描写。帕泰尔就以小说中蒙道根不解那个邦德尔人用霍屯督语唱的歌曲以及随后一章里的黑人爵士乐乐手麦克克林提克知道白人听众不能真正理解黑人音乐等描写为例,提出"表面的种族和谐之下是持久的不和"的观点。见 Patell, *Negative Liberties*, p. 91.

他就变成了福斯道三世,“具有了市里的那些废墟、碎石、残垣断壁、被毁的教堂和旅馆的许多非人的特点”。到了福斯道四世这一阶段,他“继承了一个在物质上和精神上已经破碎的世界”(286)。这显然是一个与社会退步同步的个人退步。但与此同时,福斯道也取得了一些进步,主要表现在对历史、教育、宗教、文学、孩子等许多重要对象的重新思考上。比如,他认识到,历史是被强加了“虚构的连续”和“虚构的因果”的“人化历史”(286),而真实情况是偶然超过想象(300)、“语言没有意义”、“记忆是个叛徒”、“身份并不单一”(287),所以唯一正确的历史或真理是不存在的。[①] 对于代表人类进步希望的孩子,福斯道给予了较多的关注。他发现,因为不受“社会形式和形而上学”的干扰,孩子们的世界在一定程度上比大人的世界更加真实、更有诗意、更多常识(311)。对于坏牧师要女孩当修女节肉欲、要男孩从岩石中汲取力量等说教,孩子们消极静听,保持警觉。坏牧师死后,他们拆卸他的人造器官,深入认识他的性别、年龄、身份和虚假,表现出可贵的探索精神和巨大的进步潜力。

本章主要以品钦的《V.》和纳博科夫的《塞巴斯蒂安·奈特的真实生活》为例,具体地研究品钦对他的老师纳博科夫的借鉴和发展。这种发展不只是在表面上(《V.》的篇幅是《塞巴斯蒂安·奈特的真实生活》的两倍多),更多的是在精神上。从小故事与大故事、偶然与必然、表层与深层、边缘与中心、进步与退步这五个方面入手,我们在比较《塞巴斯蒂安·奈特的真实生活》和《V.》的基础上重点介绍和讨论了后者的成就或对前者的发展。作为结论,这里想说,尽管纳博科夫和品钦有很多差异(比如纳博科夫更重视艺术暗示与结构,因而其作品的语言更有韵味,风格更加简约;而品钦更关注现当代世界史和比较研究,所以其作品的结构宏大、时代性强、信息丰富、线索纷繁),[②]但在大胆质疑传统的艺术观和世界观等方面,他们都表现出独特的后现代作家的眼界。

① 坦纳把福斯道生活与品钦的写作联系起来,认为前者对旧身份的不断拒绝对应着后者对旧风格的不断拒绝,二者都是在不断拒绝凝固性虚构模式。见 Tanner, *City of Words*, p. 173.

② 托马斯提出,品钦作品的“百科全书式”和“双重品格”等特点使它们“难以被容易地纳入某种类型的‘后现代主义’”。见 Thomas, *Pynchon and the Political*, p. 153.

第六章　种族与文化:读莫里森的《最蓝的眼睛》

一、引　言

虽然莫里森和纳博科夫、品钦都是康奈尔大学的校友,在康奈尔大学的学习或工作在时间上基本重合,[1]又都是后现代美国小说的主要作家,但对于他们三人的比较,尤其是对于他们的《最蓝的眼睛》、《塞巴斯蒂安·奈特的真实生活》和《V.》这三部作品的比较,却并不多见。[2] 这里无意尝试这种比较,只是选取几个较为明显、具体的方面对这三部作品做些联系,简单介绍一下它们的互文性以及《最蓝的眼睛》的主要特点,为后面集中讨论这部作品的后现代性做些铺垫。

前面提到,纳博科夫的《塞巴斯蒂安·奈特的真实生活》和品钦的《V.》的明显联系之一是在名字上:《V.》的书名和书里主要人物的名字与《塞巴斯蒂安·奈特的真实生活》里的叙述者的名字相同,都是V。《最蓝的眼睛》里也有一个叫V的人物,全名为O. V.,是女主角佩科拉的父亲乔利的姨姥姥吉米的弟弟。这个人物只是在吉米去世时出现了一次,除了其孙子杰克对乔利性意识的觉醒产生过重要影响,在书里没有起到什么作用,不能与《塞巴斯蒂安·奈特的真实生活》和《V.》里的V相比,但他特别的名字却容易使我们联想到他的那两个同名人并进一步关注《最蓝的眼睛》与《塞巴斯蒂安·奈特的真实生活》和《V.》的联系。

---

[1] 莫里森于1953年至1955年在英语系攻读硕士学位。纳博科夫于1948年至1958年在那里讲授俄国和欧洲文学。品钦于1953至1959年先后是工程物理系和英语系本科生。

[2] 帕泰尔曾以《最蓝的眼睛》与《V.》的开头为例,比较过两部作品在遵循后现代美学玩语言游戏上的相似性。见Patell, *Negative Liberties*, p. xvi.

先来看《最蓝的眼睛》与《塞巴斯蒂安·奈特的真实生活》的联系。在《塞巴斯蒂安·奈特的真实生活》里，塞巴斯蒂安指责周围的人感觉迟钝，说他们从不注意饭馆女招待耳孔里的棉花球、出租车司机的兔唇、卖巧克力的小女孩的微瘸等。《最蓝的眼睛》就写了一个小女孩的微瘸。这个小女孩就是后来成为女主人公佩科拉的母亲的波林。《最蓝的眼睛》不仅写了波林的微瘸，写了使她变瘸的原因以及她的微瘸对她的生活的影响，还在这些描写中使用了纳博科夫常用的一些写法或思路，比如写偶然蕴含必然、小因导致大果，等等。在《最蓝的眼睛》里，是一根普通的钉子非常偶然地在波林两岁的时候扎伤了她的脚，导致了她的微瘸。她的微瘸使她失去了正常的孩子所拥有的许多东西，包括昵称和成就感等。这些她从小就缺少并渴望的东西，她后来都在雇佣她的白人家里得到了。但就在她从白人那里得到这些东西的同时，她也逐渐疏远了自己的家庭，最后与其他因素一起造成了她丈夫乔利的堕落和女儿佩科拉的悲剧。这就是说，佩科拉的极具社会文化意味的悲剧与那根偶然扎伤了她母亲的脚的小钉子还有着某种联系。这种由偶然及必然、由小因及大果写法，能够令人联想到纳博科夫对V从见人倒写姓名或弄错病床上的病人到做出重大发现等情节的描写。

纳博科夫还喜欢写虚构作品与现实生活的联系。在《塞巴斯蒂安·奈特的真实生活》里，塞巴斯蒂安的真实生活既包括他的现实生活，又包括他的五部作品，即他创作那五部作品的工作过程以及那五部作品里的男主角的虚构生活。V在现实生活中没有找到的那封塞巴斯蒂安写给克莱尔的信，却在塞巴斯蒂安的《丧失的财产》一书里发现了，尽管写信人和收信人的姓名与现实生活不符。塞巴斯蒂安在《可疑的常春花》里写了男主人公在咽气前没来得及说出他的临终之言；现实生活中，塞巴斯蒂安也没来得及对V说出他的临终之言。类似的虚构作品与现实生活的对应关系也可见于《最蓝的眼睛》里。《最蓝的眼睛》的女主人公佩科拉的名字来自一部电影里的女主人公的名字。这部电影的名字叫做“模仿生活”，内容与《最蓝的眼睛》相似，写的也是黑人生活，关注的也是黑人的肤色与丑陋的关系。当然，与我们所谈的莫里森与纳博科夫的其他相似性一样，莫里森的这种让真实和虚构互相渗透的写法也不一定就是从纳博科夫那里学来的，因为这种写法在后现代小说里很常见。但讨论这种相似性无疑会加深我们对这两位作家的了解。

《最蓝的眼睛》着重描写了电影、杂志、广告、学校等文化媒体与机构对黑人尤其是黑人青少年的影响。这能使我们联想到纳博科夫的《洛丽塔》。《洛丽塔》就写了许多类似的文化媒体与机构对洛丽塔这样的白人青少年的影响。洛丽塔在随亨伯特周游美国的路上曾看过一二百部电影。她在日常生活中对这些电影的依赖也丝毫不亚于波林，以至于连与恋人接吻也要刻意模仿电影上的做法。《最蓝的眼睛》里还有一个名叫惠特寇姆（被镇民广泛称作索普海德）的重要人物，也能让我们联想到《洛丽塔》，尤其是《洛丽塔》的男主人公亨伯特。亨伯特敢想不敢做。他早就谋划要在游泳时杀死他的前房东夏洛特，可真的到了水里，他又思前想后下不了手，最后是一场交通事故帮他实现了愿望。惠特寇姆的个性也是这样。他早就想除掉房东的那条老狗，但买了毒药后又不敢接近它，最后是借佩科拉的手达到了目的。更值得注意的是，惠特寇姆有着与亨伯特一模一样的癖好，那就是迷恋女童的恋童癖。惠特寇姆不但像亨伯特那样"将兴趣局限于小女孩"，他的这种癖好背后的原因也与亨伯特的相同，那就是他也像亨伯特那样认为"她们平常好控制而且经常勾引人"。[①]

《最蓝的眼睛》与纳博科夫的作品的这些相似点并不能说明莫里森只是在模仿纳博科夫。[②] 其实，这些相似点与书里的其他细节

---

① 见 Toni Morrison, *The Bluest Eye* (New York: Alfred A. Knopf, 2000), p. 166. 出自这部作品的引文均译自此版。

② 奥克沃德曾讨论过《最蓝的眼睛》在主题、情节、叙述方式等方面对黑人文学传统的借鉴。见 Michael Awkward, "'The Evil of Fulfillment': Scapegoating and Narration in *The Bluest Eye*," in Henry Louis Gates, Jr., and K. A. Appiah, eds., *Toni Morrison: Critical Perspectives Past and Present* (New York: Amistad, 1993), pp. 175—209. 费克和戈尔德还讨论过《最蓝的眼睛》对艾略特的《荒原》等现代派作品的改写。见 Thomas H. Fick and Eva Gold, "Authority, Literacy, and Modernism in *The Bluest Eye*," in Nellie Y. McKay and Kathryn Earle, eds., *Approaches to Teaching the Novels of Toni Morrison* (New York: The Modern Language Association of America, 1997), pp. 56—62.

一样，都在不同程度上服务于这部作品的特殊题材和主题。那么，与纳博科夫的作品相比，《最蓝的眼睛》在题材和主题等大的方面有什么特殊性呢？要回答这个问题，让我们先来看《最蓝的眼睛》里的一段能使我们联想到纳博科夫本人的文字。这段文字写的是佩科拉进入雅科博斯基先生的店铺买玛丽·简丝糖时的情景：

> 他（雅科博斯基）看不见她（佩科拉），因为他眼前没有什么可看的东西。一个五十二岁、嘴里带着土豆和啤酒的味道、脑子里惦记着眼睛似鹿的圣母马利亚、感觉被永恒的丧失感钝化的白人移民店主，又怎么能够看到一个黑人小女孩呢？他的生活中甚至都没有任何事情能够表示这种本领是可能的，更不用说是合意或必要的了。(48)

这段文字里有这样几个信息可以让我们联想到纳博科夫。首先，雅科博斯基是外国移民，而且从他的名字看，有可能与纳博科夫一样出生在俄国。其次，看不见黑人女孩的雅科博斯基五十二岁，而纳博科夫也是在五十二岁左右创作的他关于白人女孩而不是黑人女孩的代表作《洛丽塔》。[①] 第三，按引文里的说法，雅科博斯基的"丧失感"是他看不见黑人女孩的原因之一，而丧失（丧失祖国、财产、爱情、父亲等）也是纳博科夫生活中的主要事件和作品中的常见主题。无论对雅科博斯基与纳博科夫的这些联系具有什么样的可信性，他们俩在看不见黑人女孩这一点上无疑是相同的。所以，莫里森批评雅科博斯基忽视黑人，是在间接地批评纳博科夫这样的极为敏感却又对当时普遍存在的种族问题不太敏感的著名作家，也是在强调她自己的创作的一大特点，即以被忽视的黑人为主人公，以他们被忽视的生活为题材，以他们被忽视的问题为主题。可以说，莫里森与纳博科夫的一大区别，或者说莫里森超越纳博科夫的一个主要方面，就是在于她对黑人的关注。[②]

---

① 纳博科夫出生于1899年。他的《洛丽塔》创作于1949至1954年间。

② 莫里森对于自己题材的独特性是很有意识的。她在解释《最蓝的眼睛》的创作"动力"时说，"首先是想写一本书，表现一种在任何地方的文学中都不曾存在、从未被任何人认真对待过的人——所有那些处在边缘上的小女孩"，即黑人小女孩。见 Taylor-Guthrie, ed., *Conversations with Toni Morrison*, p. 88.

再来比较一下莫里森与品钦。作为美国人和同代人,莫里森与品钦的共同语言显然要多于纳博科夫。先来看莫里森与品钦的人物在观念上的几点相似。

(一)生活观。《V.》里的一个重要人物福斯道曾经提出,“生活是对个性的一系列拒绝”,以此来总结二战中德国对马耳他的轰炸使他从一个乐观的理想主义者变成一个悲观的现实主义者的过程。在《最蓝的眼睛》里,叙述者克劳迪娅介绍了自己在白人强势文化的影响下由一个充满正义感和斗争性的小女孩变成一个接受种族不平等和白人价值观的成人的过程,认为生活充满变化,而“变化就是没有改进的调整”(23)。这里,福斯道和克劳迪娅不但所经历的个性消失的情况相似,而且用来描述这种消失的语言也接近,尽管一个用了较为直白的“拒绝”,而另一个用了较为委婉的“调整”。

(二)历史观。《V.》的叙述者认为,后现代社会现实和人类经验已经高度破碎,昔日的那种完整的现实和宏大的历史已经一去不再复返。他说,“人们读自己想读的新闻,用破布和稻草构建自己鼠窝般的历史”。《最蓝的眼睛》的叙述者在描写布里德拉弗家的状况时表达了相似的观点,而且用了相似的语言。她发现,在布里德拉弗家的毫无生气和想象力的房子里,四个成员默默无闻、得过且过,每个人都封闭在自己的意识里,“用经验碎片和零星信息拼凑着自己的现实”(34)。当然,两位叙述者在说这些话时所用的语气不尽相同。《V.》里的叙述者倾向于客观描述,描述他眼里的实际情况,而《最蓝的眼睛》里的叙述者则更倾向于批评,批评布里德拉弗家的有害氛围以及造成这种氛围的社会大环境。

(三)活力观。在《V.》里,人的活力就像热能的熵变一样已经严重损耗,因而就有了整容业的兴盛,就有了V那样的人通过不断用人造器官替换自然器官来抵制衰变、保持活力。《最蓝的眼睛》也表现了人的活力减少、活人不如死物的情况。比如,它强调布里德拉弗家死气沉沉的状态,说他们家“唯一的活物是那个煤炉”,因为那个煤炉能独立于任何的物与人,能自己决定自己的行为(37),而布里德拉弗家的人则已经丧失独立和自主这两种构成活力的主要成分。作为家里最年轻、本应最有活力的成员,佩科拉竟然发觉蒲公英这样“无生命体”才是“真实的”，认为“它们是世界的代码和试金石”，并相信“拥有它们使她成为世界的一部分，也使世界成为她的一部分”(47—48)，就像通过不断往体内植入无生命体来维持自己与世界的关系的《V.》里V所相信的那样。由此可见《最蓝的眼睛》与《V.》在人的活力观上的近似。

还可以找到《最蓝的眼睛》与《V.》的其他一些较为具体的近似之处。比如，两部作品的女主人公佩科拉和V都不满意自己天生的眼睛：V把左眼换成了玻璃机械眼，而佩科拉则要把黑眼睛换成蓝眼睛。再比如，两部作品的结尾都有龙卷风袭击叙述者的长辈，虽然结果不尽相同：《V.》的叙述者的父亲在龙卷风中丧生，而《最蓝的眼睛》的叙述者的母亲则幸运地在龙卷风中存活下来。然而，就两部作品的关注重点而言，《最蓝的眼睛》与《V.》的最大的两个相似之处也许是它们对于美容的描写以及对于审美标准的人为性的思考。

先看第一点，即两部作品在描写美容上的相似。《V.》里有一个相当著名的整形外科医生，叫肖恩麦克。他的诊所经常顾客盈门，其中有“许多漂亮的，若不是难看的鼻子就完全可以嫁出去”的犹太姑娘(35)。也就是说，到他诊所来的都是“不完美、不满意的过渡性的人”(36)，希望通过更换自己的鼻子或其他难看的器官而过渡成完美、满意的人。在《最蓝的眼睛》里，佩科拉的处境十分困难。在外面，她处处受歧视，被骂作“丑黑鬼”；回到家，她也得不到应有的关爱。因而有一天，她“突然想到，如果她的眼睛，那些保留画面、知其所见的眼睛——如果她的那些眼睛不同了，也就是说漂亮了，她自己也就会不同”(46)。这就是说，佩科拉也属于“不完美、不满意的过渡性的人”。她把自己的不幸归咎于自己黑人的眼睛，以为只要拥有了白人的眼睛，一切就都会变得完美和满意。确实，靠改变自己的肉体来改变自己的命运的尝试并非毫无效果，但这么做却意味着观念上的一种可悲的堕落，因为它假定了心灵可被肉体取代、美只是一种表面现象。《V.》里的肖恩麦克本人对“美不在于心灵的谬论”(36)有很清醒的意识。而在《最蓝的眼睛》里，先后被佩科拉当作美容师和上帝的索普海德并没有向她和读者提供任何关于美的解释，倒是叙述者尖锐地指出：“肉体美”是“人类思想史上最具破坏性的观念"之一(122),对美被广泛表面化这一可悲堕落进行了谴责。①

现在来看《V.》和《最蓝的眼睛》对审美标准的人为性的思考。至于犹太姑娘们为什么觉着自己的鼻子难看,《V.》提供了这样一个解释:"在电影和广告的传统表现中,鹰钩鼻子是犹太人的标志,上翘鼻子是祖先为英国新教徒的美国白人的标志。"(35)不能排除对这两种鼻子的区分确实具有某种依据,但这里值得注意的是电影和广告在对这种区分的传播、强化和自然化过程中的重要作用。对此,《V.》还做了一些强调。肖恩麦克的整形手术是有标准的。他所要做的就是使顾客的新鼻子与这个标准达到完全的吻合或者他所谓的"和谐"。那么,这个标准是什么,又是怎么确立的呢？叙述者回答说,这是"一个由电影、广告、杂志插图所确立的美鼻理想"(91)。这就是说,就鼻子而言,并没有一个天生的审美标准。这个审美标准是电影、广告、杂志插图等文化媒介背后的制作者们所人为地确立的。这也就是为什么肖恩麦克把他所谓的"和谐"还称作"文化和谐"(91)。《最蓝的眼睛》也对佩科拉之所以渴求蓝眼睛的文化原因做了广泛、深入的探索。佩科拉生活的环境里充满了蓝眼白人的形象和白人最美的暗示。她用的牛奶杯上印有白人影星雪莉·坦普尔的头像,吃的糖是以白人影星玛丽·简丝的名字命名并用印有她的头像的糖纸包裹的。她的母亲波林十分痴迷于白人的电影:"她感到快乐的唯一时间似乎就是在看电影的时候。"她崇拜白人影星,爱看她们表演,模仿她们的发型和思维,看完电影就"难以回家",就"再也不能看到一张脸而不用绝对的美的标准来衡量它"(122—123)。这个"绝对的美的标准"显然就是白人影星们所体现的白人的标准。② 它不但与黑人的美毫无关系,而且是在转弯抹

---

① 皮奇认为,在《最蓝的眼睛》里,美和丑都不是那种肤浅的一般意义上美学概念:"美不仅是一个美学概念,还是一个政治概念,丑也不只是一种表面现象。"见 Linden Peach, *Toni Morrison* (London: Macmillan, 2000), p. 33.

② 佩瑞兹-托瑞斯指出:"这部小说详细研究了白人在这个文本里(或在我们的社会里)为什么通常不是一个种族概念,而是一个非种族、一种准则、一个通用的标准。"见 Rafael Pérez-Torres, "Tracing and Erasing: Race and Pedagogy in *The Bluest Eye*," in McKay and Earle, eds., *Approaches to Teaching the Novels of Toni Morrison*, p. 24.

角却又不容置疑地宣布着黑人的丑。小说的叙述者指出,布里德拉弗家成员的丑并不是天生的,而是由像"某个神秘、全知的主人"那样的文化加给他们的,并且是由他们自己像穿衣服一样"自己穿戴上去的,尽管它并不属于他们":

> 仿佛有某个神秘、全知的主人给了他们每人一件丑陋的外衣,而他们也都不加质疑地接受了。主人说,"你们是丑人"。他们环顾四周,没有发现任何与此说法矛盾的东西,却发现支持它的每一块广告牌、每一部电影、每一个眼神都向他们围拢而来。"是的,你说得对,"他们说,然后就接过丑陋,把它披在身上,无论去哪里都带着它。(39)

这段话和《V.》里的叙述者的有关评论一样,也明确指出了审美标准的人为性,以及电影、广告等媒介在确立和巩固这一标准的过程中的重要性。

尽管品钦与莫里森的相似之处比纳博科夫多,莫里森与纳博科夫的主要差异也存在于品钦的作品里。比如,在品钦的作品里,被白人的审美标准丑化和毒害的是犹太人,不是黑人。当然,与纳博科夫不同,品钦看到了黑人小女孩,比如莎拉,也写了一些黑人与白人之间的冲突,但他写的是西南非黑人与德国白人的冲突,不是美国黑人与美国白人的冲突。另外,他写的种族冲突主要是经济、军事、肢体等方面的较为公开、直接的冲突,不像莫里森那样侧重思想、文化、精神等较为隐蔽、复杂的领域。[①] 这并不是说,莫里森特点和成就只是在她的题材方面。题材本身并不能决定一切;它还有一个如何处理的问题。下面就来讨论莫里森在《最蓝的眼睛》里是怎么处理她的题材的,这种处理又表现出哪些后现代特点。

二、文本游戏

虽然题材不能决定一切,但题材的重要性也是不应忽视的。写

① 帕泰尔说莫里森关注的是非裔美国人在奴隶制废除后的遭遇,包括白人文化如何发明剥夺非裔美国人的新方法。见 Patell, *Negative Liberties*, p. 99.

什么、不写什么并不是一个简单、孤立的问题,而是作家的价值取向和艺术追求的表现。也就是说,题材本身就已经在某种程度上包含了作家对它的处理方法。纳博科夫把"惊人的分量"给予露珠那样的小事件和小人物,品钦用大量的篇幅表现普罗费恩、福斯道这样的不得不在下水道里工作和生活的失落者和颓废者,都与他们作品的各方面成就密切相关,也在一定程度上反映了后现代作家想用被现代派作家所忽视的题材来超越现代主义的努力。同样,莫里森在《最蓝的眼睛》描写黑人,而且是最没有社会地位和最容易受到伤害的黑人小女孩,也不是她随意的选择。[①] 我们可以把她的这一选择与后现代作家质疑中心和高雅、关注边缘和大众的倾向联系起来,并把她的题材看作她的后现代性的一种表现。莫里森在《最蓝的眼睛》里不但要讲黑人小女孩佩科拉的故事,还把一个成长、变化中的黑人小女孩克劳迪娅选作叙述者,[②]让故事的讲述成为一个故事,就是想从多个层面上以更为真切的方式表现这一题材的意义,也为此书的后现代性增加了一个元小说的维度。下面,我们先来看书里的文本游戏问题。

打开《最蓝的眼睛》,最先进入眼帘的并不是佩科拉如何生活的故事,也不是克劳迪娅如何叙述的故事,而是一篇关于白人生活的

---

① 皮奇把《最蓝的眼睛》称作"第一部以黑人孩子的经历为中心的小说"。见 Peach, *Toni Morrison*, p. 47.

② 当然,幼年的克劳迪娅并不是唯一的叙述者。吉布森认为《最蓝的眼睛》里有三个叙述视角:幼年的克劳迪娅、成年的克劳迪娅、作者。见 Donald B. Gibson, "Text and Context in *The Bluest Eye*," in Gates, Jr., and Appiah, eds., *Toni Morrison: Critical Perspectives Past and Present*, p. 166. 奥克沃德则认为《最蓝的眼睛》里有两个叙述者:克劳迪娅和全知叙述者。见 Awkward, "'The Evil of Fulfillment': Scapegoating and Narration in *The Bluest Eye*," in Gates, Jr., and Appiah, eds., *Toni Morrison: Critical Perspectives Past and Present*, p. 206. 莫里森自己说她用了两个叙述者,即克劳迪娅的第一人称叙述者和作者的第三人称叙述者,并说这个第一人称叙述者的使用给书里黑人生活的表现增添了一种"游戏性","减轻了它的严酷"。见 Taylor-Guthrie, ed., *Conversations with Toni Morrison*, pp. 37—38, 97. 无论怎么划分《最蓝的眼睛》里的叙述者,幼年克劳迪娅对佩科拉的观察与解释无疑是小说里的主要内容。

故事。[①] 这是一篇以白人小姑娘简为主角的启蒙读物，语言简单，篇幅不长，主要介绍了她家漂亮的房子、快乐的家人和动物、亲善的朋友等情况，充满了优雅与幸福。对于这样一个故事，作者随后做了两次改编。第一次改编省略了所有的标点符号和大写字母，消除了句子。第二次改编不但省略了所有的标点符号和大写字母，还省略了词与词之间的空格，又消除了单词。两次改编使原来的那个简单易读的故事几乎变成了一堆没有意义的字母。除了小说头里的这两次整体改编，作者还把这个故事拆开，选择了其中的七个片段，把它们像标题一样分别放在了书里七章的开头（见第33、38、81、110、132、164、193页）。作者还对这七个片段做了进一步的改编，不但像前两次改编那样省略了所有的标点符号、大写字母、词间空格，还全部用了大写，并对有些句子或单词做了完整的或不完整的重复。比如，在那七章中的第一章的开头，经过改编的片段是这样的：

> HEREISTHEHOUSEITISGREENANDWH
> ITEITHASAREDDOORITISVERYPRETT
> YITISVERYPRETTYPRETTYPRETTYP (33)

这个片段来自原故事的头四句话："Here is the house. It is green and white. It has a red door. It is very pretty."在改编后的这个片段里，第四句"It is very pretty"被重复了一遍。这句里的最后一个词"pretty"在被完整地重复了两遍之后，又被不完整地重复了一遍，即只重复了此词的第一个字母"p"。这里还需要注意的是被改编片段里的断行。一二两行都是从一个单词的中间断的行（第一行是从"WHITE"的中间，第二行是从"PRETTY"的中间）；断行的方式并不规范。

如上所述，《最蓝的眼睛》的开头用多种手法对那篇启蒙读物做

---

① 这当然也可以被看作作者讲述的故事的一个部分，即由作者对这个白人故事所做的一次引用和两次改编这样三部分构成的这个故事的第一部分。至于作者为什么要在这部关于黑人的作品的开头引用白人的故事，可参考她关于黑人文化和白人文化难解难分的这句话："非裔文化特性无法脱离美国文化特性的界定：从它的起源一直到它整合或分裂的20世纪自我。"见 Toni Morrison, *Playing in the Dark: Whiteness and the Literary Imagination* (New York: Vintage, 1993), p. 65.

了改编,包括省略(标点符号、大写字母、词间空格)、全部大写、完整或不完整地重复某些词句、不规范断行等。用这么多手法、花这么多精力来反复改编一篇长度在半页左右的启蒙读物,自然会令人思考作者之所以这么做的理由。这当然可以被看作文本游戏,要通过一遍遍的改编来反复祛除顽固地从原故事简单的语言和严格的逻辑中散发的神圣光辉,凸现它的语言性、虚构性和可改写性。[①]

然而,这个游戏并不是一般意义上的语言游戏,而是有其特殊的意味。游戏的对象是经过精心挑选的。首先,它是一个关于白人小女孩的幸福生活的故事,可以与小说里的黑人小女孩的悲惨生活形成某种对照。[②] 其次,这是一篇给广大儿童阅读的启蒙读物,具有不可低估的权威性和影响力。作者选择这样一个故事作为游戏对象,应该有着从源头上或潜意识中寻找某些问题的根由的意图。[③] 第三,作者从这篇启蒙读物里选来放在七章头里的那些片段,每一段里的关键词都对应于该章的主要内容。比如,上面提到的那个片段里的关键词是"HOUSE",由那个片段引导的那一章的内容就与佩科拉家的房子有关,包括她家房子的位置、状况、历史,房子里的家具,房子和家具与它们现在的使用者的关系等。所以,这些片段起着介绍它们所在各章的侧重点的作用。当然,伴随着这种介绍而来就的是上面提到的对照。[④] 佩科拉家的房子就丝毫不像简家的房

---

① 哈里斯说这个启蒙读物有中规中矩、缺乏个性、不容改写、可大量复制、缺乏活力、禁锢思想等问题。见 Trudier Harris, *Fiction and Folklore: The Novels of Toni Morrison* (Knoxville: The University of Tennessee Press, 1991), p. 29.

② 帕泰尔指出,莫里森对白人启蒙故事的改编强化了它在反映非裔美国儿童生活上的"谵妄"和"无用"等本性。见 Patell, *Negative Liberties*, p. xvii.

③ 克里斯蒂安在强调这篇读物的原始性和重要性时说:"是的——那是我们坐在我们所上的第一所学校里的第一张课桌旁上第一节阅读课时所读的第一篇课文。课文里有迪克、简、父亲、母亲、猫和狗的图画,伴有简单、有标点的句子,要在我们第一次学习阅读的过程中被灌输进我们的头脑。文字有力量。图画有力量。"见 Barbara Christian, "The Contemporary Fables of Toni Morrison," in Gates, Jr., and Appiah, eds. *Toni Morrison: Critical Perspectives Past and Present*, p. 60.

④ 海丁曾指出:"简的世界里的七个核心元素——房子、家庭、猫、母亲、父亲、狗和朋友——依次变成了情节元素,但都经过了颠倒,以符合佩科拉的世界里的实际情况。"转引自 Awkward, "'The Evil of Fulfillment': Scapegoating and Narration in *The Bluest Eye*," in Gates, Jr., and Appiah, eds., *Toni Morrison: Critical Perspectives Past and Present*, p. 178.

子那样“漂亮”:邻近的人都认为它应该被“拆毁”;路过的人都“扭头不看”。总之,这里的语言游戏并不是像一般的游戏那样局限于揭示能指与所指的关系的任意性,还要揭示这种任意性关系在特定场合中的谬误性和危害性。①

三、消解结构

上面所谈的作者对启蒙读物的改编,令人联想到小说叙述者克劳迪娅拆卸布娃娃的举动。克劳迪娅知道人人都说蓝眼金发白皮肤的布娃娃可爱,知道“又大又特殊又可爱的圣诞礼物总是蓝眼睛的大布娃娃”(19—20)以及“图画书里充满小女孩与布娃娃睡觉的场景”(20),但她不知道为什么一切会是这样,于是就对布娃娃采取了如下行动:

> 我用手指拨弄它的脸,不懂它怎么会有单线眉;抠它从绳结状红嘴唇里伸出来的两颗钢琴键般的白牙。沿它上翘的鼻子而上,拨动它的玻璃似的蓝眼珠,拧它的黄头发。我不能爱它。但我能够检查它,看看全世界都说可爱的东西是什么。折断它的细手指、弯曲它的平脚、解开它的头发、转动它的脑袋和那个使它发声的东西。他们说那是甜美、可怜的叫“妈妈”的声音,但我听起来却像一只快死的羊的叫声,或者更准确地说,就像7月里我们上锈的冰箱门打开时的声音。抠出它冰冷、迟钝的眼珠,它仍然发出“啊……”的羊叫,拆下它的头,抖出它的锯屑,把它往床的铜围栏上敲打,它还是发出羊叫。它背上的纱布可以切开,所以我就能看到发声的秘密是一个有六个洞孔的圆盘。只不过是一块圆金属。(21)

克劳迪娅对布娃娃所做的抠、拧、解、拆、抖、敲、切等处理,与作者对启蒙读物所做的那些改编相似,都是要通过种种变形和拆卸,了解

① 莫里森在解释自己之所以这么做时说:迪克和简的故事是“一个框架,承认那种外在的文明。那个关于白人孩子的启蒙读物是向黑人介绍生活的途径。随着小说的展开,我想把那个启蒙故事里的说法拆碎、搞乱,这就是它的文字在排印样式上挤到一起的原因。”见 Taylor-Guthrie, ed., *Conversations with Toni Morrison*, p. 127.

和展示那些被人们所普遍接受和推崇的文本和形象的实质。在作者对启蒙读物的改编中,我们可以看到,那个文本的存在不只是依赖于文本之外的生活现实,也依赖于文本之内的语言规则,包括标点符号、大小写、词间空格、恰当断行等。违反了这些规则,任何文本,无论它多么神圣,都会是一堆没有意义的字母。克劳迪娅对布娃娃的拆卸也让我们看到一个"全世界都说可爱"的形象对于一些并不可爱的物质材料的依赖。这些材料包括冰冷的玻璃蓝眼珠、锯屑、能发出病羊或锈冰箱门般声响的六孔金属盘等。[①]

把完整、统一、神圣的文本或形象拆碎,发现其结构的人为性和可拆性,以及其内在的非完整性、非统一性和非神圣性,是我们消解结构的任务之一。还有一项重要的任务,那就是要考查某个并非完整、统一、神圣的文本或形象与别的文本或形象之间的优劣关系,以弄清这种关系的相对性以及权力在制造这种关系中的作用。[②] 前面谈到关于白人小女孩简的启蒙读物与关于黑人小女孩佩科拉的故事之间的对照关系。这种对照通过佩科拉的悲惨命运反映了那个强调幸福美满的美国家庭生活的启蒙读物的片面,也通过克劳迪娅的丰富感觉反衬出那个启蒙读物的单调。[③] 既然那篇启蒙读物如此的片面和单调,那么它就不配作启蒙读物,那么它之所以获得这样的尊贵地位的原因也就不在内部,而在外部,就像白布娃娃那样。

---

① 吉布森认为,克劳迪娅拆卸布娃娃、想在布娃娃的体内发现其之所以高贵的原因的做法,是"幼稚"的表现,是在"施行报复",而"不是在使它非神秘化"。见 Gibson, "Text and Context in *The Bluest Eye*," in Gates, Jr., and Appiah, eds., *Toni Morrison: Critical Perspectives Past and Present*, p. 162. 这一观点有一定的道理,因为克劳迪娅当时年纪很小,本来就"幼稚",莫里森这么写她也是相当可信的。但也应该看到,克劳迪娅这么做并不是徒劳无益的,因为正是这一做法让她认识到布娃娃之所以高贵的原因不在其体内,为她后来认识其体外的真正原因做了必要的准备。

② 皮奇指出,莫里森在小说里"持续比较"白人家庭幸福生活的故事与黑人家庭悲惨生活的现实,就是在探讨"后现代小说的一个主要话题",即"语言与权力结构的关系"。见 Peach, *Toni Morrison*, p. 47.

③ 奥克沃德注意到那个启蒙读物的逻辑与黑人故事的感情之间的对立,认为莫里森"解构"那个启蒙读物是在"削弱(美国式宣传)词语的力量,开创一种重感情的非裔美国人的环境"。见 Awkward, "'The Evil of Fulfillment': Scapegoating and Narration in *The Bluest Eye*," in Gates, Jr., and Appiah, eds., *Toni Morrison: Critical Perspectives Past and Present*, p. 179.

正是由于人们都说蓝眼金发的白布娃娃可爱，没有人提及黑布娃娃，克劳迪娅就拆散了白布娃娃，想发现它之所以可爱的内在原因，结果发现这个原因不在内部，而在外部，在包括黑人在内的大人的手里。大人们从不制作黑布娃娃，也不关心黑人孩子们的需要。在克劳迪娅的记忆中，除了送白布娃娃，大人们从未问过她需要什么圣诞礼物，也从不知道她不想要布娃娃或其他物品，而想“有点感觉”，想“坐在妈妈厨房里的矮凳上，抱着丁香花，听爸爸为我拉提琴”(21—22)。这就是说，白布娃娃之所以可爱并不是由于内在的价值，而是由于外在的权力。同样，那个关于白人女孩的失真、乏味的故事之所以能够成为启蒙读物，也是外在的权力使然。

前面提到作者把那篇启蒙读物拆成七个片段，分别放在七章的头里，与这七章的内容形成对照，并提到第一个片段里简家的漂亮房子与该片段所引导的那一章里佩科拉家的丑陋房子之间的对照关系。让我们结合这里的话题再看一下第二个片段与它所引导的那一章的关系。这个片段是：

> HEREISTHEFAMILYMOTHERFATHER
> DICKANDJANETHEYLIVEINTHEGREE
> NANDWHITEHOUSETHEYAREVERYH (38)

这个片段改编了启蒙读物里的这三句话：“Here is the family. Mother, Father, Dick, and Jane live in the green-and-white house. They are very happy.”在这个被改编的片段里，作者像克劳迪娅折断布娃娃的手指一样把“N”从第二行结尾的“GREEN”上掰下来放到下一行的开头，像克劳迪娅扣出布娃娃的眼珠一样从末尾的关键词“HAPPY”中扣出并扔掉了后四个字母，只留下一个“H”。后者是一个较有意味的改编；没有了后四个字母，“HAPPY”就完全失去它原先所表达的重要意义。这些改编都反映了作者想通过破坏启蒙读物自身的语言结构来破坏其意义的意图。

在这个片段所引导的这一章里，这个片段的意义受到了进一步的破坏。如同简和她的母亲、父亲、哥哥都在这个片段里出现了，佩科拉和她的母亲波林、父亲乔利、哥哥萨米也都出现在这一章里。然而，佩科拉家成员之间的关系完全不像简家那样和谐，生活也完全不像简家那样幸福。因为天冷,屋里又没有煤,波林就与醉酒未醒的乔利吵了起来。他们的争吵很快就发展成激烈的打斗。不久,萨米也参加进来,帮助被击倒的母亲打父亲,把他打得失去了知觉。在此过程中,惊恐的佩科拉只能乞求布里德拉弗太太别再打了。她与父亲和哥哥一样,叫她母亲都用尊称"布里德拉弗太太"。这也在一定程度上反映了母亲与其他家庭成员之间的隔阂。冷漠、酗酒、吵嘴、打架——这些就是佩科拉家生活的真实内容。这些真实的内容较为全面地反映出那个宣扬美国家庭的幸福生活的启蒙读物的虚假性,有力地消解了那个虚假故事与这个真实故事之间原有的那种优劣等级结构。

那篇启蒙读物也许能真实反映部分白人的生活状况。但作为启蒙读物,作为给所有孩子阅读的大故事,它的逻辑就显得过于简单和绝对,就有可能造成广泛、持久的误解,尤其是对于那些其实际生活与读物中的描绘不甚相符的孩子。因此,就有必要对此类大故事的结构进行消解,揭示其意义和权威对语言规则和权力关系的依赖以及在表现外在现实上的局限和谬误,使读者避免过于被动、轻易地接受和信奉它们。[①]

① 关于莫里森改编白人启蒙读物的意义,评论者们做过不少解释。克洛特曼认为,白人启蒙读物及其改编版"代表了作者在小说里所直接或间接研究的不同生活方式"。见 Phyllis Klotman, "Dick-and-Jane and the Shirley Temple in *The Bluest Eye*," *Black American Literature Forum* (1979), 13 (4): 123. 莫里森对启蒙读物的改编还有在小说形式上摆脱白人权威、发展黑人小说的意味。18 世纪到 20 世纪前期的黑人作家常请一白人权威作序来鉴别和肯定其作品的水平。所以,奥克沃德认为,莫里森在其作品开头借用那个启蒙读物,是"回到以前的那种做法——用白人的声音来介绍黑人的作品,为了表明……她要拒绝让白人的标准来判断黑人经验中成败"。见 Awkward, "'The Evil of Fulfillment': Scapegoating and Narration in *The Bluest Eye*," in Gates, Jr., and Appiah, eds., *Toni Morrison: Critical Perspectives Past and Present*, p. 180. 吉布森讨论过小说把黑人的故事放在白人的启蒙故事之中的这种结构的社会意味,提出:"小说的这种结构的意味是,我们的生活被支配性文化的价值观念所包围并受制于它们。"见 Gibson, "Text and Context in *The Bluest Eye*," in Gates, Jr., and Appiah, eds. *Toni Morrison: Critical Perspectives Past and Present*, p. 162. 格瑞沃尔认为模仿是这部小说的结构和主题要素,所以这部小说借用和改变白人启蒙读物就是在模仿和质疑损害黑人自我的白人标准,就是要为探索与白人标准不同的自我开辟空间。见 Gurleen Grewal, *Circles of Sorrow, Lines of Struggle: The Novels of Toni Morrison* (Baton Rouge: Louisiana State University Press, 1998), p. 23.

四、质疑大故事

以上讨论的莫里森对面向所有儿童的启蒙读物的改编和克劳迪娅对"全世界都说可爱"的蓝眼金发白布娃娃的拆卸,都是《最蓝的眼睛》中质疑大故事的较好例子。这里再换个角度集中讨论一下这部作品质疑大故事的有关做法。

前面提到,那篇启蒙读物之类的大故事有可能造成广泛、持久的误解,尤其是对于那些其实际生活与读物中的描绘不甚相符的孩子。而《最蓝的眼睛》的一个基本前提是,这样的误解已经成为普遍的事实。莫里森在《最蓝的眼睛》的跋的开头谈到,她在此书里要回答这样五个问题或解释这样五种现象:(一)为什么佩科拉没有或永远不可能体验她所拥有的东西?(二)为什么她渴望自己的眼睛发生那么大的变化?(三)黑人的美为什么在黑人内部得不到承认?(四)为什么它必须得到公众认可才能存在?(五)为什么像整个种族都被妖魔化这样的怪事能够在社会中最敏感的孩子和最脆弱的女性心里扎根?(209—210)这就是说,那篇启蒙读物之类的大故事或明或暗地宣扬的白人美黑人丑的观念,已经变成了广泛存在、根深蒂固的现实,以至于莫里森感到迫切需要对它们做里里外外、刨根问底的反复质疑。

所谓大故事,指的是那些要为一切都提供解释框架或绝对标准的故事,无论故事自身篇幅的长短和内容的多寡。那篇启蒙读物的篇幅很短,内容也很少,但就在这篇只有十四行的故事里,却有着近二十个为白人生活定性的关键词,几乎涉及了生活的所有基本方面,包括角色定位方面的"very nice"(母亲)和"big and strong"(父亲)、人际关系方面的"laugh"和"smile"、居住环境方面的"very pretty"、家庭生活方面的"very happy"等。这些反复出现、贯穿始终的词语有效地建立和强化了白人优越的逻辑,为广大单纯的儿童读者认识白人,尤其是为他们比较或区分白人和黑人,提供了一种有利于白人的解释框架。莫里森选择这个故事作为全书和书里七章的开头,并先后九次对它进行拆卸、改编和解构,说明她清楚这个短故事的宏大性,清楚对它的充分认识有助于她在此书里解释那五个为什么。

《最蓝的眼睛》中有许多描写强调了白尊黑卑的大故事已被黑人广泛接受的情况。混血妇女杰拉尔丁的肤色并不比黑人白多少,但她不但自己一生都在努力远离黑人、靠近白人,还时刻注意向儿子朱尼尔灌输白尊黑卑的思想。她是这样区分有色人或浅色黑人和黑人的:"他们很容易区分。有色人整洁、安静;黑鬼肮脏、喧闹。"(87)正是因为从小就接受这样的教育,朱尼尔才如此歧视佩科拉,不但向她扔猫,让猫抓她,还向他母亲诬告她杀猫。书里还有一个叫莫林的混血女生。她在与克劳迪娅和弗里达的争吵中几乎是本能地喊着自己"漂亮"、对方"又黑又丑"(73)。与这些混血儿一样,许多纯黑人也有意无意地鄙视黑人。克劳迪娅注意到,黑人妇女们若在街上碰到白人小女孩,"视线就会转移过去",会带着一种"渴望和温柔"抚摩她们,而对她却不是这样(22—23)。克劳迪娅还讲述了佩科拉在学校里遭受黑人同学辱骂的事。这些黑人同学把佩科拉围在中间,用他们自编的顺口溜骂她皮黑,骂她父亲裸睡,仿佛"他们自己是黑人或他们自己父亲也有相同的放松习惯等事实与他们毫不相干"(65)。

黑人孩子不把自己看作黑人、有意无意地用白人的态度对待其他黑人的这种情况,与黑人大人头脑中根深蒂固的自卑和自恨不无关系。克劳迪娅不但注意到黑人妇女们对白人女孩们的"温柔",也注意到了她们对黑人女孩甚至她们自己的女儿的冷酷。就在克劳迪娅和弗里达陪着佩科拉等待布里德拉弗太太收拾费希尔家的脏衣服时,佩科拉不小心把一锅浆果馅饼碰掉到地上,烫了自己的腿。布里德拉弗太太过来就劈头盖脸地打她,边打边骂她是"没脑子的傻瓜",然后又对着费希尔家的地板心疼地反复叫着"我的地板"。听到费希尔的小女儿的哭声,布里德拉弗太太连忙转身去安慰。小女孩想知道佩科拉她们是什么人,布里德拉弗太太叫她别在意她们。小女孩要求再做一个馅饼,布里德拉弗太太满口答应了(109)。这一切就发生在克劳迪娅和弗里达的面前,令她们终身难忘。一边是白人雇主的馅饼、地板和女儿,另一边是自己的烫伤了腿的女儿,布里德拉弗太太在这两边之间所做的近乎本能的选择很好地反映出白尊黑卑的观念在黑人大人头脑中扎根的深度。

布里德拉弗太太主要是通过电影接触和接受白尊黑卑的大故事的。她看电影最初是为了排遣婚后的孤独。[①] 不久,电影对她就变得不"只是一种娱乐":"她从中学到了所有值得爱和恨的东西。"(122)那些值得爱的东西当然都是白人的东西,包括整洁的豪宅、漂亮的穿戴、浪漫的爱情、迷人的肉体等。这些东西构成了她心中"绝对美的标准"。这个标准与那篇启蒙读物所宣扬的标准是一样的。布里德拉弗太太"完全吸收"了这一标准,以至于"在受了电影院里的教育之后,她再也不能看到一张脸而不用绝对的美的标准来衡量它"(122)。她当然也就"难以回家"(123),因为她家的房子、她的丈夫以及他们后来有的两个孩子都不符合这个"绝对美的标准"。成为费希尔家的仆人后,她终于找到了符合这个标准的现实。她在费希尔家发现了"美、秩序、干净和赞扬",还得到了"她从未有过的昵称——波利",感到了极大满足。她决意成为"理想的仆人"或"黑边",把中心给予什么都好的白人,使这个中心"更光明、更雅致、更可爱"(127—128)。

布里德拉弗太太对白人"绝对美的标准"的认同的增加,伴随着她的种族自恨的强化。"她越来越忽视她的房屋、孩子和丈夫——他们就像人们睡觉前感到的后悔,是她每一天的两端……"(127)两端之间的所有时间,她都用于创造和维持费希尔家的"美、秩序、干净",所以费希尔家的人赞扬她说:"我们决不要让她走。我们再也不可能找到波利这样的人了。她不把一切弄整齐了是不会离开厨房的。她真是个理想的仆人。"(128)这个操持白人家务方面的理想仆人也是传播白尊黑卑的大故事方面的理想仆人。在不断与丈夫乔利吵架、把犯罪感骂入他的内心的同时,她还经常打骂孩子,"把逃跑的强烈欲望打入她的儿子,把对于长大、他人和生活的恐惧打

---

① 布里德拉弗太太的孤独有社会原因,包括城里人对她这个农村妇女的歧视以及乔利对她的疏远等。有评论强调她身上的"艺术家"气质,表现在她对色彩和形状的敏感和爱好,也有助于理解她电影的兴趣。见 Christian, "The Contemporary Fables of Toni Morrison," in Gates, Jr., and Appiah, eds., *Toni Morrison: Critical Perspectives Past and Present*, p. 67.

入她的女儿”(128)。所以,佩科拉最后渴望蓝色的眼睛,把自己的一切都寄托在变成她所不是也不可能是的白人的愿望之上,可以说是这个传播白尊黑卑的大故事的理想仆人所导致的一个必然结果。①

《最蓝的眼睛》表现这个白尊黑卑的大故事在黑人当中接受、流行的过程,就是一个对它进行历史化、非神秘化或质疑的过程。这种质疑不仅揭示了这个大故事对于像儿童启蒙读物、电影等影响广泛的大众文化媒介及其迷人形象的依赖,也揭示了它对黑人受众的单纯、厌思和自恨的依赖。这就是说,白尊黑卑并不是天生、永恒、独立的“绝对美的标准”。关于白尊对黑卑的依赖,上面谈到布里德拉弗太太甘愿让白人居于中心,自己当“黑边”,用自己“理想仆人”的服务使这个中心“更光明、更雅致、更可爱”。这当然是在表现黑人,尤其是那些被白人文化所同化的黑人,对白人的依赖。但这一关系并不是单向的。白人的中心地位也依赖黑人的边缘地位;他们的“更光明、更雅致、更可爱”的状态须臾离不开黑人的服务。费希尔家人所说的“我们决不要让她走”就很好地表明了这一点。

布里德拉弗太太在费希尔家是黑边,但在她自己家,她却是个白心,因为她代表了白人文化,不但“完全吸收”了白人的“绝对美的标准”,而且还笃信基督教,自视为“正直的女基督徒”(42)。然而,她在自己家的这个中心地位也是不能独立存在的,也必须依赖于卑下的边缘。上面提到了她努力要把自卑和自恨灌输给家里的其他成员。她之所以这么做就可以看成是为了巩固自己的中心地位而建立边缘。小说里有一段话就很好地解释了她的这一目的:

> 如果乔利戒了酒,她就绝对不会原谅耶稣。她迫切需要乔利的罪。他越堕落,变得越野蛮、越渎职,她和她的任务就越光彩。(42)

这就是说,没有乔利作边,就没有她这个中心,就像她的“光彩”不能

---

① 哈里斯提出:“认为黑人无价值或不美的信念是黑人在美国的全部历史中所遇到的文化障碍之一。……因为接受了这一关于无价值的神话,布里德拉弗家的人就只能过这一故事所描述的生活,直到达到它所期待的结局。”见 Harris, *Fiction and Folklore*, pp. 17—18.

离开乔利的“罪”而存在一样。她与乔利的这种关系也同样是双向的。乔利也离不开她:“乔利也同样需要她。她是为数不多的让他既痛恨又能触摸和伤害的对象之一。”(42)这里,通过揭示心与边、上与下、白与黑、好与坏、善与恶的互依性和相对性,小说再次质疑了白尊黑卑的大故事,同时也质疑了基督教这个大故事。

在《最蓝的眼睛》里,质疑基督教与质疑白尊黑卑是密切相关的,因为人们常把白人与黑人的对立和上帝与魔鬼的对立联系起来,常把白人和黑人分别看成上帝和魔鬼。乔利就是这么看的。在教会组织的一次野餐会上,他看到一个又高又大的黑人举着的西瓜遮住了太阳,就觉得他像上帝,但转念又觉得上帝应该是“一个善良的白人老头,有很长的白头发、飘动的白胡子和一双见到人死或变坏就显露悲哀的蓝色小眼”(134)。随后,他就把那个黑人看成了魔鬼。对于上帝和魔鬼的这种种族化做法是非常符合白尊黑卑的大故事的需要的,因为它为白尊黑卑的大故事的合法化提供了一个历史悠久、极有影响的宗教大故事。所以,《最蓝的眼睛》才会反复表现上帝无能、《圣经》无用、祈祷无效,不断对基督教的大故事提出质疑。吉米姨在教徒野营集会后得了重病。艾丽丝小姐天天为她诵读《圣经》,但她的病情照样恶化。最后,还是黑人医生莫迪尔的土药见了效。亨利先生对克劳迪娅谎称他交往的两个妓女都是“《圣经》班上的学员”,是好“基督徒”(78);诬陷佩科拉杀猫的朱尼尔家餐桌上摆着“红黄相间的大本《圣经》”,墙上挂着“耶稣基督的精美彩画”(89)——这些描写似乎都在暗示,《圣经》和基督教不但与真理和诚实无关,反而成了谎言和诬陷的幌子。

对于基督教大故事的最有力的质疑,也许要数佩科拉祈求蓝眼睛的过程。看到父母打架,佩科拉先是祈求上帝使她消失,摆脱这种痛苦的生活。幻觉中,她的身体果然开始一部分接着一部分地消失了,但无论怎么祈祷,她就是不能使自己的眼睛消失。于是,她便祈求上帝把她的眼睛换成蓝色的,心想只要有了蓝眼睛,她漂亮了,父母亲就不会再吵,她的生活就会完全不同。她每天晚上都祈祷,

"从不间断地"、"热诚地"祈祷了一年，却一点效果也没有。[①] 她仍不放弃，继续祈祷，心想"那么奇妙的事情是需要很长、很长的时间才会发生的"(45—46)。可是过了"很长、很长的时间"，奇迹仍未发生，她就只好向"真正的巫师和心理解读者"索普海德求助。面对着这样一个极为值得同情的女孩，索普海德便施计使她相信上帝终于给了她蓝色的眼睛。[②] 事后，索普海德便给上帝写了一封长信，坦率地对上帝提出了几点批评，包括批评他并不全知(不知佩科拉的痛苦)，并不全能(佩科拉祈祷了那么长时间也不能满足她的愿望)，忘了孩子(尽管说过"让小孩到我这里来，不要伤害他们")，等等(176—182)。其实，佩科拉一直到最后精神失常也没等来上帝的帮助，尽管她在幻觉中坚信自己已经得到了最蓝的眼睛，得到了上帝以及有关上帝的宏大故事所能给予她的最慷慨的帮助。

五、激发活力

各种束缚和毒害黑人的大故事之所以得以流行，在很大程度上是因为它们借助了富有迷惑性的文化。《最蓝的眼睛》里出现了不少影星，比如格雷塔·嘉宝、津杰·罗杰斯、雪莉·坦普尔、简·威瑟斯、玛丽·简丝、贝蒂·格拉博、赫蒂·拉马尔、克拉克·盖博、吉恩·哈洛等。这些白人影星用似乎超越了种族界线的艺术和美吸引着黑人，潜移默化地向他们灌输着白人的理想和价值，改变着他们的世界观和感知方式，以至于他们不但意识不到自己的异化，还像布里德拉弗太太那样自觉不自觉地充当起白人文化的推广者和压迫其他黑人的工具。当然，白人的强势文化背后也有着强权的支撑。这种强权有时会赤裸裸地表现在枪杆子上。乔利与达琳的第一次幽会被两个白人打猎者发现时，乔利就是在他们的枪口之下被迫与达琳完成了被他们打断的交媾。乔利为此而恨达琳，却"一次

---

① 莫里森在谈《最蓝的眼睛》的生活源头时提到她小时候与一个朋友的一段关于上帝是否存在的对话。那个朋友说上帝并不存在，因为她祈祷了两年也没有得到蓝色的眼睛。见 Taylor-Guthrie, ed., *Conversations with Toni Morrison*, p. 95.

② 哈里斯认为："无论在基督教还是魔术中，相信都是唯一重要的因素，因此佩科拉就极为频繁地受到那两个体系的影响。"见 Harris, *Fiction and Folklore*, p. 18.

也没有想到过”恨那两个白人，原因就是“他们个头大，是白人，又有枪。他个头小，是黑人，无能力”(150)。

总之，无论是在文化方面还是武力方面，白人都占了绝对优势。[①] 在这样的环境里，黑人当中就难免出现布里德拉弗太太这样的人；他们完全接受白人文化，并且像白人一样歧视不合白人标准的黑人。同时，也难免出现乔利这样的人；他们畏惧白人的武力，只能把积压在内心的对于白人的愤怒发泄到比他们自己更弱的黑人的身上。黑人大人接受和惧怕白人的这两种倾向对于他们孩子的影响是很大的。作为布里德拉弗夫妇的女儿，佩科拉身上的羡慕白人和胆小怕事这两个主要特点，可以说就是分别继承了她的母亲和父亲。

佩科拉的名字来自电影《模仿生活》，很可能是喜爱电影布里德拉弗太太为她起的。也许正如布里德拉弗太太所期待的，这个名字来自电影的佩科拉在生活中也离不开电影，尤其是雪莉·坦普尔和玛丽·简丝等白人女孩影星。[②] 刚到克劳迪娅家借住时，弗里达给了佩科拉一杯牛奶。佩科拉用了“很长时间”才喝完，因为牛奶杯上印着的雪莉的头像将她迷住了。佩科拉“溺爱地凝视着雪莉·坦普尔的侧面像里带有酒窝的面颊”，并“深情地与弗里达谈论雪莉·坦普尔有多么漂亮”(19)。之后，她一有机会就用这只牛奶杯喝牛奶，为的是多看一眼她所崇拜的影星。当然，多看一眼白人影星，也能让佩科拉少念一分黑人生活中的灾难。佩科拉当时之所以要到克劳迪娅家借住，是因为乔利把自己家的房子烧了。可以说，佩科拉对雪莉的沉迷就已经包含了布里德拉弗太太身上的那种借白人电影逃避黑人现实的倾向。到了佩科拉在布里德拉弗太太因为家里无煤而与乔利大打出手之后去买玛丽·简丝糖之时，她的这种朦胧

---

① 格瑞沃尔指出，正是因为莫里森揭示了“问题的核心”，即“美国社会以种族为基础的阶级结构”，所以虽然她写了乔利这样的黑人强奸者和波林这样的黑人保姆，她的描写“大大超越了”这些传统的黑人文学形象。见 Gurleen Grewal, “‘Laundering the Head of Whitewash’: Mimicry and Resistance in *The Bluest Eye*,” in McKay and Earle, eds., *Approaches to Teaching the Novels of Toni Morrison*, p. 118.

② 莫里森说过，“最先”使佩科拉渴望蓝色的眼睛的是她的母亲。见 Taylor-Guthrie, ed., *Conversations with Toni Morrison*, p. 22.

的倾向就已经变成了明确的选择。她之所以想吃这种糖,就是因为糖纸上印着的玛丽·简丝的那双眼睛"实在漂亮","吃这种糖就相当于吃这双眼睛"(50)。这就是说,她这时已经像布里德拉弗太太那样接受了白人的"绝对美的标准",正式走上通过寻求白人的蓝眼睛来改变自己的生活的道路。

再来看佩科拉是如何胆小怕事的。布里德拉弗夫妇为煤打架时,佩科拉曾躲进被子里祈求上帝使她消失。一次,几个黑人男生辱骂佩科拉,克劳迪娅和弗里达挺身制止,而佩科拉却捂着眼睛,哭着躲来躲去。还有一次,克劳迪娅和弗里达因为混血儿莫林不尊重黑人而与她吵了起来,站在一旁的佩科拉却"可笑、可悲、无能地缩着头……似乎要把耳朵捂起来",令克劳迪娅真想"把她打开,硬化她的边缘,在她弯曲的脊骨里插一根棍子,逼她站直了"(72—4)。总之,无论遇到什么攻击,佩科拉的反应都是捂耳捂眼、消极忍受,在她最终失去理智之前没有任何积极的反应。① 所以,她就成了书里受伤害、被利用最多的人,包括被布里德拉弗太太当众痛打、被朱尼尔利用来杀猫、被索普海德利用来杀狗、被乔利强暴。胆小怕事使得佩科拉缺乏活力、难以生存。②

佩科拉缺乏活力。深刻影响了佩科拉的布里德拉弗夫妇也缺乏活力。布里德拉弗家所有成员都缺乏活力。所以,莫里森才会写道,"布里德拉弗家唯一的活物是那个煤炉",因为那个煤炉能够"独立"于其他的物与人,能够"自己决定"火苗的大小。这一对煤炉的神话化写法清楚地解释了什么是活力:活力就是独立自主的能力。而布里德拉弗家的人缺的就是这种能力,所以就缺乏活力,就发生了乔利早逝、萨米逃走、佩科拉精神失常。最后,只有布里德拉弗太太似乎还算健康和正常,仍然在白人家里充当不能独立自主的"理

---

① 莫里森曾用"被动"一词概括佩科拉的性格特点。见 Taylor-Guthrie, ed., *Conversations with Toni Morrison*, p. 61.

② 除了胆小怕事、缺乏活力,佩科拉的悲剧还有其他主观原因。奥克沃德就认为她没有学到一般黑人在白人社会里的生存技巧,不懂"伪装和自我分裂的益处",不会像其他黑人那样"在表面上尊敬创造标准的神……在实际上保持强烈的自尊感"。见 Awkward, "'The Evil of Fulfillment': Scapegoating and Narration in *The Bluest Eye*," in Gates, Jr., and Appiah, eds., *Toni Morrison: Critical Perspectives Past and Present*, p. 189.

想的仆人”。

小说里有不少描写表明,更重要的独立自主不是在经济上和政治上,而是在思想上,而不少黑人的根本问题就是没有勇气不敢想或思路简单不能想。[①] 布里德拉弗太太从小就喜欢“整理东西”:“无论多重性有多么顽固,她都能根据它们的大小、形状、颜色的深浅,把它们完美地整理成排。”(111)同样,她思考问题的方式主要是“把所有的碎片组合起来,形成以前所没有的连贯性”,因为她“厌恶那些神秘或难以理解的东西”,喜欢“那些容易保持的美德”。她很少回忆,偶尔回忆也只是回忆那些“较为单纯的时光,为了寻找满足”(126),而不是“过去或她的生活已经变成了什么”(129)。显然,布里德拉弗太太所习惯的是一种线形的思维方式,追求单一、完整、连贯、明晰、静止,排斥复杂、破碎、中断、模糊、变化。这种思维方式使她不能面对真实的世界(从小就喜欢“安静与独处”,几乎过着与世隔绝的生活),不能觉察隐藏在白人文化中的种族歧视(把白人电影所宣扬的价值看成“绝对的美的标准”),不能想象黑人在“理想的仆人”之外的其他生活方式(始终如一地给白人当仆人)。这种简单的思维方式与她所接受的白人价值结合之后,使她与家人的关系简化成势不两立的白人与黑人、圣人与罪人、美人与丑人的对立关系,并在不断强化白人、圣人、美人对黑人、罪人、丑人的压力的过程中加速了乔利的死、萨米的逃和佩科拉的疯。[②]

佩科拉的疯可被看作对某些黑人丧失大脑活力的问题的一个比喻。这样来看,佩科拉的疯就不是完全发生在她见了索普海德之后,而是早就开始了。《最蓝的眼睛》里写她早就习惯于用“无所谓”来回答那些需要她进行思考和选择的问题。佩科拉第一次来克劳迪娅家暂住时,克劳迪娅问她吃不吃饼干,她就回答说“无所谓”(19)。在一个无聊的星期六,弗里达就如何打发时间征求她的意见,她又回答“无所谓”,而且还说了“一切听你的”,似乎想解释她的

---

① 莫里森非常重视这一点,清楚包括文学评论家在内的人们“通常不把黑人与思想联系到一起”。见 Taylor-Guthrie, ed., *Conversations with Toni Morrison*, p. 160.

② 皮奇指出,白人价值在黑人身上造成的那种“内在错位”在布里德拉弗太太身上有“最为明显的体现”。见 Peach, *Toni Morrison*, p. 42.

“无所谓”表示的并不是无兴趣，而是无想法、不愿想或不能想(26)。佩科拉的不能想与她不看、不听、不接触实际问题和新鲜事物密切相关。前面提到她有捂眼、捂耳的习惯：父母吵架她捂，受同学羞辱她也捂。书里还提到，“她早就放弃了跑走去看新画面、新面孔的念头”(45)。越是不看、不听、不接触实际问题和新鲜事物，知识越贫乏，观念越陈旧，自然也就越不能想，越无想法。佩科拉后来相信上帝和祈祷，可以说是她不看、不听、不想的习惯所导致的一个必然结果，因为这样她就可以彻底不用想了，完全依赖外部的力量来制造奇迹，给她以蓝色的眼睛，让她彻底摆脱现实中的痛苦，包括思考的痛苦。佩科拉对蓝眼睛的渴求有两个主要意味：(一)白尊黑卑，即认为白人优于黑人，黑人只有变成白人，生活才能改善；(二)体尊脑卑，即认为肉体优于大脑，肉体美了一切都会美，有没有大脑无所谓。所以，佩科拉的结局不仅意味着黑人只有疯了才能获得蓝眼睛，也意味着黑人渴求蓝眼睛就是在放弃大脑，在变疯。乔利曾从一位老黑人那里听到过一个关于一个被丈夫所杀的无头女子每晚回来索要梳子的鬼故事。[①] 可以说，克劳迪娅所讲的是佩科拉这个被白人文化所杀的无脑女孩每晚祈求蓝眼睛的故事。

对于佩科拉的疯，乔利无疑有着不可推卸的责任，但怎么看他的责任问题却没有一个简单的答案，从而成了检视不同黑人的不同脑力的试金石。在克劳迪娅旁听到的谈话中，有的黑人只用“卑鄙黑鬼”和“疯了”(189)等简单、笼统的词语来概括乔利对于佩科拉怀孕的责任。而书里第三人称叙述者的叙述中却涉及了大约六种原因：(一)乔利从未与父亲一起生活过，不知怎样当父亲。(二)他当时喝醉了，不能控制自己的行为。(三)他不知表达父爱的其他途径。(四)把佩科拉误认作波林。(五)佩科拉当时紧抓着他的手，可能也需要他的那种爱。(六)布里德拉弗太太也有责任，因为佩科拉恢复意识后首先把自己的疼痛与她联系起来(160—3)。不管乔利对佩科拉做那种事情的原因究竟什么、到底有多少，仅用“卑鄙黑

---

① 这只是乔利一生中所听到的少量故事之一。哈里斯认为，乔利如果能听到更多的黑人故事，接触更多的黑人文化传统，就能学会生存和帮助家人生存。见 Harris, *Fiction and Folklore*, pp. 21, 40.

鬼”之类简单结论来代替广泛、深入的调查和思考,是不可能接近真实原因和增强大脑活力的。① 当然,也有黑人并不接受那种简单、绝对的结论,认为大家对布里德拉弗家的实际情况一无所知,另外也不认为人们能确知世上的一切,表现出不同的大脑活力。

书里最具活力的人物可能要数克劳迪娅。她敢怒、敢想、敢疑、敢干、敢说的精神在书里有许多表现。前面谈到过她为了发现白布娃娃广受喜爱的原因而对它进行肢解、看到佩科拉受男生羞辱而挺身相救等勇敢行为。她还有过许多大胆但没有机会实施的念头。比如,听到费希尔家的小女孩把布里德拉弗太太叫做“波利”,她心里顿时就产生“那种熟悉的施暴欲”,想“抓破她的脸”(108)。没有在白布娃娃体内发现任何使它广受欢迎特别之物后,她想到过“冷静地用斧子劈开”现实生活中的那些白人小女孩,做进一步的调查(22)。当然,克劳迪娅所感的不只是愤怒,所想的也不都是“施暴”。因为只有九岁,还不懂多少规矩,她身上的活力几乎是完全自然地流露在一切方面,包括她的观察、感觉、观点、言行等,也挟带着不少可笑的稚气。比如,她不喜欢佩科拉和弗里达所崇拜的雪莉,原因并不是雪莉不漂亮,而是她嫉妒雪莉与黑人男舞蹈家博江格斯跳过舞。对于佩科拉所怀上的乔利的孩子,不少黑人妇女认为那将是“两个丑人”生下的“最丑的”孩子,因此就不应该活。而克劳迪娅则

---

① 吉布森认为乔利“并不仅仅是邪恶的化身”,因为对佩科拉的悲剧负有责任的他在白人和黑人手里“所受的伤害丝毫不亚于她”。他还把乔利比作《宠儿》中杀婴的塞瑟,认为他“有理由但无权利”那么做。见 Gibson, “Text and Context in *The Bluest Eye*,” in Gates, Jr., and Appiah, eds., *Toni Morrison: Critical Perspectives Past and Present*, p. 169. 厄尔认为乔利是“一个由多个方面构成的人物,他在感情上、心理上和性生活上有困惑和创伤,但在本质上并不坏”。见 Kathryn Earle, “Teaching Controversy: *The Bluest Eye* in the Multicultural Classroom,” in McKay and Earle, eds., *Approaches to Teaching the Novels of Toni Morrison*, p. 31. 帕泰尔把乔利对女儿的暴力归咎于白人对他的暴力,认为乔利因白人的控制和暴力而“困于无法摆脱的控制和暴力的怪圈”。见 Patell, *Negative Liberties*, p. 105. 莫里森自己也不认为乔利是一个纯粹的坏人。她在谈他与佩科拉的关系时说,“他可能会以最为恶劣的方式爱她,因为他不能这么做,也不能那么做。他不能以正常、健康的方式表达它。因此就可能会出现这种结果。这里,我想说的是,那有多么的痛苦,畸变以及无果的、被抑制的、未被表达的爱会产生多么痛苦的后果。”见 Taylor-Guthrie, ed., *Conversations with Toni Morrison*, p. 41. 这就是说,乔利是爱佩科拉的,他只是不知道该怎么表达,而他的这种无知与他整个人的“畸变”都是特定社会环境造成的。所以,他对佩科拉所做的任何事情都不能完全由他个人负责。

并不认为佩科拉跟她父亲生孩子有什么不好,因为与其他男性比,“起码她认识她父亲”(191)。克劳迪娅还非常希望这个孩子能活下来,“以抵制那种普遍的对于白布娃娃的爱”(190)。

克劳迪娅幼时的观点虽然不一定实际和正确,却充满个性和活力,对那些扼杀黑人思维和天性的宏大故事提出了有力的挑战。用她自己的话说:

> 因为记忆与一切物和人都对立,我们就自我辩护,认为一切言论都是我们应该拆散的代码,一切动作都需要经过认真的分析。我们变得任性、狡猾、傲慢。没有人给我们任何的关注,所以我们就很好地关注自己。我们还不知道自己的局限性——当时不知道。我们唯一的局限就是我们的个头;人们对我们发号施令,因为他们更大更壮。正是由于有自信,又有同情和自豪的支撑,我们决定改变事件走向,改变人生。(191)

克劳迪娅的这段话很好地反映了她的活力,也进一步解释了书里关于活力就是独立自主的能力的定义。这里,克劳迪娅的独立表现为不轻信他人,对“一切言论”和“一切行为”都要经过自己的“拆散”、“分析”和判断;她的自主表现为对自己的“自信”、“同情”和“自豪”有足够的意识,相信自己有能力“关注自己”、克服“局限”、决定事件的走向和人生的道路。这个独立自主的克劳迪娅不但与佩科拉这样的消极被动的黑人女孩迥然不同,也与书里那些积极主动地要融入白人的混血女孩形成了鲜明的对照。这些女孩接受正规教育,认真学习为白人工作、持家、逗乐、教育孩子的知识和技能,努力培养符合白人标准的高尚品德和优雅礼仪,为的就是“克服野气”,克服“可怕的激情的野气、自然的野气、各种人类情感的野气”(83)。待这些“野气”克服完了,她们也就被同化成白人,就没有了独立自主的可能,只能充当布里德拉弗太太和杰拉尔丁那样的“理想的仆人”。

然而,克劳迪娅幼时的活力后来也丧失过。克劳迪娅承认,多年之后,她对自己肢解白布娃娃时的冷酷感到“可恶”和“羞愧”,最后在“欺骗性的仁爱”中找到了藏身之处。起初不受她喜爱的雪莉,后来也成了她崇拜的偶像。起初被她看作想象力和创造性的标志的肮脏，后来被清洁所取代。总之，克劳迪娅在成长的过程中并无多少意识地经历过一番变化。直到她开始讲述佩科拉的故事，她才意识到自己的“这种变化是没有改进的调整”(23)。[①] 但书里也有吉米姨等一些饱经风霜的黑人老妇始终保持着她们的活力。与很少回忆或只回忆“单纯的时光”的布里德拉弗太太不同，这些老妇能够回忆并理解她们复杂多变的生活。那是充满种族和性别压迫的艰辛生活，同时又是她们坚持个性和创造的生活：

> 但她们接受所有那些(种族和性别压迫)并按她们自己的形象做再创造。她们管理着白人的房子，也知道这一点。当白人男人打了她们的男人，她们清除掉血迹，回到家里接受那个受害者的虐待。她们用一只手打她们的孩子，用另一只为他们偷东西。砍伐树木的手也切割脐带；拧断孩子脖子和杀猪的手也轻抚非洲堇开花；承载重负的胳臂也轻摇婴儿入睡。她们既做薄而脆的椭圆饼干，又为死人穿衣。她们整天耕地，回家像梅子样依偎在她们男人的身下。她们骑骡子的双腿，同样也骑在她们男人的身上。差异就是实际存在的那些差异。(138)

这是一种常人难以想象的生活，一种只有具备特别的活力的人才能忍受、回忆和讲述的生活。这种充满了混杂、无序、变化的生活，是喜欢单纯、秩序、静止的布里德拉弗太太这样的人所无法理解的，因为这种生活不是一种体现着单纯、秩序、静止的虚构，而是“一盆既有悲剧又有喜剧、既有险恶又有平静、既有真理又有幻想的浓汤”(139)。[②]

---

① 吉布森认为，克劳迪娅后来变得喜欢雪莉是一种“改进”，因为她克服了“单纯的种族视角”给她造成的“局限”，认识到了“经济地位”的更大重要性。见 Gibson, “Text and Context in *The Bluest Eye*,” in Gates, Jr., and Appiah, eds., *Toni Morrison: Critical Perspectives Past and Present*, p. 172. 这一强调经济地位对种族地位的决定作用的观点有其自身的道理，但是否符合作品里的实际描写还值得进一步考虑。格瑞沃尔的观点就与吉布森的有所不同。格瑞沃尔认为克劳迪娅所说的“没有改进的调整”一话是在“质疑”她之前所做的“妥协”。见 Grewal, *Circles of Sorrow, Lines of Struggle*, pp. 20－21.

② 哈里斯认为吉米姨及其朋友是“看守者”，看守着“一种生活方式”和“一种可以足够灵活地保证她们的生存的道德”。见 Harris, *Fiction and Folklore*, p. 39.

黑人老妇们的这种生活并不是理想的生活，也不是她们自己选择的生活，但它是真实的生活。真实就是混合。不懂得这一点的佩科拉，看着她家楼上的三个既潦倒又快乐的妓女，不禁自问："她们是真实的吗？"(58)而克劳迪娅虽然因妈妈禁止而没有近距离地接触那三个妓女，却能在她们"吓人"的笑声中听出"动人"的成分(104)。[①] 这些妓女身上不同成分的混合，与吉米姨等黑人老妇身上的混合一样，也是在强调真实的意味，挑战简单、僵化的思维方式，解放人们的活力和感觉，为了使人们能够更加客观、全面地看待自己与他者，就像克劳迪娅在小说结尾看待自己与精神失常、被人唾弃的佩科拉那样：

> 我们把所有的垃圾都扔给她，她全部吸收。我们所有的美丽本来属于她，是她给了我们。我们大家——所有认识她的人——在把自己的污秽留给她后感到如此卫生。骑在她的丑陋之上，我们变得如此美丽。她的简单给了我们复杂感，她的罪过使我们圣洁，她的痛苦让我们容光焕发，她的笨拙使我们有了幽默感。她的沉默使我们相信自己雄辩。她的贫穷让我们保持慷慨。甚至连她的白日梦也被我们用来抑制我们夜里的噩梦。而她却允许我们，为此而应受我们蔑视。我们在她身上磨砺自己，用她的脆弱填充我们的性格，在我们自以为强壮的幻觉中打着哈欠。
>
> 那真的是幻觉，因为我们并不强壮，只是好强；我们并不自

---

① 关于小说中那三个妓女的形象以及克劳迪娅家对她们的态度，拜耶曼曾提出过一些值得参考的观点。首先，他认为莫里森给她们起"波兰"、"中国"和"马其诺防线"这样的大名字，能表明她们在作者的心中不是微不足道的贱人，而是"高于生活的人物"。另外，他认为这些妓女被表现得具有较强的生存能力，"不绝望也不奢望"。虽然克劳迪娅的父母对这些妓女持排斥态度，但拜耶曼认为，他们的体面生活所依据的原则与妓女们的原则是一样的。见 Keith E. Byerman, "Beyond Realism," in Gates, Jr., and Appiah, eds., *Toni Morrison: Critical Perspectives Past and Present*, p. 104. 格瑞沃尔认为，三位妓女的名字(中国、波兰、马其诺防线)表明她们"不能被同化"的特点——"她们与男性压迫者之间的关系就像在二战中被占领的中国、波兰和法国与日本和纳粹德国的关系一样"。所以，她们在书里的"作用"就是代表"一个积极的、对抗性的空间"。见 Grewal, *Circles of Sorrow, Lines of Struggle*, pp. 37－38.

> 由，只是得到许可；我们并不富于同情，而是客气；并不善良，而是规矩。我们为了自称勇敢而追逐死亡，却像小偷一样躲避生活。我们以为语法好就是智力强；我们用习惯冒充成熟；我们改造谎言再称之为真理，把翻新的旧思想看成神意和圣言。(205—206)

这里，在将自己的高贵与佩科拉的卑贱所做的各种混合中，克劳迪娅又焕发出她往日的活力，使她能够在看到高贵与卑贱的相对性和互依性的同时，深刻意识到自己的问题以及自己对佩科拉的悲剧应负的责任。①

莫里森这么写，也是为了激发所有人的活力，使大家都能认识到自己的问题以及自己对于某些黑人的堕落所负有的不可推卸的责任，尽管要达到这一目的并不容易。莫里森在为小说写的跋中就谈到这项任务的艰巨性：

> 回想叙述语言向我提出的那些问题，我对它们的仍然固执存在的情况感到惊讶。听到“文明”语言贬低人类，看到文化排斥主义贬低文学，发现自己被保存在不恰当的比喻堆里，我敢说我的叙述方案在今天的难度等同于三十年前。(216)

思想文化领域里的种族斗争不会像林肯在南北战争期间发表的宣布黑奴于1863年1月1日自由的《解放黑奴宣言》那样迅速见效。长期发展起来的白人“文明”或“文化排斥主义”不可能在短期内得到纠正。但黑人纠正它的努力一刻也不能延误。正如莫里森在《最

① 格瑞沃尔认为，《最蓝的眼睛》不只是一部“关于文化摧残的悲剧”，因为它也写了克劳迪娅这位“黑人女艺术家”的诞生、克劳迪娅的团结一致抵制白人文化侵害的家庭以及克劳迪娅的最终使自己摆脱束缚的叙述行为。见 Grewal, “‘Laundering the Head of Whitewash’: Mimicry and Resistance in *The Bluest Eye*,” in McKay and Earle, eds., *Approaches to Teaching the Novels of Toni Morrison*, p. 120. 哈里斯认为，克劳迪娅与佩科拉和乔利等悲剧人物的一个重要区别是，他们只是“参与者”，没有成熟到能“讲述故事”的程度，而克劳迪娅则既能参与又能讲述。哈里斯还指出，讲故事是“一种公共活动”，克劳迪娅成功取决于她“与家庭和黑人传统有着更牢固的联系”。见 Harris, *Fiction and Folklor*, pp. 22, 23, 44. 对于克劳迪娅在讲述故事过程中的进步，无论是在认识佩科拉及其社会环境方面还是在认识自己方面，莫里森本人也是肯定的。她说克劳迪娅与《苏拉》里的内尔和《所罗门之歌》里的米尔克曼一样，都“学有所获”。见 Taylor-Guthrie, ed., *Conversations with Toni Morrison*, p. 149.

蓝的眼睛》的最后所反复强调的那样,这种努力绝对不能延误到"太晚了"(206)。《最蓝的眼睛》这部开始创作于黑人民权运动中的1964年的作品,就是一次非常及时的努力。[①] 通过对白人"文明"的种种戏弄和解构,小说深刻揭示了它的虚构本性和荒谬立场,有力质疑了它的权威地位,为对它的最终纠正做出了非常宝贵的贡献。

① 虽然《最蓝的眼睛》最初发表于1970年,但莫里森说她是1964年开始创作它的。作品完成后,出版社因"有错误"或"不好卖"等理由"多次"加以拒绝。见 Taylor-Guthrie, ed., *Conversations with Toni Morrison*, pp. 61, 199—200.

第七章　历史的书写:读多克托罗的《欢迎来艰难时世》

一、引　言

莫里森的《最蓝的眼睛》以重复的"太晚了"结尾。作为故事的叙述者和佩科拉的好朋友的克劳迪娅在多年之后终于认识到,1941年秋天的金盏花之所以没有开花,原因并不是他们以前所以为的种子埋得太深,而是土壤坏了,全镇乃至全国的土壤都坏了,不适合某些种子的生长。同样,佩科拉的悲剧并不是因为她不适合生存,而是因为整个的社会环境不适合她生存。也就是说,包括克劳迪娅在内的每一个人都对佩科拉的悲剧负有不可推卸的责任。这就是为什么克劳迪娅现在每当看到佩科拉在垃圾堆上寻觅,就这样诘问自己:"找什么呢?我们所暗杀的东西吗?"但悲剧已经发生多年。尽管作为悲剧制造者之一的克劳迪娅意识到了自己的责任,但"太晚了","实在、实在、实在太晚了"。

在多克托罗的《欢迎来艰难时世》(1960)里,当叙述者和主人公布鲁的"真正的终点"来临之时,当被他摁在岩石上的养子吉米起身把他推翻,并照着他肋骨"又准又狠地踢了一脚"之时,布鲁才有了与克劳迪娅完全一样的感觉,那就是"太晚了,我做错了,我知道得太晚了"。[①] 这里,布鲁太晚才意识到的东西当然是吉米已经"堕落"到无可挽回的地步。但作为布鲁的"真正的终点",这一堕落也宣告了布鲁为艰难时世镇的重建所做的一切都归于失败。与佩科拉的悲剧一样,年纪与她相仿的吉米的堕落,也与包括布鲁在内的所有

---

① E. L. Doctorow, *Welcome to Hard Times* (New York: Randon House, 1960), p. 166. 出自这部作品的引文均译自此版。

社会关系有着密切的关系。克劳迪娅发现这个社会的土壤坏了,包括她在内的每一个人都参与制造了佩科拉的悲剧;吉米所处的社会环境也非常恶劣,其中的每一个人也对他的堕落负有不可推卸的责任。布鲁后来说"我可以原谅任何人,就是不能原谅我自己"(210—211),就包含了他对于自己的这种责任的承认。

然而,吉米的堕落,无论是其结果还是过程,在《欢迎来艰难时世》全书里并没有占用多少篇幅。小说的主要篇幅写的是艰难时世镇被毁、重建、再被毁的完整过程。用书里叙述者兼主人公布鲁的话说,这部作品是他为这一过程"从头到尾写下的所发生的一切"(210)。这一点也与《最蓝的眼睛》相似。《最蓝的眼睛》着重写的也不是佩科拉对最蓝的眼睛的祈求,尽管书里提到她每天晚上都为此而向上帝祈祷,而是白人文化和白人审美标准占主导地位的社会如何使她想到用蓝眼睛作为摆脱黑人生活困境的途径。可以说,两书都侧重写不适合"某些种子的成长"的"土壤",而不是种子本身。当然,两书的差异也是不胜枚举的。与本章话题有关的较大差异有这么两个:一是《最蓝的眼睛》强调文化的作用,而《欢迎来艰难时世》强调商业的作用。二是《最蓝的眼睛》侧重共时,而《欢迎来艰难时世》侧重历时。

上述的第一个差异主要表现在《最蓝的眼睛》详写了包含着白尊黑卑意识形态的白人文化如何通过启蒙读物、电影、广告等文化媒介渗透黑人的日常生活和思想意识,将黑人变成传播白尊黑卑意识形态的工具,使佩科拉这样的幼稚、软弱的黑人孩子在白人和被工具化的黑人的双重压迫下精神崩溃。而在《欢迎来艰难时世》里,商业则是作者关注的焦点。故事的叙述者布鲁是在账簿上"从头到尾"地记录"所发生的一切"。[1] 其中记的也主要是商业活动及其影

① 有评论说布鲁是在"律师记录簿"上做的记录。见 Douglas Fowler, *Understanding E. L. Doctorow* (Columbia, South Carolina: University of South Carolina Press, 1992), p. 15. 这不够准确。布鲁确实从一位律师手里买过一本律师记录簿,在上面也做过一些记录,但那本记录在镇子经历的第一次毁灭中被特纳烧掉。见第小说第 23 页。布鲁后来做记录用的账簿是快递公司的阿尔夫给他的,用于记录镇里快递业务的账目,总共三本。他发现账簿里的空白够写一部《圣经》,就在上面记录快递业务之外的事件及其发生经过,因此就有了《欢迎来艰难时世》这部作品。而且这部作品的三个部分都用"账簿"命名,分别称作"账簿一"、"账簿二"、"账簿三",显然是分别在三本不同的账簿上写下的。见 123 页。

响，尤其是集酒吧、妓院、旅馆于一体的萨尔大厦这一镇里最高的标志性建筑的建造和烧毁过程，以及这一代表性事件所影响和折射的整个艰难时世镇的兴衰，包括像佩科拉那样幼稚的孤儿吉米如何在小镇衰落的过程中由单纯走向堕落的变化。

关于上述的第二个差异，可以说《最蓝的眼睛》侧重的主要是来自家庭、学校、社会的各种现实的打击与佩科拉精神失常的关系。这并不是说《最蓝的眼睛》就没有历史。佩科拉的父母的成长经历、叙述者的回忆等，都在不同程度上提供了丰富的历史事件和独特的历史视角，增强了佩科拉悲剧的历史感和戏剧性。但比较而言，《欢迎来艰难时世》的历史感更强。① 经过作者的高度浓缩，这部作品让我们在艰难时世镇的两建两毁中不仅看到了它的全部历史，也看到了一些导致小镇毁灭的重复性原因或规律。故事的叙述者布鲁说他的记录是“从头到尾写下的所发生的一切”，就能表明小说作者侧重历史研究的意图。这部作品里的历史并不仅仅是艰难时世镇的历史。布鲁说过自己曾“像锅里滚动的鹅卵石一样”走遍了西部，发现到处都一样(29)。这似乎能够说明，他所记录的艰难时世镇的历史也是整个西部的历史。② 另外，尽管艰难时世镇的历史发生在1861年达科他成为达科他准州和1889年达科他被分成北达科他和南达科他而被正式批准为美国的第三十九和四十个州这两个重要历史时刻之间，③但因为布鲁说过他的三本账簿里的空白“够写一部《圣经》”(123)，还因为艰难时世镇的镇名起得比较怪异和抽象，以及上帝、魔鬼、地狱等概念在书里反复出现，读者也会不由自主把艰难时世镇的历史与人类的历史联系起来。

---

① 它甚至被称作“最早和最好的”质疑美国史的作品之一。见 Fowler, *Understanding E. L. Doctorow*, p. 20.

② 有评论说此书“关注更多的是西方，而不是西部”。见 Richard King, “Between Simultaneity and Sequence,” in Herwig Friedl and Dieter Schulz, eds., *E. L. Doctorow: A Democracy of Perception* (Verl: Die Blaue Eule, 1988), pp. 45—60.

③ 1861年3月2日，布坎南总统(James Buchanan, 1791—1868，第十五任总统，1857—1861)签署法令设立达科他准州。1889年2月22日，国会通过授权法，允许南北达科他、蒙大纳和华盛顿建州。1889年11月2日，哈里森总统(Benjamin Harrison, 1833—1901，第23任总统，1889—1893)签署文件批准北达科他和南达科他为美国的第三十九和四十州。

了解了《欢迎来艰难时世》的主要特点,下面我们就先结合它对商业在小镇兴衰史中的作用的表现,重点考查它对历史的写法,以及这种写法中的后现代意味。

二、作为生活的历史

历史是人类生活经历的记录。《欢迎来艰难时世》记录了艰难时世镇镇民在镇子创建和毁灭过程中的生活经历,因而就可以被看作艰难时世镇的历史。不难想象,在荒野上创建小镇或在小镇初创时期,艰难的物质生产活动以及这种活动所需要的艰苦奋斗与团结合作,应是镇民生活的主要内容。但在《欢迎来艰难时世》的描写中,这种物质生产活动并不像想象的那样艰难,艰苦奋斗与团结合作的感人场景也很少出现。布鲁和萨尔为小镇建设而去被遗弃的泉流镇寻找木材的过程,可算此书描写最细的一个劳动场面,但也只有一两页的篇幅。书里最常见的还是镇里的商业性活动,而人与人之间的商业活动所依赖的那种发生在人与物之间的严格意义上的生产活动,比如开采金矿,却并不是发生在镇里,而是在镇外,在镇北的石头山里,那里有金矿和许多矿工。在天气温暖、道路好走的季节里,每到周末,矿工们就会成群结队地下山来镇里消费。他们的开销构成了镇里经济收入的主要来源。他们的采矿活动属于严格意义上的物质生产活动,也是艰难时世镇得以创建和维持的一种间接却又是必不可少的动力。但《欢迎来艰难时世》关注的并不是矿工和他们的劳动,也不是他们在镇里的消费活动,而是镇子内部的商业性活动。

这部关于艰难时世镇的历史的起点是小镇所经历的第一次毁灭。事件的发生地是作为小镇商业性娱乐中心的艾弗里的银太阳酒吧里。从保迪来的高大、凶狠的坏人特纳对小镇的破坏就是从这里开始的。他先喝了半瓶威士忌冲走了喉咙里的尘土,然后就当着众人的面撕开满头红发的酒吧妓女佛罗伦萨的上衣,把她带到楼上去蹂躏,使她发出从未有过的尖叫。而在此过程中,酒吧里的人们没有一个站出来做点什么或说点什么。这无疑与特纳的强大有关。

喜欢佛罗伦萨的木匠费得知她正受人欺负后，曾拿着一块厚木板气势汹汹地闯进酒吧，可乘机溜出酒吧的人们不久就听到里面咔嚓一声闷响，接着就见满头鲜血的费跌跌撞撞地走了出来。

特纳确实厉害，但人们的逃避和旁观也对镇里的灾难负有不可推卸的责任。在勇敢的费受到特纳的致命打击之后，艾弗里就来找镇长布鲁，请他设法将特纳从他的酒吧里赶走。但布鲁却说他看见特纳付钱给艾弗里了。也就是说，特纳并没有违反商业活动的基本规则，因此就没有赶走他的正当理由。不排除布鲁说此话有为自己的胆怯或无能寻找借口的用意，因为后来当艾弗里说到费被打时，布鲁又找了其他理由进行推脱，包括说自己已经四十九岁了。但布鲁说艾弗里收了顾客的钱就不应赶走顾客的这句话，无疑触及了金钱面前人人平等这一商业原则的另外一面，即重钱轻人、忽视道德。对于艾弗里这个镇里最富有的商人的人品，布鲁应该是比较清楚的。所以，他的话在某种程度上也是对艾弗里其人的一种评价。被布鲁拒绝后，艾弗里找到他所雇的另外一个妓女莫利，要她用他的匕首去杀特纳，并在她起初不愿接受任务时动手打她。艾弗里自己不敢接布鲁的手枪，却强迫一个女人接他的匕首去替他冒险，这就能多少反映出他的人品。更值得注意的是，因为在莫利的顶撞之下失去了耐心，艾弗里终于说出了他之所以要赶走特纳的真实原因："莫利，我的牲口就在酒吧后面；我所有的钱都在柜台下面。我告诉你，我所有的家产都在那里。"(9)这就清楚地表明，艾弗里要赶特纳走并不是为了佛罗伦萨、费或其他任何人的安全，而是为了他自己的安全，尤其是他的财产的安全。把雇员当作可以随意指使、打骂的工具，甚至逼她为保护雇主自己的财产牺牲生命，这是重钱轻人、忽视道德的商业关系所导致的一个比较极端但也并非罕见的结果。小说在简介小镇的第一次毁灭过程中描写这些，似乎是要强调镇里被商业和金钱所严重扭曲的人际关系与小镇毁灭之间的关系。这也在布鲁于小说开头所表达的对特纳的理解中得到了部分的印证："从保迪来的坏人并不是普通的恶棍，他们与地俱来，所以人们对付他们就像对付灰尘或冰雹一样无能为力。"(7)对于特纳的这种特殊性或特殊的代表性，后面会有讨论。这里先来看小镇在经历了第一次毁灭后的生活。

第一次毁灭之后,镇里只剩布鲁、莫利、费的儿子吉米、印第安人贝厄四个人,只有一处没被烧毁的住所,即贝厄的棚屋。所以,小镇的重建几乎是从零开始的。当然,镇里也还有一样东西没被特纳烧掉,那就是被他杀死的豪森费尔德所拥有的那座风车。布鲁虽然不是商人,但因为他喜欢记录镇民的财产、收入等方面的信息,所以对那座风车的建造过程和商业价值是非常清楚的。他告诉我们,豪森费尔德是花钱请人打的水井、建的风车,然后又靠卖水收回了成本。大多数人买他的水用的是现金,也有人用的是实物,比如费用的是为豪森费尔德盖的马棚,艾弗里用的是他的妓女的使用权。布鲁回忆这些也是在告诉他自己,利用这座风车和水井,他就可以做生意,就有了生计和财路。因此,布鲁才会把风车称为特纳留下的"有价值"的东西。

但布鲁所说的还只是风车的潜在价值。这种价值的实现还需要交换,在小镇被毁得一贫如洗的情况下,首先还需要有购买力的顾客。而这时恰好就来了这样几位顾客。他们是商人萨尔、他的合伙人艾达和他的三个妓女(杰西、梅和一个没有名字的中国姑娘)。这些人的到来使镇里有了交易的可能,小镇的重建也就真正开始了。这就是说,小镇从其重建的一开始,就有了商业活动。这些可从萨尔一行乍到时的言行里找到确凿的证据。萨尔来到镇里问的第一个问题是镇北的山里是否有人采矿。显然,萨尔和同布鲁一样,也急需顾客。得知山里有人采矿后,他就喜笑颜开,露出了金牙。然后,他就问布鲁是否是那口井的主人,说从灾难中幸存下来的人一定缺乏食物,并提出用牛肉干换他的水。萨尔时刻不忘做生意的特点在他带来的一个女人的评论中得到了很好的概括:"嗨,萨尔,你不能在我们到达一地五分钟后再开始做生意吗?我敢说,你就是遇到了一棵仙人掌,也会与它做生意的。"(40)

萨尔本人对自己的这一特点的形成过程做过一点介绍。他对布鲁说,他来西部原本是为了种地,但不久就认识到,种地的人都挨饿,只有向种地者贩卖耕地、栅栏、种子和工具的人才赚钱,而且其他行当也都一样,都是生意人有钱。因此,他就变卖了耕地,做起了生意。做生意就需要知道人们需求什么;什么东西需求量越大,发财的可能性就越大。因为发现西部人最需要的不是工具、炊具、种子,甚至也不是威士忌和纸牌,而是女人,他就做起了这种提供色情服务的生意(63—64)。与被毁前的银太阳酒吧老板艾弗里一样,萨尔也是既提供色情服务,又开设酒吧卖酒。但他与艾弗里又有明显的不同。他刚开张营业,布鲁就发现“萨尔的经营之道会使老艾弗里相形见绌”(51)。还没有观察多久,非常了解艾弗里的布鲁就断定:“萨尔的脑筋绝对要比艾弗里的灵。”(58)对此,萨尔自己也不加隐瞒。他曾问布鲁闻到了什么,是否闻到了咖啡味、马味和焦味,布鲁点头说是,而他则露着金牙大笑着说,他闻到的是钱味。

其实,布鲁的经济嗅觉并不像萨尔想象的那么迟钝。前面提到了布鲁清楚风车和水井的价值。这里再来看几个例子。刚到艰难时世镇时,萨尔并不高兴,也没有打算定居,因为他没有顾客。他向布鲁抱怨他的那些作为挣钱工具的女人已经成了他的负担,并打听通往矿区的道路。得知山路走不了马车,他又考虑去别的城镇。但布鲁的一番话使他第一次闻到了商机。布鲁告诉他,小镇被毁前,常有矿工下山来镇里消费,所以他只要安顿下来,做好准备,就一定会有顾客上门。布鲁聪明地把自己的意思归纳成“如果你去不了金子那里,金子也许会找到你的门上”(46),深深地打动了萨尔,而且这句话很快就被三个下山的矿工所证实,使萨尔终于决定留下。为了维护萨尔的生意,布鲁后来还向与萨尔闹矛盾并吵着要离开的两个妓女杰西和梅免费提供井水和浴盆,使她们转怒为喜、决定留下。萨尔关注的是一己的小生意,尽管他的生意在镇里是最大的,后来盖的楼也是镇里最高的,集妓院、酒吧和旅馆于一体。而作为镇长,布鲁关注的却是全镇的大生意。除了萨尔,布鲁还先后挽留下开商店的艾萨克,迎接来开饭馆的瑞典人。为了建立与外部世界的商业关系,布鲁还与驾驶快递马车的阿尔夫建立了良好的关系,使小镇顺利地加入了快递公司的货物流通网。布鲁对商业的熟悉基于他对它的重视。他十分清楚发展商业对于吸引定居者、积累资金、重建小镇的重要意义。当然,镇子的发展也有利于他自己的卖水生意以及他作为快递公司驻该镇代理的生意。不管怎样,小镇被毁之后没过多久，布鲁与莫利、吉米新组建的三口之家就“吃得好了起来，……身上长了肉，又有了人样”，井水的价钱也定到了“一元一天”(114)。[①]

自以为嗅觉灵敏、脑子好用的萨尔其实有着许多的盲区，有的甚至是致命性的。按照出现的先后顺序，他的盲区主要包括不了解印第安人、不懂感情、不知培养顾客、没有抓住逃生的机会等。他来镇里的第一天就打了印第安人贝厄，想把他打死。这其中的原因不仅仅是萨尔不了解印第安人，不了解贝厄的人品和能力，还有萨尔的根深蒂固的种族偏见，因为他第一次见到对他毫无威胁的贝厄就把他称作“野蛮人”(41)。当然，贝厄过的是不依赖商业的自给自足的生活，不可能成为他的顾客，这也是萨尔所不能容忍的。萨尔就是因为并非印第安人的艾萨克不当他的顾客而在圣诞聚会上当面骂他“不是人”(105)，后来还想过杀他(109)。无论怎样，被打的贝厄一直闷闷不乐。布鲁为此而责备过萨尔，但萨尔却“不太在乎”，说“那个野蛮人会忘掉它的”(59)。而萨尔所不了解的真实情况是，贝厄始终也没有忘掉它，最后终于在小镇第二次被毁的过程中将奄奄一息的萨尔的头皮割去，洗雪了自己的耻辱。这种因果报应是自以为文明、聪明的萨尔从来也不曾料想到的，也是书里在反思商业文化、种族态度等方面最有意味的描写之一。

关于萨尔对感情的无知，书里有很多描写，包括上面谈到的他对待雇员，印第安人，不当他顾客的镇民的态度。这里仅举一个较有意味的例子。在一个工作日里，年轻的矿工伯特走进了萨尔的酒吧，一整天都坐在那里，一边叹气，一边喝酒。经过一番“艰苦的思考”，萨尔最终断定他是得罪了矿上的老板，丢掉了工作，尽管他也知道老板们一般是不会解雇像伯特这样年轻力壮的矿工的。于是，萨尔便出低薪雇用了伯特，令伯特惊讶不已。其实，萨尔手下的人这时全都清楚伯特的唉声叹气的真正原因，那就是他已经爱上了萨尔的中国姑娘，而且是绝对真挚地爱上了她，用艾达的话说：“你从

① 有评论谈到布鲁的精明和私心，提出了“布鲁建设小镇是为了他自己的利益还是别人的利益”的问题。见 Christopher D. Morris, *Models of Misrepresentation: On the Fiction of E. L. Doctorow* (Jackson: University Press of Mississippi, 1991), p. 30.

来也没见过这样的。你会以为她是白人。你会以为她爸爸拥有一条铁路。”(125)但大家都极为担心,因为那个中国姑娘是萨尔用一百元买来的,而且与杰西和梅一样,也是他的摇钱树。如果他发现自己不但荒唐地误解了伯特的心事,还自以为捡了便宜似的雇用了他,引狼入室,他非疯了不可。布鲁却对镇里出现奇迹般的真爱感到高兴,认为“这就像有人来此竖起一面旗帜”(127),并决意要帮助伯特,要说服萨尔首先是不杀伯特,其次是不开除他。经过他的机智劝说,布鲁达到了这两个目的,而对伯特的真爱无动于衷的萨尔却要伯特赔偿三百元。无力赔偿的伯特最后只好从外地找来一个新妓女,才换得了那个中国姑娘,也基本满足了萨尔所谓的公平交易。

这种所谓的公平交易不仅会使人变成不懂感情和人性的挣钱机器,也会导致实质上的不平等。随着镇里人口越来越多,住房问题越来越严重。找不到住房的人有的住在马车里,有的睡在别人房子的屋檐下。而盖起了镇里最高的萨尔大厦的萨尔这时只想用最容易的方式挣钱,根本不愿考虑投资建造住宅的问题。他对布鲁说,只要人们喝他的威士忌、玩他的妓女就行,“谁管他们住在哪儿呢”(168)。但乱扔垃圾和随地大小便等问题日益严重,小镇的环境持续恶化。与此相伴的是更为严重的就业问题。大多数到镇里来的人是为了上山采矿的,但矿上迟迟不来招工,而镇里又没有什么就业机会,社会不满和矛盾就开始出现。卖鸡蛋老妇的母鸡被人拧断了脖子。找不到责任人的老妇便拿萨尔的酒吧问罪,进去大闹了一番。为了缓和矛盾,布鲁拿出自己的部分积蓄,开始自己雇人做一些工作,包括建造办公室、印刷所和屠宰场等,还免费向穷人提供井水。可当布鲁以“我们正夺取他们的一切”为由请萨尔也设法创造就业机会、帮助那些只是花钱却没有机会挣钱的人时,萨尔反问道:“那错了吗?”布鲁说生意人不应只是赚取,而应既取又返。萨尔就叫布鲁再多雇些人,并嘲笑布鲁糊涂。布鲁说他如果读不懂他酒吧里的那些顾客脸上的意义,就待不长久。萨尔就说布鲁把钱给人脑子有病(177)。萨尔还因为自己也要打井卖水而指责布鲁降低水价,并威胁布鲁说,“你将使一个危险之人发怒”(176)。

萨尔说自己是个“危险之人”的话并非戏言。为了保护他的生意和财产,他确实什么都能干得出来(若非布鲁及时劝止,艾萨克可能早就死在他的枪下了),也是什么都能豁得出去。这后面一点也许能够解释,他为什么拒不听从布鲁叫他赶快逃命的劝告,在特纳第二次出现、小镇面临再次毁灭之时,仍然和艾萨克一样坚持不走。布鲁困惑地记道:“我无法解释他们为什么待着不走,为什么他们跑出我的房门后又回去了,各自又回到自己的柜台,摆出笑脸讨好顾客,错过了逃生的机会。”(190)他们有可能像布鲁猜测的那样,不走是因为不信灾难会发生或没有地方去,但他们既然是回去以后继续做他们的生意,起码就能说明生意在他们心中的位子。如果我们再联系萨尔为了维护自己的利益而对布鲁说他会铤而走险的那句话,他们不走的原因可能就更容易理解。当然,萨尔说自己是个“危险之人”的话也能引起我们别的联想,尤其是能让我们把他与那个两次来毁灭小镇的恶棍特纳联系起来。关于他们两个人的联系,后面还会有具体讨论。这里只是想说,如果萨尔在某种程度上就是特纳本人,那么他也就不会害怕特纳,也就更没有必要或可能逃走了。

以上谈的是商业在艰难时世镇的日常生活中的重要地位。但商业并不是镇里生活的唯一内容。前面谈到过印第安人贝厄自给自足、不依赖商业的自然生活,以及发生在只知赚钱、不懂感情的萨尔眼皮底下的伯特与那个中国姑娘的真挚爱情。这里还有必要谈谈莫利与商业的特殊关系。莫利是白人,来自纽约,而且一直在饭店和酒吧等典型的商业性场所工作,但她对待商业的排斥态度却比一直生活在西部的贝厄还要强烈。她与萨尔第一次见面时就抓伤了他的脸。尽管这也许与萨尔打了为她医治烧伤的贝厄有关,但莫利把萨尔看成了最终导致了她的烧伤的前雇主艾弗里也不是没有可能的。当过酒吧妓女的她显然十分清楚萨尔和他带来的四个女人做的是什么生意,所以当艾达叫她跟他们走、说他们会给她比印第安人的“脏药”更好的治疗时,莫利就厉声叫布鲁把这些“婊子”赶走,并说“我宁愿死也不要她们碰”(42)。不只是对萨尔和他的那些女人,莫利对其他商人也无一例外地持排斥的态度。开商店的艾萨克刚来的时候,莫利对布鲁说,“我们不需要一个新的埃兹拉·梅普尔”,要布鲁叫艾萨克继续去寻找他的商人哥哥,还说“但愿他能在地狱里找到他”(80)。而当布鲁成功地说服艾萨克留下来开店,并高兴地把他介绍给大家时,莫利和贝厄一样拒绝露面。看到布鲁赶着马车去镇外迎接开饭馆的瑞典人夫妇,莫利说他是在为镇里招来“更多的傻瓜”(118)。对于引进商人而且自己也经商的布鲁,莫利说他“是个傻瓜,……一直都是傻瓜”(148)。

至于莫利为什么这么厌恶商人,一个重要的原因是她太了解商业,受商人的伤害太深。她当年离开繁华的纽约,是因为那里没有人的尊严,“因为我受不了当侍女的卑微,我的自尊使我说不出‘是的,夫人’”(16)。这就是说,与绝大多数人不同,她来西部不是为了发财,而是为了寻找尊严。可是西部的严酷生活使她最终沦落为妓女,使她不仅没有找到尊严,还险些丢了性命。正是由于她的雇主艾弗里为了自己的财产逼她去杀特纳,她在银太阳酒吧里她看到了惨死的佛罗伦萨,自己也被严重烧伤,走到了死亡的边缘。后来,是贝厄的土药使她得以康复。一边是为财逼命的冷酷商人,另一边是起死回生的印第安人,这种鲜明对照对她的影响是巨大的。① 总之,小镇的第一次毁灭是莫利人生旅途上的一个转折点,使她终于告别了商业,从妓女变成了淑女。② 下面是书里对莫利在萨尔家圣诞节聚会上的举止的一段描写:

见到艾达的暗示,萨尔开始给莫利倒酒。她很有淑女风度

① 在多克托罗对商人和印第安人的这种对照性写法中,我们可以看到他在凯尼恩学院所师从的兰瑟姆(John Crowe Ransom, 1888—1974)等重农业疑工商的重农学派重要人物的影响。兰瑟姆1934年发表的《地方主义美学》就改把印第安人的生活方式看成了地方主义理想的完美体现。文章指出,南方的白人已在拜金主义的腐蚀下忘记了传统与精神追求,丧失了价值判断的标准,“他们依赖于金钱所能购买的物品,不论卖者是谁”,生活也变得“缺乏条理与尊严”。相比之下,“印第安人过的生活具有一种古老的模式,它已在漫长的岁月里得到完善,并且对其身后传统的重要性怀有意识……印第安人使他们的生活完全成为真正意义上的生活……印第安人显然是更充分地享受了生活,因此他们的优越性就在于他们的地方主义。”见 John Crowe. Ransom, “The Aesthetic of Regionalism,” in *American Review* 2 (January 1934): 293.

② 不难想象,莫利当妓女是生活所迫,因为她的精神境界并不比别人低,具体表现为:(一)她的自尊心一直很强,来西部为的是寻找自尊;(二)她信教;(三)她是传统、耿直的内战老兵穆恩的干女儿。当然也必须承认,布鲁认她为妻、使她的物质生活有了保障,也是她从妓女变成淑女的必要条件。

> 地举起手,笑着摇了摇头。她从前喝酒,现在喝并不会伤她,但拒绝能给她更多快乐。它能使她区别于那些女人,尽管她对她们的了解要比她们想象的要多。(103)

从莫利对酒的拒绝中,我们可以看到她对萨尔、对商人、对商品化的女人、对自己作为商品化女人的过去的拒绝,可以看到她要做一个清高淑女的决心。

不可否认,商人和商人不一样,惟利是图、不择手段的艾弗里和萨尔之流都是比较极端的例子。而且生活也离不开商业,莫利所当的清高淑女离不开在她眼里"永远都是傻瓜"的布鲁靠经商为她提供的物质基础。但作者似乎想说,尽管商业与清高的结合不是绝对不可能,然而现实毕竟是现实,起码在现阶段,在作品所呈现的这个世界里,商业还无法达到理论上的那种理想境界。作家让我们看到,在小镇重建的过程中,倡导公平交易的商业的发展始终伴随着不公平与腐败。为了挽留萨尔,小镇给色情和酒精敞开了大门。为了挽留艾萨克,小镇容忍了物价垄断。为了加入快递公司的货物流通网、建立与外界的商贸联系,小镇不得不贿赂能对公司确定快递路线有建议权的阿尔夫。尤其是对于镇里与阿尔夫所做的交易,连精明的萨尔也觉得太不公平:"这究竟是什么买卖?女人我们给他了,还有威士忌,我们还要为已经付了运费的货物付费!"(82)而布鲁则觉得阿尔夫的要求并不过分,因为"他总能为所送的货物多收费"(81),便与他握手成交。"他总能为所送的货物多收费"——布鲁漫不经心地随口说出的这句话,很好地反映了商业腐败所达到的普遍程度。

在小镇的两次毁灭中,恶棍特纳都起了重要作用,但还不是决定性作用。起决定性作用的也不是其他的外部力量,包括作风专断的准州政府办公室的官僚、愚弄小镇的东部采矿公司的考察官员、因矿源枯竭而倒闭的矿井等,而是小镇内部的腐烂。布鲁去泉流镇遗址寻找重建所需木材时见到过这样的情况:有的建筑虽然还矗立着,但内部已经完全腐烂,轻轻一推就倒。艰难时世镇的情况也是这样。每次毁灭之前,小镇的内部都已经腐烂到了轻轻一推就倒的程度。这种腐烂集中表现在以惟利是图、不择手段的艾弗里和萨尔等人所代表的商业对小镇的生活理想和人际关系的腐蚀上。可以再来看一下这种腐蚀对于莫利的影响。在艾弗里威逼莫利去他的酒吧杀特纳以保护他的钱财时,作为镇长的布鲁没有提供应有的帮助,而是让她走在头里,自己跟在后面,结果被莫利指责为"一点也不比那个狗娘养的艾弗里强"(16)。可尽管如此,布鲁在与她和吉米组成一家人后的赎罪表现重又燃起了她的生活热情。但那主要是在艰难的重建初期。后来,当小镇获得了长足的发展,尤其是在商业开始繁荣之后,莫利意识到了危险,便竭力请求布鲁带他们立即离开小镇。而布鲁则按照不能"土地一开始有回报就拔桩"(148)的商人逻辑,再次拒绝了她的请求,使她终于彻底绝望。所以,如果说莫利后来成了一个复仇狂、变得像艾弗里和萨尔等商人一样冷酷的话,那可以说是她被那个完全商业化了的冷酷环境反复遗弃的结果。[①] 作为这个环境中的重要一分子,布鲁只是后来才意识到自己对莫利的这一转变的责任:"那些不是呼唤吗——'我求你啦,布鲁,请你啦,布鲁,布鲁,布鲁,布鲁'——那些不是对救助的呼唤吗?而我却没有提供丝毫救助,我再次让她走向酒吧,自己跟在后面。"(150)

这种内部完全腐烂的环境对于代表未来和希望的孩子的影响也许更值得关注。布鲁在小镇的第二次毁灭之前成功劝走了伯特和他已经怀孕的中国妻子。他给他们的一个关键理由就是:"还没有孩子在此镇出生,这是我所知道的最可悲的事情,但这是真的,而且会永远如此。"(192)所以在此镇上,唯一的(但也不是在此镇上出生的)孩子,就是在小镇第一次毁灭中成为孤儿的十二岁的吉米。被布鲁领养后,吉米一直非常听话和勤快。但商业的诱惑是他这个孩子所无法抗拒的。萨尔的那些妓女引起了他的浓厚兴趣,使他"总是目不转睛地观看"(72)。他还触摸了梅的软胸,被莫利及时制

---

① 作为书里的重要人物,莫利和吉米颇受评论者们关注,但他们的变化过程及其背后的商业腐蚀、道德堕落等社会原因并没有受到足够的关注。有的评论把他们变化的最后结果当作了他们不变的本质。比如,帕克斯就认为"莫利其实一直是那个坏人的配偶,而他们的道德产儿就是显现为第二个坏人的吉米",还认为是"莫利的宿命论以及她对自己的邪恶的否定产生了她所最为害怕的东西"。见 John G. Parks, *E. L. Doctorow* (New York: Continuum, 1991), p.27. 这些观点与作品中的实际描写存在一定差距。

止,布鲁也为此而受到莫利目光的严厉指责。但真正使吉米开始疏远布鲁的却是布鲁对他生命和精神需求的无视。布鲁坚持教吉米识字(为了将来经商等目的),却丝毫不知孩子已经生病。他开始时用艾达给的松节油和朗姆酒给吉米治病,反而使他的病情不断加重。直到莫利请来贝厄用他的土法医治,吉米才免于一死(印第安文化的再次胜利)。吉米康复后,失去了识字的兴趣,开始把注意力从布鲁转向莫利。后来,为了平息萨尔和艾萨克这两个商人之间的冲突、缓解食物匮乏的问题,布鲁自作主张杀死了家里的小马。布鲁对自己的行为感到满意,因为"那是在做一件有目的性的事情"(110),可他再次严重忽视了吉米,忽视了吉米对那匹小马的深厚感情。从那以后,吉米就完全不理布鲁了。所以,如果说吉米后来成了与莫利一样的复仇狂,变得和她一样冷酷,除了对他父亲被特纳惨杀的痛苦记忆,也是因为在冷酷的现实中找不到健康成长所需要的温暖。莫利对他的关心是非常有限的。布鲁认为忘不了旧痛的莫利关心吉米只是为了将他培养成报复工具的观点尽管不无偏见,但也不是毫无道理。

三、作为记录的历史

说到痛苦的记忆,我们就来转变一下话题,由历史的生活内容转到历史的写作活动。《欢迎来艰难时世》对艰难时世镇历史的上述生活内容的表现主要是现实主义的,而它对历史的写作活动的关注则具有更多的后现代主义的意味。[①]

历史可以说是对过去的痛苦生活的记录。[②] 这就是说,历史既是生活,又是记录。是记录,就意味着记录者以及特定意识形态、语言和形式的参与;就意味着生活从地上到纸上的变形;就意味着历

① 帕克斯认为多克托罗"既不是纯粹的后现代实验主义作家,又不是纯粹的社会现实主义作家,但他的作品兼有二者的特点"。见 Parks, *E. L. Doctorow*, p. 11.

② 如詹姆逊所言:"历史是能产生疼痛的东西。"见 Fredric Fameson, *The Political Unconscious: Narrative as a Socially Symbolic Act* (Ithaca, New York: Cornell University Press, 1981), p. 102. 或如莫里森所言:"任何死的东西复活,都会产生疼痛。"见 Toni Morrison, *Beloved* (New York: Plume, 1987), p. 35.

史是生活,但又不全是生活。因此,如果世上存在着不符合生活甚至歪曲生活的历史,也就不足为奇了。① 上面所谈的《欢迎来艰难时世》里所涉及的生活,都是叙述者布鲁的记录。我们当然希望布鲁的记录全面、客观、真实,这样我们就可以放心地去接受和相信。但如果布鲁在他记录的后期的某一时刻承认自己无论怎么努力都无法做到全面、客观、真实,我们就有必要了解他的这种记录活动,包括他做记录的动机以及他的记录之所以不能做到全面、客观、真实的原因等,以便对他所记录的内容做出比较恰当的理解。在《欢迎来艰难时世》里,尤其是在"账簿三"里,布鲁就不止一次地做了类似的承认。比如,在"账簿三"的开头,他写道:"我一直在努力写出发生过的事,但那很难,可望不可及。"(147)在这一部分的另外一处,他还写道:"现在,我写下发生过的事,写下了从头到尾所发生的一切。……它也许能表现真理。但它又怎么可能呢,如果我就像亲身经历过它们那样写了哪些时刻重要、哪些时刻不重要,如果我说起话来就像我确切知道每个人所说的话?真理能出自我这样的狭隘之人的涂鸦吗?"(210)能否写出从头到尾所发生的一切?写出了又能否表现真理?它们都是历史作者所必须考虑的问题。布鲁能提出这些问题,进一步反映出了他的自我意识。②

布鲁并不是从一开始做记录就打算写出从头到尾所发生的一切并表现某种真理。他开始时的动机比较单纯、实用。他说他当年之所以在路过艰难时世镇时留了下来,除了他已经四十八岁、已经

① 在谈论历史文献产生的实际过程时,怀特强调过历史写作者的目的和裁剪的重要影响,否定了历史文献的绝对客观性:"面对着杂乱无章的事实,历史学家必须为了叙述的目的对它们进行裁剪。简言之,原先被历史学家用作资料的史实,还必须被用作一个语言结构的成分。这个语言结构总是写作者为了某一特定的……目的而建立的。"见 Hayden White, *Tropics of Discourse*: *Essays in Cultural Criticism* (Baltimore: Johns Hopkins University Press, 1978), pp. 55-56.

② 海特在区分现代派元小说与后现代元小说时指出,前者强调"写作",而后者强调"阅读",并认为后者即使在表现主人公的写作时,也要强调它不是"原创",而是"重读"。见 Hite, "Postmodern Fiction," in Elliott, *The Columbia History of the American Novel*, p. 702. 如果把布鲁的写作看作他理解小镇的难解生活的"阅读",那么他对自己记录的这种反思就可以被看作他对自己的"阅读"的"重读"。更主要的是,他把自己的记录看作难表"真理"的"涂鸦",而不是什么"原创"。这些写法使得此小说更像海特所说的后现代元小说。

认识到居住比地点更重要的道理之外,一个主要原因就是这里“没有任何标识”(100)。没有标识,在很大程度上,就意味着没有身份、尚不存在,尤其是对于学过法律、敏感于语言和文件的布鲁。这当然也就意味着他正好可以在此发挥他的专长,在这白纸一样的小镇上写字、立标。安顿下来不久,他“没有多想”就买下了一本账簿和一张书桌,开始了他的记录。他一开始记的内容比较简单,主要是镇里每个人的姓名、所拥有的土地和财产。他记录的动机也比较单纯,一是为了乐趣,二是为了向准州管理者未来的建州申请提供小镇信息。当然,记录也给了他以地位。开始讥笑他的记录行为的人后来都称他为镇长。大家之所以称他为镇长,并不是因为他们的有关信息都被记在他的账簿里,而是因为这些信息使他能够起到别人所起不到的重要作用。布鲁写道:“我一开始记录,人们一有申述,无论是法律的还是其他方面的,就自然前来找我。”(133)这是因为他的记录具有事实或证据的效用,尤其是关于土地和财产的那些记录。它们对于确定人们的权利、解决因归属不清而发生的矛盾,具有极大的权威性。记录的权威就这样自然地给记录人也带来了权威。

但在许多情况下,记录的权威性并不一定能够使它比记录的对象存活得更久。特纳的一把火不仅烧掉了小镇,也烧掉了布鲁的记录。度过了小镇被毁后的那个严冬,镇里因陆续到来的三个商人而开始出现繁荣,还因为有了快递公司给他的三本账簿和一支钢笔,布鲁又重新开始了记录。但布鲁这时记录的已不是姓名、土地和财产等简单的信息,而是“发生过的事”。[①] 渐渐地,记录在布鲁的感觉中也失去了其原来的乐趣,尤其是在小镇开始走向第二次毁灭之后,因为布鲁此时的记录具有了很强的目的性:“我所能做的一切就是根据自己的目的回忆它,表现事情是怎样发生的。”(113)这些目的包括“中止生活”、“控制事物”、“增加记忆”(185)、“表现真理”

---

① 布鲁开始由之前记录姓名、土地和财产等简单的信息转向记录“发生过的事”即镇史的时间是在得到快递公司给他的三本帐簿和一枝钢笔之后,并不是像莫里斯所说的那样是在他看到萨尔的尸体之后。见 Morris, *Models of Misrepresentation: On the Fiction of E. L. Doctorow*, p. 26.

(210)等。但布鲁在谈及这些目的时,语气里却带着怀疑与自嘲,可见于下面这个段落里:

> 我嘲笑自己是个傻瓜,做所有这些记录,仿佛账簿里的记号能够中止生活,仿佛书本里的符号能够控制事物。只有一种记录应该做,那就是我眼下正在做的这个。我的文字横穿红线,覆盖了那些旧字迹。它不能帮助我或我所认识的任何人。"这是已死的人,"它说。它什么也不能做,只能增加记忆。我现在唯一的希望是有人会读它。我仍然抱有希望,这难道不是对我最后的诅咒吗?如果我能笑,我会笑出来的,谁会来此寻找我账簿里的涂鸦……?(184—5)

曾几何时,布鲁是相信语言的力量的。他也确实成功地靠他的语言能力办过一些大事,包括说服萨尔和艾萨克等人留下、说服阿尔夫让小镇加入快递网、说服萨尔不杀也不解雇伯特,等等。但自从他精心设计的说教换来了吉米的重踢、意识到自己"真正的终点"之后,布鲁看到的更多的是语言的脆弱。[①] 他记起他刚来西部时,曾把自己的名字用焦油写在密苏里的一块大石头上,但它不久就在风吹日晒、斗转星移中消失。文字不仅可以被大自然的力量抹除,还可以被人为的事件毁坏,比如被特纳的火把烧掉,被吉米弄翻的墨水覆盖。当然,特纳的火烧和吉米的墨盖都是有意的行为。特纳第一次来小镇搞破坏时,布鲁与他对开了几枪后就逃出了艾弗里的酒吧,想回去抢救他的那些记录,但特纳"仿佛知道这一点",不断用枪弹掀翻他右边的路面,迫使他照直地往镇外跑(19)。跑到了镇外,他和其他镇民只好眼睁睁地看着特纳放火烧了小镇和他的记录。如果说特纳知道那些记录对于小镇的重要意义,知道它们代表着小镇的精神建设和文化身份,不毁灭它们就意味着没有彻底毁灭小镇,那么年少的吉米所知道的主要还是那些记录对于布鲁个人的地位和生意的重要价值。吉米是在布鲁抱怨他变野变坏而被莫利痛打之后,推倒了布鲁的账簿边上的墨水瓶。但无论是特纳的火烧还

---

① 如莫里斯所言,与吉米的这次谈话让布鲁感到了"无尽的徒劳",见 Morris, *Models of Misrepresentation: On the Fiction of E. L. Doctorow*, p. 30.

是吉米的墨盖,它们在证实语言脆弱的同时,也都说明了语言的重要。

说明语言既重要又脆弱的一个较有意味的例子,可能要数镇里树立的那个标识了。前面提到,布鲁最初之所以决定在艰难时世镇定居,主要是因为当时这里"没有任何标识"。没有标识首先是因为小镇没有名字,没有东西可标。于是,布鲁就给小镇起了"艰难时世"这个"安全的名字"(67)。萨尔、艾萨克和瑞典人这三个商人先后来镇里定居之后,他们联手树立起镇里的第一个标识:

> 艾萨克提供了一匹棉布;萨尔买的油漆;伯特花了一周的时间,按照一份商品目录上的字体,用红漆把一个一个的字母写在布上;海尔格再把棉布缝在帆布上,使接缝背风。在一个阳光灿烂的上午,瑞典人把它固定在大街上方。它从我的井架一直拉到萨尔酒吧的临时门面。横幅上的字是:"欢迎来艰难时世"。微风吹来,它生出波纹,像是一个生命体。(147—148)

这个"半英里以外就能看到"的标识是小镇发展历程中的一个里程碑,使小镇迎来它"最繁荣的时期"(154)。每天都有新人来,来寻找工作和庇护,当然也给小镇带来了大批顾客,反映了这个标识巨大的广告作用。布鲁写道,"我们的生意都兴旺起来"(155)。

但这个"像是生命体"的标识的脆弱或危险的一面,在它被树立起来的那一刻就有所显现。布鲁以为他给小镇起的这个"艰难时世"的名字安全,是因为他同意萨尔的观点,即"被遗弃小镇的名字都饱含希望"(65)。而想靠特定的名称来维护一个镇子的安全,这本身就意味着命名者的实际治安能力的欠缺。至于那个"欢迎来艰难时世"的横幅,它一打出来,莫利就开始痛哭,并请求布鲁立即带领全家离开,说"这里不再安全"(148)。布鲁以"生意好了,生活正常了,他们(坏人)就什么也干不了,他们就完蛋了"(150)为由拒绝了她。她就扎了一个十字架,和吉米一起把它立在费的坟头。这个表示死亡的标识成了那个召唤兴旺的标识的对立面,从一开始就对镇里经济和政治生活的主导者们提出了警告。但没有人重视这一警告。正如布鲁所言,"现在我把它写了下来,我当然就能看到我们在开始之前就已经毁灭了,我们的终点就在我们的起点里"(184),

而当时大家都陶醉于自己的理想和小镇的发展，当然就看不到那个终点的毁灭。当那个终点终于来临，小镇被第二次毁灭，那个“欢迎来艰难时世”的标识也就失去了它往日的生命力：“没有风鼓动那个欢迎横幅，没有云。只有成群的秃鹰在有时因某种想象的惊恐而振翅飞起时偶尔投下的阴影。”(210)不能说艰难时世镇的最终毁灭完全是那个欢迎横幅引起的；不能说就是它引来了大批居民，引来了大量矛盾，引来了恶棍特纳，最后又引来了成群的争食死尸的秃鹰。小镇的毁灭有多重原因，包括前面所强调的商业对小镇的生活理想和人际关系的腐蚀。但是，如果我们把那个欢迎横幅与这种商业腐蚀联系起来看，认为这种商业化了的语言在小镇的最终毁灭中扮演了重要角色，那也不是没有道理的。这么来看，这部小说选择欢迎横幅上的“欢迎来艰难时世”作为书名，除了具有其他意味，也是在强调这条横幅在故事里的重要作用。①

关于语言致灾的问题，后面还要涉及。这里先谈谈事后诸葛亮的问题。上面提到布鲁关于事后写作就能知道事发当时所不知道的东西的观点。他的这一观点在许多情况下是没有问题的。他事后产生的关于“我们的终点就在我们的起点里”的认识也是很有道理的。但放在某些具体场合里，他的这一观点也还有需要进一步考虑的地方。有些情况就是布鲁始终都不知道的，比如伯特是怎样找到顶替那个中国姑娘的克莱门特夫人的。尽管布鲁自己说，“对于那样一个男青年所做那种事，人们根本就不会去调查”，但伯特“从未告诉过任何人他是如何干成的”的这一事实，也会使想调查者无从下手(135)。还有一些更为复杂的情况，使布鲁事后无法理解和描述。比如，在回顾自己与莫利的复杂关系时，布鲁无论怎么苦思

① 这部作品的书名有多种解释。帕克斯认为它既指一个地方，也指一种状态(小镇反复经历的毁灭状态，或人们努力寻找梦想的意义和价值的内心状态)，还在抨击资本主义的层面上与狄更斯的小说《艰难时世》发生了联系。见 Parks, *E. L. Doctorow*, p. 27. 莫里斯也对书名做了三种解释：(一)它是一个自相矛盾的比喻说法，为了邀请不喜欢艰难时世的读者了解这一虚构小镇；(二)包含狄更斯的书名意味着要增加本书在所指时空和原创性等方面的不确定性；(三)不像一般的书名那样仅指文本，还指文本里的标语，即另一能指符号。见 Morris, *Models of Misrepresentation: On the Fiction of E. L. Doctorow*, pp. 26—27.

冥想也“无法确定”何时出现的“让我们达到了我们生活中尚存的完美”的那个时刻:

> 那一刻是在什么时候?我不知道,无论我怎么回忆也不能确定。也许是在我们跳舞的过程中,也许是某个风和日丽的早晨,也许是某个我们相拥而卧、达到圆满、忘记地转的晚上,也许是在我们入睡之后。生活到底怎么发展是个谜。你只知道你的记忆,它制造自己的时间。真实的时间带你同行,而你却丝毫不知它何时发生,最多只能知道它的到来或离去。(138)

这里,布鲁对自己之所以“不能确定”的原因做了一点解释,那就是回忆有着不同于真实时间的自己的时间。回忆者能够完全把握自己所回忆的时间,却难以把握真实的时间。也就是说,人们只能理解出现在自己的回忆时间里的东西,却难以理解在真实时间里出现的东西。这个回忆时间与真实时间的差异,就构成了一道人的理智所难以逾越的沟堑。对于这个回忆时间与真实时间的差异,书里还有其他的表述:

> 我一直在努力写出发生过的事,但那很难,可望不可及。时间开始离开我。回忆给予事物的形式正在制造它自己的时间,以我并不信任的方式引导着我的笔。(147)

这段话里的那种“开始离开”布鲁的时间就是真实时间,而“回忆给予事物的形式”所制造的时间就是布鲁的回忆时间。布鲁想说,人们的回忆和写作根据的是自己的回忆时间,不是真实时间。这种真实时间在人们一开始回忆和写作时就会悄然离去,使回忆和写作的不可靠性或真实生活的神秘莫测成为一种无法避免而又难以意识的情况。这无疑是对事后诸葛亮的可能性,对现实主义要全面、客观、真实地再现现实的宏大方案的一个有力质疑。

在这个有关布鲁如何回忆和写作的故事里,还有一些别的较有意思的内容,它们也在不同程度上涉及布鲁所谓的回忆时间与真实时间。在布鲁的整个叙述中,他所回忆的事件的发生时间基本上都是在不断接近他的写作时间。有时,他所回忆的事件的发生时间离他的写作时间如此之近,以至于他连完整记录整个事件的时间也没有。比如,恶棍特纳第二次出现在镇里后,布鲁找了一架马车回来,要莫利和吉米赶快上车逃走。而执意要找特纳复仇的莫利坚持不走。布鲁准备动手硬拉莫利上车。莫利就用匕首刺向他的肋骨,在他身上划了一个口子,并在他挣扎着扑向吉米之时乘机跑出了门。整个事件并没有结束。还有诸如布鲁与吉米之间又发生了什么、布鲁的伤情到底怎样等一些问题有待回答。但布鲁的叙述却没有对这些问题做任何回答就提前结束了,按布鲁自己的说法,因为"那是离我当时的记录时间最近的事。之后,我就没有时间记了"(198)。

对于发生时间靠近记录时间的事件,除了没有时间记录的,还有的就是有时间记录却记忆不清。布鲁坦诚地写道:

> 我现在试图写下当时发生的事,但离得越近的事情就越记不清楚。我在这部拙劣的稿子上花了太多心血,却惊恐地感到我所写的一切并没有反映真实情况,无论我多么努力地要把一切都写下来,但还是不行:我看不见那些发生的事,正如我不能理解它们。(199)

"离得越近的事情就越记不清楚",布鲁对于这些事情既"看不见",又"不能理解"。这是否是在说,回忆时间与真实时间必须分开,必须隔上一定的距离,我们才有可能看见、理解和描写呢?如果两个时间混在一起,或离得太近,我们就不可能看见、理解和描写呢?这是否是在说,我们所能写出来的就不是"一切"和"真实",而"一切"和"真实"是写不出来的呢,像老子所说的那样,"道可道,非常道"呢?[1] 反正无论布鲁怎么努力地回想,他就是想不起来莫利对扔了徽章、准备逃走的治安官詹克斯所说的那番话,尽管那番话非常惊人和重要,尽管那番话曾使得吉米愣了半天,也使得胆怯的詹克斯又鼓起勇气、走向特纳。

布鲁承认自己看不清、不理解或记不起别人的某些言行,承认自己的稿子拙劣,这是他在叙述中所做的全部自我反省的一个部分。布鲁在他的叙述中反复说"我可以原谅任何人,就是不能原谅我自己"(210、211),并且无情地表现和分析了自己的许多不可原谅

① 《老子·一章》。

的言行和心理,所以在一定程度上,布鲁把此书写成了他的忏悔录。[1] 如果说布鲁在处理身外的问题上会不时有一些违背准则和事实的言行,那么他在处理自身的问题上则是相当严肃认真的。就连几乎把布鲁看作坏人的莫利也曾对来自准州长官办公室的吉里斯先生称赞布鲁的记录“诚实”、“可信”,“因为它们有着对他不利的记录”(139)。这些“对他不利的记录”包括他的软弱、狡辩、猥亵、轻信、撒谎、粗暴等。结合这里的话题,我们来看一下布鲁的粗暴。虽然是镇里唯一的文人,而且在小镇的第一次毁灭中因为拒绝艾弗里和莫利的求助而被他们骂作懦夫,布鲁有时也粗暴得惊人,尤其是在语言的使用上。当莫利看到人们拉起“欢迎来艰难时世”的横幅、意识到事态的严重性时,她第二次向布鲁求救,请求他带领全家立即离开镇子。布鲁不但以投入刚开始有回报为由拒绝了她,还对她讲了一些关于小镇强盛之后就能打败特纳之类大道理,令莫利既失望又厌烦,只好祈求上帝让她摆脱这个“空谈者”。但她的话还没说完,布鲁就打断了她,要她听他说。他接着又对她说了一通特纳为什么来、费事先知道他会来之类的话。莫利刚叫了一声布鲁,想说句什么,就又被布鲁打断。还不知莫利究竟想说什么,布鲁就反复地叫莫利相信他的话,相信特纳绝对不会再来(149—150)。布鲁这样反复地打断莫利、反复地强调自己的权威的做法,显然是一种剥夺莫利话语权的粗暴行为。

这种粗暴也表现在布鲁与吉米所做的那次最后的正式谈话中。布鲁以“我不会伤害你”作为开场白,然后便说了一些非常伤害人的话,包括重建的镇子比费建的镇子好、费当时去找特纳较量是“可耻”的送死行为等,以贬低费在吉米心中的地位,抬高自己作为养父的形象。对于感情深受这些贬词伤害的吉米,布鲁不但没有任何同情,还继续解释费的行为为什么可耻,要吉米相信特纳那样的坏人随时都会出现,就是能杀也是杀不尽的。吉米听到了莫利的呼唤想

---

[1] 莫里斯认为布鲁的写作动机有二:(一)在小镇开始重建时写,出于希望和必要;(二)在临终前写,为了理解死亡。见 Morris, *Models of Misrepresentation: On the Fiction of E. L. Doctorow*, pp. 32—33. 因此,理解死亡,在回顾中发现他所犯的那些导致自己死亡的错误,就可被看作布鲁忏悔录的主要内容之一。

走，但布鲁不让，开始像父亲一样向吉米描述他为他制定的培养计划。吉米对这个计划没有兴趣，而布鲁却一边把他摁坐在地上，一边重复着“听我说”，要他学习经商和文化，成为一个有教养的人，让特纳那样的坏人无计可施。布鲁的话在字面上并非毫无道理，但他说话的那种粗暴方式很难不让人怀疑他的真实目的。在他的记录里，布鲁只是这样写道：

> 他在我的压力之下挣扎着，一个有劲的男孩，不在听讲，满脸愤怒。我的脸能感到他的呼气，像青草一样洁净；我不停地说着，仿佛语言能够做些什么。“听着，听着，”我反复喊着，但我的力气已经耗尽，如同希望，而我的大脑却在说着别的话：太晚了，我做错了，我做得太晚了。(166)

这里，布鲁说的“我做错了”的意思就是他忽视对吉米的教育太久，让莫利影响吉米太久。如果在这段话里再找一个他有所意识的错处，那就是他忽视语言的局限太久。至于他的这两个忽视或错误与他的语言暴力有无关系，我们在这段话和他的其他反省中则找不到任何答案。这就是说，尽管布鲁在他记录里记下了自己的粗暴，但他对此却并没有什么意识。①

叙述者没有意识并不代表作者也没有意识。作者让叙述者表现了自己的粗暴，还让他意识不到这种粗暴，应该有着使他的粗暴表现得更具真实性和戏剧性的意图。关于布鲁对自己真实记录的事情没有意识甚至理解错误的情况，书里还有其他一些例子。较为重要的一例涉及布鲁为什么说他就是不能原谅自己。一直到书的最后，布鲁才谈到他不能原谅自己的根本原因：

> 我能够原谅任何人，但不能原谅我自己。我告诉莫利我们会做好应付那个坏人的准备，但我们绝对不可能做好准备。什么也无法埋葬，地球按自己的轨道旋转，不可能走到别处，从不

---

① 萨尔茨曼认为布鲁的问题是自我意识过多而变得优柔寡断。见 Arthur M. Saltzman, *Designs of Darkness in Contemporary Fiction* (Philadelphia: University of Pennsylvania Press, 1990), p. 35. 这无疑是有根据的，但我们也应该看到，布鲁的自我意识因为他的价值取向和思维方式等方面的问题而存在着不少盲区。

> 变化,只有希望像早晨和夜晚一样变化,只有期待有升有降。为什么毁灭之前必须要有期望?我还能做些什么呢——如果我当时不信,他们今天就会活着。哦,莫利,哦,我的孩子……第一次我跑了,第二次我勇敢面对了他,但我两次都失败了,我无论做什么都失败。(211—212)

从这段话里可以看出,布鲁不能原谅自己的根本原因,或镇子和家庭毁灭的根本原因,就是他怀有并相信希望、期待或期望。如果没有希望,或不信希望,大家就还会活着,小镇就还会存在。这有点像老子所说的"无欲以静,天下将自正"[①],但又不全像。如果将布鲁这里说的对于发展和幸福的希望,与他之前所记录的那种给镇民心灵和人际关系造成严重腐蚀的商业贪欲进行比较,后者可能是导致镇毁人亡的更为根本的原因。但真实记录了这一更为根本的原因的布鲁对它却没有意识,而是把罪责全都推给了希望,这不能不说是极其可悲的。作者这么写也许是想从镇里文化水平和政治地位最高者的认识能力上探讨小镇毁灭原因。[②] 作者对布鲁的这种质疑和嘲弄还反映在小说的最后一段里。在这一段里,刚把罪责推给希望的布鲁又有了新的希望,那就是他希望未来有人会使用这个被毁小镇上的木头。对于自己的这种出尔反尔的问题,布鲁自己还是有所意识的。他是带着"极大的羞愧"在咽气前记下了自己的这一最后的希望。

讨论《欢迎来艰难时世》里的关于写作的故事,就不能不谈此书对它所采用的西部小说形式的处理。这里就结合上面提到的小说对布鲁的质疑,从一个具体的方面谈谈小说对西部小说形式的借鉴与发展。西部小说的一个传统主题是文明征服野蛮。在《欢迎来艰难时世》里,土生土长的恶棍特纳可以被看作野蛮的代表,而作为镇里文化水平最高而且又是唯一一个学过法律的人,布鲁就应该是文

---

① 《老子·三十七章》。

② 莫里斯看到了布鲁对小镇毁灭应负的责任以及布鲁在叙述中有意掩盖这一责任的做法。见 Morris, *Models of Misrepresentation: On the Fiction of E. L. Doctorow*, p. 16. 但布鲁在叙述中谈到却没有意识到其危害性的那些问题以及这种情况所反映的布鲁在认识能力上的缺陷,也许是作者更希望读者关注的。

明的代表。如果这么看,那么小说在品格上、思想上和语言上反复地挑布鲁的毛病,就可以被理解成在反思现代文明。无论怎样,《欢迎来艰难时世》并没有按照西部小说的传统模式描写文明如何战胜野蛮或布鲁如何战胜特纳。首先是小说的大部分篇幅写的并不是布鲁与特纳的冲突,而是镇民之间的冲突。特纳在书里只短暂地出现了两次,一次是在小镇的第一次毁灭时,另一次是在小镇的第二次毁灭时。这就是说,布鲁与特纳或文明与野蛮的矛盾并不是书里的主要矛盾。主要矛盾发生在镇民之间,而这些镇民都是来自"文明"的东部,因此书里的主要矛盾似乎就成了"文明"与"文明"的矛盾。其次,布鲁和特纳最后都死了,而且特纳也不是被布鲁打死的,这也偏离了西部小说中文明征服野蛮的套路。当然,书里确实写了布鲁用棍棒将喝醉了酒并受了伤的特纳打得一时"失去了知觉"(207),多少有点文明征服野蛮的味道,但最后打死疯狂的特纳的却不是布鲁,而是吉米。吉米用莫利为他买的双管猎枪不但打死了特纳,也打死了被特纳抱住的莫利,还使站在一旁的布鲁受到致命的重创。吉米一枪打死了三人,然后迅速逃离。按布鲁的说法,吉米逃走后当了特纳那样的恶棍,成了"又一个来自鲍迪的坏人"(211)。如果吉米是一个新恶棍,也代表野蛮,那么特纳被吉米打死,就意味着野蛮是被野蛮而不是文明所征服的。而布鲁被吉米打死,就意味着文明不但没有征服野蛮,反而被野蛮所征服。总之,通过多重改写,小说推翻了西部小说里的文明征服野蛮的传统,对文明和野蛮的传统定义以及它们之间传统界线提出了质疑,把对文明衰亡之因的探索转向了文明自身。①

这里的文明一方面体现在以艾弗里、萨尔为代表的自私自利、

---

① 格罗斯认为小说揭露了被大多数西部小说所掩盖了的资本主义文明的剥削本质。见 David S. Gross, "Tales of Obscene Power: Money and Culture, Modernism and History in the Fiction of E. L. Doctorow," in Richard Trenner, ed., *E. L. Doctorow: Essays and Conversations* (Princeton, N. J.: Ontario Review Press, 1983), pp. 120—150. 谢尔顿认为小说抨击了资本主义的短浅眼光和竞争风气。见 Frank W. Shelton, "E. L. Doctorow's *Welcome to Hard Times*: The Western and the American Dream," *Midwest Quarterly* 25 (1983): pp. 7—17. 这些观点都涉及此小说利用西部小说的通俗形式反思资本主义文明的严肃意图。

冷酷无情的“商业文明”上，另一方面也体现在布鲁对于这种文明的语言表述上。在关于布鲁如何写作的故事中，我们看到了布鲁说服商人的语言技巧、他对莫利和吉米等所实施的语言暴力、他有意无意地掩盖真相的语言花招。是他的语言技巧将自私自利、冷酷无情的“商业文明”引进了小镇，是他的语言暴力将本应代表小镇希望的吉米推向了小镇的毁灭者，是他的语言花招使得他及其同情者在屡经毁灭之后仍不知导致毁灭的真实原因。因此我们也可以说，在一定程度上，是布鲁的语言造成了小镇的毁灭。

四、事实与虚构

多克托罗曾在一次访谈中指出，有关西部的神话是作家们虚构出来的，“与现实毫无关系”，而他的小说就是有意要“与那种写法作对”。[①] 上面谈到了《欢迎来艰难时世》如何与西部小说里文明征服野蛮这一传统主题作对。他之所以这么做，用他的话来说，是因为这一主题出于作家们的虚构，“与现实毫无关系”。这里所说的作家不仅指写小说的作家，也指其他类型文献的作家，指在各类文献中虚构神话、美化西部和西部开发的作家。[②] 下面我们就来看看《欢迎来艰难时世》是如何用西部的事实与虚构的西部作对的。

艰难时世镇在特纳的第一次破坏中被烧毁之后，大多数幸存的镇民远走他乡，其中就包括商店老板埃兹拉。他决定离开还不仅仅是因为小镇被毁这一痛苦的事实，还因为许多别的事实。这些事实是他从来到西部的第一天就亲眼目睹的，与他来西部之前所接触的那些西部神话里的描绘完全不同。所以，当布鲁希望他留下来一起重建小镇时，他的第一反应就是强调西部不如东部，而且竟然是在

① Kay Bonetti, “An Interview with E. L. Doctorow,”audiocassette recorded Feb. 1990 (Columbia, MO: American Audio Prose Library). 转引自 Fowler, *Understanding E. L. Doctorow*, p. 12.

② 芒斯娄就把著名的西部史家特纳(Frederick Jackson Turner，1861—1932)看作西部神话的最大制造者之一。他指出，特纳的西部史“变成了关于美国个人主义和民主的一个如此重要的比喻，以至于它具有了一种本质性的但完全是神话性的特点”。见 Alun Munslow, *Deconstructing History* (London and New York: Routledge, 1997), p. 178.

树木这一起码的自然条件方面。“我是从佛蒙特州来西部的”,他对布鲁说,“那里有树”。接着,他就不无嘲讽意味地复述了他在来西部之前就耳熟能详的西部神话:“泉水在岩石间流淌,动物在你后门吃食。你只要拥有半个人的能力,就能没有太多困难地谋生。”(28)布鲁坦率地承认这也是他来西部前所听说的。但埃兹拉复述这个广为流传的神话的用意,是要向布鲁解释他为什么非走不可:“真实的情况是,你不是遇到干旱,就是遇到暴风雪,否则,你就遭受喝醉酒、拿着枪的恶棍的践踏和驱逐。”(29)说完,他就策骡而去,不再理会布鲁关于西部到处都一样的理论。①

与埃兹拉相比,莫利对西部的失望要强烈得多:她“因为来了西部而咒骂自己”(43)。这当然与她非常不同于埃兹拉的追求和经历有关。她是十年前从纽约来西部的,来西部并不是像埃兹拉那样听信了西部水草丰美、动物遍野、生活容易等神话,也不是像他那样为了发家致富,而是为了摆脱没有地位的侍女生活,寻找自尊。正是由于她的这种追求与绝大多数人截然不同,她才问布鲁在听了她的故事之后是否觉得荒唐:“你会对此感到好笑吧?”(16)然而,不在乎物质条件、只追求精神自由的莫利却被西部艰苦的物质条件逼得走投无路,最后沦落成一个没有多少精神自由可言的妓女。在东部,她只是不得不说她所不愿说的“是的,夫人”;在西部,她除了平时要为老板艾弗里出卖肉体,还要在他的威逼之下冒着生命危险去杀特纳,以保护他的财产。所以西部对于莫利不止是物质上的荒漠,更是精神上的绝域:诚实正直、踏实工作的人在这里只会穷困潦倒。莫利自己曾把西部比作坟墓:“我们被埋葬了,与被埋在那边墓地里的僵尸完全一样!哦,救世主啊,只是我们知道这一点,这就是所有的差异。”(108)比较而言,莫利还知道西部是墓,还知道自己被埋,尽管她只是一个身无分文的妓女,而艾弗里、萨尔等如鱼得水的投机商至死也意识不到自己早就是精神上的僵尸了。

说到艾弗里、萨尔等投机商,我们再来看《欢迎来艰难时世》用

---

① 帕克斯指出,马克·吐温的《哈克贝里芬历险记》写的是文明堕落、自然美好,而《欢迎来艰难时世》写的是文明、自然双双堕落,彻底推翻关于复兴、希望、进步的神话。见Parks, *E. L. Doctorow*, p. 24.

事实所质疑另外一种虚构,即把美国的西部开发史说成文明传播史的虚构。这部作品用不少的篇幅表明,西部的开发所遵从的不是文明,而是野蛮。这种野蛮主要表现在两个方面:一是对西部自然资源的野蛮开采;二是对西部弱势群体的野蛮掠夺和欺压。先看第一方面。尽管这一方面在书里没有受到强调,但我们还是能找到一些较有意味的描写。眼光"敏锐"的商人艾萨克曾对布鲁说,在来艰难时世镇的路上,他有七天没有见到一棵树。布鲁回答说:"想想所有那些有可能生长的树吧,如果人们想要种植的话。"(80)只砍不种就无树可砍,这是一个再浅显不过的道理,布鲁即使不说,艾萨克也绝对是知道的。布鲁之所以要说它,理由也许就是他见艾萨克来西部只想着砍,根本就没想到种,想提醒他一下。路上七天见不到一棵树的这一结果,多少能够反映像艾萨克这样的只想砍没想种的西部开发者的所作所为。镇子里,唯一一个想种而又会种的人就是印第安人贝厄。但他的庄稼先后遭到老恶棍特纳的抢夺和新恶棍吉米的践踏。他的作物的命运与西部的树木的命运一样,都能折射西部开发者对自然资源的野蛮态度。[①] 至于镇北的那座与小镇经济生活密切相关的金矿,老矿工安格斯曾在小镇的第二次灭亡前夕悄悄地向布鲁透露说:"那座山已被完全挖空,到处都是洞,就像蜂巢一样,洞里除了空气什么也没有了。"(193)在一定意义上,小镇也是被淘金者们挖垮的。

西部开发者对于西部自然资源的这种掠夺性开采,也反映在他们对待他者的态度上。现在我们就来看他们的野蛮的第二方面表现,即对弱势群体的掠夺和欺压。上面提到贝厄的庄稼被抢、被踩。书里还写了萨尔第一次见到他就要杀他,结果把他打倒在地上,使他很长时间起不了身。在小镇经历第二次毁灭的过程中,暴徒们把贝厄赶出了镇子,砸烂了他的棚屋。贝厄受到如此的掠夺和欺压并不是因为他与谁结过多深的世仇,其实他在受萨尔的攻击之前根本

---

① 按照多克托罗自己的说法,没有树木的问题对于理解这部小说具有十分重要的意义,因为这部小说的创作就始于没有树木的土地这样一个意象。他说:"使我开始创作的只是没有树木的地方这样一个意象。我根据这个意象写出了全书;它对于我是一个很能激发想象的地理事实。"见 Friedl and Schulz, eds. *E. L. Doctorow: A Democracy of Perception*, p. 195.

就不认识他，也不是因为他在镇里干了什么伤天害理的事情，相反他干的都是治病救人的好事，包括治愈了莫利烧伤和吉米的咳嗽等，曾被布鲁称作“最好的医生”(94)。他之所以受此欺辱，就是因为他是印第安人，是个萨尔所说的“野蛮人”(41)。类似的种族歧视在书里还有其他一些表现。比如，对于伯特所热恋的那个中国女孩，詹克斯用“Chink”（中国佬）和“yaller flopgal”（黄种贱女人）(125)等贬义词辱骂她。向布鲁透露了金矿已被挖空的真相的安格斯还告诉布鲁，矿业公司会把金矿卖给某个“中国佬”，要把他气得发疯，令布鲁目瞪口呆。西部开发者所掠夺和欺压的弱势群体当然也包括女性。在小镇的两次毁灭中先后死去的两个最大商人艾弗里和萨尔经营的都是色情服务和酒吧。艾弗里雇有两个妓女——佛罗伦萨和莫利。萨尔雇有三个妓女——杰西、梅和克莱门特夫人。这些妓女都是饱受掠夺和欺压的挣钱工具。五人中除了杰西一人成功逃走，莫利在酒吧里被严重烧伤，佛罗伦萨、梅和克莱门特夫人都惨死在酒吧里。

以上谈的是《欢迎来艰难时世》如何用事实来质疑那些美化西部和西部开发的神话。[①] 当然，小说中的事实并不一定是在现实生活中于某时某地确实发生过的那种一般意义上的事实，而是根据大量观察所提炼出来的具有高度真实性和代表性的特殊事实。[②] 正是这些特殊的事实使得这部小说对西部的再现具有了特殊的复杂性和可信性。前面曾谈到历史不只是生活事实，还是写作活动。既然是写作活动，就难免有主观因素参与，就难免出现虚构。所以，在《欢迎来艰难时世》里，我们不仅可以看到许多对别人作品中的不真

① 在福勒看来，这部作品所质疑的最大神话，就是以为推动西进的不是“贪婪、野蛮、种族主义”，而是“豪迈的拓荒精神”。见 Fowler, *Understanding E. L. Doctorow*, p. 19.

② 多克托罗认为，真实性和客观性必须以多元性为基础。他在回答主观与客观的关系时说：“我想，人们只有通过多重见证才可能达到客观；重要的是掌握尽可能多的信息来源、尽可能多的证据——因为不这样，历史就会变成神话。如果你不经常改写和重新解释历史，它就会像神话那样开始勒紧你的脖子，你就会发现自己身处某种极权主义的社会，无论是世俗的还是宗教的。因此，检验任何一个社会的标准就是看它是否能抵制主观。那才是通往真理和自由的途径。”见 Friedl and Schulz, eds. *E. L. Doctorow: A Democracy of Perception*, p. 184.

实虚构的质疑,还能发现不少对自己作品的虚构性的揭示,比如在布鲁的下面这段表现自己在刚挖成的临时住处里所睡的第一觉的描写中:

> 我伸开腿,闭上眼,然后就睡着了。现在,我试图写下发生过的事情,但我又问自己,写作时是否会暗地里做梦?我梦到那个来自鲍迪的人正在一块荒地上驱赶一群人;每一个人的头上都骑着一条狼或一只秃鹰,爪子紧抓着你。我在人群中间,跟着大家跑,挣脱不掉那对爪子。它们将我压跪在地上,我摔倒了,被后面的人踩进土里,嘴里都是土。是土味使我醒来。有干土块从坑壁上掉下,落到我脸上。(44)

这段话从多个方面表现了事实与虚构的混合。首先是它以实事(伸腿、闭眼、入睡)开始,又以实事(干土落在脸上)结尾,中间插入虚幻的梦境,而且梦境中有做梦,与前面的入睡衔接,又有土味,与后面的土块相连,使梦境与实事做了相当自然的结合。其次,在梦中,布鲁一边试图记录“发生过”的实事,一边又身不由己地做梦,让实与虚在梦中做了一次结合。第三,在布鲁的梦中梦里,他看到了那个来自鲍迪的坏人特纳已经把人们赶到了一快荒原上。这虽然是梦,但显然与小镇刚在特纳手里经历了第一次毁灭的实事有关,所以这又是一次虚与实的结合。第四,还是在布鲁的梦中梦里,他感到被一条狼或一只鹰紧紧抓着,摆脱不掉,最后倒在了土里。这虽然也是他梦中的幻像,却预示了他与小镇在经历了第一次毁灭之后又一步一步、无可挽回地走向第二次也是最后一次灭亡的真实可能,让虚与实在他的梦中的预感中又结合了一次。总之,这段文字较好地表现了事实与虚构的关系可能达到的密切程度或它们之间的界线的不确定性,让我们看到了虚构可以是美化西部和西部开发的神话那样的欺人之谈,也可以像布鲁的梦中记忆和预感那样有所实指,尽管布鲁自己在醒了以后又很快忘记了这个梦。

在他的写作中,布鲁一直努力像记账一样用他的三本账簿真实记录艰难时世镇从头到尾发生过的一切。但在实际生活上,他无法让客观事实摆脱主观虚构。为了向吉米证明重建的小镇要比他父亲费最初建设的那个更好,布鲁说就是费见了重建的小镇也会说好。吉米就问布鲁怎么知道他父亲会这么说。布鲁的解释是:"我过去经常和他聊天。我知道他看重什么。"(164)吉米只知道自己的父亲已经死了,人不在了,人们就不可能知道他会说些什么。也就是说,他不懂得虚构,不懂得通过虚构将活人与死人、现在与过去联系起来,为现在的结论或结果找到过去的前提或原因,所以他就没有历史。而布鲁懂得虚构,他就知道死人会说什么,说什么能符合现在的需要,所以他就写出了历史。当然,他的虚构也不能完全脱离实际,他对费的死后言语的虚构就是基于他对费的死前言语的把握。而至于这种把握是否真实,布鲁有无为了自己的目的而把自己的言语强加给不会反驳的死人的问题,那就难说了。但布鲁可能会说,即使那种把握不够真实,即使他强加了自己的言语,但只要目的好、有利于生活,他还是会虚构下去。他是这样为自己的虚构辩护的:"没有好迹象,人就无法活。……如果好迹象如此重要,你就会宁愿制造一个来骗骗自己。"(89)

然而,无论虚构多么难免、多么必要,如果虚构得太缺乏依据,而且这么做了以后又没有足够的自我意识,那就会导致严重的后果。布鲁确实有不少自我意识,但他对于自己的有些虚构(比如人越多越安全、镇子能够发展到战胜特纳的程度)却直到它们造成了严重后果后才有所意识。至于他的人越多越安全这一理论的虚构性和片面性,还是莫利最先向他指出的。早在他成功地吸引来镇里最早的两位商人时,莫利就叫他不要欺骗她和自己,明确地告诉他说:"若是那个恶棍来了,就是把世上所有的懦夫都叫来也无济于事。"(84)但在小镇被最后毁灭之前,布鲁始终不认为自己的理论是虚构、不会变成事实。他是在咽气之前写下的这段话:

> 现在,我写下了所发生的事情,从头到尾所发生的一切。比死亡更令我惊恐的是,它也许能表现事实的真相。但那又怎么可能呢,如果我就像亲身经历过它们那样写了哪些时刻重要、哪些时刻不重要,如果我说起话来就仿佛我确切知道每个人所说的话?真相能出自我这样的狭隘之人的涂鸦吗?(210)

把这段话与这里讨论的话题联系起来看,我们可以说,直到这时,布鲁才意识到,事实和虚构是可以分开的:他精心虚构出来的那些逼真的时间顺序和人物言语,并不一定能够表现事实的真相。不考虑这里的具体场合,也可以说这段话强调了叙述的人为性和虚构性,对要全面、客观、真实地再现现实的现实主义理想做了后现代质疑。这并不是说后现代小说不相信真理;它只是不相信过于绝对和乐观的真理,不相信那些看不到自己的"狭隘"和自己作品的"涂鸦"的人所说的真理。布鲁看到了这些,或者说多克托罗看到了这些,就使《欢迎来艰难时世》超越了现实主义,具有了后现代特征。[①]

五、目的与结果

在《欢迎来艰难时世》里,几乎所有主要人物的目的都遭受了挫折;历史以其不可抗拒的发展趋势走向与他们的目的相违背的结果。布鲁认为人越多越安全、镇子能够发展到战胜特纳的程度,结果却是,在充满色情诱惑、金钱腐蚀、种族歧视、就业困难的环境里,人越多,矛盾就越多,最后发生了暴乱,引来了特纳,造成小镇的彻底毁灭。作为一个靠记录当上镇长的"天生笨拙"者,布鲁虽然在小镇发展的初期发挥了重要作用,但在后期,面对着小镇和家庭的衰亡,他则无能为力,所能做的只是记录衰亡。作为镇里最大的商人,萨尔要征服"野蛮人",结果被"野蛮人"割去头皮;要大发横财,结果财去人亡。不忘旧痛的莫利时刻想着要报复特纳。她想方设法将吉米培养成她报复的工具,结果使他变成特纳那样的坏人,她自己也几乎丧失理智,最后与特纳一起死在她为吉米购买的猎枪之下。对于吉米,布鲁曾希望他成为一个"有教养的人",以为这样特纳就会不攻自败,结果他这个有教养之人最后所说的那句关于唯独不能原谅自己的话似能表明,吉米即使有了教养,也不一定就能做出能让他原谅自己的事情。其实,在小镇重建刚开始时,在布鲁和萨尔去泉流镇寻找木材的返回途中,布鲁的直觉曾怀疑过他的目的:

---

① 芒斯娄在谈到后现代历史学家与传统历史学家们的区别时指出:"今天的大多数历史学家不再像弗雷德里克·杰克逊·特纳那样在解释美国历史上的拓荒运动时只依据唯一一种理论。"见 Munslow, *Deconstructing History*, pp. 49—50. 这"唯一一种理论"就可以被看作那种妄自尊大、不符合后现代精神的"狭隘"的"涂鸦"。

> 我要告诉你,返回的路上我很困乏。夜色漆黑,尽管有些星光。马车吱吱作响,摆来摆去,我不时地做着梦。我不能相信那些马有一个目的地,老是觉着我的行程没有目的。我这么做对那个女人和孩子有什么好处?我能希望为他们做点什么?只有傻瓜才会把这片土地上的任何地方叫做地点或目的地。(65—66)

我们看到,在梦中或下意识里,布鲁对于自己坐在商人马车里的目的是有所怀疑的,也想到过那些在某些特殊环境里怀有目的的人有可能是傻瓜,但他醒的时候,他的理智却一直也没有对他的这种目的做过任何认真的反思。

《欢迎来艰难时世》写的是艰难时世镇从第一次毁灭到重建再到第二次彻底毁灭的历史,将历史发展模式从常见的那种弥尔顿式的失乐园—复乐园模式变成了失乐园—复乐园—不可再复地再失乐园的模式。这种模式当然是与人们根据失乐园—复乐园的传统模式所确立的目的相矛盾的。可以说,书里主要人物的上述种种目的之所以受挫,主要原因就是它们根据的是失乐园—复乐园的模式,把复乐园当作历史发展的最终结果。作为镇长,布鲁的目的就是要在艾弗里的酒吧被毁之后帮萨尔建一个更大的酒吧,在埃兹拉的商店被毁之后帮艾萨克建一个更大的商店,在原镇民被杀死赶走之后再吸引来更多的镇民,在老房屋和街道被烧毁之后再建筑更多房屋的和街道,以为这样他就收复了失去的乐园,就不会再次失去它。这就是他对莫利所说的"生意好了,生活正常了,他们(坏人)就什么也干不了,他们就完蛋了"(150)一话的意思。这一失乐园—复乐园模式所表达的历史观就是那种乐观的历史进步观,即认为历史无论在其发展过程中遇到什么挫折,都会不断地进步,最终进入永恒的极乐世界。在布鲁看来,更大的酒吧、更大的商店、更多的镇民、更多的房屋和街道,就意味着历史的进步。他没有想到,在一定条件下,进步也意味着退步,没有想到麻烦和毁灭也会进步,会从可以克服的小麻烦发展到不可克服的大麻烦,从可恢复的小毁灭发展到不可恢复的大毁灭。[1] 他没有想到，躺在泉流镇干涸河床里的那具白骨所无声讲述的故事，也会发生在艰难时世镇。直到这一结果果然出现，布鲁才对镇里过去一年的进步有了新的认识：

> 那是充满希望的一年，镇子的发展一直朝着完美的方向进行。但那是我的想法，而唯一发展的东西却是麻烦。一想到完美到底是什么，我就不寒而栗。它也许会像我和莫利之间的完美，是一个悄然来去的瞬间，如同一天中那短暂的阴影，已经成为过去，而任何像他在梦中所做的那样依然等待它的人，都是不懂生活的傻瓜。(174—175)

认为"唯一发展的东西"只是"麻烦"，认为"完美"只是"悄然来去的瞬间"，都未免有点过于悲观。但布鲁认识到了麻烦也会发展、完美并不永恒，这不能不说是一个可喜的进步。

说到麻烦也会发展、完美并不永恒，就不能不谈《欢迎来艰难时世》中的恶以及对恶的写法。在《欢迎来艰难时世》的描写中，恶是不可战胜的。这并不是说代表恶的特纳最后没有被打死，或者他即使被打死了，但因小镇也完全毁灭，已经没有人来见证和庆祝这个胜利了。说书里的恶不可战胜，主要是根据它对恶的这么三种写法：(一)恶不是一个人；(二)恶不会消失；(三)恶受人欢迎。

先来看第一点。书里确实写了一个被称作"来自鲍迪的坏人"或"克莱·特纳"的恶棍。他在小镇的两次毁灭中都出现了，杀人放火，无恶不作。布鲁曾近距离观察过他："他身材高大，比我高一头，一面脸的上方有块白斑。但令人难忘的是他的眼睛。他的眼睛就像受惊的马。"(48—49)小说一开头就写他在艾弗里的酒吧里强暴和杀害佛罗伦萨。但只要我们对相关的描写稍加注意，就不难发现杀死佛罗伦萨的不只是特纳一人。就在书的第一段里，当特纳来到艾弗里的酒吧里，当众撕开佛罗伦萨的上衣，布鲁和酒吧里的所有其他镇民是怎么反应的呢？

> 我们都离开椅子，站了起来。我们都还没有那样看过佛罗

---

[1] 福勒把这部作品里的变化模式归纳为"恶—报复—变恶"。见 Fowler, *Understanding E. L. Doctorow*, p. 15.

伦萨，虽然她还是她。酒吧里都是人，因为我们一直看着他从远处而来，但现在却没有一点声响。(3)

特纳如此粗暴地对待女性，而众人却只是贪婪地观看，没有一个人胆敢或想到过抗议一声。这就是第一次毁灭前夕的小镇。折腾到半夜，特纳在酒吧楼上的房间里睡着了，楼下只剩佛罗伦萨一人在喝酒。布鲁敲窗叫她逃出来，但“她不愿意出来”(7)。这多少能够说明，在佛罗伦萨的眼里，镇民和特纳全都一样，逃走与留下没有区别。她的同伴莫利是逃出来了，但艾弗里又把她打了回去，逼她去杀特纳保护他的钱财，使她险些与佛罗伦萨一样死在酒吧里。所以，在一定程度上，佛罗伦萨的死是她自己的选择。也许她觉着死在特纳手里比死在镇民手里更加值得，也许她也像莫利那样认为特纳是镇里“唯一的男人”(16)。

莫利是在艾弗里要她去杀特纳而作为镇长的布鲁又不愿帮她时，说特纳是镇里“唯一的男人”，把镇里的这两个商界和政界的领袖人物看得连特纳也不如。前面提到过，接替艾弗里成为镇里商界领袖的萨尔很像特纳。对此，书里给过一个值得注意的暗示，那就是二人都像马。布鲁说过，特纳有一双像受惊的马一样的眼睛。与萨尔而刚开始接触，布鲁就发现萨尔也像一匹容易受惊的马：“只要用马刺刺他一下，你就无法叫他停下。”(58)当然，萨尔与特纳更重要的相像还是在性情残暴、欺辱印第安人和女人、加速小镇灭亡等方面。总之，恶是普遍存在的，代表恶的特纳也是普遍存在的，饱受邪恶蹂躏的莫利对此是十分清楚的：“哦，救世主啊，他们有成百上千，是的，我知道。成千上万。他们要来杀我——他们都冲我而来！”(148)对于特纳所代表的恶的这种普遍性，布鲁后来也有所认识。在小镇第二次毁灭的过程中，他清楚地看到：“到处都有人在打架，矿工和镇民互相残杀，仇恨乘他们的喊声奔泻，在他们的刀上闪烁，在他们跑动的靴子后面留下印记。而这一切都与特纳无关。”(207)了解了特纳代表的是作为共性的恶，我们可能就不会把他没有身世、没有语言、没有内心活动等一般文学人物所应该具有的描写完全看作《欢迎来艰难时世》的失误。当然，我们也可以根据吉米变成恶棍的过程来想象特纳的成长经历。①

再来看第二点,即恶是不会消失的。因为特纳代表的是作为共性的、存在于人类内心的恶,他当然就是与人共存、不会消失的。但他在书里又是一个有名有姓的个体,所以作品如何协调他的共性和个性就成了一个值得关注的问题。特纳第一次来艰难时世镇的时候,镇民都不认识他,也不知道他的姓名,只是根据他的所作所为把他泛泛地称作"来自鲍迪的坏人"。后来,老矿工安格斯听了布鲁描述这个坏人的相貌特征,想起了他所认识的克莱·特纳,"来自鲍迪的坏人"才有了"克莱·特纳"这个具体的名字。安格斯还给了特纳一点历史,使他更加具体化。他说特纳"早该死了,他几年前就病了"(49)。当然,这句可以作为历史来读的话,也可以作为神话来读。作为神话,它的意思就是:恶是不会消失的。这种既像历史又似神话的语言,无疑有助于作品同时表现特纳的个性和共性。作品还通过写特纳既可见又不可见,来强调他或恶的持续存在。布鲁的直觉是这样解释为什么特纳总是在镇子大难临头时出现:"他从未离开过镇子,只是要等到有了恰当的光亮,才能在他一直都待在那里的地方看到他。"(195)②这就是说,恶是一直都存在的,它若不在,那只是由于主观或客观的因素使我们没有看见它。另外,作品写了吉米后来变坏,变得像残害女性和印第安人的特纳那样朝梅扔石头、踩贝厄的庄稼,并让吉米最后在开枪打死特纳后像恶棍一样骑马持枪出走,似乎也是在说,恶也有着层出不穷的接班人。

第三点,恶受人欢迎。这当然是有条件的。在特纳没来之前就已经是邪恶当道的小镇里,特纳的到来是不可能没有人欢迎的。布鲁就亲耳听到,艾弗里对踢开了酒吧大门的特纳"热诚地"说着"请

---

① 福勒说多克托罗在特纳的描写中遵循了"少则多"的原则,即用较少的笔墨制造更多的效果。见 Fowler, *Understanding E. L. Doctorow*, p. 13. 这当然有道理,但还不够具体,没有更深入地联系特纳的主要特点。

② 至于人们为什么看不见他,帕克斯给了两方面的原因:一方面,"恶不是外在于我们的东西,而是作为一种潜能一直存在于我们每一个人的内心",内在的东西当然就不像外在的东西那样显而易见;另一方面,人们看不见他还有主观上的原因,那就是"因认为自己善良或强大的幻觉而失去了视力",也就是说,不愿承认恶的存在的人是看不见恶的。见 Parks, *E. L. Doctorow*, p. 26.

进，请进！”(14)如同艾弗里的热诚“请进”，萨尔和艾萨克等第二代商人在镇里商业体系基本形成之时拉起的“欢迎来艰难时世”横幅，在某种意义上也是在欢迎特纳，所以莫利一见横幅就说镇子“不再安全”(148)。这些商人欢迎特纳，主要是欢迎他的金钱(特纳是知道要为自己的消费付钱的)和他所吸引来的顾客的金钱，不是他将会给他们的人身和财产安全所带来的危险。但这些商人的强烈赚钱欲望总是使他们看不见或不愿看见金钱背后的危险，所以他们总是欢迎特纳，直到镇子彻底毁灭、自己人亡财去。见到商人们的欢迎横幅就意识到危险的莫利，在布鲁拒绝了她叫他带领全家立即离开的请求后，也开始欢迎起特纳来。布鲁写道：“这就是她想要的，即那个坏人的再次到来！她一直在等他，就像一个忠贞不渝的妻子。”(197)。但莫利欢迎特纳的目的与那些商人完全不同。她的目的是要杀他，为他给她造成的伤害而对他实施报复。前面还提到过佛罗伦萨能逃离时不逃离，情愿待在特纳身边，等着看他将她和艾萨克等恶人一起杀死。这可被看作走投无路、完全绝望的底层镇民欢迎特纳的一个理由。

强大的恶对于影响历史走向、挫败个人意图，无疑具有非常重要的作用。不过书里也强调了人们的健忘和麻痹在此过程中的不可忽视的作用。布鲁曾特意问过打猎能手詹克斯是如何打到极为警觉的草原土拨鼠的。詹克斯介绍的窍门就是：“把马车停在土拨鼠镇的中心，在马车顶上等上几个小时，一直等到土拨鼠忘记了他的存在而钻出洞穴。”(75)这里的“土拨鼠镇”不难令我们想到由人建立的艰难时世镇。布鲁就记录了作为镇长的自己是如何带头忘记过去的：“第二天傍晚，我和莫利坐在一起，在清新的月光里变成影子。我口若悬河，几乎忘了自己是谁。她也开口与我说话。我们俩就像跳出了旧痛的新人。”(131)这是在布鲁得知将有一条大路穿过小镇、通向金矿这一传说后的情形。一心想重建小镇的布鲁终于觉着机会来了。尽管那只是一个传说，他也无法控制自己的激动，在无尽的憧憬中忘记了旧痛。忘记旧痛就如同土拨鼠忘记了猎人的存在。当欢迎横幅招来了大量的人，而修路计划因金矿报废而成为泡影，导致小镇第二次毁灭的骚乱就开始了。

忘记历史、只想未来的布鲁没有未来。只记历史、不想未来的莫利也没有未来。就在布鲁口若悬河地畅谈未来的同时,莫利也开口说话了,但说的却是有关伤害过她的特纳:“我无法忘掉他。我常在梦里见到他。……我老是听到他的声音。‘我还会回来的,’他说。他当时就是这么对我说的。”(132)如果说布鲁像一只忘记猎人存在、钻出洞穴遭到枪击的土拨鼠,那么莫利就像一只无论猎人在不在都始终忘不了他的存在、始终躲在洞里、最后把自己憋疯的土拨鼠。在欢迎横幅出现之后,莫利就开始“足不出户”,对一切都“不喜欢”(151)。当莫利最终打开门时,镇里已充满大难来临前的恐慌,她自己也变了一副模样:“莫利打开了门,看着外面的慌乱。她光脚站在那里,披头散发,就像愤怒的化身。”(190)布鲁最后给了这个愤怒的化身一个发泄愤怒的机会。他把被他打得不省人事的特纳背回家里,放在莫利的面前。莫利拿起匕首开始刺。第一刀把特纳刺醒了。第二刀被特纳躲了过去。莫利便开始大声叫着一刀接一刀地猛刺,表现出“无尽的疯狂”(209),看得布鲁为她祈求上帝的宽恕,看得吉米满脸惊恐。就在特纳抱住疯狂得已经忘记了一切的莫利的那一刻,吉米开了枪,把二人当场打死。

长期生活在社会底层,超然于物质束缚之上,莫利一直是镇里最清醒的人。对世道的把握和对邪恶的敏感使得她就像一面锃亮的镜子,能准确、及时地反映出布鲁的虚假和愚蠢,令布鲁一直觉着就像有一只手在捏着他的心。但就是这样一个清醒的人,在被无法摆脱的旧痛变成一个类似于麦尔维尔的《白鲸》里的艾哈伯那样的复仇狂之后,也不知不觉地偏离了她原来的原则和目的,最后走上了绝路。就连一直被她称作傻瓜的布鲁后来也不禁发问:“莫利,你真的知道将会发生什么吗?或者它之所以发生是因为你知道它吗?你比生活还聪明吗,或者生活取决于你吗?”(147)

无论布鲁的态度多么悲观,他要人类意识到自己的局限的意图还是值得肯定的。我们对生活的认识总会有盲区。历史总会开我们的玩笑。因此,布鲁才会这么谨慎地问道:“在我有限的视野里,一天就是一天,一夜就是一夜,我表现了脚下沙子的移动和人生的可怕命运了吗?”(199)

第八章　宗教的本质：读库弗的《布鲁诺教教徒的由来》

一、引　言

如同《欢迎来艰难时世》,《布鲁诺教教徒的由来》里的故事场景也是一个西部小镇，名叫西康顿。如同艰难时世镇，这个西康顿镇也遭受了两次灾难，而且也有大量镇民第二次灾难中伤亡和流失，给镇子的生存前景蒙上了一层浓重的阴影。在对两次灾难的表现上,《布鲁诺教教徒的由来》也与《欢迎来艰难时世》相似，也是一次出现在书的开头，一次出现在书的结尾。所以，如同《欢迎来艰难时世》,《布鲁诺教教徒的由来》的中间部分主要用于表现小镇在两次灾难之间的发展变化，或者说第二次灾难之所以发生的详细过程。在此过程中,《布鲁诺教教徒的由来》里也有一位与《欢迎来艰难时世》里的布鲁那样发挥了重要作用的文人，那就是西康顿当地报纸《纪事》的编辑米勒。在《欢迎来艰难时世》里，是布鲁给艰难时世镇起的镇名，并用三个账本详细记录了它在两次灾难之间的兴衰。在《布鲁诺教教徒的由来》里，布鲁诺教的教名是米勒起的，也是米勒用一摞卷宗详细记录了它的诞生与发展，尤其是它在西康顿所遭受的第二次灾难中的作用。《欢迎来艰难时世》结束时，布鲁正处在弥留之际。在《布鲁诺教教徒的由来》的结尾，遍体鳞伤的米勒幸运地得到护士女友的及时救治，最后才得以脱离生命危险。当然，西康顿镇所遭受的灾难的性质和原因与艰难时世镇非常不同。艰难时世镇的两次灾难都主要与商业化对伦理道德和社会关系的腐蚀有关。而《布鲁诺教教徒的由来》里的灾难一次是由于管理问题和瓦斯爆炸而造成的矿难，另一次是由教派之间的观念冲突所导致的暴乱。

除了故事场景、情节结构、人物设计等方面的相似点,《布鲁诺教教徒的由来》与《欢迎来艰难时世》在思想上也有相通之处。在《欢迎来艰难时世》里,经历了两次灾难的布鲁在生命的最后时刻意识到他对之一直持乐观态度的个人智力的局限性,从而能够这样自问:“在我有限的视野里,一天就是一天,一夜就是一夜,我表现了脚下沙子的移动和人生的可怕命运了吗?”确实,一般人只能表现他们所能见到的方面,不能表现他们见不到的方面以及命运的最终结局,就像不能表现他们行走时所见不到的自己脚下的沙子一样。“脚下的沙子”能够让我们联想到《布鲁诺教教徒的由来》里的关于“海浪的背后”的说法。在经历了种种意想不到的事件之后,作为《布鲁诺教教徒的由来》里的常识委员会核心成员之一的温斯感悟到:“历史就像一片该死的大海……我们就像一群不会游泳的笨蛋,只能在边上瞎扑腾,晕头转向,看不到下一个该死的海浪的背后,根本不知它会把我们带向哪里。”[①]这里的“海浪的背后”的说法还能使我们联想到纳博科夫的《塞巴斯蒂安·奈特的真实生活》和品钦的《V.》里关于“月亮的背面”的说法,意思都是现实中总有人们所无法看到的方面。对于这样一个复杂的世界,《布鲁诺教教徒的由来》里的米勒在被布鲁诺教教徒打昏过去以后有过这样的幻觉:“他试图移动什么——任何东西——表现他的意志——却无能为力。深陷在折磨之中,他用失明的眼睛凝视不可看透的宇宙,仿佛看到一根线,底端有一个按钮。他伸手去够它,却在无数的痛苦经历后再次意识到,他什么也动不了。”(521)[②]

《布鲁诺教教徒的由来》与《欢迎来艰难时世》的上述相似并不意味着前者受到过后者的影响。其实,谈到其他作品的影响,库弗并没有提到过《欢迎来艰难时世》,倒是提到过《V.》,说他在《V.》出版不久就读了它,对书里的那种充满想象力的探索精神产生了极其

---

① Robert Coover, *The Origin of Brunists* (New York: Bantam, 1978), p. 394. 出自这部作品的引文均译自此版。

② 按照安德森对库弗的理解,历史和宗教一大共同点就是它们都是人所发明的“方便物”,为了让人不去面对错综复杂的现实。见 Richard Anderson, *Robert Coover* (Boston: Twayne, 1981), p. 52.

深刻的印象。[①] 说到《V.》里的探索,我们就会想到书里所写的那些以斯丹瑟尔为代表的探索者。他们在世界各地的地上或地下持之以恒地探索各自的目标,在自觉或不自觉中发现了当代世界的种种惊人变化。《布鲁诺教教徒的由来》里的米勒也是一个不知疲倦的探索者。布鲁诺教在西康顿镇产生发展的整个过程中都有他的身影。他不只是以记者的身份积极参加他们的活动,为报纸提供源源不断的相关稿件,也在不断深入地认识和揭示某些特定的世界观和思维方式对人的行为方式和社会生活所产生的影响。尽管他说自己这么做主要是为了"游戏",为了摆脱枯燥无味的现实生活、抚慰他疲惫不堪的心身(161),但比较而言,米勒的自我意识要比《V.》里的斯丹瑟尔多得多。在斯丹瑟尔那里,探索几乎变成了一种难以停止的偏执行为,几乎变成了他探索的目的本身。《V.》最后写他完成了在马耳他的探索后又撇下伙伴急忙去了斯德哥尔摩寻找玻璃眼的收藏者,就多少能够说明这一点。而在米勒这里,尽管他也有身不由己、估计不足的时候,他对自己探索的动机、目的以及对象的发展走向是有很多意识的。在自我意识方面,他更像《V.》里的那个经历了三个成长阶段的福斯道四世。比如,虽然福斯道四世的观点比较悲观,但他清楚地意识到:"生活是对个性的一系列拒绝。"同样,米勒对于生活也有深入的理解,尽管他的观点比较乐观,尤其是在第二次灾难发生之前:"生活是由一些分离的、其实并没有多少重要意义的瞬间松散地连接而成。其中的每一个瞬间都受之前行动的影响,但又都有着自己的一点可以随心所欲的自由。因此,生活就是对这些行动的一系列调整。如果一个人能保持他的幽默感,完成了尽可能多的行动,调整就更容易一些。"(161)米勒的这种关于生活既受历史影响又有少许选择自由的观点,也可用于评价《布鲁诺教教徒的由来》的创作在处理继承和创新的关系上的成就。

《布鲁诺教教徒的由来》的一项主要成就在于反思宗教,具体说就是反思布鲁诺教所暗指的基督教这一宏大叙述在具体社会生活

---

① See Larry McCaffery, *The Metafictional Muse: The Works of Robert Coover, Donald Barthelme, and William H. Gass* (Pittsburg, Pa: University of Pittsburg Press, 1982), pp. 30, 270.

中的作用。[1] 在这一方面,《布鲁诺教教徒的由来》能很容易地使我们联想到美国现代派诗人重要代表史蒂文斯的那些反思宗教、揭示基督教的虚构性的诗歌,尤其是《一位笃信基督教的高贵老妇》("A High-Toned Old Christian Woman," 1923)。在某种程度上,《一位笃信基督教的高贵老妇》可被看作《布鲁诺教教徒的由来》的一个很好的简介。《布鲁诺教教徒的由来》里的柯林斯太太就是一位"笃信基督教的高贵老妇"。柯林斯先生在世时,她是柯林斯先生所领导的那个教堂的夜聚会的领导。柯林斯先生在矿难中遇难之后,柯林斯太太又成了布鲁诺教的发起人和领导人之一。如同史蒂文斯诗里的那位"笃信基督教的高贵老妇",柯林斯太太也受到尖锐的讽刺。她关于道德、迹象和末日等理论就受到巴克斯特、诺顿夫人、玩黑手游戏的孩子等许多人的质疑,被巴克斯特痛斥为"愚蠢"、"自负"、"盲目"和"谎言"(197)。《布鲁诺教教徒的由来》里不仅有《一位笃信基督教的高贵老妇》所表现的宗教在道德原则基础上的虚构过程,也有它所表现的建立在快乐原则基础上的那种快乐、喧闹的生活。这后一方面的典型例子包括报社记者卡尔与妓女黛娜在一番猛烈的打闹之后获得了从未有过的快感的故事、米勒与那个被他称作"快乐屁股"或"快乐"的女护士之间的那些充满乐趣和欢笑的故事等,与布鲁诺教教徒们的禁欲主义生活形成鲜明的对照。不过,《布鲁诺教教徒的由来》并没有像《一位笃信基督教的高贵老妇》那样把宗教与世俗生活完全对立起来,而是在最后写了二者的某种妥协,包括柯林斯太太的改嫁、对高薪的欣然接受以及在教义教规等方面的调整等。这在一定程度上反映了爱搞混合的后现代作家与爱搞对立的现代派作家的区别。[2] 下面就来讨论《布鲁诺教教徒

---

① 当然,我们还可以在更为抽象和根本的层面上考虑此书的反思对象,尽管此书写的主要是宗教。安德森就指出,此书借布鲁诺教"讽刺"的不只是基督教或宗教,更主要的是那些像失去了理智的狂热信徒那样"拒绝如实地接受虚构和现实"的人,所以此书所写的是"人及其理解世界的困境"。见 Anderson, *Robert Coover*, pp. 43, 45. 麦卡福瑞认为库弗在此书里扩展了"熟悉、狭窄的基督教语境",从而使它成为对历史虚构过程或经验神话化途径所做的一钟"元小说评论"。见 McCaffery, *The Metafictional Mus*, p. 31.

② 伊文森认为此书反映了库弗作品中的两种常见做法:一是抨击权威机构,尤其是宗教和政治机构;二是混合现实主义、荒诞梦幻、元小说的元素。见 Evenson, *Understanding Robert Coover*, p. 23.

的由来》反思宗教的具体观点和表达以及这些观点和表达中的后现代性。

二、灾难与宗教

若要对小说《布鲁诺教教徒的由来》题目里的问题作一个简短的解答，可以说布鲁诺教教徒的由来与西康顿镇历史上的一场最大矿难有关。[①] 那是圣诞节后不久，新年里的第八天，灾难突然降临西康顿这个以采煤为主业的西部小镇。一个名为“深水九号”的矿井发生了爆炸，井下的九十八个矿工中有九十七人遇难，仅一人存活。这个幸运的存活者名叫布鲁诺。经医院全力抢救而最终苏醒之后，布鲁诺说自己曾在井下见过化作白鸟的圣母马利亚。这个关于布鲁诺因神佑而获救的故事迅速流传开来，给那些被灾难震懵并渴望释灾避灾的镇民带来了希望。这些人逐渐聚拢到这个后来被视为神灵化身、基督再世的布鲁诺的身边，成立了布鲁诺教，并在各种反对势力的谴责和迫害中不断发展壮大，最后发展成信徒遍及全球的大教。

布鲁诺教不仅在信徒人数多和分布广这一方面能够令人自然联想到基督教，它在历史渊源、基本信念、主要仪式等方面也与基督教有着明显的联系。在矿难发生之前，即布鲁诺教诞生之前，布鲁诺曾长期受到生前是基督教业余布道者的柯林斯先生的热心关照和保护。布鲁诺宣称是圣母的保佑使他成为矿难的唯一幸存者以及他后来被看作基督化身等情况，也都直接反映了布鲁诺教与基督教的联系。在布鲁诺教的首次聚会上，布鲁诺教教徒的人数正好是十二，与基督最初的门徒数完全一样。布鲁诺的这最初的十二门徒也都与基督教有着非常密切的联系，尤其是那些核心人物，比如柯林斯太太曾在其丈夫领导的教会里担任夜聚圈的召集人，诺顿夫人在改信道米伦神之前一直把《圣经》奉为自己的人生指南。布鲁诺教的基本信念包括相信上帝、天使和魔鬼的存在，相信原罪，相信基

① 奥尔斯特称矿难是布鲁诺教的“基础”。见 Olster, *Reminiscence and Re-Creation in Contemporary American Fiction*, p. 140.

督复临,相信正直者得救,等等,与基督教是一致的。在仪式上,布鲁诺教与基督教的联系也相当明显。在布鲁诺教发展初期的三个多月的时间里,它的教徒们所做的主要是为迎接世界末日和最后的审判而举行的几次仪式以及为此而做的大量准备。他们在仪式上用的十字架尽管在设计上参考了他们所熟悉的采煤镐的外形,以纪念布鲁诺教的诞生与大矿难的关系,但其基本样式和意义与基督教里的十字架是一样的。他们在十字架下脱光衣服互相鞭挞的做法,也是遵从了基督教纪念基督遇难时在十字架上遭受裸挞的传统。布鲁诺教与基督教的这些联系和相似能够表明它的代表性。[1] 因此就可以说,小说回顾布鲁诺教的发展史、反思布鲁诺教的本质,也是在回顾宗教的发展史、反思宗教的本质。

说到小说对宗教本质的反思,我们还要回到布鲁诺教教徒的由来问题,回到导致布鲁诺教教徒出现的那场矿难,因为本质与起源密切相关。小说用了相当多的篇幅描写矿难发生的全部过程以及矿难之后人们对矿难发生原因所做的各种解释,能反映出作者对这种密切关系的重视,也为我们考查这种关系提供了充足的材料。矿难中出现过这样两件相互关联的事情,对布鲁诺教的产生具有特别重要的意义。它们是柯林斯先生的临终遗言和布鲁诺的所见奇观。矿难时被困井下的柯林斯先生在弥留之际留下过一个字条。这个字条后来被人发现并被转交给了柯林斯先生的妻子克莱拉。字条上是这样写的:

> 亲爱的克莱拉及大家:
>
> 我没有服从所以我知道我必须死。永远真诚地听从圣灵在神恩中忍耐。我们将一起站在基督面前 8 号(105)

显然,柯林斯先生还没有最终写完这个字条就去世了。但他写下的这三句话还是能够反映出他想对克莱拉及大家表达的三方面意思。

---

① 布鲁诺教与基督教的联系还表现在这部作品的形式上。它的每一章开头都引用《圣经》,而每一章内容写的却是布鲁诺教的“愚蠢举动”。有评论指出了这一联系并因而指责这部作品是在“攻击基督教”。见 Anderson, *Robert Coover*, p. 41. 但我们也必须承认,无论布鲁诺教与基督教有多少联系和相似,它依然是布鲁诺教,依然是作家的虚构,不是现实中的基督教。

一是解释，解释他死亡的原因是“没有服从”。二是告诫，告诫克莱拉及大家不要犯他那样的错误，而要学会“听从”和“忍耐”，好好生活。三是预言，预言他们将会在世界末日来临时重逢，一起接受上帝的最后审判。当然，在这三方面意思的背后还有一个更为基本的意思，那就是世上的一切都由全知全能的上帝掌控，人类必须服从上帝，否则就将遭受惩罚。可以说，柯林斯先生的字条是对西康顿矿难发生原因的一种解释。这一解释是在矿难发生过程中在井下做出的，无疑是所有解释中最早的一个。在这个解释中，矿难被看成了上帝对不服从者的惩罚，起码是对于柯林斯先生本人而言。

字条里的第二句话要求克莱拉及大家“永远真诚地听从圣灵”。那么这个能够代表上帝的“圣灵”是谁呢？要回答这个问题，就必须考虑矿难中出现的第二件重要的事情，那就是布鲁诺在井下所见到的奇观。这个矿难中唯一的幸存者在医院里苏醒过来以后宣称，他当时在井下见到过化作白鸟的圣母(130)。且不说他的这一说法与柯林斯先生在矿难发生前说自己曾在井下多次见过白鸟的说法吻合，不但使井下出现白鸟这一难以想象的现象得到了证实，也使他不容置疑地成为柯林斯先生身后的代言人。仅在字面上，他的这一说法就与柯林斯先生的字条有着不止一层的联系。首先，他与柯林斯先生一样，都把矿难看作上帝意志的表现，不仅表现在上帝用矿难惩罚那些不服从他的人，还表现在他能明察秋毫地辨别和保佑那些服从他的人。其次，布鲁诺的话有力支持了柯林斯先生在字条里对克莱拉及大家的告诫，即只有像布鲁诺这样懂得“听从圣灵”，才能得到上帝的保佑。再次，由于布鲁诺在井下见到的是圣母，就难免不使人将他与基督或柯林斯先生要大家听从的圣灵联系起来。也就是说，布鲁诺关于在井下见到过化作白鸟的圣母的说法使柯林斯先生的字条客观化、具体化、明确化，为柯林斯先生的生前的那些听众和其他希望能从宗教中找到释灾避灾方法的人指出了方向，为以他自己为中心的布鲁诺教的诞生奠定了基础。

这两件事情的巧合(如果布鲁诺有关自己见到白鸟的说法不是他自己的精心设计的话)只是布鲁诺教发展过程中的一系列巧合中

的第一个。[①] 那么小说所写的这个开头能够就布鲁诺教或宗教的本质对我们说些什么呢？首先，尽管宗教起源于充满灾难的现实，就像布鲁诺教起源于西康顿镇的矿难那样，为的是引导人们找到释灾避灾有效方法，但又与现实没有直接的关系。比如，如果按照柯林斯先生和布鲁诺的解释，矿难是上帝对不服从者的惩罚，服从者就能得到保佑，那么西康顿镇的人就无须了解矿难发生的真正原因、做出其他的解释了。这就是为什么在布鲁诺教登上小镇的历史舞台之后，之前的那些关于矿难发生原因的其他解释就都先后淡出了。那些解释主要涉及三个方面：(一)矿主贪得无厌，只顾自己赚钱，不顾矿工死活。具体表现在冬天干燥、煤尘多、井下容易出事，但矿主仍要矿工下井干活。工作条件改善和安全保障方面的投入少，通风设施差，矿井里都是瓦斯，容易被马达或机械摩擦产生的火花点着，而火灾易发处又没有任何灭火用的岩粉。(二)安全检查部门渎职，只要有好的招待就让通过安检。(三)矿工违反安全条例在井下吸烟。当然，对于这三方面的原因，劳资双方并没有达成共识。矿工们强调的是前两方面。而矿主和有关的管理者则强调第三方面，根据在爆炸发生现场所发现的烟头等证据，把责任完全推给了在井下违规吸烟的两个遇难矿工。总之，矿难发生之后，除了遇难矿工家属得到赔偿、矿井全被关闭，有关各方都没有任何人被追究法律责任或受到任何惩罚。矿难发生的真实原因的这种复杂性和不确定性，也是某些渴望简单、确定的解释的人告别现实、转向宗教的一个原因。[②]

这里再以布鲁诺教的两个核心人物——中学教师诺顿夫人和律师海姆堡——为例，谈谈布鲁诺教是如何脱离现实、脱离使它得

---

① 在许多评论者看来，矿难给布鲁诺的大脑造成了严重损伤，所以他的智力远不足以"精心设计"任何自我神化的说法。伊文森就认为，"因为吸入一氧化碳，布鲁诺的大脑损坏，说出的话神秘难解，被其他布鲁诺教教徒当作有关末日的启示"。见 Evenson, *Understanding Robert Coover*, p. 28. 这就是说，布鲁诺的说法与柯林斯先生的遗言的吻合属于巧合。

② 卡西尔指出，神话思维倾向于忽视共时性，只看重历时的因果关系：对于神话思维，"每一种共时性，每一种空间的共存和接触，说明的都是一种真实的因果'顺序'。"见 Ernst Cassirer, *Mythical Thought*, vol. 2 of *The Philosophy of Symbolic Forms*, trans. Ralph Manheim (New Haven, Conn.: Yale University Press, 1946), p. 45.

以产生的矿难的。矿难发生之前，诺顿夫人信仰的并不是基督教的上帝，而是一个被她称作“道米伦”的神。这个道米伦给她的忠告是：“像鸟一样与鸟飞天，像鱼一样与鱼游海，以世界允许你的方式在世上行事，因为一切皆错觉，只有智者才能在其中宁静地生活。”(81)她一直遵从这一忠告，努力要获得大智慧，以摆脱这个充满错觉的现实世界，进入绝对自由的精神世界。她也是这样告诫她的门徒的：“让思想像不定向微风中的蒲公英绒毛，或迁徙的鸟儿，或时现时消、漫无目的的泡沫那样通过你的大脑，但不要让你的大脑停止于任何一种思想。面上什么也不能有，纸必须空白，水必须平静，脑必须空虚。”(79)①矿难发生后，在得到道米伦叫她“带领大家走向智慧”(137)的指示后，诺顿夫人想到过亲临一次“原点”(138)或发生爆炸的深水九号矿井现场去了解情况。天正下着小雪，她“穿上大衣和防水套鞋，戴上毛皮帽子和手套，围上围巾”(138)，把自己完全包封起来之后走出了门。凛冽的寒风和泥泞的道路使她“犹豫”过，自问过“这么做到底有什么意义”(139)，但她还是坚持走完了全程，来到了深水九号矿井的井口。矿井井口的墙上有一些文字，从矿上叫人不要在此吸烟的警告到银行要人存钱的广告，还有一些图画，画的是裸体女人和男性生殖器等。墙上有的词尽管很简单，也很有吸引力，但与其他词放在一起却令这位中学教师不解其意，比如“closed light mine”里的“light”。而那些图画的意思就更加令她困惑。正当她绝望地感到“所有这些字符都毫无意义”(142)时，她突然发现铁门旁边有一部电话，内心又有了希望，觉着这部电话能让她从道米伦那里获得她所不能发现的意义。她身不由己地拿起话筒，却被一位问她是否需要帮忙的矿工的声音唤醒。直到她又根据道米伦“询问后你将得到确认”(148)的指示询问了布鲁诺，确认了布鲁诺是“复临者”(148)以及他所见到的白鸟“预示了一个新的生命”(151)之后，她才终于感觉自己理解了矿难的真实意味。

与诺顿太太一样，海姆堡也是一个脱离实际、不能了解事实真

① 诺顿夫人对门徒说的话在观点上和语言风格上近似于道米伦对她说的话。这也能从一个方面证明伊文森的观点，即“道米伦的话显然源自她自己的期望、担心和需要”。见 Evenson, *Understanding Robert Coover*, p. 33.

相的人。他不喜欢公共场合,“身上有一种通常使他离开类似聚会的拘谨”(123)。他厌恶社会,内心深处有“那种存在已久的冲动,那种逃离的冲动”(215)。他知道世上“发生灾难的频率持续加快,正以不可阻挡的趋势导致大灾”(215),但他却在深水九号矿井大爆炸发生后的头两个月里一直无法对它作出恰当的评估和解释。“它表达了什么意思”的问题就像“滞留在被炸矿井上方的黑色浓烟”那样历久不散(219)。比起他在媒体上看到的灾难,这一发生在他身边的矿难使他有一种特别强烈的死里逃生的感觉,也使他格外希望能找到科学的解释,以帮助他预言和避免下一次打击。他发现,97 这个表示矿难遇难者人数的数字具有令人难以置信的意味。首先,它正好是他所记录的灾难数 96 后面的一个数。其次,9 是发生爆炸那个矿井的序号,而 7 是当时与布鲁诺一起被困在井下的矿工人数。9 和 7 之间的 8 是发生爆炸那天的日期。布鲁诺的获救那天的日期是 11 号,里面有两个 1,相加为 2,正好是 9 和 7 之差。通过对 9 和 7 这两个数字所做的一系列联想,海姆堡推导出公式 $y=x^2$,获得了一条抛物线,觉着自己能够确定现在正处于这条抛物线上的哪一点上,只差最后算出单位 x 的值(219—220)。[①] 为此,他最后决定去见布鲁诺。就在 3 月 1 日的晚上,他敲开了布鲁诺家的门,不想正赶上布鲁诺教教徒们的聚会。而期待着有事情发生的布鲁诺教教徒们则更为惊讶,因为不期而至的海姆堡使他们的人数正好达到了一个耐人寻味的 12。除此之外,就在诺顿夫人在聚会上声称大家在抛弃幻觉、用爱寻找智慧并要大家聆听白鸟时,布鲁诺说了一声“坟墓”。正在大家猜测此词的意思时,有人发现布鲁诺的父亲死在了电视前面的沙发里。但一直到诺顿夫人“表情严肃地”把这一死亡称作“迹象”并解释了它“唯一的意思”之后,海姆堡才惊叫起来,说这正是他所一直相信的,他就是为了证实它而来的。诺顿夫人所给的那个“唯一的意思”,即海姆堡的那个一直没有得到确认的感觉,就是“世界终点”的临近(248)。

以上谈的是生于矿难的布鲁诺教从一开始就存在的一些脱离

---

① 伊文森说海姆堡相信的是“另一种神话”,即以为只要找到了“公式”就能“完全理解人间的具体事件”。见 Evenson, *Understanding Robert Coover*, p. 33.

矿难的表现，以说明小说所强调的宗教在本质上所具有的那种脱离实际的倾向。可以说，那些表现主要还是产生于矿难原因或实际情况的复杂性。而有些情况并不怎么复杂，但布鲁诺教教徒们仍然做出错误的判断，似乎就只能归咎于他们的无知与主观，比如在为什么把布鲁诺视为领袖这个对于布鲁诺教的形成极为重要的问题上。在很大程度上，布鲁诺之所以能够成为布鲁诺教的领袖，就是因为他所说的一句话，即矿难时他在井下见过化作白鸟的圣母马利亚。对于这句话，布鲁诺教教徒中之所以从未有人提出过任何怀疑，可能是因为他们感到能在这场死亡率近乎百分之百的矿难中幸存这一现象本身就是一个奇迹，除了上帝的保佑之外不可能还有别的解释，也可能是因为布鲁诺的保护人、德高望重的柯林斯先生之前曾不止一次地说过他在井下见过白鸟，所以尽管人们无法证明圣母马利亚确实能够变成白鸟出现在矿井里，但布鲁诺的说法似乎也不是毫无依据。无论怎样，这句话使布鲁诺的幸存顿时变成了一种好人必得神佑的必然结果，也使他自然而然地成了好人，后来又被布鲁诺教教徒理所当然地奉为圣人和领袖。而在这一切发生之前，小说较为详细地描写过布鲁诺的为人，尤其是他在矿难发生过程中的表现，向我们清楚地展现了布鲁诺的真实人品，让我们得以看到布鲁诺教教徒们的选择有多么的无知与主观。

至于布鲁诺究竟是什么样的人、他为什么能在矿难中生还，西康顿《纪事》的编辑兼记者米勒在一篇文章里做过这样一个介绍：布鲁诺，三十四岁，干活无精打采，不参加工会活动，不出席会议，不好相处，没有人愿意与他一起工作。他在矿难中的生还也表明了他的孤立。当时在井下被困在一室的共有七人。其他六人死在了一起。而他所处的位子离大家有一段距离，他还活着。也许他有更多的氧气，因为他不必与别人分享(463—465)。米勒的这番介绍很好地总结了小说叙述者对布鲁诺的描述。叙述者在故事一开始就描述了其他矿工在澡堂里拿布鲁诺开玩笑的一幕。先是鲍纳利用热毛巾烫了一下又高又瘦的布鲁诺的屁股。布鲁诺只是退缩，什么也没说。接着鲍纳利拿出布鲁诺写的一首诗要念给大家听。布鲁诺伸手去夺，被鲍纳利推开。鲍纳利大声念出诗的头两行：“我的母亲!/从您那不朽的子宫里——”布鲁诺又叫喊着去夺,“嗓音憋得就像在游戏中受到伤害的孩子”,被三个嬉笑的矿工拉住,布鲁诺竟然在众人面前哭了起来(25—26)。来到井下,布鲁诺挨了烫的屁股发痒,便靠在一根柱子上使劲地蹭,被准备干活的矿工推开。就在这时,不远处传来了两声巨响,布鲁诺跌倒在地,“脸色就像圣母的后背一样煞白”(36)。平时最关心他的柯林斯先生的右腿被倒下的木头压住了,动弹不得,布鲁诺只是惊恐地看着,束手无策,被组织抢救的斯特尔楚克骂成“白痴”(40—41)。按照柯林斯先生的请求,斯特尔楚克找来斧子砍断了柯林斯先生的腿。鲜血飞溅到布鲁诺的脸上,他“张着大嘴说不出话,一声不吭地仓皇逃走了”(42—43)。大家从木头下面救出了柯林斯先生,抬上他准备动身,却喊不到布鲁诺。斯特尔楚克气不打一处来,心里骂道:“他的密友卡在这里都快要死了,而他布鲁诺却只顾自己逃命——如果他跌进了地洞里,那他完全就是活该了。”(48)斯特尔楚克在带领大家寻找空气干净处的过程中见到过“狗娘养的”布鲁诺,只见“他眼睛大如茶托,咧着灰白的嘴唇,露出紧咬的牙齿。溅到脸上的鲜血干结了。全身颤搐着。令斯特尔楚克想起那些被他杀死之前的受伤野兔”(69)。他们也就没有再去管他。所以,当抢救人员最后在井下找到他们时,他们发现斯特尔楚克、柯林斯先生等六人的尸体与昏迷的布鲁诺不在一起(88)。叙述者这里展现的是一个孤僻、软弱、迂腐、胆小、笨拙、自私的布鲁诺,与米勒的介绍是一致的。但这个真实的布鲁诺却并不为崇拜他的那些布鲁诺教教徒们所知晓。这就难怪巴克斯特发现柯林斯太太“愚蠢”、“固执”,感到小镇要为布鲁诺的生还所举行的盛大欢迎仪式是“胡闹”,认为他们只要见过人们怎样抓着赤身裸体、又哭又闹的布鲁诺读他的诗时的情景就不再会这样崇拜他了(162—163)。[1]

布鲁诺教教徒们的无知也与他们的主观有关。他们的主观使他们看不见也不相信自己的无知。按照米勒的看法,他们的主观主

① 麦卡福瑞把早期的布鲁诺教教徒称作“狂热的答案寻求者”,只顾从布鲁诺那里寻求能“满足他们的各类需要”的答案,不顾布鲁诺究竟是什么样的人。见 McCaffery, *The Metafictional Muse*, p. 32.

要有这样四个直接原因:柯林斯先生的暴死、他的遗言的含糊、他的密友布鲁诺的幸存、他与布鲁诺都见到白鸟的巧合(160)。这些原因使布鲁诺教教徒们完全陷入了自己的主观信念之中,根本不相信世上会有违背他们信念的事情。即使过去有过,即使他们知道了布鲁诺的过去,他们也不会太当真,至多就像诺顿夫人那样认为,过去的布鲁诺已经在矿难中死掉,现在的布鲁诺是一个"非常不同的人","他的肉体里现在寓居着一个圣人,这就是白鸟显现的意义"(234)。这就是说,在布鲁诺教教徒们的心目中,过去的布鲁诺至多不是圣人,而现在的布鲁诺则是一个毋庸置疑的圣人。可就是对于现在的这个毋庸置疑的圣人,米勒见了第一面后就发现,他不过是"一个由常受恫吓的孩子变成的一个自我中心的成人变态者"(158)。显然,布鲁诺教教徒们对于现在的这个布鲁诺也并不全知或所知也并不客观。

上面提到柯林斯先生的遗言的含糊。但含糊对于具有坚定信念的人来说是难以容忍的。柯林斯太太消除这种含糊、把柯林斯先生的遗言明确化的过程,也能很好地反映布鲁诺教教徒们的主观倾向。柯林斯先生的三句话遗言的含糊无疑是一个事实。柯林斯太太就是因为不能确定它的意思而来向巴克斯特夫妇求教的。看着那张字条,巴克斯特太太"困惑极了,不知该如何把上面的词有意义地组织起来"(105)。也就是说,单个的词她都认识,但放在了一起她就不知该怎么解释了。对于第一句"我没有服从所以我知道我必须死",巴克斯特先生考虑良久之后说,柯林斯先生的意思是,"如果上帝那样要求,那么人们就要为他们的善行而不是恶行受难"(105)。对此,柯林斯太太并不完全同意,因为她知道柯林斯先生起码做过一件错事,那就是没有服从上帝的旨意离开矿井里挣钱的工作去专门从事非赢利性的布道。更令柯林斯太太困惑的还是字条上的后两句,即"永远真诚地听从圣灵在神恩中忍耐。我们将一起站在基督面前8号"。对于这两句的意思,巴克斯特先生认为是基督"已经做好审判一切活人和死人的准备。因为世界的末日即将到来"(105)。尽管巴克斯特说这话有吓唬他的孩子们的意思(柯林斯太太来的时候他正在教训他们),却完全说到了柯林斯太太的心坎里,让她看到了重见柯林斯先生的可能。她立即兴奋起来,这时巴克斯特先生已经无法再插话解释什么了,直到她问他最后的审判是在几月8号,因为柯林斯先生字条上的最后两个字是"8号"。巴克斯特先生回答说,那个8号不是最后的审判的日子,而是柯林斯先生写字条的日子,也就是1月8号发生矿难那天。但柯林斯太太这时已经听不进违背她主观愿望的解释了,而是坚持认为8号是最后的审判的日子,理由是:"如果他今天会死,他为什么还要写8号?另外,前面也没有划句号。"(106)这样,柯林斯先生的含糊遗言终于被完全明确化了。[①] 8号就成了柯林斯太太信念中最后的审判的发生日。在随后的几个月里,每逢8号都要集会迎接最后的审判就成了布鲁诺教的主要活动。

以上讨论或许能够表明,于矿难中诞生的布鲁诺教在其发展初期就显露出脱离实际、无知、主观等问题。尤其是布鲁诺教把因矿难惊吓而失去理智的布鲁诺奉为领袖、把柯林斯先生遗言中前面没有划句号的8号当作最后的审判的日子等荒唐做法,使人不难想象这个为释灾避灾而产生的教派最后能否达到其目的。[②] 见多识广的米勒对此是很清楚的。他把柯林斯太太等矿难寡妇们的宗教热情称作"一时的古怪兴趣",认为她们一旦情绪稳定下来,找到了新的爱情或需要注意力的工作,这些"一时的古怪兴趣"就自然会被淡忘(160)。但他显然没有想到这种古怪兴趣会给小镇造成什么样的新灾难。即使是在这种古怪兴趣持续了两个多月之久并使不少镇民开始感到正常的生活秩序受到威胁之时,米勒对它可能会产生的后果仍然没有恰当的估计。当担心事态变得失控的镇长莫特·温普尔来找他商量是否应按某些镇民的建议把布鲁诺抓起来做心理检

---

① 安德森指出,柯林斯太太的解释所在乎的不是符合客观事实,而是满足主观需要。她所做其实是要找到一个具有因果关系的"上下文",把她丈夫的难以理解的可怕死亡放入其中,这样她就能够"理解",就"不再感到可怕"。而包含了世界末日和最后的审判的"宗教神话"恰好就能提供这样的巨型"上下文"。见 Anderson, *Robert Coover*, pp. 46—47.

② 伊文森把这部小说"批判宗教"的做法归纳为两种,一种是通过"瓦解那些控制生活的未经检验的神话和机构",另一种是通过表现"人们如何以某种特定方式理解事件而忽视其他的理解方式"。见 Evenson, *Understanding Robert Coover*, p. 3.

查并关进疯人院时,米勒建议他“坐等它结束”,仍然认为那种古怪兴趣不久就会自然消失。他是这么向温普尔解释的:“布鲁诺期待着19号发生世界末日。到那天只剩十一天了。十一天里会发生什么呢?那天过后,一切都会结束。另外,除了布鲁诺家的人,这个组织里只有十个大人。对这十个人又有什么值得小题大做的呢?”(362)温普尔相信了他的推理。可就在这十一天里,布鲁诺教的末日预言得到了国内国际的广泛响应。参加19号那天迎末日活动的人不计其数,最后导致了巨大的混乱和惨重的伤亡。随后,许多镇民,尤其是青年人,就离开了这个生活环境遭受严重破坏的小镇,使小镇几乎完全失去了复兴的希望。

那么,这个生于灾难、旨在释灾避灾的布鲁诺教又是如何发展到制造灾难的地步的呢?这就需要考查布鲁诺教如何先后造成范围和强度不断加大的这样三种对立,即与其他教派的对立、与第三势力常识派的对立、与所有人的对立。先来看布鲁诺教与其他教派的对立。从柯林斯太太推翻巴克斯特认为柯林斯先生字条上的8号是他留条日期的解释、坚持认为那是最后的审判的日期开始,在她与接替柯林斯先生担任基督教教会领袖的巴克斯特之间就出现了基本教义上的分歧。这种分歧后来发展成他们各自所代表的教派之间的严重对立。柯林斯太太一开始没有把新领袖巴克斯特以及基督教的基本教义放在眼里,以近乎命令的口吻要他2月8日来布鲁诺家参加布鲁诺教教徒们迎接最后的审判的聚会。对此,巴克斯特很有想法。他发现柯林斯太太“就像她愚蠢的预言一样高傲和固执”(162),认为“她已经因悲伤而变盲目,结果就听从了她自私的古怪想法,只有痛击和惩罚才能使她回归正道”(163)。所以,2月8号的晚上,巴克斯特当众痛骂柯林斯太太是背叛上帝、自负透顶的假先知,说她正在用谎言蒙骗大家。说完“今天肯定会结束,假预言肯定会蒙羞”,他就愤然离开了聚会,给了柯林斯太太以沉重的打击(197—198)。最后,2月8号果然平安无事地结束,并没有出现布鲁诺教教徒们所期待的世界末日和最后的审判,但诺顿夫人却认为这与柯林斯太太的预言无关,原因在于“存在敌对的黑暗势力”(200)。为了挑明其“敌对的黑暗势力”的所指,诺顿夫人又向柯林斯太太暗示巴克斯特因为曾是柯林斯先生的竞争对手而可能嫉妒柯林斯太太仍有的影响力,让柯林斯太太"开始明白"(201)。由此便正式开始了布鲁诺教与代表"敌对的黑暗势力"的其他教派之间的对立和冲突,包括指责"巴克斯特的人"是"黑手"风波中大搞暗中破坏的黑手(254),在布鲁诺的带领下冲击镇总教堂里的弥撒、焚烧总教堂的建筑等,让布鲁诺作为"邪恶的化身"和"反基督教者"的真实嘴脸得到充分的暴露(494—495)。

再来看布鲁诺教与第三势力常识派的对立。在教派对立不断加剧的情况下,起初曾对新生的布鲁诺教抱有希望的银行家卡瓦诺这时又发现它"太消极",便决定成立一个"常识委员会",以中立的第三力量来填补对立教派间的真空,用非宗教的常识来激活小镇的精神(286—287)。不过,尽管他头脑里想的是常识会将"不与任何人的宗教发生冲突,无论它多么荒唐",卡瓦诺的内心深处还是有着对布鲁诺教的担忧。他在邀请鲍纳利参加常识会时就说过,"布鲁诺的胡说八道会发展得失控,引发广泛的瘾病,使西康顿成为全国的笑柄"(345)。在被推举为常识会会长的镇长和会里的一些工商界领袖的思想上,除了希望常识会能帮助尽快扭转矿难给小镇文化和经济上造成的衰退势头,也有着针对布鲁诺教的想法。他们为常识会的工作重点所做的设想是:提倡谨慎和克制,建立和睦的人际关系,促进经济繁荣,使那些"其他的精神倾向"变得"愚蠢和琐屑"(349)。可以说,那些违背文化和经济发展的"其他的精神倾向"指的主要是布鲁诺教,尤其是他们所宣扬的那种紧迫的世界末日论和所频繁组织的那些迎接最后的审判的活动。所以,常识会最初的一项工作就是劝说布鲁诺教教徒放弃信仰。但他们的这方面努力最后以失败告终。布鲁诺教教徒沃斯尼克针锋相对地对前来劝说他的常识会会员说,他参加布鲁诺教正是出于常识,而常识会的成员才是真正缺乏常识的,因为他们根本就没有听取故事的另一面的善意,根本就没有常识在弄清诺顿夫人的信念之后再解雇她(379)。这就是说,常识会的常识和中立已经被他们手中的权力和布鲁诺教与他们的矛盾所推翻。在海姆堡家,常识会的劝说遭遇了彻底的失败。面对着这个认为"一个人不可能知的是一套干的是另一套"的顽固的布鲁诺教教徒，劝说者们最后只能暗示他若不悬崖勒马就将被赶出小镇，结果被大怒的海姆堡从他家里赶走。海姆堡痛骂他们是“傻瓜”，说他们若不立即从他家里滚开就会杀死他们(434—435)。

至于布鲁诺教与所有人的对立，这是诺顿夫人在电视上接受采访时所公开承认或宣布的。当电视记者问她谁是他们所说的“黑暗力量”时，诺顿夫人说：“你们所有人！”(439—440)布鲁诺教为什么要与所有人对立，又是怎样对立的呢？一方面是镇民不喜欢布鲁诺及其教派。首先是了解布鲁诺底细的人对他能在矿难中幸存这件事本身就已经感到了极大的不平。有人就说：“令我苦恼不堪的是，九十八个候选者中，偏偏让那个该死的爱哭佬当上幸运儿。”(207)布鲁诺不仅幸运地大难不死，还幸运地成为“国内乃至国际关注”的“小镇英雄”。小镇为布鲁诺举行了欢迎仪式，想以此来“提升西康顿的地位”。但这一活动的提议人卡瓦诺也看到了广大镇民，甚至包括那些与布鲁诺一样的意大利裔矿工，对布鲁诺的厌恶，因为他“不结婚。不参加任何社团。没有朋友。上教堂不积极。也许还对它持否定态度。不爱交往，性格古怪”(164)。矿难过后，小镇开始衰颓，具体表现为最后的几个矿井关闭、生意开始不景气、大多数人丧失目标、年轻人出走、家庭破裂、汽车旅馆关闭、篮球队输球、一种怪病毒病倒了半镇人、孩子变得叛逆、电视收视率走低、舞会被取消、常有人死亡、骚扰发生率上升，等等(253—254)。而在此非常时刻，布鲁诺教却只管三天两头地按照自己的末日预言组织迎接最后的审判的活动，对于小镇的精神状态会起到何种影响是不难想象的。所以，镇长温普尔说镇民“不喜欢布鲁诺的那帮人”(359)不是没有依据的；他对于他们会“把这该死的小镇弄得颠三倒四”(360)的担心也不是没有理由的。镇民们对于布鲁诺教的态度甚至反映在了孩子们的言行中。有一天，诺顿夫人走进课堂，发现黑板上画着一个天使模样的裸体女人，屁股上立着一面上面写有“忏悔！”的旗子，身下写着“圣埃莉”，就只能用泪眼面对笑得前仰后合的全班学生(277)。还有那两个玩“黑手”游戏的孩子，在发现有第三人察觉他们的秘密后，就决定把那只黑手处理掉。而他们最先想到的处理办法,就是把它送给“老寡妇柯林斯”,他们的“头号敌人”,要“把那老破鞋的裤子吓掉”(327)。

另一方面,布鲁诺教教徒也看不起镇民或布鲁诺教之外的所有人。他们的眼睛是朝上看的,不是朝下看的,是看天的,不是看地的。对此,小说里有一段形象的描写。就在布鲁诺教新预言的4月19号这个世界末日发生日,布鲁诺教教徒们聚集在深水九号煤井附近的一座被他们称作“救赎山”的小山的顶上,在那里举行迎接仪式。山下,镇里正在组织一个嘉年华。山上,布鲁诺教教徒们围跪在玛塞勒的遗体旁又是哭泣又是祈祷。山下,游戏轮、爆米花机、人们的笑闹响成一片。突然间,天降暴雨,山下的人像孩子一样叫着笑着挤到货摊和帐篷里去躲雨。“山顶上,布鲁诺教教徒们受到了鼓舞。他们轻蔑地笑看了一眼山下的混乱,又朝电闪雷鸣的天空抬起了他们的眼和手。”(489)布鲁诺教与所有人的对立不只是像这里所描写的那样表现为上与下或高尚与低俗的对立。早在他们为自己设计白外套的时候,他们就想使这种对立还表现为白与黑或纯洁与污秽的对立。这一对立在4月19号这天布鲁诺教教徒们向救赎山进发的过程中有过引人注目的表现:“大型的电视设备走在头里,后面跟着看不到尾的庞大队伍。人如潮水:兴奋地从大路上走来的布鲁诺教教徒们就像白色泡沫;道路两边,如同黑色浮垢的,是混乱的好奇者、怀疑者、抨击者、愤怒者。”(478)“白色泡沫”和“黑色浮垢”,白黑分明,这就是布鲁诺教的白外套设计者所追求的效果。这就是要让布鲁诺教教徒们知道,只有他们自己才是纯洁高尚的,而所有的其他人,包括“好奇者、怀疑者、抨击者、愤怒者”,都是污秽低俗的“黑色浮垢”。

可就是这些纯洁高尚的布鲁诺教教徒们,在4月19号这天,也就是布鲁诺教在小说里所预言的一系列世界末日的最后一个世界末日里,给西康顿造成了世界末日般的灾难。上救赎山之前,他们闯入小镇的总教堂里肆意破坏,并放火将它烧毁。在救赎山上,他们也制造出被记者们称作“难得一见的景观”:“全裸或半裸的布鲁诺教教徒们在泥里跳着、趴着、抱着、滚着。许多人围着玛塞勒疯狂跳舞,对她尖叫,吻她冰冷的嘴唇,显然希望她从担架上站起来。妇女们拥抱史蒂芬的雕像,吻他的嘴唇。男人们几乎折光了那棵小树上的树枝,用它们来抽打自己或互相抽打。”(490)与其他记者一起上山拍照的米勒受到布鲁诺教教徒们的围追和痛打,使得他锁骨开裂、右拇指和左肱骨扭伤、耳被撕开、头发被拔、鼻子被打破、眼被打青、牙被打断或打松,还险些被阉割。昏迷中,米勒看到了天塌地陷、大水泛滥,仿佛世界末日真的来临。直到警察进行了干预,把布鲁诺教教徒们给强行带走,把布鲁诺送进了疯人院,这场末日般的暴乱才得以平息。在这个人造末日里,布鲁诺教给三个月前刚经历了矿难的西康顿又带来了新的重大灾难,直接或间接地导致了六十多人受伤、九人死亡,还有难以估量的经济损失和精神伤害。

三、宗教与媒体

布鲁诺教从十来个人的小教发展到能制造末日的世界性大教,离不开媒体的帮助。媒体在布鲁诺教发展的每一个阶段都起了十分重要的作用。可以说,若没有媒体的参与,这个脱离实际、愚昧无知、广泛树敌的布鲁诺教连生存都会困难,更不用说发展了。

至于布鲁诺教与媒体的关系,小说从布鲁诺教正式成立之前就开始关注,尤其是在对布鲁诺教的三个核心成员——柯林斯太太、诺顿太太和海姆堡——得知矿难的方式的介绍上。柯林斯太太、诺顿太太、海姆堡都与矿井没有任何直接的接触,矿难发生时他们又都不在现场,而他们后来的信念和追求又都与矿难密切相关,所以他们如何了解矿难就是一个值得关注的问题。矿难发生时,柯林斯太太正在地下室里哼着复活赞美歌用洗衣机洗衣服。她的女儿伊莱恩正在收听收音机里转播的高中篮球赛。伊莱恩之所以在收音机上听而不到现场看,是因为不敢直接接触外界:“她总是害怕户外的世界,一旦出去了就希望回来。到了外面,遇到了其他人,她就独自坐在一旁,忍受着她所不解和害怕的嘈杂和事件的迫害。她所知甚少,但知道她父亲所描述的地狱,依据的是她的孤立和在外面而产生的那种可怕的分解感。”(43)因此,收音机就成了伊莱恩了解世界的一条主要途径。除了收音机,伊莱恩还相信电视,一直认为电视屏幕才是事件的“真正发生地”(507)。就是在收音机里转播高中篮球赛的过程中,矿难发生了。广播电台终止了转播,播发了九号矿井发生爆炸的消息,并要求除医生、护士和矿井营救队成员以外的所有人都待在家里,等候进一步的通知。听到这些,伊莱恩便立即跑到地下室里告诉了她的妈妈。也就是说,柯林斯太太是通过收音机和伊莱恩所构成的双重媒介得知矿难发生的消息的。

收音机也是诺顿太太接触世界的重要途径。矿难发生时,她正在阅读关于菲德拉的神话。外面持续的嘈杂声使她放下书、打开门,只见人们都跑到街上,每只收音机都开到了最大音量,向人们告知矿井发生爆炸、有数百人死亡或被困的消息。与得知了这一消息后连外套也忘了穿就跑向九号矿井的柯林斯太太不同,惊恐的诺顿太太连忙转身进屋,关上房门。她所做的第一件事就是开收音机。当她从自己的收音机里确实听到了播音员那“紧张、急迫的男孩子气的声音”,她才相信:“这是真的!”(50)诺顿太太之所以要从自己的收音机里寻求印证,主要还是因为她不相信她所信仰的道米伦对此竟然一点预告也没有,或者说她不相信自己接受道米伦指示的超感觉这次竟然如此不灵。但无论出于什么目的,她对媒体的依赖是显而易见的。而她的这种依赖与作品所表现的她对神话、道米伦和超感觉的依赖是相通的,都反映了她脱离现实生活和实际情况的倾向。

海姆堡赖以接触外界的主要媒体是报纸。他有一本剪贴簿,收集了他从报纸上剪下的近几年来令他感兴趣的信息,尤其是那些与“可从虚假、肤浅报道的字里行间发现的那种不断渗透和扩张的恐怖”有关的信息,包括“各式各样的灾难、伤亡名单、它运动的地图”,等等(214)。西康顿矿难就是他收集的第九十七个灾难或他所发现的那种恐怖的第九十七次表现。他痴迷于一切能从报上找到的与这一恐怖有关的细节,包括它的“范围、周期性、演变线路、相关发展、时间的长短、消耗的能量、相同和相反的力量,最重要的是它所留下的数学线索”。由此可见海姆堡对媒体的依赖程度。但正是这种局限于媒体上的资料收集和整理使他发现了“灾难发生的频率加快,以不可阻挡的趋势走向大灾”(215),使他和起初并不相信上帝、世界末日和最终审判的诺顿太太一样,最终投入了布鲁诺教的怀抱。

当然,除了当时正在矿上工作的人员,绝大多数人都是通过各种媒体间接地得知矿井爆炸的消息的。另外,尽管身为西康顿《纪事》的编辑、记者和出版者的米勒确实坦率地承认过其产品不过是一种“善意的欺骗”(172),媒体上的报道也不全都是骗人的。但像布鲁诺教教徒那样的如此依赖媒体的程度还是值得关注的。从上面对他们如何认为媒体事件更真、媒体是真理的唯一来源和检验真理的唯一途径等做法的简单介绍中就可以看到,媒体事件对于他们似乎已经取代了现实。当然,这种情况在后现代社会里并不局限于他们,而是一种相当普遍的现象,因为一方面是现实越来越复杂难解,人类越来越需要外来的指点,另一方面是随着信息技术的发达,媒体的影响越来越大,对现实的渗透以及对人的认识的控制越来越强。但布鲁诺教教徒仍然有着与一般人不一样的地方,那就是作为相信有全知全能的上帝存在的教徒,他们更倾向于崇拜和服从,而不是调查和思考。也就是说,一旦依赖起媒体来,他们就可能会因为缺乏对现实的必要了解以及与实际情况的必要比照而变得更加投入和偏执。

上面用了“一旦依赖起媒体来”的说法,是想说在布鲁诺教的发展过程中,布鲁诺教教徒对媒体的依赖的方式和程度并不是始终如一的。在其发展的低谷期,他们向一切外人隐瞒其活动的时间、地点和内容,当然就拒绝一切采访报道。对于长期参加他们的活动的米勒,他们就曾下过禁止他拍照的命令。所以,媒体对布鲁诺教发展的推动作用并不是简单和直接的。在很多情况下,这种作用不过是出乎媒体人主观意料的一种客观效果,尤其是在全程跟踪布鲁诺教发展的米勒对它的报道中。

作为西康顿《纪事》的编辑、记者和出版者,米勒清楚自己是西康顿的“历史记录者”(74)。在矿难发生后的头三天里,他和大约一百五十位其他媒体的记者一样,夜以继日地工作,报道矿难营救和事故调查的进展。是他把在柯林斯先生手里发现的字条转交给柯林斯太太,并从她那里了解到柯林斯先生关于之前曾在井下见到过白鸟的说法。他也密切关注矿难中的唯一幸存者布鲁诺,及时从布鲁诺的妹妹玛塞勒打来的电话里得知布鲁诺的苏醒以及在他在井下见过化作白鸟的圣母的说法。可以说,是米勒最先了解到他所归纳的柯林斯太太的末日论以及布鲁诺教产生的四大原因:柯林斯先生的暴死,他遗言的含糊,他好友布鲁诺的幸存,他们俩都在井下见到过白鸟的巧合。起初,米勒对于布鲁诺教关于2月8日是世界末日的预言主要是感到“好玩”。他在报上除了刊登布鲁诺教教徒们所提供的一切,还登了有关通俗太空理论、神秘圣经文本、别处的奇特习俗和费解事件等方面的文章。这么做的目的,用他自己的话说,就是想“促进他们”。但他所谓的促进并不是要促使他们加快步伐把布鲁诺教发展成一个世界性大教,而是要使他们认识他们所经历的灾难以及他们在灾后所炮制的那些虚妄言论在这个世界上并不是独一无二的,从而促使他们尽快摆脱虚幻,早日返回现实,也就是说,要促使布鲁诺教早日消失。他之所以要促使布鲁诺教早日消失,除了他认为那是矿难寡妇们“一时的古怪兴趣”,知道“安慰痛苦中的寡妇是纯洁无瑕的宗教的特征”,还因为他一接触她们所崇拜的布鲁诺就发现他不过是一个“由常受恫吓的孩子变成的一个自我中心的成人变态者,正在借他突然间获得的光环来炫耀他的变态”。也就是说,米勒从一开始就知道布鲁诺是个什么样的人,知道他会把布鲁诺教带向何方。就他自己的职业兴趣而言,虽然他知道“布鲁诺本人就是新闻,无论是对于全国还是当地:他的生还故事,所看见的白鸟、不稳定的健康、漫长的复原过程,甚至还有他独特的沉默”,而且他也确实卖了一些有关的报道给全国性媒体,但他对布鲁诺的这种兴趣并没有维持很长时间,不久就意识到关注他是在“浪费时间”(158—159)。

令米勒和西康顿的许多人没有想到的是,经过包括西康顿《纪事》在内的多家媒体的报道,这个在西康顿还没有多少人承认的布鲁诺在外界已经小有名气,已经成为“国内乃至国际关注的焦点”、“小镇的英雄”、“镇民生存斗争的象征”。这可能是小镇历史上出现的第一个具有如此广泛影响的媒体形象,是小镇可以用来改善其自身形象的宝贵资源,尤其是在小镇因恶性矿难而在物质、精神、声誉等各个方面都遭受重创之后。所以,尽管镇里许多了解和鄙视布鲁诺的人并没有什么热情,但镇当局仍然决定在布鲁诺家院子里为他出院回家举行盛大的欢迎仪式。向镇政府建议此项活动的卡瓦诺是这样考虑的:"为什么不充分利用呢?确实,作为一个英雄,他在仪表上也许还差点儿,但这个镇子早已习惯将就了。"(163)但欢迎仪式组织得并不将就。举行仪式的头天晚上,镇里的旅馆住满了应邀而来的媒体记者,还有几家全国性电视台的记者。第二天的欢迎仪式规模宏大。除了镇里的各界人士,还有来自红十字会、美国矿工联合会、煤炭公司等机构的官员。挂着"乔瓦尼·布鲁诺,西康顿祝你早日康复!!!"标语的镇长温普尔的车子来了。中学的铜管乐队来了。维持秩序的警察来了。在乐队的响亮吹奏和人们的嘈杂议论中,医院的救护车到了。从车上抬下来的布鲁诺被这样的场面吓得脸色煞白。电视摄像机立即忙碌起来。米勒和其他记者一起争先恐后的抢拍照片。仪式上的所有发言都充满了对西康顿人的团体精神和顽强意志的动人赞美。乐队吹奏的中学战歌令大家情绪激昂。仪式结束后,人们久久不愿离去。

作为一个成功的媒体事件,这个旨在利用布鲁诺的名声宣传西康顿、鼓舞镇民士气的欢迎仪式达到其预期的目的。但它对于布鲁诺教的发展也具有非常重要的意义,因为它不但进一步扩大了布鲁诺在外界的知名度,更主要的是它暂时平息了镇内那些了解布鲁诺底细的人对他的异议。比如,曾经视布鲁诺为傻瓜并向众人嘲弄他的诗作的鲍纳利就积极参加了欢迎仪式。尽管他在仪式上仍然与同伴们开布鲁诺的玩笑,"但其中没有任何恶意,而且大家都感到愉快"(169)。这就是说,欢迎仪式使西康顿人的思想在它所赞美的"团体精神和顽强意志"的旗帜下获得了暂时的统一,从而给布鲁诺教的发展创造了比较安定的内部环境。[①] 不久,就在2月2日的欢迎仪式后的第六天的晚上,布鲁诺家迎来了前来迎接柯林斯太太所

---

① 安德森说卡瓦诺与布鲁诺教教徒"非常一样",也"为满足他自己的目的而对布鲁诺进行虚构",结果把他塑造成一个"英雄","无意中帮助了布鲁诺教的事业"。见 Anderson, *Robert Coover*, p. 48. 伊文森指出,卡瓦诺把布鲁诺"英雄化"的做法产生了一个出乎他意料的"副作用",那就是"向埃莉诺·诺顿和拉尔夫·海姆堡等人的神话制造提供了一个形象"。见 Evenson, *Understanding Robert Coover*, p. 34.

预言的将于2月8日24点出现的世界末日的布鲁诺教教徒。

这是布鲁诺教教徒们组织的第一次迎接世界末日的活动。但在组织这次活动之时,他们,尤其是柯林斯太太等布鲁诺教的核心人物,丝毫也没有想过这样的活动还会有第二次。作为这一活动的一项重要准备,柯林斯太太在2月6日的《纪事》头版上刊登了一个有关这一活动的通知,邀请所有感兴趣者参加这个"非常重要的聚会"(174)。尽管通知只有一段话,但能登上镇里唯一的平面媒体,并能出现在头版上,就足以引起其他教会的嫉妒。爱德华兹就感到了一阵"刺痛",因为他所领导的长老会所做的任何事情都没有上过头版,就连他被选为牧师协会主席一事也没有。布鲁诺教的通知之所以能够做到,除了它与柯林斯先生的字条或矿难这一重大事件有关,也与柯林斯太太的努力有关。柯林斯太太亲自来到《纪事》编辑部向米勒本人提出自己的要求并做了相关的解释。柯林斯太太要求的是以醒目的通栏大字标题刊登通知,以便更吸引人,因为2月8日是世界的末日。米勒问了为什么偏偏是2月,而不是任何一个其他月份,柯林斯太太"并不十分确信"地做了解释,在解释中引证了《纪事》上不久前刊登的一个关于化作白鸟的圣母马利亚叫一牧羊男孩领导圣战的故事,认为一切都相吻合,还说了她去过布鲁诺家,布鲁诺的妹妹痛快地叫他们去,就好像布鲁诺早有预料。米勒最后同意刊登通知,但打了两个折扣,一是不用通栏大字标题,二是不明说聚会是为了迎接世界末日。他没有明说他们的预言不可信,而是从保证聚会能顺利进行的角度解释说,他不想为柯林斯太太招来太多她不想要的人。

尽管如此,2月8日的布鲁诺教聚会上还是来了一些柯林斯太太无法接受的人,因此就在临近24点时发生了巴克斯特的谴责、离开以及不少人的跟随,使聚会在失败和羞耻中结束。柯林斯太太感到"一切都垮了。连信仰也不灵了。她无法祈祷。他们的离去仿佛也带走了她的灵魂,现在她空洞的躯壳只能坐着,软弱无力,孤立无援。这个极为黑暗的意大利式起居室里只有不知恭敬的电视机发出的光亮。她坐在那里像个迷路的孩子似地抽泣起来"(191)。但"不知恭敬的电视机发出的光亮"并没有引起柯林斯太太的足够注意;当然她也不可能从中获得任何启示。而且这种光亮很快就被诺顿夫人的怀疑和布鲁诺的断言所盖过。诺顿夫人怀疑,巴克斯特之所以与柯林斯太太作对,是因为他曾是柯林斯先生的竞争对手而且现在又开始嫉妒柯林斯太太仍有的影响力,让柯林斯太太明白了自己预言失灵的原因。布鲁诺的断言——“光的出现。星期天七天”(202)——给柯林斯太太带来新的光明,让她又感到柯林斯先生就在身边。

但布鲁诺的断言也带来了麻烦。因为他只说只言片语,不做任何解释,如何解释他所说的“星期天七天”就成了问题。甚至连谢绝柯林斯太太和玛塞勒的邀请,没有出席2月8日的布鲁诺教聚会的米勒也参与了对此话的解释活动,从而使他后来认为自己“间接确定”了布鲁诺教教徒第二次迎末日活动的举行日期。那是在柯林斯太太导演的2月8日那场闹剧后的第二天,玛塞勒给米勒打电话,告诉了他当时发生的一切以及她哥哥所说的话,但这一次她请他不要就此在报上发布任何消息。她说,布鲁诺教教徒们将响应她哥哥的断言,在下一个星期天再次聚会。也就是说,多数的布鲁诺教教徒把布鲁诺的“星期天七天”解释成七天后的那个星期天。由于米勒那天与女友有约会,不能去玛塞勒家参加迎接新末日的聚会,他就对她哥哥的话提出了一个新的解释,那就是把他所说的“星期天七天”后面的“七天”理解成七个星期天,这样具体日期就成了2月8日七周后的那个星期天。尽管米勒的解释同样只是一种解释,而且是出于对他个人方便的考虑,但他却在无意之中帮助同样持有异议的诺顿夫人彻底推翻了第一个解释。不过,诺顿夫人也没有完全接受米勒的解释。她同意他对于“七天”的解释,但不同意他从柯林斯太太所错误预言的2月8日开始算起。根据她“神秘的信息来源”,诺顿夫人把具体日子最后解释为布鲁诺获救后的第七周的星期天,即3月1日(224)。

米勒之所以接受玛塞勒的邀请、决定参加3月1日的布鲁诺教聚会,当然与他对玛塞勒的好感有关,书里提到“玛塞勒无疑是米勒到来的一个最有效的原因”(224)。这里值得关注的还是与米勒的报纸和与米勒作为一个媒体人的个性有关的那些原因,包括他想为报纸“寻找可卖的故事”、“他对怪癖的持续兴趣”以及“他突然产生的要闹出点乱子的大胆欲望”(223)。西康顿《纪事》的经营情况一直不佳。开始时鼓励米勒接管《纪事》并向他提供贷款的银行家卡瓦诺早就注意到,从米勒接过贷款的那一天起,他们之间就出现了“意见分歧”:“他用索然无味的真假故事对抗最好的广告商,逃避一切社会责任,养成了嘲弄当地大多数人所尊重的习惯与传统的恼人习惯”(165)。这些做法的经济后果是不言而喻的。所以,米勒就有必要“寻找可卖的故事”,尽管他早就发现有关布鲁诺的报道好卖却没有价值。对于他自己的“特别爱好冲突”的个性,米勒也相当清楚,而且“总说正是这种爱好将他带入了新闻业”(165)。他想借布鲁诺教教徒们的迎末日活动“闹出点乱子的大胆欲望”就是他“特别爱好冲突”的个性的一种反映。当然,这也与“他对怪癖的持续兴趣”或对帮助自己和他的读者摆脱单调的日常生活的欲望有关:“西康顿已让他感到枯燥无味,需要点奇观。”(223)

不过,米勒来时所持的这些与报纸和个人需要有关的目的并没有得到顺利实现的条件。站在门口迎接他的玛塞勒一开始就提醒他,对于他的到来,其他人并不会“太高兴”,因为“他们似乎非常害怕被曝光”(225)。作为聚会会址的布鲁诺的房间这次也不让随便进了;进门必须要对上暗号。开门人对每一个敲门人都会问“你带来了什么讯息”,只有答上“倾听白鸟”的人才能获准进屋。进了屋,诺顿夫人向米勒提出了更加明确的要求。她告诉米勒,与福音传道者相反,他们所要组织的是“安静谦逊、不做广告的聚会”。米勒只好说“他的兴趣与他的报纸毫无关系”,并承诺他“不会在报上登任何消息”,除非她叫他登或大家都同意登(228)。米勒进屋不久就发现,诺顿夫人是 2 月 8 日那场闹剧中的最大赢家,在精神上已经获得了对于柯林斯太太以及其他布鲁诺教教徒的控制权。就连布鲁诺似乎也在诺顿夫人的控制之下,因为米勒进门后的第一印象是,布鲁诺的脑袋更像“一个机械玩具”,而诺顿夫人则成了他的“精神顾问”(226)。在这个精神顾问组织的 3 月 1 日这次聚会上,确实发生了不少事情,尤其是三件具有难以置信的巧合性的事情。首先是海姆堡不邀而来,使参加聚会的人数达到了 12,正好与基督最初的信徒数相等，也就是诺顿夫人所说的“圈子已经完整”(240)，令大家惊讶不已。其次是就在诺顿夫人要求大家抛弃幻觉、用爱来寻找智慧并叫大家聆听白鸟之时，布鲁诺突然说了一声“坟墓”(242—243)，而且之后不久，布鲁诺父亲就被发现死在了电视前面的沙发里，使那些不相信柯林斯太太关于上帝在通过布鲁诺说话的观点的人立即改变了态度。第三件就是诺顿夫人关于死亡只能意味着“世界的末日”(248)的解释令海姆堡惊叫起来，因为这恰好与他所持已久的一种预感相符。在聚会的整个过程中，米勒履行了自己的诺言，没有拍照、记录、为报纸做任何事情，只是在倾听和观察当中感到了游戏所能带来的快乐。用叙述者的话说，“米勒游戏了一把”(249)。

米勒起初一直没有显露他的游戏态度，因而就能一直参加布鲁诺教教徒们的聚会，受到他们越来越放心的对待。但这种情况不久就开始出现变化。首先是有人以朋友的名义给诺顿夫人打电话，说米勒是个“伪装者”，有“投机意图”，会对她的人和小镇造成“危害”(276)。更主要的是，在随后发生的布鲁诺教与巴克斯特领导的基督教新教的一次冲突中，米勒背弃了他起初对诺顿夫人所说的那番“他的兴趣与他的报纸毫无关系”的话。对于“特别喜欢冲突”的米勒，那场冲突确实令他着迷。那是冬季结束的前一天即3月19日的晚上，巴克斯特率众在布鲁诺家的门前草坪上唱复活歌，干扰正在屋里进行的布鲁诺教聚会。柯林斯太太出门指责巴克斯特，说他这么做是因为害怕他们的末日预言成真。两边便争吵起来。米勒开始拍照，说要羞辱他们。他们就开始大声唱歌，一人一调。诺顿夫人叫布鲁诺教教徒们进屋闩门。巴克斯特的人开始扔石头。这边的人出来质问；沃斯尼克指责他们的言行与他们的基督徒身份不符。那边的人就说意大利佬不懂基督教。争吵又激烈起来。米勒又开始拍照。诺顿夫人哭了起来。那边的人见警察来了，赶忙用石头砸了布鲁诺家的玻璃就跑了。

尽管米勒说是为了羞辱对方，他的这些拍照举动还是在一定程度上暴露出他对待严肃教派冲突的游戏态度以及在报上间接公开布鲁诺教的活动的可能。这也许就是诺顿夫人开始明显地不信任他的主要原因。米勒本人对此很有感觉：“他知道他的日子屈指可数,为自己能待上这么久而感到有点惊讶。”(305—306)他也知道布鲁诺教教徒们为什么会接纳他这么久,而且许多人还仍然欢迎他:“人们接受他们想接受的,而且倾向于认为镇报编辑站在他们一边。”(306)当然,除了米勒所知道的这个比较普遍的大原因,还有一些米勒并不十分清楚的比较特别的小原因。首先,米勒不仅是镇报的编辑,也被布鲁诺教教徒们看作他们自我宣传和辩护的“主笔”:“作为主笔,他们什么都要他参加……”(294)另外,布鲁诺教内部并不纯一,而是有着不同的派系。这些派系需要一个比较中立的人来倾听不同的主张,缓解可能的紧张,而米勒恰好就是布鲁诺教教徒当中的“唯一一个没有信念的人”(294)。玛塞勒欢迎米勒则是出于更为隐秘微妙的原因。在她的心里,米勒是她最慷慨的帮助者,是神圣计划的中心,体现了实干、温柔、机敏、坚强等美德,虽然他少言寡语、保持距离(302)。可尽管如此,米勒还是受到越来越多的来自主事的诺顿夫人的限制。

在诺顿夫人的限制下,米勒感到自己的自由几乎被“完全剥夺”(294);他和玛塞勒连五分钟的独处时间也没有。3月21日,即春季里的第一天,布鲁诺教教徒们正准备晚上到救赎山上的聚会。中午,米勒来到布鲁诺家,邀请玛塞勒和他一起吃晚饭。玛塞勒愉快地接受了邀请,令他高兴得想拥抱她,扭头却发现诺顿夫人和海姆堡在窗后监视他们,姿势和表情就像“石面的美国式哥特建筑”。诺顿夫人这一次是直截了当、毫不含糊地命令他:“今晚不许拍照。”(308)但诺顿夫人的命令不止于此。除了直接地禁止米勒拍照,她还间接地禁止他与玛塞勒一起吃晚饭,甚至禁止他参加当晚去救赎山的行动。当天傍晚,正当米勒期待着与玛塞勒的约会,考虑着晚饭带她去哪家饭馆、吃些什么,他发现了玛塞勒叫他回电话的留言。玛塞勒在电话里解释说,诺顿夫人突然要召集一个小型晚餐会,为当晚的上山行动做准备,所以她必须留下来做饭,不能践约与他一起吃晚饭。迟疑地说完“今晚……请……小心!”(316),玛塞勒就挂上了电话,没有邀请或没有被授权邀请他过去参加他本可以参加的晚餐会。

米勒知道诺顿夫人这一间接命令的意味。他想到了退出,但又想到他已经投入了三个紧张的星期,至少还得投入那么多的时间才能获得真正值得发掘的东西。这是米勒决定继续参加布鲁诺教活动的一个原因,即为了报纸能得到更多更有价值的文章。他还有第二个原因,那就是反抗限制。他这时已经开始把这种日益增多和粗暴的限制看成"迫害":"让他们那么做吧,让他们迫害他吧,让他们破坏她(即玛塞勒)的项圈(即他准备送给玛塞勒的铜项圈)吧,只要有耐心,那些碎片就会是他的。"(316)这里所谓的"耐心",就是坚持不退出,就是坚持反抗"迫害",所以米勒最后才会对脑海里那两个躲在窗后监视他的"老妖怪"报以"恶意的一笑",才会把自己的决定看作"应战"(316)。

其实,无论是限制还是迫害,布鲁诺教那样对待米勒并不仅仅是针对他个人,而是针对他所代表的媒体,针对媒体所联系、反映和代表的社会。当时,布鲁诺教正处在一个对它十分不利的社会环境之中。巴克斯特所领导的基督教新教除了直接与布鲁诺教对峙,也试图通过媒体来谴责"假先知"布鲁诺和他周围的那些"巫士和骗子"(293)。随着教派冲突的加剧,以卡瓦诺为首的工商界人士成立了常识会,要以他们的第三势力恢复常识、平息教派冲突、重振小镇。常识会虽然口头上宣称要保持中立,但他们解除诺顿夫人的教职、威逼布鲁诺教教徒弃教等做法表明,他们的真实目的就是要铲除布鲁诺教。这时还发生了柯林斯家房子被烧的事件;人们根据在柯林斯家门口发现的一只炭化了的人手而认定放火者是黑手社。总之,"一方面受到狂暴的黑暗力量的攻击,另一方面受到日益增多的无知和有偏见者的辱骂,甚至……还受到内部的颠覆性或削弱性因素的威胁"(349—350),布鲁诺教教徒们就决定临时退出公众的视野,躲避一切冲突,变换并保密集会的时间和地点,暂不吸收新成员,各人以自己的方式悄悄地为4月19日的考验做准备。

米勒就是在布鲁诺教的生存环境和活动策略发生上述变化的情况下受到它的限制和迫害的。但在布鲁诺教教徒们所面临的三种威胁——"黑暗力量"、"无知和有偏见者"和"内部的颠覆性或削弱性因素"——当中,米勒至多属于第三种,而且他还想为了报纸和玛塞勒而继续待在布鲁诺教内部,所以他的反击在形式上与前两种截然不同。当巴克斯特在米勒的办公室里“像要动武那样叉着他的短粗腿”、怒不可遏地要求米勒在报上发表他痛骂布鲁诺教里的那帮“假先知”、“巫士”和“骗子”的文章时,米勒与其同事只是像观看“来自其他星球的绿脸怪兽”(293—294)那样观看他的表演,并且重新唤回了他对布鲁诺教的兴趣:“如果米勒有过放弃那个方案的倾向的话,正是巴克斯特把这一倾向消除了。”(293)同样,当气急败坏的镇长兼常识会会长温普尔来向米勒怒斥布鲁诺教正在“把这该死的小镇弄的颠三倒四”、问他是否应立即把布鲁诺抓起来做心理检查并关进疯人院时,米勒也没有附和,而是劝他“坐等它结束”。总之,米勒反对一切简单粗暴的做法,无论它是基督教新教的还是常识会的。

那么,米勒是用什么方式反击布鲁诺教的呢?他不是靠骂人或抓人,而是靠写文章。至于他文章的写法,书里没有提供直接的描写,主要是用其他人物的评论等间接的方式来表现的。叙述者告诉我们:“米勒的故事基本都是客观性的,也就是说,把意义留给读者去决定,不论事态最后有没有结局。”(356)那么,米勒在报上都登了些什么样的故事?他的读者又在他的故事里发现了哪些意义呢?我们就来有选择地看几类读者的感觉和评论。到了4月12日的复活节之夜,矿工鲍纳利和他的伙伴们已经明显地感到了西康顿《纪事》在过去一个半月里所发生的巨大变化:“一个半月前,它的内容都与煤矿、暴力、经济、死亡有关,其中还有一些天真。如今,它的内容都是信仰、预言、灾难、冲突,非常过分。”(394)这种变化在临近布鲁诺教所预言的4月19日这个世界末日时变得尤其明显:“连续四天,西康顿《纪事》用头条刊登这个奇异的故事。连续四天,镇报编辑将关于这一事件的专题文章和特写照片发向世界。”(393—394)如此规模和力度的媒体关注所产生的影响是非常可观的,以至于在盛大的复活节庆祝活动结束之后,“西康顿人又不得不转而面对接下来的一周,即充斥着布鲁诺教教徒、他们所预言的末日、救赎山和羞辱的一周”(393)。对于鲍纳利这样没受过多少教育的矿工读者,米勒的这些客观故事的意义是难以确定的。他们就像一群“随波逐流的不幸水手”,“无人能够知道”报上所登的有关布鲁诺教的一切

“为什么会在此发生？怎么才能制止它？它会在哪里结束？”(394)基督徒读者们特别敏感于西康顿《纪事》上的那些“疯狂的故事”，内容包含白鸟、圣母马利亚和其他圣灵如何数百次地显现，那些自称是圣灵化身的人如何娶圣母马利亚的雕像为妻以及如何在圣餐礼上用自己的洗澡水代替基督的血，大量收到“阴间讯息”的僧侣和吟游诗人如何将成千上万的信徒带向他们所痴迷的结局，等等。这些故事令“所有基督徒确确实实地都像发情期的野兔那样疯了”(399—400)。他们把报纸编辑看成“最不理性的人”，在复活节之夜砸碎了编辑部的所有窗户玻璃，在它的大门上挖出一个十字架。

读者们的激烈反应似乎丝毫没有影响西康顿《纪事》的走向。第二天的晚上，报上出现了更令人惶惑的故事。故事的内容是4月14日早上鲍纳利从他的朋友费瑞若那里得知的。费瑞若告诉鲍纳利，米勒在这个故事里写了一伙人如何赤裸着身体聚会，如何用鞭子把自己抽打得浑身是血，以及如何肆意糟蹋一个幼女。故事里也有一只白鸟，因此那伙人就自称为“白鸽帮”。可怕的是，他们找出这个女孩，说她是上帝之母，然后就剥光她的衣服，把她平放在圣坛上。隆重的仪式过后，他们鞭挞她，奸污她，割下她的左乳头分食，并把烧红的烙铁放在她的伤口上止血。鲍纳利不敢相信报上会登这样的故事。但故事并没有到此结束。白鸽帮里的那伙人还说，如果这个女孩生下一个男婴，那么这个男婴就是救世主，他们就会在他降生时将他刺死，喝他的血，然后再把他的尸体晒干、碾碎、做成面包吃掉。尽管白鸽帮的所作所为是以前在别处发生的事，但鲍纳利认为米勒是在隐射布鲁诺教，认为他是在说：“最终，他们会是一路货。”(430)鲍纳利的这种理解具有相当的代表性。米勒本人就听到过类似的反应。就在他4月19日在救赎山用相机记录布鲁诺教迎末日活动的过程中，一位陌生的年轻摄影师向他如实转述了他在镇里听到的人们对玛塞勒死因的解释。这位年轻摄影师听说，玛塞勒是因为受到“当地诽谤报纸”的编辑的“沉重打击”而“失去理智”和“自杀”的。他还向米勒表示，尽管这种说法“有点离奇”，但他“还是能够理解的”(481)。

把米勒的报纸称作“诽谤报纸”是读者对米勒“客观故事”的意

义的一种比较极端的理解。即使在上面提到的那些较为特别的故事里,米勒也没有使用镇里任何个人和组织的真实名称和经历,所讲述的都是别的地方和时代的人和事。所以,严格说来,他的故事并不是诽谤。但若说他的故事绝对客观、没有一点主观倾向,也不够确切,尤其是在当时的那个特定情景中。如果那样,也就无法解释为什么会有那么多读者做出如此强烈的反应。米勒的故事起码有这样一个基本倾向,那就是用尽可能多的类似故事来消除布鲁诺教的唯一性、神秘性、神圣性,揭示其普通性、人为性、世俗性,想以此来帮助人们认识不可缺少的虚构物的局限性和欺骗性,引导他们返回到现实生活中来。[①] 他的这种倾向无疑是很有积极意义的。但他没有想到人们对虚构会如此依赖、习惯的力量会如此之大。结果,他的故事不但没有达到预期的目标,反而产生了相反的效果。也就是说,他不但没有帮助人们认清虚构、回归真实,反而使得虚构变成一种比真实更真实、更强大、更吸引人的东西。[②] 鲍纳利等人就发现,在这茫茫大海般的历史中,正是"由于镇报编辑的全面揭露,西康顿这只进了水的木筏才来到了一个浪尖之上,所以即使它仍然不辨航向,却至少被全世界看见了"(394)。当然,西康顿被全世界看见的不是任何别的东西,而是在种种逆境之中不断发展壮大的布鲁诺教。这时已经夜不能寐的卡瓦诺清楚地意识到:"主要是由于《纪事》编辑对于这个微不足道的邪教的肆无忌惮的报道,他想通过常识委员会重振小镇精神的梦想现在似乎破灭了。"(403)对于媒体所造成的这一意外结果,一直害怕曝光的布鲁诺教教徒们也感觉到了。到了他们动员外地教徒参加 4 月 19 日的迎末日活动之时,柯林斯太太发现:"报上的故事已经使得他们的名声远扬,所以道路……已经铺平。"(422)米勒所厌恶的极其主观的巴克斯特曾"嫉妒"地发现,正是他的强烈反对才使布鲁诺教开始进入公众的视野,也使他自己的随从开始流失(293)。令米勒没有想到的是,他追求客观的

---

① 安德森对米勒以及库弗的观点做了这样的归纳:"生活的要义不是在于宇宙、神灵和永恒,而是在于眼下、日常和人类。"见 Anderson, *Robert Coover*, p. 56.

② 安德森说库弗喜欢表现"虚构如何变成现实",包括人们如何"对宗教和历史的神话信以为真"。见 Anderson, *Robert Coover*, p. 57.

报纸最后也起了类似的作用。[1]

发现道路已被媒体铺平的布鲁诺教教徒们开始放弃对曝光的戒备，对媒体的态度也发生了很大变化：除了回避米勒，“他们接受任何人采访，每天都开放房子，让人拍照，乐于上广播和电视”(461)。他们的故事和图片上了各类报纸的头版，甚至上了晚上六点的电视新闻联播。他们的发展经历以及他们正准备于4月19日在深水九号矿井附近的救赎山上迎接世界末日的消息，很快就传遍国内外。收音机里播放着布鲁诺教徒们演唱的歌曲。尽管歌词里的“上帝给卑贱者以荣耀！……想想卑贱的矿工布鲁诺！/上帝就是靠谦卑者获胜！”(438)等提法把胜利完全归功于万能的上帝和顺从的布鲁诺，根本没有提及媒体的贡献，但他们上广播电台演唱此歌的行为本身能多少反映出他们对媒体在当代宗教生活中的强大作用的意识。各种媒体的报道介绍很快就见到了奇效。西康顿《纪事》的编辑部收到了“大量来自全国各地的信件，表达对布鲁诺教运动的兴趣和同情”(459)。到了4月19日那天，与布鲁诺教“类似的组织在德国、英国、罗得西亚、希腊、澳大利亚、秘鲁、加拿大和美国全国同时举行集会”。柯林斯太太读着“一堆又一堆”的电报，得知那些发电报的人“即将到达西康顿，或正组织人们前往他们附近的山上”(476)。至于这一切背后的原因，柯林斯太太在媒体的作用和上帝的意志之间又不假思索地选择了后者。她在回答电视主持人的提问时说：“是的先生，我们很兴奋！全世界的人对我们预言的突然反应，或者这些与我们完全一样的预言，当然是一个新的迹象，表明我们的路线是正确的。你不能说这只是巧合。这完全是自然而然的，所以我相信，所有这些活动，所有这些对上帝的热情，肯定有什么意味！”(477)柯林斯太太这里没有明说的“意味”显然指的是上帝的意志而不是媒体的作用，但我们却能从布鲁诺教向救赎山行进

---

① 安德森说米勒与之前的卡瓦诺和巴克斯特一样，也是在攻击布鲁诺教的同时帮助了它的发展，因为“米勒在将他的故事卖给全国各地的报纸杂志的同时，也把布鲁诺教的消息扩散开来”。见 Anderson, *Robert Coover*, p. 50. 麦卡福瑞认为作为当地报纸编辑的米勒是帮助过布鲁诺教的“最重要的人物”，还从米勒的姓名(Justin “Tiger” Miller)中找到了某种依据，因为公元二世纪的一位著名的基督教辩护者的名字就叫“Justin”。见 McCaffery, *The Metafictional Muse*, p. 36.

时的队伍组成上发现相反的情况。在他们的队伍里,走在最头里的是数辆“顶上支着三脚架或固定着其他器材”的轿车,接着就是“大型的电视设备”,然后才是布鲁诺教教徒及其支持者们的“看不到尽头的庞大队伍”(478)。也就是说,在某种意义上,是媒体在引导着他们这些主要也是由媒体召集起来的信徒。

当然,媒体的作用也是有限的。因媒体而迅速发展起来的布鲁诺教在救赎山上造成了极度疯狂和失控的局面之时,不是媒体而是警察及时有力地平息了暴乱:警察“为了这一目的,不管什么宗教自由不自由,把布鲁诺教教徒们统统赶上校车运走了”(525)。除了国家机器,媒体有时也不敌经济操纵。西康顿《纪事》的真正主人不是米勒,而是贷款给他办报的银行家卡瓦诺。发现报纸有了经常“嘲弄当地人所尊重的习惯和传统”的毛病,卡瓦诺就怀疑米勒是受了记者琼斯的影响。不久,这个被他看作“认为什么都行的不负责任的病毒”(165)就被解雇了。在哀叹常识会重振小镇精神的梦想破灭之时,卡瓦诺想到过对因“肆无忌惮的报道”而导致这一结果的米勒“采取一些报复措施,一劳永逸地把他除掉”(403)。这是他可以轻而易举地做到的事,只是因为后来没有了必要而没有做。但不管怎样,小说结合布鲁诺教的迅速发展广泛表现了媒体在当代生活中的作用,既有揭示布鲁诺教的虚构性的积极作用,也有刺激布鲁诺教的发展并在无意之中帮助它给西康顿带来新灾难的消极作用。布鲁诺教因“4·19”暴乱而受到严重惩罚,他们的教主布鲁诺被无限期地关进了疯人院,但布鲁诺教反而有了更大的发展。这又与媒体的大量报道有关。看到布鲁诺教教徒在暴乱之后名气更大、在全国各地的各种媒体上露脸更多,鲍纳利向他的同伴发出这样的感叹:“真是难以预料,萨尔。我仍然无法相信它。”(501)

四、大脑与肉体

媒体效果之所以如鲍纳利所说的那样“难以预料”和“无法相信”的一个原因,就是媒体对人与现实的间离。由于媒体的大量介入,人们无法直接接触和感知现实,当然也就无法预料它的发展变化，包括媒体干预现实所产生的客观效果。无论是由于媒体的间离作用还是由于重脑轻体的传统的影响，人与现实的这种分离的一个重要表现就是大脑与肉体的分离。在描写布鲁诺教发展的过程中，小说也细致表现了布鲁诺教教徒身上存在的大脑与肉体严重分离的问题，深入探讨了这种分离与布鲁诺教的发展之间的关系。可以说，在绝大多数布鲁诺教教徒那里，大脑被看作人的代名词，而认知所依赖的感官、生命所依附的肉体、生理的自然欲望等则受到鄙视和弃绝，结果就出现了对现实的无知和偏见、生命力的萎缩和消失、人性的扭曲和泯灭。这些都进一步反映了布鲁诺教的实质。

使九十七条活生生的性命瞬间消失的矿难，以极大的震撼力向人们展示了肉体的脆弱和有限。布鲁诺教的巨大魅力之一，就是它深入表达了人们对死亡的恐惧和对永恒的渴求，即要超越脆弱和有限的肉体的强烈愿望。按照布鲁诺教的理解，要实现这种超越，一方面要信神，相信全知全能、掌控生死的神能够像在矿难中使布鲁诺幸免于难那样保佑一切服从他的人，另一方面就是要信大脑，相信大脑及其所代表的精神和信念等要比肉体具有更加持久的生命力，相信这些不具形体的东西是人与不具形体的神进行交流、获得救赎的唯一途径。总之，无论是信神还是信大脑，都是要脱离肉体，脱离人的现实生活。简单看一下布鲁诺教的几个核心人物的个人生活情况，就能知道他们脱离肉体、轻视生命的程度。在这些核心人物当中，除了诺顿家的一对夫妇，其他人都是单身。其中，有的是在矿难中丧偶的寡妇，如柯林斯太太、旺达等；有的是从未结婚也不想结婚的孤男，如布鲁诺、海姆堡等；还有的是入教后不想恋爱和结婚的姑娘，如玛塞勒、伊莱恩等。诺顿夫妇虽然已到中年，却一个孩子也没有。又高又瘦的布鲁诺做过自阉，主动祛除了制造生命的能力。海姆堡一辈子与猫为伴，在决定用禁食结束自己的生命之前把他的那些猫都按在水里呛死。玛塞勒在死亡之前也禁食数日，所以有人说她的死是自杀也不无道理。玛塞勒死后，被布鲁诺教教徒看作凶手的米勒受到了他们的激烈报复。他们报复的措施之一就是要对他实施阉割。“4·19”暴乱当中，若不是对肉体和生命略存珍惜的柯林斯太太在最后一刻及时劝止，那些疯狂的布鲁诺教教徒真的就会把高举的斧子砍在米勒的被强行拉开的两腿之间。下面就来看小说是如何具体表现布鲁诺教教徒们分离大脑与肉体,在本应爱护生命、促进生活的宗教虚构中既失肉体又失大脑的。

小说在开头的“序言”里就表现了大脑与肉体或精神与物质在布鲁诺教教徒身上的严重对立。“序言”写的是4月18日晚布鲁诺教为第二天上救赎山迎接世界末日的正式活动而举行的预演。预演开始前,诺顿太太向大家,尤其是那些外来的新信徒,详细阐述了他们之所以要上救赎山的意义。她说:

> 虽然我们预想的转变与这拥挤的人世上的时空没有关系,但在这样的时候响应号召采取一些象征性行动是完全恰当的。这么做不是要与神交流,而是要为世上的其他人找一个容易理解的比喻,以便更好地为此目的进行准备。对我们自己而言,这是在操练我们的精神纪律。所以,在当地最高的山顶上集会,并不完全是因为我们的救赎取决于它,而是因为它能起到所有这些作用:它能象征我们大家不断上进、摆脱物质束缚的努力;它是一次公开的行动和精神的操练;它能把之前发生的一切都联系起来,让我们真切地重返矿难、最初的行动、白鸟显现的发生地。另外,它显然也是神意:我的记录预示了它,乔瓦尼·布鲁诺宣布了它,海姆堡先生的计算证明了它,柯林斯太太正确解释了它。我们各自以不同的方式或接受神启的不同渠道,得出相同的结论。最后,你们都会看到,那是一个极为合适的地点:位于自然之中,远离人为的扭曲,除了一棵孤树,完全是空地,是一个适合我们戒除欲望、上演精神大剧的场地。(11—12)

诺顿太太的这番演讲,从开头的“与这拥挤的人世上的时空没有关系”,到中间的“不断上进、摆脱物质束缚”,再到最后的“戒除欲望、上演精神大剧”,所反复强调的一个中心思想就是:大脑与肉体或精神与物质势不两立,自由存在于大脑和精神之中,肉体和物质只是人类的枷锁,高耸而荒落的山顶能帮助大脑和精神摆脱肉体和物质、实现人与神的近距离交流以及人的最终救赎。

这个“序言”也写了大脑与肉体的直接冲突。按照布鲁诺教的要求,来自外地的预演参加者必须穿着布鲁诺教特制白色长衫和内裤。就在海勒姆为他妻子艾玛挑选内裤时,他发现一个记者为他拍了照。由于担心"他举着女人内裤的照片出现在世界各地的报纸上"(10),他就将此事告诉了柯林斯太太。柯林斯太太立即带人收缴了那个记者的所有胶卷,把它们丢进火里烧了。但对于海勒姆这个新来的、缺乏足够的布鲁诺教禁欲训练的人,他的感官仍有着相当的敏感性。来到了山顶上,海勒姆感到了"伴随精神兴奋而生的感官兴奋":"夜晚的凉爽微风吹拂着他们的几乎没有遮盖的臀部,还有长外套所凸显的体形、那种撩人的香味、那种新鲜感——每个走过火堆的人就像把肉体暴露给了身后的人一样。"但他很快就用他的大脑拦截住此类感觉的泛滥。他想到:"不管怎么说,人的肉体是表达欲望的工具,但它也是——也能够是——必须永远是!——由神创造的获取神佑的工具,应奉献于对上帝的服务,应通过使它的所有部分都服从于虔诚和谨慎而获得美。"(14)正是在他大脑的这种思考中,他起初的"感官兴奋"被等同于粗俗的"欲望",逐渐地又被"奉献"的义务和对"虔诚"、"谨慎"和"美"的渴望所取代。

小说开头所写的这种大脑与肉体的对立贯穿了整部小说,主要表现在布鲁诺教教徒的自阉去性、精神交媾、扼杀爱情、残害生命等方面。下面就逐一地加以介绍。先看布鲁诺教教徒的自阉去性。米勒开始时以为布鲁诺教教徒们只是过于"亢奋",而他在医院工作的女友快乐却认为他们"病态",并用她在护理布鲁诺时所发现的秘密最先改变了他的看法。她告诉米勒:"他(布鲁诺)不幸的阴茎上面和附近有许许多多的疤痕,就像是经过一个整形庸医的改造。"(302)这一秘密确实令米勒有些惊讶,但也并非太超乎他的想象。"他本来是能够猜到这些的"(302),因为布鲁诺孤僻、胆怯、三十四岁仍未恋爱和结婚都是人人皆知的事实。布鲁诺描写过女人及其肉体,比如在他的那首被鲍纳利等矿工嘲弄的诗里。但根据鲍纳利所念出的两行——"我的母亲!/从您那不朽的子宫里——",尤其是"不朽"这个大而空的词,我们不难猜想那首诗里的女人及其肉体会是多么的抽象失真。难怪矿工们听到了那两行就顿时哄笑起来。像布鲁诺这样一个自阉去性、缺乏生命活力和人生体验的人,是难以写出具有生命活力的人物形象的。这也许就是为什么后来有一次,当布鲁诺对没有等来世界末日的教徒们说出“坟墓”(tomb)一词而大家又猜不出其确切意思时,米勒立即想到它可能就是布鲁诺的那首诗里的一个与“子宫”(womb)相押韵的词(245)。

除了布鲁诺这样的男性失性人,布鲁诺教里也有女性失性人。丈夫在矿难中遇难之后,孤独的旺达曾先后在中学情人米勒和丈夫的好友鲍纳利的怀抱中寻找过安慰与快乐。这是旺达在用自己的体形和装扮吸引米勒时的情景:“一条夜里新熨的蓝靛色裙子紧裹着她的臀部,一件浆过的白衬衫高高地托起了她的乳房,指甲、嘴唇和睫毛都上过淡淡的颜色,头发考究地盘绕在一顶绒帽之下。”(72)进了米勒的车,她先是把头靠在他的肩上,然后又让手和脸滑落在他的腿上,“把事情彻底决定下来”。尽管米勒感到了“他自己的一些诅咒落到了他的头上”(75),但他的大脑这时已无法抵御她肉体的攻势。这个攻下米勒的女性后来又轻易俘获了头脑更加简单的鲍纳利。她先是用轻柔的触碰和诱人的体态解除了来送抚恤金的鲍纳利的拘谨,又用令人同情的泪水打开了鲍纳利的怀抱。当鲍纳利在关键时刻要为她死去的丈夫和自己的良心而撤退时,旺达已紧紧将他抓住,并用这样两句话彻底俘虏了他:“温斯,我孤独得要命,你想象不到那对我是什么滋味!温斯,今天是情人节!”(212)但就是这样一个充满性感和欲望的生动活泼的女性,最后在布鲁诺教的熏陶之下脱胎换骨,完全变了一个人。鲍纳利第二次来见旺达时就发现了她的异样。他本来是因受那只黑手折磨而来寻找她的安慰的,没想到她却大谈“与那帮幽灵的交流,以及在什么鬼山顶上烘烤小香肠,还把布鲁诺捧得像个该死的圣人似的”,使他几乎肯定“那个杂种正在进入她的体内”(340)。鲍纳利最后一次来见旺达时,旺达已变得“极其平静和冷漠”。她直截了当地叫他走开,说她“要为世界末日保持灵魂的干净”(450),并说她已为此变卖了所有家当,散掉了所有的现金。总之,她这时已完全戒除了肉欲和物欲,做好了迎接最后审判的一切准备。

现在来看小说对布鲁诺教教徒之间的精神交媾的描写。对于这些一心要废弃肉体、戒除肉欲的布鲁诺教教徒,小说常用与肉体接触有关的词语描写他们的精神交流，一方面可以使对抽象枯燥的精神问题的描写具体生动，另一方面也能反衬布鲁诺教教徒在人性方面的残缺。上面提到的鲍纳利说布鲁诺正在进入旺达体内的那句话，就可以看作小说的此类描写中的一个例子，尽管不像米勒和读者这样了解布鲁诺的自阉的鲍纳利说那句话时并无别的意思。但最能代表此类描写的还是诺顿夫人和海姆堡的精神恋爱；小说叙述者就曾明确宣称："拉尔夫·海姆堡和埃莉诺·诺顿之间热烈的精神恋爱无疑是这一教派的更迷人的产物之一。"(309)是矿难使这两个交往甚少的中年人走到了一起，使他们得以通过各自的日记和体系用"胆怯的心灵"做一种"圣洁的交媾"："事实上，他们的两个体系确实是以交媾的姿势结合到一起，一个从上面抱住，另一个从下面迎上。有趣的是，拉尔夫的体系处在下面。"(309)海姆堡的体系之所以处在下面，是因为他走的是由下而上的路子，即通过事实的不断积累和相应的逻辑推理，一步一步地接近超越现象的复杂总体或绝对真理。但他的问题是，他积累的事实越多，就越发现现实世界混乱无序，就越难以实现对它的超越，所以他的体系就一直处在下面。诺顿夫人的体系之所以处在上面，是因为她走的是由上而下的路子，即通过超感官直接接受上天的讯息，再用这种讯息指导具体现象的解释，因此她总能超越她知之甚少也不愿多知的现实世界。总之，他们俩一个有事实和逻辑，另一个有神启和直觉，但又有着相同的追求，"都渴望完美，渴望最终的完整知识，所以他们俩的不同路子其实是互补的"(311)，所以他们俩也就有了做这种精神交媾的可能："她像白昼一样伏卧他的身上，把光明插入了他的黑夜。"(312)至于这种交媾真的能生出"完美"和"完整知识"，或只是一场毫无结果的荒唐闹剧，判断并不难做。一个最为直接、简单的依据就是，这个重精神轻物质的海姆堡不久就禁食而亡。[1]

再来看布鲁诺教对爱情的扼杀。这里的爱情指的不是诺顿夫人和海姆堡之间的那种无果甚至害人的精神恋爱，而是心身全都投

① 关于诺顿夫人和海姆堡之间的精神交媾，安德森认为这是作者在对推论和归纳这两种思维方法做"幽默的戏仿"，并认为他们俩实际上都是在把自己"扭曲的心理"强加给"心理同样失常"的其他教徒。见 Anderson, *Robert Coover*, p. 48.

人的充满快感和美感的真实恋爱。其实,这种真实恋爱是在与诺顿夫人和海姆堡的上述精神恋爱的对照中得到描写的。就在诺顿夫人和海姆堡的精神交媾发生之前,小说写了他们如何用哥特建筑般的冷峻面孔制止了米勒想拥抱接受他晚饭邀请的玛塞勒的冲动。米勒和玛塞勒的爱情也与矿难有关,可以追溯到玛塞勒的哥哥布鲁诺被人从井下救上来之时。当米勒把布鲁诺被救的消息告诉她并为她拍照时,那是他第一次与她说话。而玛塞勒对于米勒却是熟识已久,所以当他向她做自我介绍时,她告诉他说她已经知道了。玛塞勒知道他不只是因为他是镇里人人皆知的镇报编辑和记者。早在他是中学的篮球明星时,玛塞勒就注意和喜欢上了他,认为他是"一个值得爱的男人"(120)。但那时年幼的她只能羡慕别人能够喜爱和称赞他的飞奔和跳跃。是她哥哥的获救拉近了他们之间的距离,使日夜在医院陪伴哥哥的玛塞勒能够在米勒频繁来医院采访时频繁地见到他。下面这段描写表现了玛塞勒见到米勒时的内心活动:

> 他来了,身披星星点点的光亮,带来了老故事书里的气氛、人们需要的东西、隐含了价值的东西。她小的时候就看他跑,把他看作大人,尽管人们把他称作男孩子。他为他们奔跑,受称赞;他跳得高,被喜爱。现在,他带着微笑专门来找她。在她眼里,他仍然是大人,高大强壮,身上有着类似林中绿色、教堂石雕、北方星辰那样的东西。他们谈他哥哥、她的家人。他还询问她的情况。一个值得称赞的男人,是的,一个值得爱的男人。(120)

这个玛塞勒眼中的白马王子般的米勒,到布鲁诺走出昏迷、脱离危险之时,也已经迷上了她:"他听着她的声音,想象出各种问题来让她继续说话,现在知道了一个更好的去处。"(130)这个"更好的去处"就是能找到玛塞勒的地方。这就是为什么3月1日那天,当他见到在门口迎接他的玛塞勒时,他突然意识到,在使他决定参加布鲁诺教迎末日聚会的"许多原因"中,什么"无疑是使他前来的最为有效的原因"(224)。这个大脑里的原因接着就在他与玛塞勒的肉体接触中得到了证实与强化。米勒不过是在脱放衣帽时无意间"轻轻地触碰到了她的肘部”，但他立即就感到了一种特别的“快感”，并庆幸自己“尽管干了那么多粗俗的涂鸦，……还仍然能够欣赏那样的事”(224—5)。其实，玛塞勒的一切这时都成了米勒欣赏的对象。他感到：“对她的观看本身就是一种享受。她的姿态，她的总是那么优美的动作，她的光彩、坦诚的微笑、真诚的注视，一切都是那么自然，都像遵循着某种内在的、他想称之为快乐原则的东西。”(237)当然，玛塞勒如此令米勒着迷的外形所遵循的并非一般意义上的“快乐原则”。玛塞勒并不缺乏智力和内涵。米勒后来还发现：“玛塞勒的头脑复杂而又微妙，有着包罗万象的世界观，能从一个偶然手势或一片过眼闲云中看到宇宙的动静。”(355)玛塞勒的这些过人素质很好地反映在她对米勒的那种其他布鲁诺教教徒都不具有的深入了解和诚挚仰慕之上。玛塞勒感到，在所有帮助过她的布鲁诺教教徒中，米勒对她的帮助最大，而且“尽管少言寡语、保持距离，他却位于那个计划的中心，在用看不见的手指做事，用未说出的词语填空，温柔，反应快，没有组里其他成员的那些凡人的脆弱”(303)。玛塞勒的这种看法与怀疑和敌视米勒的诺顿夫人的看法截然相反。在思想上，玛塞勒与诺顿夫人还有着更深层的分歧。比如，她不能接受诺顿夫人对于爱的种种区分，认为真正的爱是没有界限和保留的，因而是没有疑虑和极限的：“完美的爱确实能驱走恐惧。她对针说，爱无终点。预言吗？它会消失。语言吗？它们会终止。知识吗？它会消失。但爱人者……在光里久存。”(355)

但正是玛塞勒和米勒之间的这种超越了“预言”、“语言”和“知识”，超越了布鲁诺教的狭隘界定的“完美的爱”，引起了以诺顿夫人和海姆堡为代表的布鲁诺教对他们的迫害。不久，米勒就发现“他的权利被完全剥夺”，“他和玛塞勒现在连五分钟的独处时间也得不到”(294)。3 月 21 日，他和玛塞勒要一起吃晚饭的约定被诺顿夫人安排的组织活动所解除，而且他也没被邀请参加那次活动，就可以被看作布鲁诺教对他们爱情的扼杀行动的正式开端。对于这种扼杀行动，米勒及时感觉到了它的“迫害”性质，并在一番犹豫之后决定“应战”。但他似乎从一开始也对自己抗争的可悲结果有所预感：“让他们那么做吧，让他们迫害他吧，让他们打碎她的项圈吧。只要有耐心,那些碎片就会是他的。”(316)导致这种结果的原因既包括迫害力量的强硬,也包括温顺的玛塞勒的脆弱。与米勒一样,玛塞勒也及时感到了布鲁诺教的迫害。被迫解除了那个与米勒共进晚餐的约定之后,玛塞勒就开始有了被人“跟踪”的幻觉:“带着这些衣物走进浴室,她玛塞勒瞥见里面有个影子,但仔细看时,又什么都没有。玛塞勒的这种被无实体之物跟踪的感觉已经有两三周了。”(362—363)这种无时无处不在的迫害感表明玛塞勒已经精神失常,不可能摆脱布鲁诺教的控制,[①]因此就更不可能与米勒一起并肩抗争,尽管米勒想到过“要她嫁给他,要她和他一起离开这个教派”(364)。玛塞勒的这种精神状态的不断恶化又导致了她持续的厌食和肉体上的最后崩溃。小说里,玛塞勒的最后一次出现是在米勒的梦中。当时她早已死去而且米勒也早就知道,但因布鲁诺教教徒们的殴打而处于昏迷状态中的米勒却看见她还活着。他看见她正在“坚硬、贫瘠的土地”上挖坑种植一株“枯萎的蒲公英”,种完了就飞走了,无论他怎么叫喊“别走”(522)。这当然只是米勒的幻觉,但这一关于她在“坚硬、贫瘠的土地”上种植“枯萎的蒲公英”的幻觉却能够反映她在鄙视肉体、压抑人性的布鲁诺教里培养无法存活的爱情的真实情形。

玛塞勒的故事所反映的不仅有布鲁诺教对爱情的扼杀,还有布鲁诺教对生命的摧残。玛塞勒最后死亡的直接原因并不复杂。4 月 18 日的晚上,布鲁诺教教徒都去了救赎山为第二天迎接末日的正式仪式进行预演,把虚弱不堪的玛塞勒一人留在家里。发现自己“孤独地处在黑暗中”(466)的玛塞勒就独自去救赎山找他们,结果在路上被汽车撞死。但从上面所提到的她之前已有总被跟踪的幻觉以及长时间不吃饭、不说话等情况来看,她的死又不是一个偶然的事件,而是与布鲁诺教有着密切的关系。小说把玛塞勒的日渐虚弱与她哥哥布鲁诺的日渐强壮放在一起来写,可以说就是在强调这一

---

① 有评论认为海姆堡是玛塞勒的暗恋者,喜欢“近距离的观察和感觉她而又不暴露自己”。见 Evenson, *Understanding Robert Coover*, p. 33. 这有助于解释玛塞勒被人跟踪的幻觉,但我们也不能忽视敌视肉体和人性的布鲁诺教给恋爱中的却又生性顺从的玛塞勒所造成的精神压力。

点。小说这样写道:“乔瓦尼·布鲁诺现在似乎强壮多了,几乎就像突然复活了一样,而他的妹妹……已经快有一周没吃一点东西和没说一句话了,而且她看上去……有点怪异。”(415)对于这二者之间的关系,为被撞的玛塞勒做检查并宣布她死亡的那位医生的妻子做过一针见血的揭示。她当着在场的所有人的面把布鲁诺叫做“杀人犯”和“魔鬼”(468),说玛塞勒是他害死的。考虑到布鲁诺在造成玛塞勒的感情悲剧和精神失常的布鲁诺教中的特殊地位,不能说医生妻子的指责没有道理。布鲁诺教教徒自己对玛塞勒的死因的解释以及他们对玛塞勒的尸体的处理,能够进一步反映布鲁诺教摧残生命的倾向。

对于玛塞勒的死因,有些布鲁诺教教徒在回答电视主持人的提问时“只坚持说她是因为上天的意志而死”。沃斯尼克还解释说,那“不是一种惩罚,而是一种仁慈的表现”(474)。这就是说,在他们看来,布鲁诺教的那些导致玛塞勒死亡的迫害其实并不是迫害,而是在执行上帝的意志,在转达上帝的仁慈。正是因为布鲁诺教教徒认为玛塞勒的死是上帝的安排,他们也认为上帝能让她复活,如果他们能在最后的审判来临时为她进行足够虔诚的祈祷。当电视主持人问柯林斯太太是否认为玛塞勒会死而复生时,她回答道:“我当然这么认为。难道你不信死人能复活吗?”(475)因此,4 月 19 日那天,他们就抬着玛塞勒的尸体上了救赎山。在山顶上,在暴雨中,布鲁诺教教徒们先是围着玛塞勒的尸体跳舞、叫喊、吻她冰冷的嘴唇,希望她能从担架上站起来。后来,那些全裸或半裸的布鲁诺教教徒们就开始用树枝抽打自己或他人的肉体,在泥里跳着、爬着、抱着、滚着,把玛塞勒的尸体撇在了一边。这是此时上山的米勒所看到的玛塞勒的尸体在孤独中经受风雨的情形:“长套衫紧贴着她铅色的肉体,身上积起了一滩滩的水,嘴里和眼窝里也都灌满了倾泻而入的雨水。”(491)在布鲁诺教手里死掉的玛塞勒的尸体又在布鲁诺教的手里遭受如此的待遇,这不免令我们想起米勒之前在报上刊登的那个关于历史上的“白鸽帮”在其特殊仪式上如何将一幼女残害致死并继续糟践她的尸体的故事。那个故事里的“白鸽帮”也是赤裸着身体聚会,用鞭子把自己抽打得浑身是血,与布鲁诺教教徒的做法相似。这些都能帮助我们看到鄙视肉体、残害生命的布鲁诺教的历史渊源。但布鲁诺教对这一传统还有着惊人的发展,比如把对生命的残害扩大到了动物。参与迫害玛塞勒的海姆堡后来不仅通过禁食结束了自己的性命,之前也对他养的那些猫进行令人发指的残害。当鲍纳利等人最后撬开海姆堡家的房门时,他们首先看到的是一只饿得毫无猫形的猫,然后又在浴缸里发现满满一缸漂浮的死猫,而且所有的死猫身上都没有捆绑石头等重物,显然是被海姆堡长时间硬按在水里呛死的。鲍纳利进门时用了"地狱"来表达他的第一印象,出门前他又想到了"反基督教者"一词(499)。在一定程度上,用这两个词来描述布鲁诺教的性质与作用并不为过。

谈了布鲁诺教重大脑轻肉体的几种主要表现,我们再来看一下小说对于他们所崇尚的大脑的能力或智力水平的描写。其实,由于布鲁诺教教徒轻视肉体及其对现实的直接感知、对现实没有多少了解,他们的大脑也并不好用。且不说他们所预言的所有世界末日没有一个变成现实,就是他们对于一些较小问题的解释也不过是根据主观信念所做的偏执想象,非常幼稚可笑。比如,作为布鲁诺的"精神顾问",诺顿夫人认为布鲁诺所见到的那只无人能够证实的白鸟的意义,就是"乔瓦尼·布鲁诺已死,他的肉体现在被一个圣人寄寓着",令米勒"不知所云"(234),因为他早就认为布鲁诺不过是在矿难的惊吓中失去了理智的白痴,根本就不是什么圣人。镇里发生了许多由自称是"黑手"的人搞的破坏后,大家做出许多猜测。镇长根据破坏者的行为方式而认为那是"一个爱搞恶作剧的高中生"所为的观点是最符合实际的;那些破坏确实是巴克斯特家的两个孩子搞的恶作剧。而布鲁诺教教徒们则如临大敌,认为"黑手"代表的就是"黑暗势力",他们所搞的那些破坏都是"黑暗势力"向布鲁诺教发动的"进攻"(254)。布鲁诺教教徒们的这种无知、主观、迂腐的倾向后来使他们自己出了许多洋相。复活节那天,诺顿夫人接到了基督打给她电话,说她所看不见的他与她在同一屋里,只能靠电话告知一个重要信息,即世界末日已经提前到了当天晚上,要布鲁诺教教徒们在二十分钟之内到达救赎山上。诺顿夫人怀疑过这是一场恶作剧,可又无法加以证实。由于没有时间思考,她就叫大家立即脱光衣服，准备出发。虽然也有人提出异议，但一直期待着世界末日的教徒们最后还是决定上山看看。在救赎山上，他们发现他们围之而坐的小树上有一包东西，从上面垂下一根绳子，绳子上拴着一个写有“拉我”二字的小牌子。沃斯尼克忍不住拉了一下，包被拉开，里面的白羽毛纷纷扬扬地飘落下来，落了大家一头。这显然又是一场恶作剧，针对的是他们所崇拜的白鸟。但意识到这个“令人伤心的恶作剧”(398)的他们还是在下山之前把散落的羽毛全都收集起来带上了。

对于布鲁诺教教徒的智力水平的这种描写，是小说讽刺他们搞脑体对立和重脑轻体的途径之一。小说里还有一条重要的途径，那就是通过米勒等人物的视角和行为不断地将大脑和肉体进行富有意味和趣味的并置。前面谈到的小说对诺顿夫人和海姆堡的精神交媾的描写，就是此类并置的一个很好的例子。它是通过米勒的视角实现的，是米勒根据自己对诺顿夫人和海姆堡的了解和观察想象出了他们的那种交媾。小说还通过米勒的视角写过柯林斯太太的失性问题。柯林斯太太为2月8日的迎末日聚会来找米勒在西康顿《纪事》上刊登通知时，米勒注意到了她“敞开的骨节突出的双膝”(175)和“宽阔的大腿”(176)。然后，他一边听她解释为什么要组织2月8日聚会，一边联想到他所认识的妓女黛娜，开始对她们俩进行比较，发现她们有一些共同的东西——“不仅都是大骨架的山里人，而且还有某种魅力”(176)。不知不觉中，他就产生了性欲，但柯林斯太太身上的那种“无性感”(177)最后回绝了他。小说对柯林斯太太和黛娜、柯林斯太太和米勒、迟钝大脑与敏感肉体的这些并置、比较和对照，非常有效地表现了被自己的天真虚构所严重扭曲的柯林斯太太身上的非人特点。当然，除了无性感的柯林斯太太、自阉的布鲁诺、搞精神交媾的诺顿夫人和海姆堡，布鲁诺教里也有一些凡人性情尚未完全消失的新教徒，比如前面提到的那位在“精神兴奋”的同时仍能产生“感官兴奋”的海勒姆。这里再介绍4月19日那天米勒在救赎山上遇到的一位新教徒。正当全裸和半裸的布鲁诺教教徒们在暴雨中为了精神升华而痛挞肉体之时，诺顿夫人发现了上山来拍照的米勒，便高喊他是杀害玛塞勒的凶手。教徒们立即开始疯狂地追打米勒。其中有一个胖汉像山一样压到了米勒的头上。惊恐中的米勒却注意到了这样一个情况:这个胖汉的“湿套衫的前面已被他勃起的阴茎弄变了形”(492)。小说就是通过这样并置精神和肉体的极端状态,努力凸现了布鲁诺教精神追求的荒唐性。

布鲁诺教对肉体的鄙视和恐惧可谓是妇孺皆知;连孩子也清楚怎样反击布鲁诺教才会有效。诺顿夫人的学生们就是靠在黑板上画关于她的裸体的“下流图画”而使她感到“完全无能为力”(277)。其实,大脑也是肉体的一部分。为什么它就比肉体的其他部分更高贵呢? 这就是米勒在小说“尾声”里回答的重要问题之一。米勒在医院里苏醒过来以后,快乐一边为他接尿一边说:“哎呀,老鸡又叫了!”米勒问了才知道,布鲁诺教教徒们阉割他的行动在最后一刻被柯林斯太太拦住了。米勒问快乐柯林斯太太为什么要那么做。快乐说:“我猜也许她见后发现那是个好东西。”米勒又问快乐警察为什么还要去解救他。快乐说:“也许警察见后也发现那是个好东西。”米勒听后笑着说:“好好照顾它吧,既然上帝给了次要器官以更高荣誉,我们就更不能亏待它。”(523)虽然米勒所说的“上帝给了次要器官以更高荣誉”一话不无玩笑的成分,但他关于不能亏待次要器官的话无疑是认真的。他是想说,人的所有器官都是上帝给的,是同样重要的,只是布鲁诺教教徒那样不尊重上帝的人人为地把它们分出了高低贵贱,在抬举某些器官的同时打压其他器官,最终使人变成非人和死人。

虽然布鲁诺教教徒都对人的器官分高低贵贱,都重脑轻体,他们之间还是有程度上的差异的。如同任何组织,布鲁诺教内部也不是绝对一致、铁板一块。[①] 柯林斯太太在最后一刻拦住其他教徒阉割米勒的斧子,就是一个很好的例子。尽管柯林斯太太在许多时候确实像诺顿夫人所说的那样感情用事、简单幼稚,但她不像诺顿夫人那样偏执、冷酷。作为玛塞勒和米勒的主要迫害者的诺顿夫人把米勒说成是杀害玛塞勒的唯一凶手,而柯林斯太太却说大家都对玛

---

① 奥尔斯特甚至认为布鲁诺教教徒之间在宗教上“毫无共同的兴趣”,他们之所以走到一起只是为了“解释矿难,使它符合某种理性的历史观”。见 Olster, *Reminiscence and Re-Creation in Contemporary American Fiction*, p. 141.

塞勒的死负有责任:“是我们所有人的仇恨和恐惧杀害了她!”(469)在对待大脑与肉体或精神与物质等根本关系的态度上,柯林斯太太和诺顿夫人之间的区别也相当明显。诺顿夫人追求的是大脑与肉体或精神与物质的绝对分离,并把自己俨然看作神的代表,任务就是要带领人们从人间的“可数的死亡”走向神的“无限的、不可数的真理”(137)。也就是说,诺顿夫人是把脱离肉体、物质、人类看作手段,把与神为伍看作目的。而柯林斯太太加入布鲁诺教、组织迎末日活动的初衷则非常简单,就是为了能在最后的审判上与柯林斯先生重聚。也就是说,对于柯林斯太太,宗教活动只是一种手段,更好的世俗生活才是目的。她的这种理解也完全符合柯林斯先生生前在布道时常说的一句话:“神恩不是我们舍命所求的东西,而是我们求以活命的东西。”(45)因此,她阻止对米勒的阉割可以说就是出于这种“活命”观,无论是让自己活命还是让别人活命,而不完全像快乐在玩笑话里所说的那样是由于她发现米勒的那个器官好。

也许正是由于这种关于宗教的“活命”观,柯林斯太太在对精神与物质的关系的处理上表现出一定的灵活性。她后来不但再婚、接受了布鲁诺教领袖的职位以及每年七千美元的薪水,还在教会的活动方式和信条等方面做了一些改变,尤其是在越来越多的观念不同者加入布鲁诺教之后。比如,教会活动的场地由户外转入户内,参加者可以在白外套里面穿着便服等。在信条方面,对于 8 号这个世界末日发生日的理解已从它的字面意义转到了它的象征意义,诺顿夫人所信奉的道米伦被废除。而且信条还时常有变,因为柯林斯太太明确提出:“它是活的信条。”(509)要活就必须变,必须改变各种限制个人或组织存活的简单、僵死的模式,包括大脑与肉体、精神与物质的分离和对立。

五、原则与自由

上面谈到柯林斯太太后来对布鲁诺教所做的一些变革。她这么做所依据的并不是布鲁诺教里的什么原则,而主要是现实的需要。比如,对 8 号这个重要日期的解释上的变化,最起码就是根据了这样两个现实情况:一是在从2月8号开始的数个8号里,预言中的世界末日始终没有出现;二是随着新教徒的不断增加,对末日发生日的不同观点也越来越多。以前只有诺顿太太和布鲁诺提出过不同的日期,而现在这么做的人又多又固执,以至柯林斯太太与他们交谈时遇到“许多的问题”(516)。鉴于这样两个现实情况,对于8号的解释就不能太拘泥于传统和原则,就必须有一定的灵活性或自由度,否则就会导致更多的失望和矛盾,甚至会使布鲁诺教无法生存。布鲁诺教并非唯一,现实总比想象的要复杂——这也是柯林斯太太的女儿伊莱恩后来所认识到的。6月8号的前一天夜里,世界各地的布鲁诺教教徒都举行了大型集会迎接世界末日,被各种媒体争相报道,“仿佛那天夜里全世界就没有任何其他事情发生”。但伊莱恩第二天在报纸上发现,“确实还是有许多其他的事情发生”(507)。既然世界离开布鲁诺教还会照样运行、现实的复杂性总超过布鲁诺教教徒的想象,布鲁诺教就只有通过变革找准自己的位置,适应现实的需要,才能凝聚如此大量的信徒。正是因为柯林斯太太所做的上述符合现实需要的合理变革,布鲁诺教的吸引力才不断增加,甚至连曾经强硬地反对它的新教领袖巴克斯特和镇长兼常识会会长温普尔都先后成为它的忠实信徒。①

那些不会变通、固守陈旧信念和原则的布鲁诺教前核心成员,最后都没有太好的下场:布鲁诺被关进了疯人院;诺顿夫妇再次被迫迁移,去了加利福尼亚;海姆堡则过早地死于禁食。在布鲁诺教里,像海姆堡这样通过禁食来为迎接世界末日和最后审判做准备以至将自己活活饿死的,是一个比较特殊的例子。在小说里,这个拒绝食物、拒绝生命的海姆堡从一开始就表现出强烈的拒绝倾向,拒绝一切与他的信念和原则相违背的东西,有时就仿佛拒绝本身也成了他的一条生活原则。他在小说里首次出现时就给人以这样的印象。当时,记者琼斯正在饭馆里讲述他的同事卡尔如何设法使一妓女摆脱忧郁的故事。故事里的这位妓女因为弟弟刚在矿难中遇难

---

① 伊文森认为,柯林斯太太后来之所以能取代诺顿夫人和海姆堡在布鲁诺教中的领导地位,是因为她比他们“更单纯”。见 Evenson, *Understanding Robert Coover*, p. 34. 这在一定程度上是有道理的,但也必须看到,她比他们更务实、更懂得变通。

而对一切都失去兴趣，只是一味地喝酒。卡尔的方法是先诱使她把关于弟弟的话都说出来，然后就骂她弟弟是世上最大的废物，说他死了活该，以此来将她激怒。这样，两人就开始在床上对打起来，打得鲜血与羽毛乱飞之后又抱到了一起，最后同时达到了从未有过的高潮。琼斯讲完后，听众中有的称赞故事新奇，有的哀叹一般人太缺乏卡尔那样的生活智慧。只有海姆堡做了全盘否定。他把卡尔骂作“野兽”，把欣赏这个故事的人也骂作“野兽”(128)。确实，卡尔的方法算不上文明和道德，但他要帮妓女摆脱忧郁的目的还是道德的。而且卡尔的方法也是被妓女所认可的；当卡尔事后为自己的言行向她道歉时，她对他说的是“别介意，没关系”(127)。可以说，海姆堡否定卡尔，就是拒绝向妓女等客观存在的下层人提供她们所需要的帮助。另外，海姆堡否定那些欣赏这个故事的人，可以表明他对叙述的艺术魅力一无所知。难怪听众中有人认为海姆堡那么理解太“愚蠢”，“玷污了一个好故事”(129)。也就是说，海姆堡的道德原则既否定了好人，又否定了好故事。

无论怎么解释“好人”和“好故事”里的那个非常复杂的“好”字，根据小说里的那些意味深长的描写，尤其是联系到海姆堡本人的思维方式、生活道路和可悲下场，我们可以说，这个“好”字的一个重要意思就是不能太拘泥于原则。原则绝对不能没有，合理的原则确实有助于人们做好人、讲好故事。但原则毕竟是人根据现实和自己的需要制定出来的，是一种虚构物，并不是现实，其自身不会随着现实的变化而变化，也不能完全反映现实的复杂性。所以，太拘泥于原则，总是严格地按照既定的原则去观察、评判甚至强迫现实，那就容易导致对现实的误解和绝望、逃离现实的倾向甚至以死来保护原则的举动。海姆堡本人的命运就集中体现了所有这些情况。他的命运在小说里最初的表现，就是上面所介绍的他对卡尔不合他原则的做法和琼斯不合他原则的故事的激烈否定。在琼斯开始讲那个故事之前，小说就写了海姆堡不喜欢类似的公共场合，“身上有一种通常使他离开类似聚会的拘谨”(123)。后来，小说又先后详写了他如何只关注现实中的灾难，如何应他内心深处的“那种存在已久的冲动，那种逃离的冲动”(215)开始虚构的一个秩序严密、意义明确、安全可靠的数学符号体系并试图用它来取代缺乏秩序和意义的现实世界,如何为寻找自己体系的发展目标而加入布鲁诺教,以及最后如何为迎接世界末日而禁食身亡。

海姆堡脱离现实的倾向在他加入布鲁诺教之后发展到了一个极点,尤其是表现在他对布鲁诺教符号体系的建设所做的重大贡献上。布鲁诺教最初的符号不过是联络暗号"聆听白鸟"中的白鸟,与布鲁诺声称在井下看到的白鸟有关。加入布鲁诺教后,海姆堡参与或负责设计了多项布鲁诺教的符号或标志,包括手势暗号、特制长衫、祭坛、旗帜、特殊十字架等。比较值得注意的是他为布鲁诺教教徒设计的白色长衫。根据他的设计,长衫的白色既与白鸟有关,又反映布鲁诺教所期待的光明。长衫的腰部有一个由棕色带子构成的圈。棕色根据的是布鲁诺的名字;"布鲁诺"在意大利语的意思里就是棕色。棕色的圈既表示名为"夜聚圈"的圈内人的晚间聚会,又表示一个周期的夜晚。圈的里面是一把被设计成十字架形状的采煤镐。这把特殊的采煤镐有固定的尺寸比例:它的两臂和头部是7个单位,柄是12个单位,三者相加等于33,正好是基督的岁数,还能使人联想到重要历史文献中的其他意义。显然,海姆堡在设计中精心利用了颜色、形状、尺寸等各种手段来尽可能充分地表现鲁诺教在发展历史、核心人物、基本教义、组织形式等方面的特点,使他的设计具有尽可能多的意味和实体性,为了使这些符号能够取代现实。正如叙述者所指出的,"由于有这么多东西要学,(布鲁诺教教徒们)就没有什么时间对这个敌对的、注定要灭亡的世界进行唐吉诃德式的愚蠢进攻"(352)。总之,海姆堡始终在按照自己的原则而不是现实的要求在生活,始终生活在虚构的世界而不是真实的世界里。他的原则和虚构世界之所以有魅力的一个主要原因在于它们是固定不变、意义确定的。固定不变有死亡的意味。因此也可以说,早在海姆堡的身体死亡之前,早在他毫不犹豫地投身于他的原则和虚构世界之时,他的精神就已经死了。

相对于这个拘泥于原则和虚构的海姆堡,他所否定的知道如何当好人的卡尔和知道如何讲好故事的琼斯这两个记者,当然就能够代表他所没有的自由和活力。但比这两位记者具有更大代表性的,在书里得到的描写最多的，却是第三位记者兼他们的顶头上司米勒。小说第一次写米勒对原则的态度，是在他接受旺达的引诱之时。丈夫刚在矿难中遇难，旺达就开始引诱别的男人，这若是借用海姆堡的原则和语言，就绝对是“野兽”的行为。米勒在接受旺达的引诱之前也不是没有犹豫过：

> 他试图把自己的原则做一番整理，却发现自己简直没有任何原则。他感到劳累过度、劳而无获，厌倦了自己所玩的游戏、所戴的面具。西康顿镇是由基督徒和煤矿工人构成的，而他是他们的历史记录者：如果他们疯了，他不就会更疯吗？所以，就跟他们胡来；在地狱里就要像被打入地狱的人那样行事。(74)

当然，米勒也不像他在自己几乎已经失控的特定时刻所感觉的那样“没有任何原则”。他所提到的那些“所玩的游戏、所戴的面具”就可被看作他平时所遵循的一些原则的表现，但那些原则都是些无关紧要、压抑个性却又似乎不可或缺的表面性小原则。所以，他所说的“没有任何原则”，也可以说是在表达他对另类原则的渴望。这类原则或许可以被称作根本性大原则，能让他在现实当中随机应变、释放活力、自由行事，能允许他干蠢事、犯错误以及从中吸取教训，正像他在接受引诱后喊出的蒙田遗训所教导的那样：“让我们从愚蠢中学习。”(75)①

米勒对于原则的这种理解，与他的生活观、个性和职业有着十分密切的关系。对于纷繁复杂的现实生活，米勒是这么看的：

> 生活是由一些分离的、其实并没有多少重要意义的瞬间松散地连接而成。其中的每一个瞬间都受之前行动的影响，但又都有着自己的一点可以随心所欲的自由。因此，生活就是对这些行动的一系列调整。如果一个人能保持他的幽默感，做成尽可能多的事情，调整就更容易一些。(161)

米勒的生活观显然与海姆堡不同。海姆堡认为生活是一系列灾难，

---

① 关于米勒没有原则或超越原则的特点，一个比较极端的表现就是他集基督和犹大于一身。安德森等人就曾根据他受到的迫害和最后的复活而认为他是个基督，同时又根据他对布鲁诺教的揭露和背离而认为他是犹大。见 Anderson, *Robert Coover*, p. 44.

而且正以“越来越快的频率”和“不可逆转的趋势”走向毁灭性“大灾”(215)。所以,海姆堡的生活观是决定论性质的和悲观主义的,个人没有什么自由可言,只能按照适应这种生活观的原则去忍受、躲避或自杀。米勒则认为,尽管生活在很大程度上是决定论性质的,但还是有着少许不受客观发展趋势所决定的空间,可以让个人发挥自己的主观能动性、对生活的走向做出某种程度的改变,而且越是乐观、积极的个人,就越有可能获得更多的行动自由、做出更大的改变。所以,比较而言,米勒的生活观更加全面、能动、乐观一些,给了个人更多的超越原则、积极生活的自由。

米勒的个性和他根据自己的个性所选择的职业,也与他对原则和自由的理解有很大关系。米勒个性中的一个重要特点就是“特别爱好冲突”,而且他“总说正是这种爱好将他带入了新闻业”。对于米勒,爱好冲突就意味着知道在自己和冲突各方之间保持一定的距离,给自己和冲突各方以一定的自由,就意味着自己不能太拘泥于原则或太急于采取立场,不能像海姆堡对待卡尔的行为和琼斯的故事那样太急于根据原则做出绝对的判断。否则,作为爱好冲突的个人就欣赏不到充分发展的激烈精彩的好冲突,作为爱好冲突的记者就写不出关于这一冲突的客观、全面、深入的好报道。米勒所说的冲突主要是思想文化上的冲突,包括开化与愚昧、文明与野蛮、世俗与宗教等。他所谓的冲突也可以理解成不同思想观念之间的争鸣与交流。因为这些不同思想观念各自的性质比较复杂,相遇的结果难以预测,所以无论是作为爱好冲突的个人还是记者,米勒通常也无法根据什么原则对冲突的各方做出及时而又准确的判断,所能做的只是设法帮助建立一种相对公平、自由的环境,让这种冲突或争鸣与交流能够广泛、深入地发展下去,产生更多的好思想和好故事。小说的叙述者曾称赞米勒的故事客观:“米勒的故事本质上是客观的——他把意义留给读者去决定,不论事态有无结局。”可以说,这种客观性既是米勒的个性和职业的要求,也是他难以确定事态的意义和结局的一个结果。下面我们就来具体讨论米勒是如何在改变他的生活走向以及在欣赏和维持冲突的过程中,如他所想的那样“跟他们胡来”或“保持他的幽默感,做成尽可能多的事情”。

其实，就在米勒想着要跟镇里人“胡来”或“保持他的幽默感，做成尽可能多的事情”的那两个场合，他就自由地先后做成了两件事：一是接受了旺达的引诱；二是把一个被他称作“快乐屁股”(简称“快乐”)的女护士带回了家。尽管他与旺达和快乐所做的事情都是两厢情愿的，给当事人各方都带来了满足，尤其是给他和快乐的生活带来了长期的积极影响，但它们与某些人的原则却发生了严重冲突，尤其是在刚发生矿难的背景之下。卡瓦诺就认为，米勒又“在错误的地点和错误的时间”(166)做了错误的事情，并考虑起是否应让米勒和琼斯一起离职。卡瓦诺这么考虑也并不仅仅是因为米勒与旺达和快乐所做的那些事，更主要的是因为他发现米勒在接过西康顿《纪事》后“逃避了对镇子的所有责任，养成了嘲弄当地人所尊重的习惯和传统的可恨习性”。卡瓦诺猜想，米勒之所以会这样可能是受了琼斯的影响，因为琼斯在他眼里就是“一种不负责任的认为什么都行的病毒，能够败坏一个社区，让它患上脑炎”(165)。卡瓦诺不像海姆堡那么狭隘和激烈，没有当着琼斯的面骂他是“野兽”，也没有直接向米勒发泄不满，可他在坚持原则、反对自由这一点上与海姆堡是一致的，尽管海姆堡的原则更加抽象，带有更多的宗教色彩，而卡瓦诺的原则所关心的则是小镇的习惯、传统和精神安全。然而，对于米勒和琼斯究竟是不是病毒、究竟是谁把小镇毒害成现在这个样子等问题，不同的人有着不同的看法。卡瓦诺很清楚，他自己的儿子汤米就不会同意他的看法，因为汤米对米勒“非常崇拜”(166)。而在鲍纳利的儿子查理看来，病毒恰恰是米勒和琼斯所嘲弄的传统，尤其是宗教传统：“都是傻瓜。上帝啊，这个地方已经烂到了心里。祈祷、祈祷，被炸得惨不忍睹。耶稣啊，他们什么时候才能接受教训？”(185)米勒本人就更不认为他自己的所作所为是在毒害小镇。他所说的“在地狱里就要像被打入地狱的人那样行事”的一个意思，就是在他决定“要像被打入地狱的人那样行事”之前，小镇就已经成了一座地狱，所以他才能“在地狱里”或“被打入地狱”。

很难说米勒与旺达的一时风流能对改变小镇的地狱般现状产生多大的建设性作用，但它在打破镇里死气沉沉的氛围、引发人们的思考等方面也不是毫无作用。而对于米勒本人，它和矿难一起成为他在之后的日子里顶着来自诸如海姆堡和卡瓦诺等许多镇里人的压力所做的一系列事情的重要开端。米勒在此开端之后所做的各种事情中,主要的还是报道矿难的救援和矿难原因的调查以及对布鲁诺教的跟踪报道。在参与调查矿难原因的过程中,米勒的工作较好地反映了他不畏压力、追求客观的精神。他既采访霍尔和鲍纳利这样的经验丰富的老矿工,了解到只顾挣钱的矿主不管工人死活、冬天干燥易生煤尘、井下通风不好瓦斯充斥、发生火灾没有灭火岩粉、官员受贿安检马虎等原因,也采访矿主戴维斯,了解到已在两个遇难矿工的身边发现烟蒂等情况。但对于戴维斯把矿难责任完全推给那两个吸烟矿工的做法,米勒十分难以接受。"在米勒的脑子里……这个问题已经明确,无论戴维斯怎么狡辩"(154),因为米勒曾跟随调查人员到过井下,在井下确实没有看到任何灭火用的岩粉。在这些采访调查中,米勒并不只是在揭示工人与资本家、全面与片面、正确与错误的冲突,在毫无原则性和责任心地欣赏这些冲突,而是参加了这些冲突,并且基本站到了工人一边,尽管他也看到了工人自身的一些问题,无论是在违反规定在井下吸烟上,还是在让对矿主的愤恨影响对矿难原因的客观解释上。不过,令米勒确实感到有趣的,可能还是有关布鲁诺为什么会在矿难中幸存的各种解释之间的冲突。

为什么当时在井下的九十八人中只有布鲁诺一人存活,而其他九十七人全都遇难,包括柯林斯先生等六个离布鲁诺不远的人?这是所有人都渴望得到答案的问题,所以解释也很多,包括运气好、位置好、氧气多、抵抗多、有神佑、变成神,等等。米勒专门请教了医生,又做了一些调查和观察,形成了自己的看法。医生并没有给米勒一个确定的答案,只是根据救援人员在井下找到布鲁诺时发现他与其他六个死在一起的人隔了一段距离这一情况,猜测"他所接受(一氧化碳)的量的增加也许缓慢得多"(96)。后来,米勒向老矿工霍尔问过布鲁诺的情况,了解到他性格"内向"、"怪异","人们无法和他交朋友",只有柯林斯先生"总是护着他、抬举他"(112)。这些情况使米勒认识到,布鲁诺存活的一个主要原因就是他自私:"被困一室的共有七个人。其中的六个人待在一起,他们死了。布鲁诺与大家隔了一段距离,他活着。也许是他有更多的氧,因为他不必与别人分享”(465)。不让别人与他分享最后的一点氧气,连“总是护着他、抬举他”的唯一的朋友也不让——这就是布鲁诺在关键时刻暴露的真实面孔。米勒所看到的这副面孔,与叙述者所描绘的布鲁诺在爆炸发生时以及在斯特尔楚克为救柯林斯先生而砍他被卡的右腿时的惊恐表现,是基本一致的。所以,米勒的这些认识有助于叙述者消除人们添加在布鲁诺的存活一事上的宗教色彩,揭示人们围绕这个自私的胆小鬼所开展的造神运动的荒谬性。

对布鲁诺的人品和存活原因的调查,可以说是米勒所做的与布鲁诺教有关的一系列事情的起点。米勒所做的与布鲁诺教有关的这些事情的性质并不是相同的,而是不同的,充满了他所喜爱的矛盾和冲突,也反映出他不拘泥于原则、时刻追求和保护自由的个性。对于一个拘泥于原则的人,他一旦知道了布鲁诺的真实人品和存活原因,就会在布鲁诺教诞生之初及时进行揭露,不让它发展起来给灾难深重的小镇再造成新的灾难。而米勒不但没有这样做,还对它表现出了相当的兴趣,显然就与原则不符。镇里的人也对米勒的宗教兴趣非常不解:“米勒是个怀疑论者,不上教堂,这大家都知道:为什么突然又对这些所谓的奇迹和幻象产生了兴趣?”(174)这里的答案比较复杂。为报纸提供新鲜的故事当然是一个答案。米勒知道:“布鲁诺本人就是新闻,无论是对于本地还是全国:他的生还故事、所看见的白鸟、不稳定的健康、漫长的复原过程甚至还有他奇怪的沉默。”(158)但这个答案的有效期不长,因为“米勒自己对他的兴趣很快就消散了:他所看到的只是一个由常受恫吓的孩子变成的一个自我中心的成人变态者,正在借他突然间获得的光环来炫耀他的变态。所以,关注他是在浪费时间”(158—159)。那么米勒为什么不把这个“自我中心的成人变态者”及时曝光?为什么还要做刊登布鲁诺教迎末日活动的通知等事情,有意无意地帮助布鲁诺教的发展呢?我们当然也还能列出米勒同情矿难寡妇们对精神安慰的渴望、米勒对布鲁诺的妹妹玛塞勒有好感等原因。但这里想强调的是一个与米勒爱好冲突或对话的个性有关的理由,那就是他想帮助布鲁诺教成长为一种能够进行冲突或对话的力量,从而改变小镇的沉闷现状,使小镇能够在持续的冲突或对话中恢复活力。这也许就是为什么米勒一方面扶助布鲁诺教,另一方面又抑制镇里的那些支配力量:"扶轮社的一些会议被处理的令人相当不快[①],出现发言中的一些关键话被省、姓名被拼错之类的问题。传统的圣诞精神也受到米勒的报纸的打击,因为米勒戏仿那些最受欢迎的圣诞歌曲,而且几乎没给圣诞季节的慈善活动留出任何版面。"(173)

不过,在帮助布鲁诺教的同时,米勒也没有少批评它。就拿米勒为布鲁诺教的第一次迎末日活动刊登通知一事来说,他起码在两个方面对到编辑部来找他登通知的柯林斯太太做了限制和嘲讽。柯林斯太太要求的是以醒目的通栏大字标题登一个长通知,以吸引所有镇民都来参加。但米勒在了解到柯林斯太太预言 2 月 8 日是末日只是根据了柯林斯先生遗言里的那个前面没划句号的"8 号"后,就感到了其中的荒唐性,认为有必要对柯林斯太太的要求加以限制,尽管他能够理解柯林斯太太渴望见到亡夫的心情。米勒将这个通知缩减成一小段,消除了要人们非参加不可的强迫性语气,刊印也没有用通栏大字标题,并以不给柯林斯太太招来太多会惹麻烦的镇民等可信理由掩饰了他对布鲁诺教的可笑预言和过分要求的实际限制。另外,在限制她的过分要求的过程中,米勒还对柯林斯太太做了嘲讽,尽管这种嘲讽并不是公开和直接的。在内心里,米勒把柯林斯太太与妓女黛娜做了比较,发现柯林斯太太尽管身材与黛娜相似,但毫无黛娜的性感。米勒这是想说,已被宗教观念和主观臆断挤满了大脑的柯林斯太太已经变成一个不太正常的人了。如同这些限制和嘲讽,米勒先后两次谢绝柯林斯太太和玛塞勒请他参加迎末日活动的邀请,也能反映米勒对布鲁诺教的批评态度。不过很显然,米勒所限制、嘲讽和批评的都是布鲁诺教里的那些比较极端、不利于对话和发展的东西,所以他这么做也可以说是在帮助布

---

①　扶轮社(Rotary Club),世界性职业和专业人士的俱乐部,目的是要提高职业水准、改善社区服务、增进国际理解。为加强不同行业间的联系,扶轮社由一社区里每个职业和专业的一位代表组成。扶轮社于 1905 年在芝加哥成立,总部目前设在伊利诺伊州的埃文斯顿。1922 年,随着扶轮社在其他国家出现,它的名字改为扶轮国际(Rotary International)。如今,扶轮国际约有二万七千个扶轮社和一百一十多万成员,分布在全球三十九个地区的一百四十九个国家。

鲁诺教，为了使它在后来的发展中少走弯路。

然而，现实的发展似乎比布鲁诺教所期待的世界末日更难预言。尽管米勒对布鲁诺教的迎末日通知做了许多修改，试图尽量降低出现麻烦的可能性，但麻烦还是出现了。米勒所担心的巴克斯特等人还是出现在迎末日的聚会上；他们高声痛骂、中途退场，把聚会闹了个天翻地覆，令柯林斯太太感到"彻底垮了"，"像个迷路的孩子似地抽泣起来"(191)。值得注意的是，在布鲁诺教如巴克斯特所骂的那样"固执而盲目"(197)、大张旗鼓地组织迎末日活动之时，米勒没有参加他们的聚会，而当他们感到"彻底垮了"和"迷路"、毫不声张地组织3月1日的迎末日聚会时，米勒却来到了他们中间，与不邀而来的海姆堡一起使聚会人数达到了意味深长的12，使布鲁诺教看到了新的生机。然而，米勒开始参加布鲁诺教的活动并不只是为了提供生机。在3月1日的聚会上，米勒在内心里与这一目的以及布鲁诺教教徒们的想法和做法发生了一些冲突，从中发现了不少的乐趣。可以说，虽然身在这个极为严肃、毫不自由的场合，米勒自由的心灵却无时无刻不在寻找与这一场合格格不入的乐趣。比如，见到在门口迎接他的玛塞勒，他在与其手臂的瞬间触碰中感到一种久未有过的"快感"(225)。进了门，他发现布鲁诺的头就像一个"机械玩具"(226)，觉着十分可笑。在玛塞勒说其他教徒也许是在等待光的到来的回答中，他也发现了"讥讽"和"乐趣"(230)。聚会结束时，眼睛上翻、沉思良久的诺顿夫人庄严宣布，布鲁诺父亲的死亡所表达的唯一意思是世界末日即将来临。海姆堡立即兴奋地高呼正确。激动的柯林斯太太大叫世界末日将发生在3月8号。诺顿夫人立即对这个日期加以否定，宣称日期要由她和神来决定。看着眼前乱糟糟、儿戏般的一切，米勒感到自己"游戏了一把"(249)。①

米勒不但在自己与布鲁诺教的内心冲突中玩游戏，也试图在布鲁诺教与其他教派的外在冲突中找乐趣，使他的动机开始受到怀疑，尤其是在布鲁诺教与巴克斯特的新教的一次激烈冲突之后。见

---

① 安德森指出，游戏与宗教和历史生于相同的需要，都是为了解释现实、发现意义，所不同的是游戏不像宗教和历史那样自以为真实和客观。见 Anderson, *Robert Coover*, p. 53.

到布鲁诺教的迎末日活动不但没有因预言失败而停止,反而不断推出新的预言,布鲁诺教的组织也日益壮大,不甘罢休的巴克斯特就开始带领他的教徒在布鲁诺家附近骚扰布鲁诺教的聚会。3月19日晚上的冲突,就是由他们的高声唱歌引起的。无法在屋里正常聚会的布鲁诺教教徒出门与他们争吵起来。一直按照诺顿夫人的要求没有拍照的米勒终于忍不住地拍起了照片。虽然他解释说这么做是为了“羞辱他们”(281),实际上却是刺激了对方,激化的冲突,使事态发展到警察不来就难以平息的程度。米勒意识到的是,自从他那天拍照之后,诺顿夫人对他的不信任就增加了。但他不知道,在他第一次参加布鲁诺教的聚会不久,就有人给诺顿夫人打电话,说他是个“伪装者”和“机会主义者”,会对布鲁诺教和小镇造成“危害”(276)。可以说,“伪装者”和“机会主义者”就是没有原则、表里不一、前后不一的人。根据这种理解,那么那个以“朋友”的名义给诺顿夫人打匿名电话的人就很有可能是卡瓦诺,因为卡瓦诺一直认为米勒是个不讲原则的自由主义者,而且在布鲁诺教出现之初,卡瓦也考虑过借用它的力量来恢复小镇的精神(287)。无论这个打电话的人是不是卡瓦诺,他无疑代表了原则,所以才能引起同样强调原则的诺顿夫人的共鸣,并与她联手开始了对米勒所代表的自由的进攻。

米勒不久就感到了两方面的压力的夹击。在报社里,被卡瓦诺认为是米勒的影响源的琼斯被解聘。在布鲁诺教里,米勒和玛塞勒开始受到监视和限制。但行动自由受到限制的米勒在内心里仍然继续自由地与他所鄙视的对象进行冲突和游戏。对于限制他和玛塞勒独处的诺顿夫人和海姆堡,米勒想象他们在进行“精神恋爱”和“圣洁的交媾”(309),用他们所仇视的爱情和肉体来形容他们机械乏味的精神交往,强调他们的滑稽可笑。与此同时,米勒仍然坚持参加布鲁诺教的活动,为了找到更多的故事和乐趣,因为随着布鲁诺教影响的扩大、与其他教会冲突的升级以及常识会的成立,开展冲突或对话的条件已基本成熟,产生新故事和新乐趣的可能也增大了。米勒就不无兴趣地看着气急败坏的镇长兼常识会会长温普尔来到编辑部,向他倾诉他对布鲁诺教的愤怒和对小镇社会秩序的担忧,问他是否应把布鲁诺抓起来做心理检查并关进疯人院。米勒劝止了他,说那么对待广受关注的布鲁诺教会极大地损害小镇的名声,而且布鲁诺教的人数和活动还不足以造成什么大乱子。这就在客观上保护了布鲁诺教。而另一方面,米勒在报上大量刊登与布鲁诺教在圣物、仪式、性质、目标等方面的相类似的宗教组织的故事,以期教育包括布鲁诺教教徒在内的广大读者,帮助他们认识布鲁诺教的虚构性,弱化布鲁诺教独特性、神圣性和吸引力。这在客观上又损害了布鲁诺教。可以说,米勒这么做是在维持各派力量之间的平衡,使它们的冲突和对话得以继续。但也有人对他的动机提出了尖锐的质疑。当米勒摸着一摞关于布鲁诺教的卷宗对爱德华兹说了"不管怎样,它产生了一个好故事",爱德华兹就毫不客气地问他是否想到过他这是在拿那些人的生命"游戏"(315)。[①]

说米勒的所作所为纯粹是不负责任、没有意义的游戏,显然是不客观的。鲍纳利就指出,是米勒对布鲁诺教内幕的全面披露,使人们在这大海般神秘的历史中对"西康顿这只进水的木筏"有了一些了解(394)。米勒所刊登的关于"白鸽帮"的故事也准确预言了布鲁诺教的迎末日活动有可能给生命和社会所造成的灾难。然而,米勒按照他的"自由欲"和"幽默感"所做的那些事情也确实在客观上给他人和自己造成了一定的伤害。他对玛塞勒的爱慕无疑是真诚的,但他在反抗布鲁诺教"迫害"的过程中所刊登的那些"诽谤"性故事对忠实于她哥哥和布鲁诺教的玛塞勒的影响也是不难想象的。所以,镇里流传的那种认为玛塞勒是因为受了"当地诽谤报纸"编辑的"沉重打击"而"自杀"的说法(481),也不是毫无根据的。至于米勒的那些故事在激化布鲁诺教与其反对者之间的冲突、最后造成救赎山上的重大伤亡中的作用,也可以从各方对待米勒的态度中发现一些。这就涉及米勒的自由和幽默给他自己带来的麻烦了。到了后来,米勒在镇里受到各方的孤立和敌视,尽管他始终为自己"没有

---

① 伊文森是曾对库弗的游戏观做过这样的解释:"在他看来,玩游戏是一种独特的人类活动。它反映了人们用以全面理解错综复杂的世界的基本策略。游戏和故事一旦沉积成强迫性规则,人们就开始看不见他们与世界的纤弱联系并用固定的笨拙体系代替世界,从而不能全面地观察现实。"见 Evenson, *Understanding Robert Coover*, p. 22.

被同化”而感到“高兴”(413)。上面提到过常识会的卡瓦诺对米勒的不满和长老会的爱德华兹对米勒的批评。在米勒的参与和报道下发展起来布鲁诺教后来不但拒绝他参与和采访,还把他看作害死玛塞勒的凶手而险些阉割了他。最后,若不是快乐的及时救助,被遗弃在救赎山上泥潭里的米勒就会为他的自由和幽默付出生命的代价。这也许就是为什么米勒最后也考虑起与“永恒”有关的问题,并向快乐提议建立一个“我们自己的小教派”(524)。

在米勒所自由地做下的事情当中,只有一件没有给他造成任何麻烦,而且总能帮他克服麻烦,最后还保住了他的性命,那就是他结交了女护士快乐。这个像其名字一样单纯和理想化的人物在米勒的生活里扮演了相当重要的角色。归纳起来,她向米勒提供的主要有快乐、信息、第二次生命、视角和希望等。米勒与快乐的交往始于矿难给小镇带来的阴郁和报道矿难给米勒造成的疲惫之中。就在米勒概括出关于生活既受历史决定又有些许自由的生活观后,他就自由地在路过医院时把快乐带回了家。他当时看上的是她“细长的腰和丰满的臀”,所以就给她起了“快乐屁股”或“快乐”(161)的名字。在小说所描写的这个特定上下文里,“快乐屁股”不完全是一个低俗的名字;它包含了对那些在矿难之后变得更加阴郁的“阴郁大脑”尤其是布鲁诺教里的那些“阴郁大脑”的嘲弄。① 随着米勒对快乐的了解不断增加,他发现了越来越多的精神上的快乐。当“黑手”把镇里闹得鸡犬不宁、米勒又忙于参加布鲁诺教的活动而无空与她约会时,快乐也开始跟米勒玩起了与黑手有关的游戏,包括给米勒寄信封上画有黑边的信件,以黑手的名义给米勒打电话等,还把米勒称作黑色。在一个电话里,她用如何解释光的问题难倒了米勒,然后就自己解释说,光是一种散发出来的能,可使相应的器官恰当地发挥作用,是通过抖动来传送的。这一性感而又机智的解释完全超出了知道光的物理和宗教意义的米勒的想象,所以他才会开怀大

① 安德森说快乐与布鲁诺教教徒和有意无意地帮助了布鲁诺教的镇民形成了一种“对照”,因为她对布鲁诺教和镇民对它的反应“漠不关心”。作为一个“不信教的俗人”,她爱自己的和米勒的“肉体”,认为“生活中重要的东西是此时此地”。见 Anderson, *Robert Coover*, p. 51.

笑,对她说:“没有人能让他笑得这么长久、这么痛快。”(256—257)

快乐还向米勒提供了一些重要的信息和深刻的见解。对于布鲁诺教教徒,米勒开始时只是认为他们的问题是“亢奋”,而快乐则说他们“病态”,并向他描述了她和其他护士在布鲁诺“不幸的阴茎”上所发现的伤疤(302)。这条信息彻底改变了米勒对于布鲁诺及其教派的看法,成为他在关于布鲁诺教的那些“客观故事”中没有明说的“最重要的故事”(356)。快乐的深刻见解主要反映在她对布鲁诺教教徒所信奉的那些神话故事的看法中。她在给米勒的一封黑边信里让最后的审判里的那位法官透露出这样一条“真理”:“以前从未有过天国,法官和处女就立即创造了一个,并在此过程中体会到了极大的快乐。”(417)这里,她轻松而有力地多层面揭示了天国的真相:它并不是先天的,而是后天的;它并不是自然的,而是人造的;创造它并不是为了什么神圣目的,而是为了创造者自身的快乐。对于神话中的人类祖先挪亚,快乐也在玩笑中毫不留情地摘掉了长期罩在他头上的英雄光环,只把他看成一个虚构的故事人物:“挪亚的魅力并不在于他的方舟和对人类的拯救。人们添加那些材料是为了使故事可信。”(466)快乐在小说结尾讲述的那个关于最后的审判的故事,也许是她对布鲁诺教所做的最辛辣的讽刺,也是对小说叙述者的宗教观和历史观的一个极好的概述。[①] 在她的故事里,最后的审判因世事复杂而无法进行了。面对这一安排已久却从未实施的审判所遇到的麻烦,天使们束手无策,并不像想象的那样机智能干。一个一流的美国公关组织受雇来解决这一难题。可这个组织又因官僚主义和行为、语言和权限等方面的矛盾而使审判完全停止。一天,有人问到为什么要搞这一审判。神圣的审判官竟然找不到令自己满意的答案,便说它没有原先想象的那么有趣,并决定放

---

① 安德森认为快乐代表了作者的观点,都把上帝看作无法满足宗教期待的凡人,“与布鲁诺教和其他宗教所宣扬的罪过、畏惧和惩罚无关”。见 Anderson, *Robert Coover*, p. 51. 奥尔斯特指出,在 17 世纪的清教徒手里形成的“走向太平盛世的历史观”(the millennial idea of history),一直以不同的形式决定着人们对历史的看法。这种历史观在后现代作家的手里受到了严峻的挑战:“后现代主义者本能地不用关于既定结尾的暗示减轻我们的痛苦。他们有意地开放他们作品的结尾。”见 Olster, *Reminiscence and Re-Creation in Contemporary American Fiction*, pp. 4, 11.

弃，各路神圣人物也都随即离去。但这时的问题是，支持审判的组织和渴望终点的参加者已经为数太多，以至于他们对神圣人物的缺席毫不在乎。因此，对最后的审判的渴望和对永恒的期待就延续了下来。这里，最后的审判的虚构性、神的可笑无能、最后的审判之所以会延续至今的原因都得到了深入而又生动的表现。这个关于最后的审判之所以会延续至今的原因也能帮助解释为什么布鲁诺教能发展成一个世界性的大教。

快乐这个人物也为小说叙述者提供了观察和评价米勒的独特视角，可以让叙述者表现米勒并不像许多人所指责的那样没有原则，而是不愿受制于任何原则、丧失自己的个性和自由。可以说，米勒并非毫无原则，他的最高原则是自由，所以他才有可能在自由的广泛探索中发现好故事、好游戏和快乐这样的好姑娘。在与快乐的关系上，米勒对超越原则的自由的向往得到了最为充分、完美的释放。米勒也曾把玛塞勒看作“快乐原则”的化身(237)，但生性柔顺的玛塞勒在布鲁诺教不断加强的监控下不能像快乐那样超脱、幽默和快乐，不能与米勒进行快乐所做的那种快乐的交换与增进，因此米勒对玛塞勒最初感到的快乐很快就减弱和消失，最后变成了哀伤。① 而自己快乐又善于激发快乐的快乐则成功地与米勒分享着越来越多的快乐，一直快乐到小说的最后，使米勒性格中的那些被人无视、误解、指责和压抑的方面在此过程中得到了充分的显现和发挥。同样，米勒也为叙述者提供了观察和评价快乐的独特视角，可以让叙述者由外到内地全面展示快乐的美丽、多识、机智、幽默、果敢、善良等魅力，也能反映米勒在视角变化上的自由。而在对布鲁诺教这个小说里的主要对象的表现上，米勒和快乐的视角的重要性就更为突出。可以说，没有他们的视角所提供的信息、评价、导向和境界，其他人物和小说读者对于布鲁诺教的认识就会出现很大的缺陷。当然，小说还用了一些其他的视角，在有效利用多种视角来表现现实的复杂、反衬布鲁诺教的幼稚、传达作品的主题等方面显现

---

① 伊文森说快乐“幽默”、“重生活”、“不受宗教束缚”都是对的，但说快乐用幽默把米勒从他所痴迷的玛塞勒身边拉走则略显简单。见 Evenson, *Understanding Robert Coover*, p. 30.

出相当的自由。所以，在以“原则和自由”为题的本节的最后，我们再来讨论一下小说里的多视角问题。

小说写的是讲原则、不自由的布鲁诺教，用的是比较传统、不够自由的第三人称叙述者，但小说在视角的运用上却非常自由，以至于难以找到其背后的原则。[①] 在一定意义上，可以说小说对多视角的这种用法强化了小说的一个核心主题，即不存在符合绝对原则的唯一正确的解释。对于书里的那些关键问题，比如导致矿难的根由、布鲁诺存活的原因、柯林斯先生遗言的意味、黑手的身份、玛塞勒的死因、布鲁诺教发展的原因等，叙述者都通过不同视角提供了多种不同的观察和解释，有的甚至多达近十种，令人物和读者都有鲍纳利所说的那种置身大海的感觉：“只能在边上瞎扑腾，晕头转向，看不到下一个该死的海浪的背后，根本不知它会把我们带向哪里。”当然，表现现实复杂难知的做法本身也可以说是一种原则，但作者并不是一个相对主义者和不可知论者，尽管他强调认知和判断的艰难。起码在他对多视角的实际运用中，我们多少还是能够发现一些他的设计和意图的。根据视角与对象分别在时间上和空间上的关系，我们可以把小说里的多视角分为历时性视角和共时性视角两大类。下面就分别来看这两类视角在小说中运用的情况和可能的效果。

在这部小说里，历时性视角主要是小说叙述者的视角。小说的题目是“布鲁诺教教徒的由来”；叙述者的任务就是要讲清布鲁诺教教徒的由来究竟是什么。要完成这一任务，叙述者就必须要详细回顾布鲁诺教的整个发展史。纵观小说的叙述结构，我们可以看到，叙述者的叙述走的就是现在、过去、现在的线路。中间最长的就是关于过去的那一部分，长达五百零三页，在五百三十四页的全书中占百分之九十四的篇幅。也就是说，叙述者在书里所做的主要是回顾和倒叙，回到布鲁诺教教徒还不存在但快要出现的那一刻，即西康顿大矿难发生的前夕。在小说的“序言”里简短地介绍了 4 月 18 日布鲁诺教教徒在救赎山上的迎末日预演后，叙述者就回到四个多

---

① 伊文森说库弗在此作品中想做的不是“写一部传统小说”，而是“寻找摆脱传统小说的途径”。见 Evenson, *Understanding Robert Coover*, p. 26.

月前的1月8日,即发生矿难的那一天,然后就开始了对布鲁诺教的产生和发展的漫长回顾,一直回顾到4月19日布鲁诺教教徒在救赎山上正式举行的迎末日活动。小说的“尾声”又是一个简短的介绍,主要介绍米勒和快乐在“4・19”迎末日活动结束之后对布鲁诺教的组织性质和发展原因的理解。在对布鲁诺教发展史的这一漫长回顾中,起主导作用的是叙述者的视角。无论是小说开头所写的矿难发生那天阴沉、寒冷的天气,还是小说末尾所写的昏迷中的米勒脑中的幻象,读者都是通过叙述者的视角得知的。有些重要信息也只能由叙述者来叙述,比如矿难发生时的井下情况,因为矿难中的唯一幸存布鲁诺已丧失了理智,对于矿难什么也不能说,除了说他在井下见过化作白鸟的圣母马利亚。当然,即使是神智正常,布鲁诺也不会说,因为他当时胆小、自私的真实表现不堪言说。所以,清楚矿难中的井下情况并能透视布鲁诺的大脑的叙述者就成了小说里的主导性历时性视角,尤其是在那些重要背景的介绍上。

除了叙述者,米勒也是一个不可或缺的历时性视角。米勒几乎参加了布鲁诺教发展阶段的所有活动,而且在较长的一段时间内,由于他的编辑身份和无教派立场,布鲁诺教内的不同立场者都愿意与他交流,争取他的理解和同情,因此他是在叙述者之外最了解布鲁诺教的发展历史和内部情况的一个人。为了获得更真切的观察和叙述效果,尤其是在涉及布鲁诺教的内部情况时,叙述者就必须使用米勒。更何况米勒的立场和境界也与叙述者基本一致,无论是在社会理想上还是在艺术追求上。在社会理想上,他们都不满压制、崇尚自由。这最明显地表现在他们对布鲁诺教的批判上。叙述者为什么要解释布鲁诺教教徒的由来?为什么要回顾布鲁诺教的发展历史?一个最直接的原因就是为释灾避灾而发展起来的布鲁诺教却在“4・19”迎末日活动中又给西康顿镇造成伤亡惨重的新灾难。叙述者的始于灾难(矿难)、终于灾难(“4・19”灾难)的基本叙述结构,就能传达叙述者要从在这两次灾难之间发展起来的布鲁诺教身上寻找这两次灾难的关系的意图。同样,作为亲眼看到和亲身感到布鲁诺教对人的限制和迫害的米勒,从首次参加他们的活动就开始以各种方式对它进行批评和抵制。在此方面,他做的一件较大的事情就是在报上大量介绍历史上与布鲁诺教相似的那些教派的荒诞不经或骇人听闻的行径,影射布鲁诺教本质中的荒唐和残忍成分。在艺术上,米勒也和叙述者一样,都追求客观真实的效果。米勒曾公开表示要使自己的故事尽量客观,把像布鲁诺下身的秘密那样的重要事情留下不说,把意义留给读者去决定。同样,叙述者除了向读者提供判断所必需的信息,从不站出来对这些信息发表任何感想。这并不代表叙述者就没有自己的判断和感想。他回顾布鲁诺的过去或揭他的老底的做法本身就能反映他的倾向。否则,他为什么不去揭爱德华兹所领导的长老会的老底呢?爱德华兹在反驳戏称自己的报道没有倾向性的米勒时就做过类似的反问:“如果新闻只是新闻,那你为什么不报道在布鲁诺先生家门房前草坪上的那场打斗呢?”(314)正是由于叙述者与米勒之间的这些一致,叙述者能够很好地通过米勒来揭示布鲁诺教发展历史中的种种内幕,尤其在扭曲人性方面,包括柯林斯太太的失性、诺顿夫人和海姆堡的精神交媾、玛塞勒的忍痛割爱和过早死亡等。

米勒和叙述者是两个不同的视角,他们所观察和叙述的东西不同,但他们的思想观念相似,所以他们的观察和叙述在思想倾向上是最为接近的。小说里还有不但观察和叙述的东西不同、思想观念也不同的历时性视角,比如卡瓦诺和巴克斯特。一直指责米勒搞自由主义、无责任心的卡瓦诺也是一个有历史眼光、长期关注布鲁诺教的人物。卡瓦诺同意他父亲的临终之言,即时代变了,家乡病了,但他又不同意他父亲关于病根在于“煤炭快不吃香了”的观点,坚持认为病根在于“精神”(286),并一直在寻找一种能够激活精神、凝聚人心、重振小镇的东西。布鲁诺教的出现立即就引起了他的兴趣。他曾为改善镇民对布鲁诺的印象做过不少工作。之后他也一直关注着布鲁诺教,尽管对它的态度变了。他自己的以及他后来成立的常识会的观察与评论,为我们认识布鲁诺教提供了一个实用主义的历时性视角。卡瓦诺后来之所以对布鲁诺教失望,主要是他发现他们太专注于迎接世界末日和最后的审判、太脱离实际生活,对他重振小镇的理想没有用处,也就是说“太消极”(286)。他的常识会则进一步强化了他的这种印象,把布鲁诺教的核心人物们看成了脱离实际的“无用者”、生性邪恶的“堕落者”、挑拨离间的“嘴碎者”和制造冲突的“暴乱者”(349)。与卡瓦诺对布鲁诺教始喜后厌的历时性视角相反,巴克斯特的历时性视角则反映了他对布鲁诺教由厌到喜的态度变化。巴克斯特在布鲁诺教的第一次迎末日聚会上大骂他们是“固执、盲目的假预言者”,后来又率领教徒反复骚扰布鲁诺教的聚会。就在4月18日去救赎山骚扰布鲁诺教的迎末日预演的路上,他的车撞倒了玛塞勒。但柯林斯太太却宽容地说出“我们都是凶手!……是我们大家用仇恨和恐惧杀死了她!”这样的话,让他感到了其中的“伟大精神”,便立即“热泪滚滚”地率众加入了布鲁诺教的行列(469)。“4·19”灾难后,巴克斯特家的房子被砸、人被打,但他的立场毫不动摇,成了布鲁诺教教徒中最坚定的一员。

谈了上述纵览布鲁诺教发展史的历时性视角,再来看小说叙述者在表现布鲁诺教的特定发展阶段或思想观念等方面所采用的那些共时性视角。这里主要围绕人物们对布鲁诺的存活原因、柯林斯先生遗言的意思、黑手的身份、末日和上帝的意味等问题上的不同解释来谈。布鲁诺的存活原因与布鲁诺的神化和布鲁诺教的产生直接相关。这既是一个解决了的问题,又是一个没有解决的问题,对于许多布鲁诺教教徒而言还是一个永远不可能解决或无须解决的问题。因此,这个问题就有着许多不同的解释,反映出许多不同的共时性视角。小说里,最先聚焦这一问题的是叙述者的视角。在描写矿难发生时的井下情况的第一部分里,叙述者详细介绍了布鲁诺的胆怯和自私,包括他最后如何为了活命而离开柯林斯先生等六人,自己去找安全的地方。这就是说,叙述者一开始就给了布鲁诺存活原因的问题一个真实的答案。米勒从医生那里得到的解释进一步证实了这一答案。这样,布鲁诺的存活原因的问题就解决了。它之所以后来又成了问题,主要是因为布鲁诺自己提供的一个解释,即说他在井下见到了化作白鸟的圣母马利亚。这就引发相信基督教和奇迹的镇民们的进一步解释,包括他得到了神的保佑,他之所以能得到神的保佑是因为他有非凡的品德,等等。这样,布鲁诺就从一个胆怯、自私的卑劣者变成了一个英勇、高尚的大英雄。但布鲁诺教教徒们还不满足。经过诺顿夫人的进一步改造,布鲁诺最后变成了神的化身。把所有这些从不同视角得出的不同看法加在一起，我们并不能获得一个完整、真实的布鲁诺，但我们却能看到不同视角之间的对照，看到布鲁诺教里的那些主观而又自负的视角如何从叙述者和米勒等人的客观视角中把卑劣的真实布鲁诺夺过去再虚构成神的过程，看到布鲁诺教的开端有多么滑稽。

如何解释柯林斯先生的遗言对布鲁诺教的发展具有重要意义，因为它直接涉及布鲁诺教的主要活动和举行这一活动的日期。在关于柯林斯先生遗言的各种解释中，我们也能看到布鲁诺教教徒的视角对其他视角的漠然无视。柯林斯太太是因为不能全懂柯林斯先生的遗言才来向巴克斯特请教的，但她在巴克斯特解释的过程中主要是跟着自己的信念走，对巴克斯特的观点以及遗言所可能包含的其他意义没有给予足够的关注。在某种程度上，与其说她请巴克斯特帮她解释，还不如说她想找一个听者接受她的想法。比如，当她请巴克斯特解释柯林斯先生字条里要人们"聆听圣灵之言"并"站在一起"这两个"困扰"她的疑点时，她只是听取了符合她的信念的解释，即"已做好审判活人和死人的准备"和"一切的终点已经到来"(105)，而没有注意到，巴克斯特的这些话并不完全是说给她听的，还是说给他正准备教训的孩子们听的，而她这时却已经兴奋得听不见巴克斯特叫她冷静的话了，因为巴克斯特所说的最后的审判已让她看到了能与柯林斯先生重逢的可能。她接着又请巴克斯特解释世界末日和最后的审判将发生在几月 8 号。巴克斯特就说柯林斯先生遗言里的"8 号"是矿难发生那天的日期，即 1 月 8 号，不是最后的审判的发生日期，尽管那个"8 号"的前面没有句号。但这时已完全处于主观意愿支配下的柯林斯太太根本就听不进巴克斯特的不同意见，而是立即把那个 8 号理解成即将来到的 2 月 8 号，并断定 2 月 8 号就是世界末日和最后的审判发生日。

有了被神化的布鲁诺作中心，又有了迎接世界末日和最后的审判作任务，布鲁诺教的活动立即就开展起来，组织也很快就有了一定规模。但布鲁诺教内部的思想并不统一。一个最滑稽的现象也许是，布鲁诺教里最有思想、最有权威的诺顿夫人，在思想上也是与布鲁诺教的基本信念相差最远的。诺顿夫人崇拜的不是圣父、圣子或圣灵,而是一个被她称作道米伦的神。她能用超感官与这个神交流,接受他的指示,包括叫她完全脱离物质和肉体、过一种纯粹的精神生活的教导:"像鸟一样与鸟飞天,像鱼一样与鱼游海,以世界允许你的方式在世上行事,因为除了幻觉,一切都是幻觉,只有智者才能在其中宁静地生活。"(81)正是因为她崇尚这种玄妙的精神一元论,所以刚参加布鲁诺教教徒的聚会时,她发现他们"幼稚",对他们既关注肉体又渴望当上帝的选民的这种二元论感到"荒唐"(148)。在她的视角中,基督教不只是"幼稚"、"荒唐",还充满了"偏见",比如那些有关正直与得救、基督复临、十字架、天使和魔鬼、原罪等的说教。在这些偏见中,诺顿夫人对原罪尤其反感。她认为,"人都是世界灵魂的散发物",不是上帝造的,而且"所有人最终都将获得神性",无须经过最后的审判和上帝的选择。所以,"唯一可以想象的到的罪"就是上帝"有意无视人的恰当状况",不是人类不服从上帝。诺顿夫人的这些观点都是对新来参加布鲁诺教聚会的米勒说的。她知道自己观点的反基督教性质,所以就先用"我希望我没有冒犯你"给米勒打预防针,后来又频繁用"不是吗"、"你认为呢"等问句查验米勒是否真的没被冒犯。其实,米勒不但嘴上说"毫无冒犯",心里也在想,"这与他常对那些顽抗者所说的话没有什么不同"(235)。诺顿夫人还对米勒坦言,她"完全不能认同"柯林斯太太的那些"病态的期待"。这里,叙述者有效地利用了诺顿夫人的视角强调了布鲁诺教的"幼稚"、"荒唐"、充满"偏见"和"病态"等特征。诺顿夫人的视角的有效性不仅在于她在布鲁诺教内的特殊地位使她可以说出任何别人所不敢说的话,还在于她对布鲁诺教的深入了解使她对其本质的质疑具有更高的可信度。

诺顿夫人鄙视布鲁诺教,鄙视它对世界末日的那些"病态的期待"以及这些期待背后的对于上帝的崇拜。但这并不妨碍她加入布鲁诺教、崇拜她的道米伦。其实,她加入布鲁诺教就是为了响应道米伦的指示,带领布鲁诺教教徒脱离包括肉体、物质、十字架、上帝在内的一切有形的束缚,走向完全无形的真理。可以说,她加入布鲁诺教是在以实际行动反对不同于道米伦的上帝。当然,在加入布鲁诺教和反对上帝等方面,小说还写了一些其他的目的和视角。米勒加入布鲁诺教就不为反对上帝或支持上帝；他是个“无神论者”(174)和布鲁诺教里“唯一一个没有信念的人”(294)。米勒所喜欢的玛塞勒对待上帝和救赎也有着不同于其他教徒的看法。在她的视角里，“基督并不代表超度，而只是通向不需要他的更高境界的众多途径之一”(303)。这一看法与柯林斯先生关于“神恩不是我们舍命所求的东西，而是我们求以活命的东西”的看法是一样的，都认为神不是目的，只是途径，而且是众多途径之一。也有既不参加任何教派又质疑或反对上帝的视角，比如鲍纳利和汤米等。鲍纳利并不质疑上帝本身，却质疑那个唯一、不变、不关照他的上帝。作为一个意大利裔普通矿工，他喜欢按照他所熟悉的生活原型来想象他自己的上帝，“总把上帝想象成一个强壮的、黑黝黝的老杂种，住在很高的地方，却有橡胶长臂，说意大利俗语，对混蛋也一视同仁，但不知何故特别喜欢温斯”(250)[①]。这里，上帝几乎被完全俗化成一个与鲍纳利有着共同祖籍和语言的老朋友。相比之下，汤米则以年轻人敢想敢说的特点直言不讳地对上帝的能力和仁慈表示了怀疑。他向爱德华神父质问道：“上帝不是控制一切吗？但他如果非得靠炸毁矿井、杀死近百人的方式来向我暗示什么而又不给我理由的话，那他就连教练也不如。”(181)

布鲁诺教里的一些新教徒的视角不时被用来观察老教徒或教外人所观察不到的东西，往往具有非常特别的效果。布鲁诺教的4月18日的迎末日预演主要是由叙述者叙述的，但叙述者在有些部分里借用了海勒姆的视角。作为来自外镇的新信徒，海勒姆一方面相信布鲁诺教，另一方面又保持了新信徒对布鲁诺教的新鲜、好奇甚至某种程度的距离。所以，他的视角使叙述者对这次预演的叙述具有相当的客观性和戏剧性，较好地弥补了没被邀请参加的米勒所造成的损失。作为信徒，海勒姆当然不能容忍外界看到有损于布鲁诺教的形象和与迎末日这一严肃场合不符的任何情况。所以，当他发现记者拍了他为妻子挑选内裤的照片，便立即设法烧掉了那个记者的胶卷。但作为一个外来的新信徒，海勒姆又对布鲁诺教的某些

① 鲍纳利的全名是温斯·鲍纳利。

做法持有他个人的质疑性看法。就在预演进行过程当中,望风者突然报告有车朝他们这边开来,布鲁诺教教徒们立即如惊弓之鸟一般飞奔向汽车。撤离中,海勒姆一时间觉着这一切太“荒唐可笑”,甚至怀疑是否是“某种愚蠢盲目的念头使他来到这里”(15)。比较而言,海勒姆的这一视角在布鲁诺教里应是最为客观和自觉的。[①] 他的这一视角后来还对有关玛塞勒的传说和艺术做了无情的纠正。玛塞勒是预演那天死的,当时海勒姆就在现场。所以,对于后来的那个说玛塞勒咽气时用手指天并奇迹般地在死后还保持这个姿势的“最固执的传说”,海勒姆就知道完全是“假的”(18)。玛塞勒之死后来还成为宗教艺术的流行题材。在关于这一题材的艺术品中,海勒姆发现了双重的虚假,一是它们总表现那个根本没有出现过的玛塞勒用手指天的动作,二是它们总省略玛塞勒咽气时吐血的情景。布鲁诺教新教徒的不同视角和观念也给布鲁诺教的形式和信条带来了一些变化,比如教徒们后来可以在特制的长外套内穿便服,对末日发生日“8 号”的解释也有了更大的空间。

与通过回溯布鲁诺教毫无神圣性可言的源头来质疑布鲁诺教的历时性视角不同,上述的众多共时性视角主要是通过表现大量的其他可能来强调布鲁诺教的非唯一性和非绝对性,在横向上对布鲁诺教做进一步的质疑。在这些共时性视角的透视下,布鲁诺教里的一切几乎都出现了布鲁诺教教徒在解释柯林斯太太的末日预言为何总不灵验时所说的那种情况,即那只是一个有着“二十个不同意思”的词(280)。是一个词,就意味着它并不是事实。有着二十个不同意思,就意味着这个词几乎成了一个难表确切意思和常会引起误解的空词、坏词和死词。可以说,对这两类视角的自由运用有效地帮助了叙述者表现布鲁诺教本质中的虚妄、偏执和缺乏活力等问题。但布鲁诺教为什么又能发展成国际性大教呢?原因有多种,包括:(一)人们需要精神寄托,离不开有助于认识世界的虚构和有助

① 伊文森说,通过海勒姆的视角,库弗既能表现“实际发生的事”,又能表现“热心者如何重构”,从而强调了书里的一个重要主题,即“人们如何倾向于对事件进行重新利用和思考,使它们在他们自己的有意识(有时无意识)的信仰系统中显得有意义”。见 Evenson, *Understanding Robert Coover*, p. 28.

于确定方向的对于世界末日的预想。(二)媒体的大量报道。(三)在强大的阻力下培养出可敬的耐力,赢得了广泛的同情。(四)做了一定程度的世俗化,增强了与现实的联系和对差异的宽容。但在小说叙述者的心目中,最重要的原因或许是大家,无论是布鲁诺教教徒还是非布鲁诺教教徒,对于布鲁诺教教徒的真实由来,对于矿难寡妇们的主观臆造、布鲁诺的贪生怕死、诺顿太太的异端邪说、海姆堡的冷酷无情等历史真相,都还不甚了解。所以,叙述者认为有必要讲述这个名为"布鲁诺教教徒的由来"的故事,通过尽可能多的视角来全面客观地说明布鲁诺教教徒的真实由来。虽然这个故事不能阻挡布鲁诺教的发展,而且还可能会像那些曾经批判过它的媒体那样进一步促进它的发展,但它无疑能向人们提供更多的角度和信息,增加人们对布鲁诺教以及一切虚构物的实质尤其是它们的虚构性、必要性、局限性和可改造性的认识。[①]

---

① 库弗说过:"因为世界本身就是一个虚构物,所以我认为虚构者的职责就是提供更好的虚构物,让我们能够改变对事物的看法。"见 Frank Gado, "Robert Coover," in *Conversations on Writers and Writing*. Edited by Frank Gado (Schenectady, New York: Union College Press, 1973), p. 150.

结语:后现代主义与后现代小说

本书讨论后现代主义的第一章主要是想回答为什么后现代主义值得认真对待的问题,重点是在后现代主义有哪些可能的价值上,所以就没有专门谈后现代主义与后现代小说的问题。这里谈后现代主义与后现代小说也不是要谈它们之间的互相关系这个难度极大但也很有意义的问题,而是主要针对那种否定后现代主义以及宣称后现代主义已经过时的理论,结合一些不同理论尤其本书所研究的一些后现代小说来谈一些看法。其中的两个基本看法是:(一)后现代主义或后现代主义理论与后现代小说是两个不同的领域,尽管它们之间可能存在这样或那样的联系。因此,无论后现代主义是否应被否定或是否已经过时,都不应影响我们对后现代小说的态度和研究;(二)后现代小说,尤其是早于后现代主义的早期后现代小说,能够丰富我们对于后现代主义的认识。

上世纪 80 年代初,在后现代这一概念开始流行之时,许多人还并不确定它是否真的反映了一种现实。格拉夫曾略带无奈地指出:"认真对待这个概念是困难的,但要摒除它也不容易",因为"一旦有一些人相信像后现代这一概念标志着文化气候的一种真实的变化,那么这一变化就变成一种需要研究的事实,即使这一事实并不完全符合大多数使用此概念的人的想象。"①随着这种研究的展开,后现代这一概念是否反映了现实的问题淡出了人们的视野,而后现代和后现代主义这些概念自身的定义则似乎成了越来越严重的问题。各种以后现代主义命名的理论大量涌现,互相之间的激烈争论形成了理论史上的一道难得一见的景观,却使得后现代主义的定义种类

---

① Gerald Graff, "Preface" to Charles Newman, *The Post-Modern Aura: The Act of Fiction in an Age of Inflation* (Evanston, ILL.: Northwestern University Press, 1985), pp. i—ii.

繁多甚至互相矛盾。斯尼普-沃姆斯利曾对这种情况做过这样的概述：

> 后现代主义的理论和定义随处可见。它既是与现代主义的一种决裂，又是对它的一种延续；它既是对马克思主义的一种进步性发展，又是对马克思主义的基本信念的一种否定和遗弃；它既是激进的，又是反动的；它既提倡消解宏大叙述，自身又是一种关于宏大叙述的终结的宏大叙述；它把美学投射进文化和认识论的领域；它是晚期资本主义的文化逻辑；它是真实世界的丧失；它是对一切批判哲学标准的抛弃；它是对哲学和再现领域的彻底批判。①

这一概述就能让我们看到，要把后现代主义的各种不尽相同甚至完全对立的定义统一起来，几乎是不可能的。这就是为什么尼克尔在《后现代主义与当代小说》一书的序言头里写道："不足为奇，这几乎成了后现代主义介绍的一种流行做法，那就是一开始先相当自相矛盾地宣称，对后现代主义是不可能做出令人满意的介绍的。"②然而，一切都会变，过去不可能的事情不见得现在或未来也不可能。随着后现代主义一词的进一步流行，它的定义也呈现出逐渐确定的倾向。尼克尔曾随意从两本普通读物里找了两个使用后现代一词的例子。简单比较之后，尼克尔发现，这两个例子很能代表如今极为常见的关于后现代主义的定义，那就是"后现代主义可被看作一种以这一信念为核心的文化意识，即一切其实都是文化；也就是说，生活中的一切，包括民族主义、价值体系、身份、历史甚至现实，都不是自然的或天生的。相反，一切都是被构建的、有中介的、被某人以某种理由置于那里的"③。根据这一发现，尼克尔得出结论说："如今，在21世纪之初，人们对于这个术语的所指已经有了相当多的共识。"④

---

① Snipp-Walmsley, "Postmodernism," in Waugh, ed., *Literary Theory and Criticism*: *An Oxford Guide*, pp. 405—406.

② Nicol, ed., *Postmodernism and the Contemporary Novel*: *A Reader*, p. 1.

③ Ibid., pp. 3—4.

④ Ibid., p. 2.

还有一点也是可以肯定的，那就是随着时间的推移，那些坚持自己立场的人，无论是赞成后现代主义还是反对后现代主义的，如今都对后现代主义的优点和缺点看得更加清楚，对自己所理解的后现代主义的含义以及自己的立场也都表达得更加明确。始终反对后现代主义的伊格尔顿在他的《理论之后》一书里就对后现代主义做了更加严厉的批判。他在此书的开头首先指出，"文化理论的黄金时代已成为遥远的过去"[1]。这就意味着，现在比过去有了更大的可能来明确地界定作为他的批判对象的后现代主义。对此，他也确实做到了。在此书的第一章里，他给后现代主义下了这样一个简明的定义：

> 我所说的"后现代"，大致说来，指的是当代的那种思想运动，它否定人类生存的总体性、普遍价值、宏大历史叙述、固定基础和客观知识的可能性。后现代主义怀疑真理、统一性和进步，反对它所谓的文化精英统治，赞成文化相对主义，崇尚多元论、非连续性和差异性。[2]

这一简明的定义使得伊格尔顿对后现代主义的批判变得更加集中和有力。如果说他之前的《后现代主义的幻觉》一书在批判后现代主义的同时也"要人们关注它的优点"[3]，在指出它"经济上的同谋性"的同时还承认它"政治上的斗争性"的话[4]，那么他的《理论之后》就没有那么客气了。他在此书里指出，在后现代主义者所推出的"大量十分深奥的理论"中，"具有讽刺意味的是，有许多都是痴迷于完全逃避了理论思维的问题。总的来看，它重视的是那些不能再做更高层次的思考的问题。它所需要的是一种超越理论的理论"[5]。这就是说，后现代主义者们的总体理论水平是很低的。后现代主义者们之前曾得到他承认的"政治上的斗争性"，在《理论之后》里也变

① Terry Eagleton, *After Theory* (New York: Basic Books, 2003), p. 1.

② Ibid., p. 13.

③ Terry Eagleton, *The Illusions of Postmodernism* (Oxford: Blackwell, 1996), p. viii.

④ Ibid., p. 132.

⑤ Eagleton, *After Theory*, p. 71.

成了一个“更为强烈的反讽”，因为与他们的左倾口号“局部行动，全球思考”所倡导的微小行动正好相反，“历史已经开始采取宏大行动”，“政治上的右派正在采取全球行动”。[①] 这就是说，后现代主义者们在政治上是脱离历史的，对于自己的敌人的动向是毫不知情的。

伊格尔顿的《理论之后》的主要任务不是要宣布后现代主义的理论热已经冷却、后现代主义已经过时，也不仅仅是要批判后现代主义的理论，而是要针对后现代主义缺少“超越理论的理论”的这一严重问题，试图建立一种超越后现代主义的微小理论的宏大理论。这就是为什么伊格尔顿在批判完后现代主义文化理论后得出这样一个“必然的结论”：“文化理论必须重新开始以远大的思考为己任——这么做不是要使它能将西方合法化，而是要使它能够理解它如今被包含其中的宏大叙述。”[②]这也就是为什么他将此书的一多半的篇幅用于讨论他认为被后现代主义文化理论所反对或忽视的话题，包括真理、道德、死亡、虚无，等等。不论对于死亡和虚无等话题的正确认识是否真的能够帮助建立一种“超越理论的理论”，达到扭转“已开始采取宏大行动”的历史的走向、挫败“正在采取全球行动”的右派的目的，伊格尔顿在此书里的意图是很清楚的，那就是要反对和超越后现代主义理论。正如伊格尔顿自己所言：

> 对于理论的大多数反对意见都是错误的或相当琐碎的。还可以对它进行更为毁灭性的批判。我们现有的文化理论许诺要处理一些重大问题，但总的来说它没有做到。它羞于讨论道德和形而上学，对爱、生物学、宗教和革命感到困窘，对死亡和痛苦闭口不谈，对实质、普遍性和基础态度教条，对真理、客观性和无功利性认识肤浅。……让我们来看看是否能以不同的眼光来处理这些问题，以弥补这些缺陷。[③]

当然，赞成后现代主义并认为后现代主义不但没有过时而且在

---

① Eagleton, *After Theory*, p. 72.

② Ibid., p. 73.

③ Ibid., pp. 101—102.

短期内也不会过时的也不乏其人。德罗莱特就在他的《后现代读本》的长篇序言里表达了与伊格尔顿截然不同的观点。德罗莱特并不认为后现代主义没有“超越理论的理论”和可能的社会政治作为。相反,他认为它具有深厚的思想基础、远大的社会理想和旺盛的政治热情。与伊格尔顿认为后现代主义产生于“六七十年代的反文化运动”及其“政治挫败”的看法不同,①德罗莱特把后现代主义放在西方思想史上的那个追求人性解放的漫长传统中进行分析和评价。他首先指出:“后现代主义不是昙花一现的时髦思维方式,而是一种严肃的思想活动,是人类对自己和世界的深入、持久的探索活动的一个部分。”②

在德罗莱特的介绍中,那些后现代主义理论家的代表,如福柯、德里达、利奥塔、德鲁兹、伊里加雷、波德里拉、詹姆逊等,所做的都不只是为伊格尔顿所说的那种“政治挫败”而发的无谓哀叹,而是对整个西方哲学传统中的问题和局限的深刻反思。另外,他们也都重视建设伊格尔顿所说的“超越理论的理论”。比如,在讨论福柯时,德罗莱特先指出,他在基本观点上不赞同认为自然和社会有序可知的西方哲学传统,而是与其前辈尼采一样,认为自然和社会的特性是随意性和不连续性,认为西方哲学传统所建的任何秩序都没有根本的基础、总会导致可怕的错误。德罗莱特还指出,在建设“超越理论的理论”方面,福柯使用知识结构(epistémè)这一概念,就是想超越人们通常只关注有关具体事物的知识的做法,探讨人类知识得以成立的基础,即用他所谓的考古学方法,对现实一层一层地做由表

---

① Eagleton, *After Theory*, p. 41. 伊格尔顿在之前的《后现代主义来自哪里?》一文中曾较为详细地谈过后现代主义的起源:“后现代主义有许多来源——现代主义自身、所谓的后工业主义、新出现的生机勃勃的政治力量、复兴的先锋派文化、商品形式对文化生活的渗透、艺术的‘自治’空间的缩小、某些经典的资产阶级意识形态的枯竭,等等。但不论它还有什么来源,它是政治挫败的产儿。”见 Terry Eagleton, “Where Do Postmodernists Come From?” in Ellen Meiksins Wood and John Bellamy Foster, eds., *In Defense of History: Marxism and the Postmodern Agenda* (New York: Monthly Review Press, 1997), p. 23. 这里的“政治挫败”或文章第一句“想象一场遭受了严重失败的激进运动”里的“失败”,指的是以 1968 年法国学运的可悲结局为代表的六七十年代反文化运动的失败。总之,伊格尔顿不认为后现代主义有什么历史渊源和思想根基。

② Michael Drolet, ed., *The Postmodern Reader: Foundational texts* (London and New York: Routledge, 2004), p. 2.

及里的研究，以发现隐藏在现实深处的那些控制着人们认识和理解世界和自我的方式的规则。福柯的这种考古研究使他认识到，不同历史时期是不可比的，从而推翻了传统人文科学的核心信念，即自主、连贯的主体能够发现人类历史的整体模式，揭示过去如何决定现在的秘密。

在对德里达的介绍中，德罗莱特通过将他与福柯和海德格尔进行比较，强调了他与西方哲学传统密切关系。如同福柯，德里达也认为人文科学的传统方法已经死亡，不值得复兴，但他同时又发现，福柯的考古学和系谱学沿袭了西方哲学传统中的这一基本信念，即存在能被发现的客观知识或终极真理，因而不能脱离人文主义、完成后结构主义的任务。德里达从海德格尔那里继承了这样的认识，即西方哲学传统描绘世界的做法（德里达称之为逻各斯中心主义，即推崇身份和无矛盾的逻辑）的根基是在柏拉图关于"同一"或"在场"的形而上学之中。柏拉图的这种被海德格尔称作人文主义的形而上学错误地混同了人与存在，同时也使人脱离了自然和彼此。所以，海德格尔和后来的德里达都认为人文主义从根本上说是没有人性的。德里达赞同海德格尔，也认为应该抛弃存在的人文主义观，视存在为大于人的东西。但他不久就发现，海德格尔与人文主义的决裂并不彻底，认为海德格尔对存在显现的前苏格拉底时期的怀念是要退回到有关"在场"的形而上学。总之，德里达是在充分借鉴其前辈的批判成就的基础上对人文主义做了更加深入的分析，终于实现了对它的超越。

对于利奥塔的介绍，德罗莱特也揭示了他与西方哲学传统的联系。在德罗莱特看来，虽然利奥塔和德里达一样，也认为人类的一切活动都可以归结为语言活动，但利奥塔对语言游戏的兴趣使他有别于关注解构和散播的德里达。德罗莱特指出，利奥塔的语言游戏概念来自维特根斯坦。维特根斯坦认为，寻找实质的形而上学倾向长期统治着自柏拉图以来的西方哲学传统。哲学家们一直以为，所有实体都具有某种共性，我们能发现它并能以通用术语加以概括。而且哲学家们还迷恋科学的方法，使这种寻找实质的倾向在哲学领域变得更加顽固。科学的方法要把现象简化成基本规律，轻视特定案例,因而是形而上学的真正源头,是使哲学走入黑暗的根本原因。由此,维特根斯坦提出,观察语言游戏,了解语言如何在人们所从事的特定活动中获得意义,能帮助哲学家们走出黑暗。至于利奥塔之所以对语言游戏感兴趣的重要原因,德罗莱特认为主要有:(一)想推翻长期控制哲学家思维的科学方法,包括对不同话题做概括和统一的处理、轻蔑个案等;(二)想清除哲学家们要寻找形而上学实质的糊涂想法;(三)最重要的,也是利奥塔的基本方法所依据的首要原则,就是要强调语言的政治意味,揭露形成并控制现代思想的隐秘的权力关系,展示看似连贯的叙述可以如何分裂成众多千差万别的意义。对于被广泛认为给后现代主义下了最经典的定义的《后现代状态》一书,德罗莱特认为其"新颖"之处并不在于对信息技术和科学知识的合法化实质所做的分析,而在于将后结构主义对哲学的批判延伸到社会,在于揭示了知识因人文主义失败而发生的性质变化所具有的社会政治意义。

正是基于上述历史分析,德罗莱特认为,虽然后现代主义是对现代主义运动的创造性业已枯竭的状态的一种反应,而且也确实有些后现代主义著作引起了人们的质疑和指责,但"后现代主义的最杰出的思想家认真探讨了西方哲学传统中的核心问题……试图回答数世纪以来一直困扰人类至贤的那些难题。因此,后现代主义将继续规定着我们的思想版图"①。

这就是说,即使在21世纪的今天,在如何看待后现代主义的问题上,依然存在着意见的严重对立。一方面,有伊格尔顿那样的学者认为,后现代主义及其理论已经过时,必须尽快建立被它们所反对的体系宏大的理论加以取代。另一方面,又有德罗莱特这样的学者认为,后现代主义及其理论不但没有过时,而且还将继续影响我们的思想。类似的意见对立似乎难以在短期内得到满意的解决,但仍然不断有人做着这方面的努力。本书的第一章介绍过沃等女权主义者的做法,那就是对争论双方所代表的现代主义和后现代主义都做有批判和选择的接受,综合它们各自的长处来建立能满足女性

① Michael Drolet, ed., *The Postmodern Reader: Foundational texts* (London and New York: Routledge, 2004), p. 35.

解放运动所需要的理论。与那种采取立场、继续争论的做法相比，这也许是一种更为恰当、有效的做法。当然，在批判性综合的范围和具体做法上，也还存在不同的看法。沃所综合的主要是现代主义和后现代主义二者。而斯尼普-沃姆斯利则认为，批判性综合的范围还可以扩大，还应包括被崇尚理性、争取解放的现代主义所抛弃的神话，因为如同现代主义（或斯尼普-沃姆斯利所谓的解放理论）和后现代主义，神话也代表了"时间权威"的不可或缺的一个部分，想把它们三者分开是不可能的："确实，所有三种权威（神话的、解放的和后现代的）以及支配着它们的时间形态（过去、未来和现在）都是在始终如一和持续不断地同时运作。"[①]这就是说，就像过去、未来和现在三者中的任何一者都不能离开其他二者而独立存在一样，神话、现代主义和后现代主义三者中的任何一者也不能离开其他二者而独立存在："这些权威中的任何一个都不能被逻辑确切地证明是有效的。"[②]与沃相同，斯尼普-沃姆斯利最看重的也是后现代主义在批判上的警觉性和破坏力，把它主要看作"一种揭露主导叙述和权威话语的矛盾和难题的手段……能够提供一个紧张的时刻：一个短暂并总是不稳定的中间地带，使我们由此可以用不同的眼光看待事物"。但斯尼普-沃姆斯利强调指出，后现代主义所提供的只是手段，"不应被错误地看成目的本身"。[③]

伊格尔顿的否定观、德罗莱特的肯定观、斯尼普-沃姆斯利的综合观——这三者大致可以反映如今人们对待后现代主义的主要观点及其成就。但詹姆逊曾在不同场合反复提醒，对于各种前所未有的后现代难题，包括"持久的结构性失业、金融投机和难以控制的资本流动、形象社会"等，真正有可能解决它们的力量并不是理论家，而是社会发展自身。在《后现代主义》一书的结尾，詹姆逊坦率地承认，他在该书里所做的主要是"一个实验"，试图对"极无系统性"和"极无历史性"的后现代现象"强加一种至少是思考它的历史方法"。

---

① Snipp-Walmsley, "Postmodernism," in Waugh, ed., *Literary Theory and Criticism: An Oxford Guide*, pp. 420—421.

② Ibid., p. 421.

③ Ibid., p. 425.

在《五论实存的马克思主义》一文的结尾,他更加明确地指出:“知识分子仅仅靠做一番思考是找不到走出这一困境的出路的。只有现实中的结构性矛盾的成熟才能产生期待中的新可能:但我们至少能通过黑格尔所说的‘坚持否定’,通过保持那种能让人期待新可能出乎意料地出现的立场,而使这一困境保持活力。”①

上述简介也许能够表明,在对后现代主义的研究中,伊格尔顿的过时论和否定论只是多种理论中的一种。也就是说,后现代主义是否已经过时或应被否定的问题还没有明确的答案。有了这样的认识,我们在读到伊格尔顿在《理论之后》里对后现代主义与后现代小说的关系的讨论时,就会更加坦然一些。其实,后现代主义与后现代小说的关系问题并不是《理论之后》里的重要问题。伊格尔顿之所以要谈它,主要是因为他认为后现代主义与后现代小说的密切关系背后存在着一种必然性,而这种必然性有助于他进一步揭露后现代主义对于后现代现实的无知。他是这样归纳后现代主义与后现代小说的密切关系背后的这种必然性的:“简而言之,小说对于那些对现实世界知之甚少的人是一种理想的形式。没有人能够揭露他们的无知。这就是为什么想入非非知识分子们与作家们的关系如此亲密、有时还合为一体的一个原因。”②这就是说,后现代主义者大多是些“对现实世界知之甚少”,喜欢“想入非非”的人。为了掩盖他们的这些问题,他们就躲进了小说,或者自己也当起了作家。这里,后现代主义和后现代小说被看成了没有多少本质区别的东西,都是些不切实际的虚构,没有什么实用价值,不值得认真对待。

伊格尔顿讨论后现代主义与后现代小说的关系时的着眼点是后现代主义。再来看看以后现代小说为着眼点的讨论对这种关系提出了什么样的观点。尼克尔在他的《后现代主义与当代小说》里提出的观点似乎就是针对了伊格尔顿的上述结论。尼克尔明确指出,他的这本书的“基本理念”就是“断然不想表示当代小说和后现

---

① Fredric Jameson, “Five Theses on Actually Existing Marxism,” in Ellen Meiksins Wood and John Bellamy Foster, eds., *In Defense of History: Marxism and the postmodern agenda* (New York: Monthly Review Press, 1997), p. 182.

② Eagleton, *After Theory*, pp. 90－91.

代主义可以被以某种方式互相简化成对方。它的书名承认其话题所涉及的其实是当代文化批评中的两个复杂的领域,而不是一个。”他认为,后现代主义与后现代小说之间的“特殊关系”主要表现在后现代主义有助于我们把握过去几十年中产生的小说的“复杂之处和重要话题”,同时,作为在后现代主义中占有“重要位置”的小说对后现代主义的产生和发展也产生过重要的影响。[①]《后现代美国小说》的编者们的观点与尼克尔相同,也不认为后现代主义与后现代小说可以互相简化成对方。他们也是在讨论后现代主义与后现代小说的关系时首先强调它们的差异:“某些差异总是存在于后现代理论与后现代小说的创作实践之间。”至于后现代主义与后现代小说之间的密切关系和相似之处,他们也没有认为产生于前者为掩盖自己的无知而对后者所做的利用,而是认为产生于它们二者所处的相同的文化氛围和所接触的相同的思想观点。而且他们也坦率地承认,“并非总能描绘它们之间的确切影响”。[②] 在她的《后现代主义》一文里,斯尼普-沃姆斯利也没有理会后现代小说如何消极地被后现代主义所利用的问题。相反,她关注的是后现代小说如何积极地利用后现代主义的方法和观点取得创作上的突破。通过分析拉什迪的小说《哈荣》(*Haroun*)如何表现过去、未来和现在这三种时间形态的共存以及它们各自的权威、主张和局限,她揭示了后现代小说在借鉴和发展后现代主义方面的新可能。

斯尼普-沃姆斯利所分析的《哈荣》发表于1990年。《后现代美国小说》的编者们在讨论后现代主义与后现代小说的相似性时所涉及的小说基本上都是发表于1970年之后。也就是说,他们所研究的后现代小说大多发表于80—90年代这一伊格尔顿所说的后现代主义理论发展的“黄金期”。而本书所研究的作品大多发表于后现代主义理论开始发展但还没有产生什么影响的1970年之前。不要说这些作品的作者在谈论它们的创作时没有提到任何后现代主义理论家的名字,就是在1974年出版的《新小说》这本访谈录里,接受

---

① Nicol, ed., *Postmodernism and the Contemporary Novel*: *A Reader*, p. 9.

② Geyh, Leebron, and Levy, eds., *Postmodern American Fiction*: *A Norton Anthology*, p. xix.

采访的十二位“最具实验性”的作家也没有人谈到后现代主义理论的影响。以作家和理论家的双重身份接受采访的桑塔格，在解释新小说产生的原因时谈的都是其他媒体、小说流派和艺术形式的影响，没有谈到后现代主义理论，所提到的唯一一个当代批评家是研究现实主义模仿的奥尔巴赫。①

了解了早期后现代小说与后现代主义没有什么直接的联系，我们在研究这些小说时就可以不必太在意后现代主义的性质和命运，就可以不必在后现代主义遭受攻击和抛弃之时而为这些小说的命运产生什么忧虑。当然，这并不意味这些小说就与后现代主义就没有任何联系了。起码在预言和影响后现代主义方面，它们与后现代主义的联系还是非常值得关注的。下面就结合伊格尔顿在《理论之后》里对后现代主义理论所做的超越，探讨一下本书所研究的那些早期后现代小说能提供哪些有益的视角和信息。

伊格尔顿要超越后现代主义理论的第一个也是最主要的方面，就是它的真理观。这里对那些早期后现代小说的探讨也将主要围绕这一方面。先来了解一下伊格尔顿对于后现代主义真理观的看法。在伊格尔顿看来，后现代主义最厌恶的就是真理，“没有比绝对真理更不受当代文化理论欢迎的概念了”，因为这个概念意味着“教条主义、独裁主义、对永恒性和普遍性的迷信”。(103)在这就后现代主义真理观所说的第一句话里，伊格尔顿稍微做了一点保留，他用的是“绝对真理”，不是“真理”，让人有可能觉得后现代主义所反对的只是绝对真理，并不是一切真理，尤其是相对真理。但他不久就做了补充，把这种可能削减了一半：“其实，有些后现代主义者宣称不相信任何真理——而这正是因为他们已经把真理等同于教条主义，并且在拒绝教条主义的同时把真理也一起抛弃了。”(103)伊格尔顿后来还区分出了一些“学识更为粗浅的后现代派系”，说他们甚至连立场本身也认为是有政治问题的：“根据信念采取一种立场被认为是一种可恶的独裁主义的做法，而模糊、怀疑、不确定则莫明其妙地成了民主的表现。”(103)

① Bellamy, *The New Fiction*, p. 120.

对后现代主义的真理观做了这番分门别类的描述之后，伊格尔顿便开始进行反驳。他首先指出，后现代主义并非反对一切真理、没有任何立场：它起码不反对否定真理、不反对“不知道该如何思考一切”。(104)然后，他就开始从不同角度逐一清理后现代主义真理观中的谬误。他指出，后现代主义所反对的那种“没有历史变化的”、“崇高的”绝对真理其实是不存在的，而有些绝对真理，比如“这条鱼有点变质了”，也并非那么“崇高”(104)。他还指出，绝对真理跟独裁主义没有什么关系：“说哪条真理绝对，只是意味着如果什么情况被确定为真实的——这是一项繁重、棘手的工作，而且通常总有修改的余地——那么就不存在两种可能。”(106)这就是说，虽然所有真理都是人们根据不同的观点确定的，但不存在两种以上的绝对真理，比如浴室里有老虎就是有，无老虎就是无，绝对不可能既有又无。同样，坚持绝对真理的人不一定就是教条主义者，如果他的真理“与所有可以想象得到的证据和观点都没有矛盾的话”，而“彬彬有礼、谈吐儒雅”的教条主义者却大有人在。(107)至于那些公认的绝对真理，伊格尔顿指出，它们也不是“脱离了时间和变化”(108)。也就是说，绝对真理也是会变的。但此时此刻、变化之前的绝对真理并不因此而丧失其绝对性，而且这种绝对性也并不意味着它们是从天上掉下来的或者它们会否定其他时刻的不同真理。

总之，伊格尔顿想强调，真理是确实存在的，而且与独裁主义和教条主义没有必然的联系，因此就应该重视认识和坚持真理，尽管它有人为性和可变性。伊格尔顿的这些观点，在本书所研究的那些早期后现代小说里基本上都能找到。而且与伊格尔顿所举的关于变质的鱼和浴室里的老虎那两个例子相比，那些小说所提供的情景具有更多的社会性和复杂性，对伊格尔顿所批判的那种后现代主义或许具有更大的批判性。下面就让我们从这一角度有选择地回顾一下那些作品。

纳博科夫的《塞巴斯蒂安·奈特的真实生活》似乎根本就不认为真理的存在会成为一个问题。它的书名就明确承认了“真实”或真理的存在。尽管这部小说里存在多个版本的塞巴斯蒂安的真实生活，在一定程度上确实将真理相对化了，而且书里也确实有相信不可知论的人物,但它从未否定过真理的存在。可以说,这部小说关注的主要问题不是真理是否存在,而是如何认识真理,如何在存在于复杂的当代社会里的各种伪真理和真真理、小真理和大真理中进行辨别和验证,以不断接近大的真真理或绝对真理。书里的两个最主要的真理寻求者分别是塞巴斯蒂安的私人秘书戈德曼和塞巴斯蒂安的弟弟 V。他们都要为已故的著名作家塞巴斯蒂安作传,再现他的真实生活,阐明自己的真理观。戈德曼的真理观在某种程度上能够代表某些现实主义和现代主义的真理观。概括起来说,他的真理观是以一种比较粗糙的社会决定论为基础的,认为人是受社会历史所决定的,认识一个人需要关注他所处的特定社会历史环境中的人的共性,而不是他与这种共性不符或超越这种共性的个性。基于这种真理观,戈德曼就忽视了解塞巴斯蒂安的个人生活事实,忽视通过阅读塞巴斯蒂安的作品了解他的思想和才华,结果他的传记所呈现的就是一个非常错误和平庸的塞巴斯蒂安。但就是因为这部传记充分照顾到了社会决定论的逻辑和社会对于那些怪僻艺术家的命运的普遍期待,连贯顺畅地表现了塞巴斯蒂安的悲剧一生,所以它一出版就博得广泛好评,被社会普遍看成真理。

对戈德曼的传记深为不满的 V 起初想在他的新传记里完全用事实说话,再现一个真正真实的塞巴斯蒂安。他用了大量时间广泛进行调查,克服了一些因被调查者记忆不清、不准等问题所造成的困难,找到了许多重要的事实,尤其是那位对塞巴斯蒂安的后期生活产生了很大影响的神秘女士的真实身份。这些事实已经足以推翻戈德曼的传记,但 V 仍不满足。首先是许多事实之间并没有必然的联系。其次是涉及塞巴斯蒂安内心生活的一些重大问题在现实中找不到确凿的答案。最主要的是,他所找到的那些生活事实并不能反映塞巴斯蒂安在其创作中表现出的才华。总之,V 在其调查和写作的过程中越来越清楚地意识到,完全依靠事实是不可能充分再现塞巴斯蒂安的真实生活的。为了表现塞巴斯蒂安的才华、解释他的动机、建立事实间的联系,他就必须突破事实与虚构的传统界限,就必须研究塞巴斯蒂安的作品,就必须进行合理的想象。可以说,V 认识和表现真实的塞巴斯蒂安的过程就是他解放思想的过程,包括从只调查不想象到既调查又想象、从重生活轻作品到既重生活又重作品。这也是V的真理观不断变化和丰富的过程：真理不仅包括外表，还包括内心；不仅包括主要因素，还包括次要因素；不仅包括事实，还包括虚构；不仅包括必然，还包括偶然。总之，在此过程中，V对真实的理解越来越开放，对凌乱、空白、矛盾、无联系、不确定等怪异现象，对于那些无足轻重的细枝末节，都变得越来越敏感和宽容，最后终于写出了有关塞巴斯蒂安的最为真实的传记，但他也在这个写作的过程中充分体验到了真理的人为性和可变性。

比起纳博科夫的《塞巴斯蒂安·奈特的真实生活》，品钦的《V.》在质疑宏大故事和绝对真理方面可以说是有过之而无不及，但这并不意味着品钦否认客观现实和绝对真理的存在。他主要是想否定那些过去的、被认为是不变的绝对真理，努力为业已变化、更加复杂的当代社会发现客观的观察角度和绝对的真理。品钦笔下的当代世界是一个经历了两次世界大战等巨大灾难重创的世界，许多传统的真理都已变成像任意飞动、没有逻辑的炸弹弹片一样的碎片，连福斯道那样的虔诚的神甫也在上帝的脸上看到了病兆，认为他已失去了存在的必要。“春天就这样慢慢过去了”，《V.》的叙述者是这样描述这一变化的，“浩大的潮流和微小的旋涡都出现在新闻报道的标题里。人们阅读他们想读的新闻，用破布和稻草构建自己鼠窝般的历史”。在这样一个世界里，宏大而又绝对的历史真理并非绝对不再存在，但对于思想观念和思维方式仍然停留在过去的人来说，要想找到它确实是不再可能了。面对着改变了姓名、外貌和性别的V，曾是她的情人的老斯丹瑟尔在二十年后与她重逢时根本就没有认出她来。而作为书里最大的寻找者的小斯丹瑟尔，他几乎找遍了整个世界也没有就他所痴迷的V找到一个绝对确定的结果。寻找真理的奔波劳累和苦思冥想使五十五岁的他看上去就像一个七十岁的老人。在这个偶然性远远超过人的理智所能允许的水平的世界里，像小斯丹瑟尔那样依然固执地寻找宏大历史和绝对真理的人已经成为一种奇观，而司空见惯的则是像“全病帮”这样的没有热情、没有理想、沉迷游戏、醉生梦死的嬉皮士。

然而，品钦并没有像小斯丹瑟尔把必然性强加给偶然性那样把绝望强加给当代世界。小说里,外表冷漠的“全病帮”仍然能够慷慨捐款救人所急。同样是来自德国、从事科技工作的蒙道根却能够在目睹德国殖民者在西南非的暴行之后毅然决然地离开了自己的同胞,并能向他人坦诚地揭露自己同胞的罪恶。在二战中经历了巨大变化的福斯道虽然提出了历史是被强加了虚构的因果关系的人化历史、现实中的偶然超过人的想象、语言没有意义、记忆是个叛徒、身份并不单一、唯一正确的历史或真理并不存在等观点,但他这是在清算战前曾自信得就像“君主”一样的自己和他人的过去。他并没有停止关注和思考未来。在认清并拆卸了浑身都是假器官的坏牧师的孩子们身上,他看到了可贵的探索、怀疑和批判精神,看到了发现真理的可能和人类进步的希望。类似的希望还可见于老戈多尔芬对那种不同于西方文明的充满色彩与混合的委苏文明的向往中、老斯丹瑟尔关于认识超乎个人认识能力的真实局势需要所有个人和谐合作的理论中、德国殖民者对西南非土著人将会组织更为广泛和顽强的反抗的担心中、艾根瓦留就小斯丹瑟尔所发现的那些重大阴谋所开的玩笑中、艾丝特对整容师情人肖恩麦克及其所代表的非人化技术崇拜所做的拒绝中,甚至还可见于科学技术所可能产生的某种比某些真人更有人性的机器人的身上。当然,最大的希望也许还是在于小说作者对难以透视和表现的所有这一切的透视和表现之中。

存在真理,但难以发现——这也是莫里森的《最蓝的眼睛》所表达的观点。《最蓝的眼睛》要发现的是关于黑人的种族身份以及对于理解这种身份具有重要意义的黑人与白人的种族关系等方面的真理。而这些方面的真理之所以难以发现,主要是因为占统治地位的白人强势文化对相关真相的扭曲和对黑人思想的毒害。这种文化无处不在;这种文化的扭曲和毒害作用也无时无刻不在影响着黑人。喝牛奶用的杯子上印有白人影星雪莉·坦普尔的头像,吃的糖是用印有白人影星玛丽·简丝的头像的糖纸包的,圣诞节送的礼物是白布娃娃,上学念的第一篇课文写的是白人孩子迪克和简家的幸福故事,大街上的广告里的人物都是白人明星,电影院里放映的都是白人明星所呈现的白人生活中的成功与浪漫。黑人从小到大,从吃喝玩要到学习工作,所接触的都是白人文化以及这种文化所宣扬的白人的价值。这就不难理解布里德拉弗太太为什么会把白人的美看作“绝对的美的标准”,把她的丈夫和女儿看作邪恶和丑陋的化身。也就不难理解她的丈夫乔利为什么会酗酒打架、自暴自弃,以及他们的女儿佩科拉为什么会渴望通过得到一双最蓝的眼睛、变成最美的白人来摆脱痛苦、获得幸福。这种将白尊黑卑的白人真理高度普及化和自然化的白人文化,使许多黑人像布里德拉弗家的人那样认识不到或没有能力认识有关他们自己以及黑白关系的真正的真理。

但这并不意味着就没有不同于白人的假真理的真真理,也并不意味着就没有黑人能够发现这样的真理。与很少回忆或只回忆“单纯的时光”的布里德拉弗太太不同,吉米姨等一些饱经风霜的黑人老妇能够回忆并理解她们充满难以忍受的变故和痛苦的生活,能够认识到生活并不是一种体现单纯、秩序、静止的虚构,而是“一盆既有悲剧又有喜剧、既有险恶又有平静、既有真理又有幻想的浓汤”,能够做到在忍受各种种族和性别压迫的同时再按照自己的意愿进行创造。讲述自己的童年好友佩科拉的悲惨故事的叙述者克劳迪娅,代表了年轻一代的真理寻找者。小的时候,为了了解为什么所有人都说白布娃娃可爱的原因,克劳迪娅曾把一个白布娃娃完全拆碎,结果看到的是一些并不可爱的物质材料,包括冰冷的玻璃蓝眼珠、锯屑、能发出病羊或锈冰箱门般声响的六孔金属盘。她还想到过“冷静地用斧子劈开”现实中的白人小女孩,看看她们体内到底有些什么使黑人妇女们那么喜爱她们的东西。克劳迪娅勇于探索和反抗的表现,与胆小怕事、遇到辱骂和攻击就掩耳捂眼的佩科拉形成了鲜明的对照。在白人文化和被白人文化所同化的黑人的歧视所构成的双重压力之下,佩科拉最后失去了理智,彻底失去了认识真理的能力和可能。而独立、坚强、“认为一切言论都是我们应该拆散的代码,一切动作都需要经过认真的分析”的克劳迪娅,在反思佩科拉的悲剧的过程中,认识到了所有人的责任,成功地讲述了佩科拉的故事,尽管佩科拉的悲剧已经发生的事实使她不禁发出“太晚了”的哀叹。

多克托罗的《欢迎来艰难时世》里的叙述者和主人公布鲁也是在悲剧发生之后才对相关的原因有所意识,从而像克劳迪娅一样哀叹这种意识的迟到:“太晚了,我做错了,我知道得太晚了。”这一哀叹也是在表示有真理存在,同时又承认认识它的难度。与艰难时世镇的其他镇民相比,文化水平最高的布鲁确实具有较强的认识真理的能力。但作为一镇之长,他的这种认识能力离应有的水准还有较大差距。他的“太晚了”的哀叹针对的只是他所领养的吉米已经无可挽回地偏离了他的期待。而对于艰难时世镇两建两毁的这一最大悲剧的真实原因,布鲁的认识却是非常有限的。他的基本理念是,商业越发达、人口越多、小镇就越安全、邪恶就越无计可施,所以他重建小镇的首要任务就是千方百计地吸引商人、发展商业。布鲁在记录里记下,在小镇两次毁灭的过程中,坏人特纳都是从镇里最大的商业建筑里开始破坏的,但布鲁却没有对毁灭与商业尤其是艾弗里和萨尔所代表那种商业之间的关系做过思考。他记录了深受商业伤害的酒吧妓女莫利和自给自足的印第安人贝厄对于商人的公开反对和无言抵制,也记录了金钱至上的商业对镇里的人际关系以及像吉米那样的青少年的负面影响,但自己就是一个精明商人的他意识不到自己的这些记录所包含的有关小镇毁灭的原因和真理。在某种意义上,布鲁之所以要在小镇毁灭的过程中做记录、记录小镇的毁灭,而不是做实事、设法阻碍或避免这种毁灭,就是因为他没有认识到毁灭的原因,不知道该做什么,只以为恶的存在是真理、小镇的毁灭是必然、人除了接受和记录没有任何事情可做。他记录小镇的兴亡史有教育后人的意图,但他又不能确定自己的记录是否能够传达什么真理,在这一点上表现出少许知识分子的自我意识。然而,他对自己有意无意地掩盖真相的语言技巧和对莫利和吉米所实施的语言暴力,却始终没有什么意识。

小镇为什么会两建两毁?它们都是坏人特纳的所为吗?为什么特纳每次都是先从镇里最大的商业楼里开始下手?对于这些布鲁没能回答的问题,莫利和贝厄却几乎是本能地做出了及时的答复。他们与萨尔第一次见面时所发生的激烈冲突,就是他们对那些问题的第一次答复。他们后来还继续做过类似的答复,包括他们俩都拒绝参加萨尔的圣诞聚会、莫利反复请求布鲁带她离开小镇、贝厄最后割掉萨尔的头皮，等等。他们就像《最蓝的眼睛》里的吉米姨等一些饱受煎熬的黑人老妇那样，从他们作为下层人的痛苦生活中获得的认识真理的非凡能力。莫利是为了寻找尊严而告别东部的侍女生活来到了西部，结果被西部的严酷生活变成酒吧妓女，还在小镇第一次毁灭时因被迫抢救雇主的财物而险些丢了性命。贝厄所经历的是西进者把森林砍得令行人七天看不到一棵树、把矿山挖得像蜂巢、把印第安人当作野蛮人肆意迫害的毁灭性开发。但他们所认识到的真理并没有给他们带来尊严和自由。万般无奈的莫利最后变成一个丧失理智的复仇狂，和将她紧紧抱住的特纳一起死在她为吉米买的猎枪之下。贝厄最后是在棚屋和庄稼都被暴乱者毁坏之后被迫离开了镇子。无论是有权力却认识不到真理的人，还是认识到了真理却毫无权力的人，最后都随着小镇彻底被毁而消亡，只留下这部关于毁灭的记录等待着既能认识真理又能改变世界的读者。

若以结果而论，库弗的《布鲁诺教教徒的由来》讲述了一个比多克托罗的《欢迎来艰难时世》更令人难以接受的故事。在这个故事里，认识不到真理的布鲁诺教最后发展成一个国际大教，获得了全球性胜利，而认识到真理的报纸编辑米勒却险些被鲁诺教教徒打死，最后遍体鳞伤地躺在医院里，与照顾他的女友谈论起是否应该建立一个自己的教派。这部作品所强调的也不是世上有没有真理的问题，而是大多数人更愿意相信自己的主观虚构而不是客观真理或者经常把主观虚构当作客观真理的问题。西康顿镇的矿井里所发生的那场造成九十七人死亡的大矿难其实是直接由瓦斯爆炸引起的，背后有着矿主对安全设施投入少、安检部门渎职、矿工违规吸烟等原因，但那些渴望释灾避灾的明确答案和简易途径的人却不顾这些真相，而是相信了唯一的矿难幸存者布鲁诺所做的关于曾在井下见过化作白鸟的圣母的解释，把矿难看作上帝对不顺从者的惩罚，把布鲁诺的幸存看作上帝保佑顺从者的结果甚至基督的再世。布鲁诺教就这样围绕着布鲁诺成立并发展起来。而对于那个胆小、自私、冷酷、迟钝的真实布鲁诺，布鲁诺教教徒们全都充耳不闻或熟视无睹。除了矿难的真实原因和布鲁诺的真实面孔,小说还从多个角度对书里其他重要问题,比如布鲁诺存活的原因,柯林斯先生遗言的意味,黑手的身份,玛塞勒的死因,布鲁诺教发展的原因等,做了多种不同的观察和解释,有的甚至多达近十种,反复表现了现实的复杂性以及布鲁诺教教徒们所坚持的绝对真理的主观性、局限性和荒谬性。

然而,库弗并不是一个相对主义者和不可知论者。具有丰富的社会知识和超脱的观察视角、参加了矿难营救和事故调查的全程报道、出席了布鲁诺教的绝大部分活动的西康顿《纪事》的编辑米勒,可以说是书里认识能力最强、对布鲁诺教的历史和真相了解最多的人。是他最先了解到柯林斯太太的末日论和布鲁诺教产生的主要原因,包括柯林斯先生的暴死、他遗言的含糊、他好友布鲁诺的幸存、他们俩都在井下见到过白鸟的巧合。也是他最先以历史上"白鸽帮"的故事预言了布鲁诺教的疯狂和残暴。但是他没有预料到,正是他所代表的媒体对布鲁诺教所做的大量客观报道和揭露批判对扩大布鲁诺教的名声、推动它的发展起到了关键的作用。他也没有预料到,人们对于虚构的依赖性会如此之强,以至于他想让他们认识到布鲁诺教的真实本质的努力会使他自己险些死在他们的斧下。好在米勒有着快乐这样既懂医学又有见识的好姑娘的及时救护和有力支持。快乐不但救了米勒的性命,还用她关于最后审判的故事对布鲁诺教教徒们所迫切期待的那个历史终点的虚构性做了极为深刻而又幽默的揭示。其实,布鲁诺教后来的发展与其新领袖的改革有较大关系。在布鲁诺、诺顿夫人、海姆堡等顽固不化的核心成员被关入疯人院、被迫外迁或禁食而亡之后,柯林斯太太根据教会内外的实际情况对教义教规做一些修改,使布鲁诺教具有了一定的宽容和活力。尽管如此,小说叙述者仍然认为有必要讲述这个关于布鲁诺教教徒的由来的故事,让更多的人认识布鲁诺教以及一切宗教虚构正反两方面的意义和不断改革的必要性。

从以上讨论中我们可以看到,在真理观的问题上,后现代小说与后现代主义,尤其是伊格尔顿所批判的那种后现代主义,并不是完全一致的,甚至是有很大分歧的。其实,对于上面所讨论的那些后现代作家及其作品的名字，伊格尔顿在《理论之后》里一个也没有提到。《理论之后》以“调查”一词结尾，似乎是在表示，对于后现代主义和后现代小说的关系的研究还远没有结束，还有许多调查要做。并非偶然，本书开头引用的奥尔森的《翠鸟》一诗的结尾也不是一个明确的答案，而是一个有待调查、没有句号的问题：

> 我向你提出你的问题
> 你将去有蛆的地方/发现蜂蜜吗？
> 我将在石头丛中寻找

借助这个问题来反观这里的话题，我们或许可以说，若想发现有关后现代主义与后现代小说的关系的真理，我们应该更加重视到与后现代现实和后现代经验更为接近的后现代小说中去寻找。

引用文献

Adorno, Theodor. *Aesthetic Theory*. London: Routledge, 1986.

——. *Negative Dialectics*. London and New York: Routledge, 1990.

Anderson, Perry. *The Origins of Postmodernity*. London and New York: Verso, 1999.

Anderson, Richard. *Robert Coover*. Boston: Twayne, 1981.

Appel, Alfred, Jr., and Charles Newman, eds. *Nabokov: Criticism, Reminiscences, Translations and Tributes*. New York: Simon and Schuster, 1977.

Awkward, Michael. "'The Evil of Fulfillment': Scapegoating and Narration in *The Bluest Eye*." *Toni Morrison: Critical Perspectives Past and Present*. Ed. Henry Louis Gates, Jr. and K. A. Appiah. New York: Amistad, 1993. 175—209.

Barth, John. *Chimera*. New York: Fawcett Crest, 1991.

——. *The End of the Road*. New York: Bantam, 1981.

——. *The Friday Book: Essays and Other Nonfiction*. New York: G. p. Putnam's Sons, 1984.

——. *Further Fridays: Essays, Lectures, and Other Nonfiction*, 1984—1994. Boston: Little, Brown and Company, 1995.

——. *Giles Goat-Boy*. New York: Doubleday, 1966.

Baudrillard, Jean. *Simulations*. New York: Semiotext(e), 1983.

Bellamy, Joe David, ed. *The New Fiction: Interviews with Innovative American Writers*. Urbana: University of Illinois Press, 1974.

Belsey, Catherine. *Critical Practice*. London: Routledge, 2002.

Bertens, Hans. *The Idea of the Postmodern: A History*. London and New York: Routledge, 1995.

——. "Postmodern Culture(s)." *Postmodernism and Contemporary Fiction*. Ed. Edmund J. Smyth. London: Batsford, 1991. 123—137.

Boelhower, William. "A Modest Ethnic Proposal." *American Culture*,

American Literature. Ed. Gordon Hutner. New York: Oxford University Press, 1999. 443—454.

Bowers, Fredson, ed. *Vladimir Nabokov: Lectures on Literature*. San Diego: Harvest, 1980.

Butler, Christopher. *Postmodernism: A Very Short Introduction*. Oxford: Oxford University Press, 2002.

Byerman, Keith E. "Beyond Realism." *Toni Morrison: Critical Perspectives Past and Present*. Ed. Henry Louis Gates, Jr., and K. A. Appiah. 100—125.

Cassirer, Ernst. *Mythical Thought*, vol. 2 of *The Philosophy of Symbolic Forms*. New Haven, Conn.: Yale University Press, 1946.

Christian, Barbara. "The Contemporary Fables of Toni Morrison." *Toni Morrison: Critical Perspectives Past and Present*. Ed. Henry Louis Gates, Jr., and K. A. Appiah. 59—99.

Connolly, Julian W., ed. *The Cambridge Companion to Nabokov*. Cambridge: Cambridge University Press, 2005.

Coover, Robert. *Briar Rose*. New York: Grove, 1996.

——. *The Origin of Brunists*. New York: Bantam, 1978.

——. *Pinocchio in Venice*. New York: Linden, 1991.

——. *Pricksongs & Descants*. New York: Plume, 1970.

Cornwell, Neil. "From Sirin to Nabokov: The Transition to English." *The Cambridge Companion to Nabokov*. Ed. Julian W. Connolly. Cambridge: Cambridge University Press, 2005. 151—169.

Deleuze, Gilles and Felix Guattari. *Anti-Oedipus: Capitalism and Schizophrenia*. Minneapolis: University of Minnesota Press, 1983.

Dembo, L. S., ed. *Nobokov: The Man and His Work*. Madison: University of Wisconsin Press, 1967.

Derrida, Jacques. *Spectres of Marx: The State of the Debt, the Work of Mourning, and the New International*. London and New York: Routledge, 1994.

Doctorow, E. L. *Welcome to Hard Times*. New York: Randon House, 1960.

Drolet, Michael, ed. *The Postmodern Reader: Foundational texts*. London and New York: Routledge, 2004.

Eagleton, Terry. *After Theory*. New York: Basic Books, 2003.

——. *The Illusions of Postmodernism*. Oxford: Blackwell, 1996.

——. "Where Do Postmodernists Come From?" *In Defense of History: Marxism and the Postmodern Agenda*. Ed. Ellen Meiksins Wood and John Bellamy Foster. New York: Monthly Review Press, 1997. 17—25

Earle, Kathryn. "Teaching Controversy: *The Bluest Eye* in the Multicultural Classroom." *Approaches to Teaching the Novels of Toni Morrison*. Ed. Nellie Y. McKay and Kathryn Earle. New York: The Modern Language Association of America, 1997. 27—33.

Elliott, Emoryet al, eds. *The Columbia History of the American Novel*. New York: Columbia University Press, 1991.

Enck, John J. "John Barth: An Interview," *Wisconsin Studies in Contemporary Literature*, 6 (Winter-Spring 1965): 3—14.

Evenson, Brian K.. *Understanding Robert Coover*. Columbia, South Carolina: University of South Carolina, 2003.

Faulkner, William. *The Sound and the Fury*. New York: Vintage, 1954.

Fick, Thomas H., and Eva Gold. "Authority, Literacy, and Modernism in *The Bluest Eye*," *Approaches to Teaching the Novels of Toni Morrison*. Ed. Nellie Y. McKay and Kathryn Earle. New York: The Modern Language Association of America, 1997. 56—62.

Fiedler, Leslie. "Cross the Border—Cross the Gap." *Postmodernism: A Reader*. Ed. Patricia Waugh. London and New York: Arnold, 1996. 31—48.

Field, Andrew. *Nabokov: His Life in Art*. Boston: Little, Brown, 1967.

Fokkema, Aleid. *Postmodern Characters: A Study of Characterization in British and American Postmodern Fiction*. Amsterdam and Atlanta, GA: Rodopi, 1991.

Foucault, Michel. *Discipline and Punish*. New York: Vintage, 1979.

Fowler, Douglas. *Understanding E. L. Doctorow*. Columbia, South Carolina: University of South Carolina Press, 1992.

Friedl, Herwig, and Dieter Schulz, eds. *E. L. Doctorow: A Democracy of Perception*. Verl: Die Blaue Eule, 1988.

Fussell, Paul. *The Great War and Modern Memory*. Oxford: Oxford University Press, 1975.

Gado, Frank, ed. *First Person: Conversations on Writers and Writing*.

Schenectady, New York: Union College Press, 1973.

——. "Robert Coover." *First Person: Conversations on Writers and Writing*. Ed. Frank Gado. Schenectady, New York: Union College Press, 1973. 142—159.

Gates, Henry Louis, Jr., and K. A. Appiah, eds. *Toni Morrison: Critical Perspectives Past and Present*. New York: Amistad, 1993.

Geyh, Paula, Fred G. Leebron, and Andrew Levy, eds. *Postmodern American Fiction: A Norton Anthology*. New York and London: Norton, 1998.

Gibson, Donald B. "Text and Context in *The Bluest Eye*." *Toni Morrison: Critical Perspectives Past and Present*. Ed. Henry Louis Gates, Jr., and K. A. Appiah. 159—174.

Grewal, Gurleen. *Circles of Sorrow, Lines of Struggle: The Novels of Toni Morrison*. Baton Rouge: Louisiana State University Press, 1998.

——. "'Laundering the Head of Whitewash': Mimicry and Resistance in *The Bluest Eye*." *Approaches to Teaching the Novels of Toni Morrison*. Ed. Nellie Y. McKay and Kathryn Earle. New York: The Modern Language Association of America, 1997. 118—126.

Gross, David S. "Tales of Obscene Power: Money and Culture, Modernism and History in the Fiction of E. L. Doctorow," *E. L. Doctorow: Essays and Conversations*. Ed. Richard Trenner. Princeton, N. J.: Ontario Review Press, 1983. 120—150.

Gwynn, Frederick L., and Joseph Blotner, eds. *Faulkner in the University*. New York: Vintage, 1965.

Habermas, Jügen. *Lectures on the Philosophical Discourse of Modernity*. Cambridge, Mass.: MIT Press, 1987.

——. "Modernity—An Incomplete Project." *Postmodernism: A Reader*. Ed. Patricia Waugh. London and New York: Arnold, 1996. 160—170.

Harris, Trudier. *Fiction and Folklore: The Novels of Toni Morrison*. Knoxville: The University of Tennessee Press, 1991.

Hassan, Ihab. "Toward a Concept of Postmodernism." *A Postmodern Reader*. Ed. Joseph Natoli and Linda Hutcheon. Albany: State University of New York, 1993. 273—286.

Hite, Molly. "Postmodern Fiction." *The Columbia History of the American Novel*. Ed. Emory Elliott et al. New York: Columbia University Press,

1991. 697—725.

hooks, bell. "Postmodern Blackness." *Postmodernism and the Contemporary Novel: A Reader*. Ed. Bran Nicol. Edinburgh: Edinburgh University Press, 2002. 421—428.

Hutcheon, Linda. *Poetics of Postmodernism: Theory, History, Fiction.* New York: Routledge, 1988.

——. *The Politics of Postmodernism*. London and New York: Routledge, 1991.

Hutner, Gordon, ed. *American Culture, American Literature*. New York: Oxford University Press, 1999.

Ishiwari, Takayoshi. *Postmodern Metamorphosis: Capitalism and the Subject in Contemporary American Fiction*. Tokyo: Eihousha, 2001.

Jameson, Fredric. *The Cultural Turn: Selected Writings on the Postmodern* 1983—1998. London and New York: Verso, 1998.

——. "Five Theses on Actually Existing Marxism." *In Defense of History: Marxism and the Postmodern Agenda*. Ed. Ellen Meiksins Wood and John Bellamy Foster. New York: Monthly Review Press, 1997. 173—183.

——. "Periodising the 60s." *Postmodernism: A Reader*. Ed. Patricia Waugh. London and New York: Arnold, 1996. 125—157.

——. *The Political Unconscious: Narrative as a Socially Symbolic Act*. Ithaca, New York: Cornell University Press, 1981.

——. *Postmodernism, or, The Cultural Logic of Late Capitalism*. Durham: Dike Univesity Press, 1992.

King, Richard. "Between Simultaneity and Sequence." *E. L. Doctorow: A Democracy of Perception*. Ed. Herwig Friedl and Dieter Schulz. Verl: Die Blaue Eule, 1988. 45—60.

Kingston, Maxine Hong. *Tripmaster Monkey: His Fake Book*. New York: Alfred A. Knopf, 1989.

——. *The Woman Warrior: Memories of A Girl among Ghosts*. New York: Vintage, 1989.

Klotman, Phyllis R. "Dick-and-Jane and the Shirley Temple in *The Bluest Eye*." *Black American Literature Forum* 13 (September 1979): 123—125.

LeClair, Tom, and Larry McCaffery, eds. *Anything Can Happen: Interviews with Contemporary American Novelists*. Urbana: University of Illinois Press, 1983.

Lim, Shirley Geok-lin, ed. *Approaches to Teaching Kingston's The Woman Warrior*. New York: The Modern Language Association of America, 1991.

Lovibond, Sabina. "Feminism and Postmodernism." *New Left Review* 178 (1989): 5—28.

Lyotard, Jean-François. *The Postmodern Condition*. Minneapolis: University of Minnesota Press, 1984.

Maddox, Lucy. *Nabokov's Novels in English*. London: Croom Helm, 1983.

Malone, Edward A. "Nabokov on Faulkner," *The Faulkner Journal* (Spring 1990): 63—66.

毛泽东:《目前形势和我们的任务》,载《毛泽东选集》(第四卷),人民出版社1991年版,1243—1263页。

McCaffery, Larry. *The Metafictional Muse: The Works of Robert Coover, Donald Barthelme, and William H. Gass*. Pittsburg, Pa: University of Pittsburg Press, 1982.

McConnell, Frank D.. *Four Postwar American Novelists: Bellow, Mailer, Barth and Pynchon*. Chicago: The University of Chicago Press, 1977.

Mchale, Brian. "Change of the Dominant from Modernist to Postmodernist Writing." *Postmodernism and the Contemporary Novel: A Reader*. Ed. Nicol, Bran. Edinburgh: Edinburgh University Press, 2002. 278—300.

——. *Postmodernist Fiction*. London and New York: Routledge, 1994.

McKay, Nellie Y., and Kathryn Earle, eds. *Approaches to Teaching the Novels of Toni Morrison*. New York: The Modern Language Association of America, 1997.

Mepham, John. "Narratives of Postmodernism." *Postmodernism and Contemporary Fiction*. Ed. Edmund J. Smyth. London: Batsford, 1991. 138—155.

Meriwether, James B., and Michael Millgate, eds. *Lion in the Garden*. Lincoln: University of Nebraska Press, 1968.

Moraru, Christian. *Rewriting: Postmodern Narratives and Cultural Critiques in the Age of Cloning*. Albany: State University of New York Press,

2001.

Morris, Christopher D. *Models of Misrepresentation: On the Fiction of E. L. Doctorow*. Jackson: University Press of Mississippi, 1991.

Morrison, Toni. *Beloved*. New York: Plume, 1987.

——. *The Bluest Eye*. New York: Alfred A. Knopf, 2000.

——. *Playing in the Dark: Whiteness and the Literary Imagination*. New York: Vintage, 1993.

Munslow, Alun. *Deconstructing History*. London and New York: Routledge, 1997.

Nabokov, Vladimir. *Lolita*. New York: Berkley, 1981.

——. *The Real Life of Sebastian Knight*. New York: Vintage International, 1992.

——. *Strong Opinions*. New York: Vintage International, 1973.

——. *Pale Fire*. New York: Berkley, 1981.

Newman, Charles. *The Post-Modern Aura: The Act of Fiction in an Age of Inflation*. Evanston, ILL.: Northwestern University Press, 1985.

Nicol, Bran, ed. *Postmodernism and the Contemporary Novel: A Reader*. Edinburgh: Edinburgh University Press, 2002.

Oats, Joyce Carol. "A Personal View of Nabokov." *Saturday Review of Arts* 1 (January 1973): 36—37.

Olster, Stacey. *Reminiscence and Re-Creation in Contemporary American Fiction*. Cambridge: Cambridge University Press, 1989.

Page, Norman, ed. *Vladimir Nabokov: The Critical Heritage*. London: Routledge, 1997.

Parks, John G. *E. L. Doctorow*. New York: Continuum, 1991.

Patell, Cyrus R. K. *Negative Liberties: Morrison, Pynchon, and the Problem of Liberal Ideology*. Durham and London: Duke University Press, 2001.

Peach, Linden. *Toni Morrison*. London: Macmillan, 2000.

Pérez-Torres, Rafael. "Tracing and Erasing: Race and Pedagogy in *The Bluest Eye*." *Approaches to Teaching the Novels of Toni Morrison*. Ed. Nellie Y. McKay and Kathryn Earle. New York: The Modern Language Association of America, 1997. 21—26.

Pifer, Ellen. "The Lolita phenomenon from Paris to Tehran." *The Cambridge Companion to Nabokov*. Ed. Julian W. Connolly. Cambridge: Cambridge

University Press, 2005. 185—199.

Pynchon, Thomas. *The Crying of Lot* 49. New York: Bantam Books, 1967.

——. *V*. New York: Bantam Books, 1981.

Ransom, John Crowe. "The Aesthetic of Regionalism." *American Review* 2 (January 1934): 290—310.

Ryan, Michael. *Marxism and Deconstruction: A Critical Articulation*. Baltimore and London: The Johns Hopkins University Press, 1982.

Saltzman, Arthur M. *Designs of Darkness in Contemporary Fiction*. Philadelphia: University of Pennsylvania Press, 1990.

Seed, David. *The Fictional Labyrinths of Thomas Pynchon*. Iowa City: University of Iowa Press, 1988.

Shelton, Frank W. "E. L. Doctorow's Welcome to Hard Times: The Western and the American Dream." *Midwest Quarterly* 25 (1983): 7—17.

Smyth, Edmund J., ed. *Postmodernism and Contemporary Fiction*. London: Batsford, 1991.

Snipp-Walmsley, Chris. "Postmodernism." *Literary Theory and Criticism: An Oxford Guide*. Ed. Patricia Waugh. Oxford: Oxford University Press, 2006. 405—426.

Steiner, Wendy. "Postmodern Fictions, 1970—1990." *The Cambridge History of American Literature*. Vol. 7. Ed. Sacvan Bercovitch et al. Cambridge: Cambridge University Press, 1999. 425—538.

Strehle, Susan. "Actualism: Pynchon's Debt to Nabokov," *Contemporary Literature* (Madison, WI) 24:1 (Spring 1983): 30—50.

Sweeney, Susan Elizabeth. "'By Some Sleight of *Land*: How Nabokov Rewrote America." *The Cambridge Companion to Nabokov*. Ed. Julian W. Connolly. 65—84.

Talmey, Allene. "Vladimir Nabokov Talks about Nabokov." *Vogue* (December 1969): 190—191.

Tanner, Tony. *City of Words: American Fiction* 1950—1970. New York: Harper & Row, 1971.

Taylor-Guthrie, Danille, ed. *Conversations with Toni Morrison*. Jackson: University Press of Mississippi, 1994.

Thomas, Samusel. *Pynchon and the Political*. New York: Routledge, 2007.

Trenner, Richard, ed. *E. L. Doctorow: Essays and Conversations*. Princeton,

N. J. : Ontario Review Press, 1983.

Trilling, Lionel. "The Last Lover," *Encounter* 11 (1958): 9—19.

Updike, John. *Assorted Prose*. New York: Knopf, 1965.

Waugh, Patricia, ed. *Literary Theory and Criticism: An Oxford Guide*. Oxford: Oxford University Press, 2006.

——. *Metafiction: The Theory and Practice of Self-Conscious Fiction*. London: Methuen, 1984.

——, ed. *Postmodernism: A Reader*. London and New York: Arnold, 1996.

——. *Practicing Postmodernism/Reading Modernism*. London: Edward Arnold, 1992.

Weinstein, Philip M. *What Else But Love?: The Ordeal of Race in Faulkner and Morrison*. New York: Columbia University Press, 1996.

Wetzsteon, Ross. "Nabokov as Teacher." *Nabokov: Criticism, Reminiscences, Translations and Tributes*. Ed. Alfred Appel, Jr. and Charles Newman. New York: Simon and Schuster, 1977. 240—246.

White, Hayden. *Tropics of Discourse: Essays in Cultural Criticism*. Baltimore: Johns Hopkins University Press, 1978.

Wild, Alan. "Modernism and the Aesthetics of Crisis." *Postmodernism: A Reader*. Ed. Patricia Waugh. London and New York: Arnold, 1996. 14—21.

Williams, Raymond. *Marxism and Literature*. Oxford: Oxford University Press, 1977.

Woo, Deborah. "Maxine Hong Kingston: The Ethnic Writer and the Burden of Dual Authenticity." *Amerasia Journal* 16. 1 (1990): 173—200.

Wood, Ellen Meiksins, and John Bellamy Foster, eds. *In Defense of History: Marxism and the Postmodern Agenda*. New York: Monthly Review Press, 1997.

Wood, Michael. *The Magician's Doubts: Nabokov and the Risks of Fiction*. Princeton: Princeton University Press, 1994.

人名索引

A

艾克(Kathy Acker) 15

阿多诺(Theodor Adorno) 12，42n，86n

安德森(Perry Anderson) in，2

安德森(Richard Anderson) 165n，167n，177n，186n，195—196n，202n，214n，220n，223—224n

阿佩尔(Alfred Appel，Jr.) 54n

阿皮厄(K. A. Appiah) 97n，107n，109n，112n，117n，120n，122—123n

阿什顿(E. B. Ashton) 86n

奥尔巴赫(Erich Auerbach) 245

奥克沃德(Michael Awkward) 97n，103n，105n，107n，109n，117n

B

巴思(John Barth) v，5，6，8，16，17—21，37

巴塞尔姆(Donald Barthelme) 5，15，166n

波德里拉(Jean Baudrillard) 41n，239

贝克特(Samuel Beckett) 4

贝拉米(Joe David Bellamy) 37n，245n

贝尔塞(Catherine Belsey) 42n

本宁顿(Geoff Bennington) 5n

伯克维奇(Sacvan Bercovitch) iin

伯滕斯(Hans Bertens) in，1，7

贝斯特(Steven Best) 12，12n

布劳特纳(Joseph Blotner) 30n，31n，36n，38n

波尔豪尔(William Boelhower) 29n

博江格斯(Bojangles，or Bill Robinson) 120

鲍尼逖(Kay Bonetti) 151n

博尔赫斯(Jorge Luis Borges) 16

鲍沃斯(Fredson Bowers) 43n

布坎南(James Buchanan) 128n

巴特勒(Christopher Butler) iin，39

拜耶曼(Keith E. Byerman) 123n

C

凯撒(Julius Caesar) 93

蔡琰 25

卡尔维诺(Italo Calvino) 17

坎贝尔(Joseph Campbell) 17

加缪(Albert Camus) 35

卡西尔(Ernst Cassirer) 171n

凯瑟(Willa Cather) 34

塞万提斯(Miguel de Cervantes Saavedra) 15，21

克里斯蒂安(Barbara Christian) 105n，112n

康纳利(Julian W. Connolly) 29n，48n

康拉德(Joseph Conrad) 4

库弗(Robert Coover) v，vi，5，15，20—24，164—234，252—253

康威尔(Neil Cornwell) 48n

D

达里奥(Rubén Darío) 2－3
德鲁兹(Gilles Deleuze) 40n，239
德姆堡(L. S. Dembo) 63n
德里达(Jacques Derrida) 11，239－240
狄更斯(Charles Dickens) 144n
多克托罗(E. L. Doctorow) iv，vi，126－165，250－252
陀思妥耶夫斯基(Fedor Dostoyevsky) 35
德莱塞(Theodore Dreiser) 35
德罗莱特(Michael Drolet) 238－242
杜兰德(Régis Durand) 5n

E

伊格尔顿(Terry Eagleton) 237－246，253
厄尔(Kathryn Earle) 97n，101n，116n，120n，124n
艾希曼(Adolf Eichmann) 91
爱因斯坦(Albert Einstein) 4
艾略特(T. S. Eliot) 3，4，35
埃利奥特(Emory Elliott) in，45n，140n
恩克(John J. Enck) 17n
伊文森(Brian K. Evenson) 21n，167n，171－173n，177n，186n，205n，211n，222n，225－226n，233n

F

福克纳(William Faulkner) v，4，29－46
费克(Thomas H. Fick) 97n
费德勒(Leslie Fiedler) 8
菲尔德(Andrew Field) 54n
菲茨杰拉德(F. Scott Fitzgerald) 34
弗克玛(Aleid Fokkema) 68n
福斯特(John Bellamy Foster) 239n，243n
福柯(Michel Foucault) 40n，239－240
福勒(Douglas Fowler) 128n，151n，154n，159n，161n
弗洛伊德(Sigmund Freud) 4，17n
菲德尔(Herwig Friedl) 128n，154n
福瑟尔(Paul Fussell) 88n

G

盖博(Clark Gable)115
盖道(Frank Gado) 21n，234n
嘉宝(Greta Garbo)115
盖斯(William H. Gass) 166n
盖茨(Henry Louis Gates，Jr.) 97n，103n，105n，107n，109n，112n，117n，120n，122－123n
盖伊(Paula Geyh) iin，244n
吉布森(Donald B. Gibson) 103n，107n，109n，120n，122n
金斯堡(Allen Ginsberg) 26
戈尔德(Eva Gold) 97n
格拉博(Betty Grable)115
格拉夫(Gerald Graff) 235
格瑞沃尔(Gurleen Grewal) 109n，116n，122－124n
格罗斯(David S. Gross) 150n
瓜塔利(Felix Guattari) 40n
格温(Frederick L. Gwynn) 31n，36n，38n

H

哈贝马斯(Jügen Habermas) 11—12
哈洛(Jean Harlow)115
哈里斯(Trudier Harris) 105n，113n，115n，119n，124n
哈里森(Benjamin Harrison) 128n
哈桑(Ihab Hassan) 8，8n
海丁(Raymond Hedin) 105n
黑格尔(Georg Wilhelm Friedrich Hegel) 243
海德格尔(MartinHeidegger) 240
海勒(Joseph Heller) 5，15，37
海特(Molly Hite) in，45，140n
希特勒(Adolf Hitler) 91
荷马(Homer) 17
胡克斯(bell hooks) 6
赫切恩(Linda Hutcheon) 8，15，69n
哈特纳(Gordon Hutner) 29n

I

伊里加雷(Luce Irigaray)239
石割隆喜(Takayoshi Ishiwari) 92n

J

詹姆士(Henry James) 34，38
詹姆逊(Fredric Jameson) 2—6，14，37n，46n，139n，239，242—243
简丝(Mary Janes) 101，116，117，249
乔伊斯(James Joyce) 4，16

K

康德(Immanuel Kant) 13
凯尔纳(Douglas Kellner) 12，12n
金(Richard King) 128n
汤亭亭(Maxine Hong Kingston) v，6，15，24—28
克洛特曼(Phyllis Klotman) 109n
孔子 27

L

拉马尔(Hedy Lamarr) 115
老子 146，149
劳伦斯(D. H. Lawrence) 4
里布朗(Fred G. Leebron) iin，244n
利维(Andrew Levy) iin，244n
林玉玲(Shirley Geok-lin Lim) 25n
林肯(Abraham Lincoln) 124
卢斯(Adolf Loos) 4
洛维邦德(Sabina Lovibond) 37n
利奥塔(Jean-François Lyotard) 4，12，36n，37n，45n，239—241

M

迈道克斯(Lucy Maddox) 50n
马隆(Edward A. Malone) 35n
曼海姆(Ralph Manheim) 171n
托马斯·曼(Thomas Mann) 35
毛泽东 2，3，5
马尔克斯(Gabriel García Márquez) 17
马克思(Karl Marx) 2，10n，11，236，242，243n
马苏米(Brian Massumi) 5n
麦卡福瑞(Larry McCaffery) 21n，166n，175n，196n
麦克康奈(Frank D. McConnell) 16n，90n
麦克海尔(Brian Mchale) 8，38n，45n，69n
麦凯(Nellie Y. McKay) 97n，101n，116n，120n，124n
麦尔维尔(Herman Melville) 163
门格勒(Josef Mengele) 91

梅法姆(John Mepham) 7
梅瑞威瑟(James B. Meriwether) 33n，34n，36n
米尔盖特(Michael Millgate) 33n，34n，36n
弥尔顿(John Milton) 158
莫拉鲁(Christian Moraru) 15
莫里斯(Christopher D. Morris) 133n，141n，144n，147n，149n
莫里森(Toni Morrison) iv，vi，6，29n，95－128，139n，249－250
芒斯娄(Alun Munslow) 151n，157n
墨索里尼(Benito Mussolini) 90n

N

纳博科夫(Vera Nabokov) 63
纳博科夫(Vladimir Nabokov) iv，v－vi，5，6，29－46，47－62，63－70，74－78，81，85，94－99，102，165，246－248
纽曼(Charles Newman) 54n，235n
牛顿(Isaac Newton) 86，89
尼克尔(Bran Nicol) 6n，45n，236，244

O

欧茨(Joyce Carol Oats) 45n
奥尔森(Charles Olson) i，3，254
奥尔斯特(Stacey Olster) 71n，90n，168n，209n，224n
奥尼斯(Federico de Onís) 3

P

佩奇(Norman Page) 47n
帕克斯(John G. Parks) 138－139n，144n，152n，161n
帕斯捷尔纳克(Boris Pasternak) 35
帕泰尔(Cyrus R. K. Patell) 71n，74n，82n，83n，87n，93n，95n，102n，105n，120n
潘恩(Robert Payne)3
皮奇(Linden Peach) 101n，103n，107n，118n
佩瑞兹-托瑞斯(Rafael Pérez-Torres) 101n
毕加索(Pablo Picasso) 4
皮费尔(Ellen Pifer) 29n
柏拉图(Plato) 91，240
庞德(Ezra Pound) 4
普鲁斯特(Marcel Proust) 4
品钦(Thomas Pynchon) iv，vi，5，6，37，63－95，99－102，165－166，248－249

R

拉格伦(Lord Raglan) 17
兰克(Otto Rank) 17
兰瑟姆(John Crowe Ransom) 136n
里德(Ishmael Reed) 6，37n
罗杰斯(Ginger Rogers) 115
拉什迪(Salman Rushdie) 244
瑞安(Michael Ryan) 10

S

萨尔茨曼(Arthur M. Saltzman) 148n
勋伯格(Arnold Schoenberg) 4
舒尔茨(Dicter Schulz) 128n，153n
西德(David Seed) 67n
莎士比亚(William Shakespeare) 36，50n
谢尔顿(Frank W. Shelton) 150n
西尔科(Leslie Marmon Silko) 6
史密斯(Edmund J. Smyth) 7n

斯尼普-沃姆斯利(Chris Snipp-Walmsley) in，236，242—244
苏格拉底(Socrates) 27，240
苏摩提婆(Somadeva) 19n
桑塔格(Susan Sontag) 244
斯宾塞(Edmund Spenser) 26
斯泰因(Gertrude Stein) 4
斯泰纳(Wendy Steiner) iin
史蒂文斯(Wallace Stevens) 82，167
斯特瑞尔(Susan Strehle) 63，69n
司威尼(Susan Elizabeth Sweeney) 51n

T

塔尔梅(Allene Talmey) 62n
坦纳(Tony Tanner) 64n，66n，67n，72n，91n，94n
泰勒-古丝瑞(Danille Taylor-Guthrie) 6n，98n，103n，106n，115—118n，120n
坦普尔(Shirley Temple) 101，109n，115，116，120，249
托马斯(Samusel Thomas) 68n，77n，82n，89n，94n
汤因比(Arnold Toynbee) 9
特伦纳(Richard Trenner) 150n
特里林(Lionel Trilling) 33，33n
特纳(Frederick Jackson Turner) 151n，157n
吐温(Mark Twain) 152n

U

厄普代克(John Updike) 45n

V

维吉尔(Virgil) 17

W

沃克(Alice Walker) 6
沃(Patricia Waugh) 2n，5n，10n，12n，13，13n，14n，48n，236n，241—242，242n
韦恩(John Wayne) 27，27n
瓦因斯坦(Philip M. Weinstein) 29n
威兹提恩(Ross Wetzsteon) 54n
华顿(Edith Wharton) 34
怀特(Hayden White) 140n
惠特曼(Walt Whitman) 26
瓦尔德(Alan Wild) 10
威廉斯(Raymond Williams) 46n
威尔逊(Edmund Wilson) 35
王尔德(Oscar Wilde) 4
威瑟斯(Jane Withers) 115
维特根斯坦(Ludwig Wittgenstein) 240
伍(Deborah Woo) 27n
梅克辛斯(Ellen Meiksins Wood) 239n，243n
伍德(Michael Wood) 48n
伍尔芙(Virginia Woolf) 4